GOLDMANN

Buch

Mit einem Schlag holt die Vergangenheit den ehemaligen Waffenhändler Istvan Kaltenbach in seinem herrschaftlichen Sommersitz an der portugiesischen Atlantikküste ein. Drei Atomsprengköpfe, illegal hergestellt, werden – so wird vermutet – demnächst auf dem Schwarzen Markt auftauchen. Istvan Kaltenbach als Kenner seiner umstrittenen Branche soll verhindern, daß diese ultimative Waffe für politische Erpressung, Gewalt und millionenfachen Tod in falsche Hände gerät. Aber Istvan Kaltenbach verfolgt seine eigenen Pläne.

Zwei Frauen versuchen nun, diese Pläne zu durchkreuzen: Sharon Kaltenbach, die zwanzigjährige Studentin, für die eine Welt zusammenbricht, als sie von den Machenschaften ihres Vaters erfährt, und die mit dem Reporter Tom Severin eine leidenschaftliche Romanze verbindet, und Eva Sadowski, die engagierte Journalistin, die fest dazu entschlossen ist, einen rätselhaften Mord aufzuklären. Beide Frauen geraten in das Netz bedrohlicher Ereignisse und verstricken sich in ein tödliches, teuflisches Spiel.

Ein historisches Herrenhaus an der portugiesischen Atlantikküste, Algier, Casablanca, Mogador und der südmarokkanische Wüstenrand, das Tal des Draa mit seinen bizarren Lehmburgen – das ist der Hintergrund dieses packenden Romans.

Autor

Rainer Erler, 1933 in München geboren, war von 1961 bis 1972 Autor, Regisseur und Produzent bei der Bavaria; später gründete er seine eigene Produktionsfirma. Für Filme wie »Die Delegation«, »Das blaue Palais«, »Fleisch«, »Das schöne Ende dieser Welt« und »Reise in eine strahlende Zukunft« erhielt er zahlreiche Preise; die von ihm verfaßten gleichnamigen Romane waren ebenso erfolgreich, teilweise wurden sie zu Bestsellern.

Außer dem vorliegenden Band sind von Rainer Erler als Goldmann-Taschenbücher erschienen:

Zucker. Roman einer süßen Katastrophe (9938)
Die Zweitfrau. Ein heiterer, höchst unmoralischer Roman (41011)

RAINER ERLER DIE KALTENBACH PAPIERE

ROMAN

GOLDMANN VERLAG

Ungekürzte Ausgabe

Dieses Buch ist ein Roman.
Auch wenn der Handlungsrahmen der Wirklichkeit entlehnt wurde, sind die beschriebenen Personen und Ereignisse frei erfunden. Ähnlichkeiten mit lebenden Personen, Institutionen, Firmen etc. sind rein zufällig und nicht beabsichtigt.

Umwelthinweis:
Alle bedruckten Materialien dieses Taschenbuches sind chlorfrei und umweltschonend.
Das Papier enthält Recycling-Anteile.

Der Goldmann Verlag
ist ein Unternehmen der Verlagsgruppe Bertelsmann

Umschlagentwurf: Design Team, München
Umschlagfoto: SDP/Mauritius, Mittenwald
Druck: Elsnerdruck, Berlin
Verlagsnummer: 41460
MV · Herstellung: Ludwig Weidenbeck
Made in Germany
ISBN 3-442-41460-1

1 3 5 7 9 10 8 6 4 2

ERSTES BUCH
SHARON

1

Sie hatte eine Stimme gehört. Eine weit entfernte, sehr leise, sehr fremde Stimme.

Die sickerte langsam in ihr Bewußtsein, in ihren leichten Schlaf, erzeugte dort eine unerklärliche Unruhe und verscheuchte irgendwelche bizarren Traumbilder, die sie eben noch mit Trauer erfüllt hatten und mit Entsetzen.

Die Stimme kam näher, zögernd, und brach sich zwischen den Mauern des Hofes.

Sharon verstand einzelne Silben, Wörter, Fragmente von Sätzen, aber sie erkannte keinen Sinn.

Ein Mann sprach eindringlich, verhalten, gedämpft. Er sprach nahezu pausenlos, atemlos. Es war eine Suada der Überredung.

Und der Mann sprach Deutsch.

Deutsch war auch ihre Sprache, die Sprache der Kindheit, die Sprache der Ferien. Es war die Sprache ihres Vaters.

Und dies war das Haus ihres Vaters: Also ein Gast, Geschäftsfreund, Besuch aus Deutschland. Woher kam diese Unruhe, diese so unbegründete Ahnung einer Bedrohung?

Der Mann, der Deutsch sprach, so eindringlich, so verhalten und gedämpft, war näher gekommen, Schritt um Schritt und stand schließlich direkt unter ihrem geöffneten Fenster.

Sharon war plötzlich hellwach. Sie spürte das Blut in ihren Ohren pochen und öffnete die Augen.

Die alles überstrahlende Helle eines portugiesischen Sommermorgens drang zusammen mit dieser fremden Stimme durch die nur halbgeschlossenen Läden, die bis zum Fußboden reichten, und erfüllte das kleine Zimmer mit blendenden Lichtmustern und Kontrasten.

Dann hörte sie ein vertrautes Lachen, das den Redefluß des Fremden übertönte. Ein unterdrücktes, leises spöttisches Lachen als Versuch des Widerspruchs, des berechtigten Einwands, eine Art Abgrenzung, eine Schranke gegen die suggestive Überredungskunst dieses Fremden.

Sharons Unruhe flaute ab, verflüchtigte sich. Sie hatte das leise Lachen ihres Vaters erkannt, sein etwas hilfloses Hüsteln als erfolglosen Protest. Aber nun hob sich die fremde Stimme, und die Wort- und Satzfetzen drangen weitgehend zusammenhängend und verständlich herauf zu Sharon:

„Sie können sich selbst überzeugen ...

„Ich habe die Unterlagen mitgebracht ... hier!"

„Es sind realistische Berechnungen ..."

„Und absolut authentisch ..."

„Ich würde doch nicht wagen, Ihnen ungeprüfte ..."

„Herr Kaltenbach ..."

„Ich bitte Sie, auf Mutmaßungen hin ..."

„Es ist nicht meine Aufgabe, Panik zu verbreiten ..."

„Ich habe lediglich die Pflicht, vor einer drohenden Katastrophe zu warnen!"

Wieder ein unterdrücktes Lachen, ein Hüsteln, das Rascheln von Papier. Dann herrschte Schweigen.

2

Viele Wochen, Sharon hatte aufgehört zu zählen, wie viele es waren, einen ganzen wunderbaren, unvergeßlichen Feriensommer lang, der sich unaufhaltsam seinem Ende entgegen neigte, hatte Frieden hier oben geherrscht, Ruhe und Stille in dieser Einsamkeit um die Quinta de San Tiago, um Kaltenbachs Villa Miguel.

Das Donnern des Atlantik, der tief unten gegen die zerklüfteten Felsen brandete, wurde gedämpft von den blühenden Dornenbüschen, die mannshoch und dicht wie ein Dschungel den Steilhang zum Meer überwucherten und die den scharfen Seewind brachen. Aber der fegte hier oben trotzdem noch mit steter, ständiger Kraft über die riesigen Granitblöcke der Klippe hinweg, unter die sich hundertjährige Akazien und Pinien duckten. Hier wuchsen sogar gedrungene Palmen mit fast meterdicken Stämmen, die hinter Mauervorsprüngen,

Dächern, Giebeln und Erkern und in den zahlreichen Höfen des uralten Herrenhauses Schutz suchten vor den Winterstürmen.

Aber jetzt war immer noch Sommer. Die Zikaden sägten ihr Lied Tag und Nacht. Fremd klingende Vogelschreie drangen klagend wie das Lied des Fado, des melancholischen Gesangs der Bauern und Fischer, aus dem Gewirr der Äste und Kronen. Die einzigen menschlichen Stimmen, die im verwilderten Park um die Quinta je zu hören waren, gehörten Dona Isabel, dem guten Geist des Hauses, und Nicolau, dem alten Gärtner. Der melodische Singsang, mit dem sich die beiden hin und wieder verständigten, war selbst von profunden Kennern der portugiesischen Sprache kaum zu enträtseln.

Die Quinta, die Villa Miguel hinter ihren hohen Mauern aus groben, unbehauenen Steinen, mit ihrem Park, ihren Felsen, ihrem Blütenduft und dem Blick weit über das Meer nach Westen hin, wo die Sonne blutrot und riesig zwischen bizarren Wolkenfetzen hinter dem Horizont zu verschwinden pflegte, war in Sharons Augen ein einziges Paradies. Vielleicht auch eine Festung, die einen geheimen Traum bewahrte und verteidigte, den Traum vom Glück, inmitten einer unfriedlichen, hektischen Welt.

An einem dieser ungezählten idyllischen Sommertage, frühmorgens, zwischen Schlaf und Wachen, war unvermittelt und geradezu erschreckend die Wirklichkeit in dieses Elysium eingebrochen. Eine fremde Stimme hatte es ausgesprochen, klar und deutlich, dicht unter Sharons Fenster, kalt und informativ und ohne jede Emotion: „Ich habe lediglich die Pflicht, vor einer drohenden Katastrophe zu warnen ...“

3

Die scheinbar so grundlose Unruhe war wieder da, die unerklärliche Erregung, die Angst, die sie aus dem Schlaf gerissen hatte, aus einem erschreckenden Traumbild, das sie vor wenigen Minuten noch gefangennahm und das nun zerstoben war und vergessen, noch bevor Sharon es richtig erkannt und in ihr Gedächtnis eingeprägt hatte. Ein einziger Satz, ein Wort, eine nicht weniger erschreckende Realität hatten es abgelöst.

Sharon setzte sich auf und stampfte nervös die warme Daunendecke zur Seite. Die Nächte über dem Atlantik waren im Spätsommer kühl. Dann schlüpfte sie rasch aus dem riesigen, viel zu großen, super-bequemen, schwarzen Monster-T-Shirt, in dem sie mit ihrer zierlichen Figur fast verschwand. Es trug auf der Brust den weißen Aufdruck eines edlen Wappens: Ein streitbarer Adler hielt zwei gekreuzte Baseballschläger in seinen wehrhaften Krallen. Und in dem Ring, der ihn einschloß, stand in stolzer gotisch-amerikanischer Westernschrift zu lesen: *Princeton-University, New Jersey, N. J.* und *In God We Trust.*

Das war eines dieser exklusiven Hemden der universitätseigenen Rugbymannschaft, und unter keineswegs tugendhaften Umständen erbeutet. Sharon trug es nur nachts und aus vielerlei Gründen: Zum Beispiel in geheimer und sentimentaler Erinnerung an eine heiße, sinnliche Nacht in einem eiskalten, unbequemen, uralten Chevrolet.

Aber nun warf sie das Hemd achtlos in irgendeine Ecke. Dort landete es zwischen den teuersten Antiquitäten, mit denen der winzige Raum vollgestellt war, zwischen ihren immer noch halbausgepackten Koffern und dem bunten Chaos aus Kleidern, Magazinen, Schuhen und Büchern, das den Boden lückenlos bedeckte und ohne das man mit Zwanzig anscheinend nicht in der erträumten Freiheit, unbehelligt von den Konventionen bürgerlicher Ordnung, existieren kann.

„Setzen wir uns!“ Die Stimme des Vaters unterbrach das Schweigen, das Sharon nach dem unablässigen Gerede des Fremden zu Beginn und nach seiner so emotionslos vorgebrachten Warnung vor irgendeiner Katastrophe plötzlich so beängstigend, so belastend erschien.

Das Schleifen der schweren, gußeisernen Gartenhocker über die abgetretenen Klinker des kleinen, zum Park hin offenen

Hofes, brach sich zwischen den Mauern als schmerzhaftes Geräusch.

Sharon sprang auf. Nackt lief sie zu den halbgeöffneten Läden der Balkontür und spähte durch die Lamellen hinaus in dieses blendende atlantische Licht.

Sie sah über die Felsenklippe hinweg das Meer, über dem sich ein wolkenloser, tiefblauer Himmel wölbte. Die Blätter der knorrigen Kastanien auf der Bergseite gegenüber glänzten in der noch tief stehenden Morgensonne wie Silber. Welch ein Tag. Da war keine Spur einer heraufziehenden Katastrophe zu entdecken.

Den Vater und den Fremden sah Sharon nicht. Die hockten direkt unter der Balkonbrüstung ihres Zimmers um den kleinen, runden, gußeisernen Gartentisch. Erst vor wenigen Tagen hatte Nicolau ihn frisch lackiert. Aber nun blätterte die weiße Farbe über den Roststellen bereits wieder in großen, weichen Schuppen ab.

Zögernd öffnete Sharon die beiden hohen Läden und trat hinaus, gespannt, schon etwas weniger beunruhigt, immer noch nackt und ohne jede Scheu. Die langen braunen Locken hingen ungekämmt und wild über ihre Schultern, und die Sonne brannte, trotz der frühen Stunde, heiß auf ihrer Haut und ließ die herbeigeredete Bedrohung langsam verfliegen.

Die purpurnen Blüten der Bougainvilleen, die diese Mauer bis unter das Dach überwucherten und die nur das Fenster und den kleinen Balkon ausgespart hatten, umrahmten sie.

Die beiden Männer, ihr Vater im weißen Tennisdreß und der Fremde im konventionellen, dunklen Anzug, saßen mit dem Rücken zu ihr und beugten sich über irgendwelche Schriftstücke, die der Fremde seinem Aktenkoffer entnommen hatte. Sie ahnten beide nichts von der Nähe dieses Mädchens, das sich so freizügig und frech, so neugierig zu ihnen herunterbeugte und das die Situation, nackt und unbeobachtet zu sein, in gewisser Weise zu genießen schien.

„Hier!" Der Fremde legte ein weiteres Schriftstück auf das erste, einen mehrseitigen Computer-Ausdruck bedeckt mit winzigen Zahlen in langen Reihen, und faltete es auf. „Die Bilanzen der Spaltstoff-Fluß-Kontrolle ..."

Kaltenbach nickte, überflog die Zahlenkolonnen ohne allzu großes Interesse und legte gedankenverloren den Tennisschläger, den er bisher wie eine Waffe in seiner Hand gehalten hatte, auf den Tisch neben den geöffneten Aktenkoffer des Fremden.

Mit der nun freien Hand wischte er das Schriftstück abfällig zur Seite. „Sie verzeihen mir, daß ich skeptisch bleibe!"

Der Fremde legte das Computerprotokoll sorgfältig wieder zusammen und zurück in den Koffer. „Ich gebe zu, Herr Kaltenbach", entgegnete er, „wir haben in den letzten zehn Jahren zahlreiche vertrauliche und höchst beunruhigende Meldungen in dieser Richtung erhalten. Stets mehr oder weniger anonyme Anzeigen, denen wir – obwohl wir wußten oder zumindest ahnten, daß sie reiner Bluff waren – trotzdem gewissenhaft nachgegangen sind. Und zwar ohne Ausnahme!"

Kaltenbach winkte ab: „Verrückte, Wichtigtuer, Angeber! Die Welt ist voll davon!" Er lehnte sich demonstrativ und scheinbar gelangweilt zurück und fuhr mit der Hand durch sein eisgraues Haar, dann durch den kurzgeschnittenen Bart mit den letzten grauschwarzen Strähnen und sah sich gelangweilt um.

Sharon bedeckte ihre Brüste mit den Händen und wich erschrocken zur Seite. Sie lehnte sich an die von der Sonne aufgeheizte, gekalkte Wand neben der Tür und war nun hinter der Balkonbrüstung und den dichten Blütendolden möglichen Blicken von unten weitgehend entzogen.

„Es ist unsere Pflicht", nahm der Fremde den Einwand Kaltenbachs auf, „alle Hinweise sorgfältigst und vor allem diskret zu prüfen." Er betonte das Wort diskret und hob dabei warnend die Hand.

„Na, dann überprüfen Sie mal!" Kaltenbach verschränkte die Arme, hüstelte, lachte leise vor sich hin und gab sich weiterhin ironisch-skeptisch.

Der Fremde ging auf diesen abschätzigen Ton nicht ein. Er kramte in seinem Koffer nach weiteren Indizien.

„Die Schwierigkeit besteht unter anderem darin, schon

wegen der an sich begrüßenswerten Transparenz unserer demokratischen Gesellschaft, bei den notwendigen Recherchen jede Form der Panik oder auch nur der Unruhe in der Öffentlichkeit zu vermeiden. Denn im Ernstfall ..." Er brach ab und zuckte die Schultern.

„Was dann?" wollte Kaltenbach wissen. „Was tun Sie im Ernstfall?"

„Die Amerikaner haben Nest, das *Nuclear Emergency Search Team*, eine Spezialeinheit, die in einem solchen Fall retten soll, was noch zu retten ist."

„Was ist in einem solchen Fall noch zu retten?" wollte Kaltenbach wissen. „Sie erfahren von der Existenz illegal hergestellter, nuklearer Sprengsätze doch erst, wenn die Besitzer damit hochgradig erpressen. Mich würde daher brennend interessieren, was Sie tun werden, nicht was die Amerikaner vielleicht ... unter Umständen ... möglicherweise ... tun könnten! Wenn dieser Ernstfall tatsächlich einmal eintreten sollte."

4

Sprengsätze? Ernstfall? Panik? Was war das? Worüber wurde da geredet? Sharon zog sich wieder zurück in ihr kleines Zimmer, schloß langsam und leise die beiden schmalen, hohen Läden hinter sich. Geblendet von der grellen Morgensonne stand sie im Dämmerlicht des kühlen Raums und fühlte die merkwürdige Unruhe, diese unerklärliche Verunsicherung, die sie an diesem Morgen schon einmal überfallen hatte, wieder in sich aufsteigen. Dazu kam die ahnungsvolle Angst, daß irgend etwas Unfaßbares in ihre unbeschwerte, kostbare Ferienzeit, in diese wunderbare Stimmung von unendlicher Freiheit und Geborgenheit, einbrechen könnte. Etwas, das so unfaßbar, so absolut ungreifbar, so völlig unbestimmbar war, wie der seltsame Traum, heute morgen, am Ende einer langen Nacht, während es draußen schon längst heller Tag war: ein Traum, der gleichermaßen Traurigkeit und Entsetzen in ihr ausgelöst hatte, und an den sie sich nicht mehr erinnern konnte.

Sie stand auf ihren Zehenspitzen hinter den angelehnten Fensterläden und lauschte. Zwischen den Lamellen strömte ein angenehm warmer Wind herein, und das Licht fiel in Streifen auf ihre nackte Haut.

Als ihr Vater nun wieder das Wort ergriff, dachte sie, was geht mich das alles an? Warum stehe ich hier und höre heimlich zu? Noch nie, in all den Jahren, wenn ich die Ferien in seiner Nähe verbrachte, habe ich mich für seine Unternehmungen interessiert. Warum ausgerechnet jetzt, gerade heute? Weil es um irgendwelche Katastrophen geht, die es zu verhindern gilt? Weil ein Unbekannter damit ausgerechnet ihren Vater bemühte, der vorgestern abend erst Geschäftsbriefe, die gerade eben angekommen waren, in einem Anfall von Zorn in tausend Fetzen zerriß und ins offene Feuer des Kamins warf, unten in der großen Halle? Und weil er ihr, als sie ihn daraufhin verständnislos ansah, erklärte, damit sei nun Schluß, endlich Schluß, aus und vorbei, mit Job und Verpflichtungen und dergleichen. Er hätte sich schließlich nicht hierher zurückgezogen, um weiterhin mit Geschäften dieser Art belästigt zu werden. Dieser Sommer gehöre nur ihr, wirklich nur ihr, Sharon, der einzigen Tochter. Er hätte ihr in den letzten zwanzig Jahren – und das waren ihre allerersten und bisher einzigen zwanzig Jahre – ohnehin viel zu wenig Zeit geopfert.

„Geopfert?" hatte sie ihn daraufhin gefragt. Er hatte nur, wie üblich, leise und etwas spöttisch gelacht, nervös gehüstelt und anschließend eine Flasche Wein aus dem Keller geholt. Sie waren dann vor zu den Felsen gewandert, hatten sich unter eine der sturmzerzausten Pinien auf den Boden gesetzt, schweigend den Sonnenuntergang bewundert, und dabei die ganze Flasche Wein ausgetrunken. Nur sie beide! Vater und Tochter. Ganz allein.

Und nun war an diesem Morgen dieser Fremde hier erschienen, war eingebrochen in diesen Frieden, in diese Familienharmonie und hatte ihr die Aufmerksamkeit des Vaters gestohlen.

Wo der doch versprochen hatte, hoch und heilig, Tennis mit ihr zu spielen. Solange sie wollte. Und solange er es mit seinen sechzig Jahren noch schaffte. Möglichst früh am Morgen, bevor es heiß wurde.

Aber nun hatte sie verschlafen, gegen lästige Träume gekämpft. Und der Vater war offensichtlich anderweitig beschäftigt und wußte nicht, daß sie schon längst wach war und ihn belauschte.

„Herr Doktor Goetz." Er nannte den Fremden, diesen anonymen Eindringling, endlich einmal beim Namen.

„Herr Doktor Goetz", wiederholte er, „ich nehme Ihr Anliegen natürlich sehr ernst. Daher auch meine Bereitschaft zu einem Gespräch. Ich hoffe, Sie wissen das zu schätzen! Nur, Sie sagten es eben selbst: Die Öffentlichkeit wird seit Jahren immer wieder konfrontiert mit Gerüchten dieser Art. Und auch diesmal wissen wir beide nur allzu genau ..."

Goetz unterbrach ihn sofort und spontan, sprach weiterhin zwar leise, aber nun sehr bestimmt: „Nein! Kein Gerücht! Ich bitte Sie, Herr Kaltenbach! Die Indizien sind doch eindeutig. Lesen Sie, hier: Der alarmierende Kommentar der Atomenergiebehörde in Wien."

Nach einer Pause, die der Vater vermutlich benutzte, irgendwelche Papiere, die der andere ihm reichte, auf die ihm eigene, nachlässige Art zu studieren, gab Kaltenbach schließlich gönnerhaft zu: „Ja, ja, ja! Sicher, Herr Doktor Goetz, sicher! Natürlich! Ohne einen begründeten Verdacht hätte das Bundeskriminalamt Sie nicht den weiten Weg hierher nach Portugal geschickt und vor allem nicht die Entscheidung getroffen, die ihrem Amt bestimmt nicht leicht gefallen sein dürfte, ausgerechnet mich in diesen ... nun ja ... sagen wir mal Fall ... einzuweihen und um etwas zu bitten!"

Nun war es Goetz, der diskret lachte, wenn auch nur kurz und sehr formell, bevor er ernst und sachlich weitersprach: „Wenn unser Staat, unsere Gesellschaft im Herzen Europas, mit dieser ultimativen Waffe für Erpressung, Terror und millionenfachen Mord konfrontiert werden sollte ..."

Er schwieg.

Kaltenbach wagte daraufhin den berechtigten Einwand: „Sehen Sie das Problem nicht etwas zu national, Herr Doktor Goetz?"

„Ich will damit lediglich sagen ..." verteidigte sich dieser, „unser Amt ist gezwungen zu reagieren, bevor das Unheil seinen Lauf nimmt und nicht mehr aufzuhalten ist. Wir müssen präventiv tätig werden, auch auf vage Indizien, ja, sogar auf unbestimmte, vieldeutige Gerüchte hin. Aber dies hier, Herr Kaltenbach, das sind nun nicht nur vage Indizien oder unbestimmte, vieldeutige Gerüchte. Was man uns hier in die Hände gespielt hat, das ist ein konkreter Hinweis!"

Wer war dieser Mann, der Katastrophen vorhersagt und konkrete Hinweise dafür in Händen hielt? Der ihren Vater ganz offensichtlich um Hilfe oder Mitarbeit bat und der doch nur Skepsis zu ernten schien? Was war das für ein Typ? Wie sah er aus? Sharons Interesse war geweckt, und der Gedanke elektrisierte sie, sich persönlich in dieses konspirative Gespräch einzumischen oder wenigstens störend, unterbrechend in diese vertrauliche Konversation unter vier Augen einzubrechen.

Sie schlüpfte in einen winzigen, sonnenblumengelben Tanga, in so ein farbenfrohes, einteiliges Nichts aus wenig Stoff und ein bißchen Verschnürung. Der hing zum Trocknen über einer offenen Schranktür aus Kirschbaumholz mit reicher frühgotischer Intarsienarbeit.

Vor dem hohen Spiegel, spätes achtzehntes Jahrhundert, reiche venezianische Arbeit, achteckig und aus zwölf Segmenten kunstvoll zusammengesetzt, flocht sie rasch und routiniert ihre schwer zu bändigende Mähne zu einem dicken Zopf und betrachtete sich bei dieser Gelegenheit überaus kritisch und sehr aufmerksam.

Trotz der blinden Flecke im Silberbelag fand sie sich zufriedenstellend passabel, besonders ihre Figur, schlank, aber nicht allzusehr, die nackten Brüste sportlich und in der richtigen Proportion, und alles, wirklich alles, nahtlos sonnengebräunt.

Sie studierte beiläufig die passende Mimik für ihren Auftritt ein, der nun unmittelbar bevorstand. Spielte mit dem Gedanken, ein wenig zu provozieren. Zum Beispiel *topless* über die Terrasse und nach einer kurzen Begrüßung an den beiden Männern vorbei durch den Park und zum Pool zu schlendern. Suchte aber dann doch nach einem passenden Kleidungsstück. Fand schließlich in einer Reisetasche ein altes, verwaschenes, blaugestreiftes Herrenhemd. Ursprünglich aus dem gleichen Besitz wie das Rugby-T-Shirt mit dem Universitätswappen. Also um viel zu viele Nummern zu groß und mit einer ebenso pikanten Vorgeschichte ausgestattet. Schlüpfte hinein. Schnappte sich noch rasch das passende, ebenfalls sonnenblumengelbe Badehandtuch, das sie zusammengeknüllt und noch feucht vom Vortag in irgendeiner Ecke auf dem Fußboden entdeckte, und verließ eilig den Raum.

Barfuß lief sie über die kalten Marmorfliesen der oberen Galerie und die breit geschwungene Steintreppe hinunter in die Halle. Begrüßte dort Dona Isabel, die gerade eines ihrer gewaltigen Blumenarrangements auf dem schweren, runden Eichentisch vollendet hatte, mit einem fröhlichen „Bom dia, Dona Isabel, guten Morgen!" Wartete das höflich-servile „Bom dia, Miss Sharon" und die Frage nach dem werten Befinden: „Como é que o senhorinha tem estado?" der alten Dame nicht weiter ab und rannte nach draußen.

Aktivität und der Hauch eines kindlichen Abenteuers ließen sie Traum, Angst, Unruhe und böse Stimmung vergessen.

5

„Bom dia, cavalheiros! Guten Morgen!" Mit gespielter Munterkeit kam Sharon auf die beiden Männer zu, sah interessiert von einem zum anderen, musterte insbesondere diesen Doktor Goetz, den unwillkommenen Fremden, mit einem forschenden Blick und blieb hinter ihrem Vater stehen.

Der nahm seine dunkle Pilotenbrille ab, hinter der er bisweilen seine Augen versteckte, und reichte Sharon lächelnd, ohne sich dabei umzusehen, seine linke Hand. Es folgte der liebevolle Ritus einer vertrauten Begrüßung. Sharon ergriff die Hand mit ihrer rechten, die der Vater nun zart an seine Wange führte.

„Hallo Daddy!" flüsterte sie, schloß die Augen und berührte mit ihrer Stirn den ergrauten Scheitel. Andeutung eines Kusses. Dann die obligatorische Frage: „How are you this morning?" Formelle Rituale dieser Art wurden gemäß Kaltenbachscher Familientradition in der Sprache der Mutter zelebriert.

„Danke, Sharon, es geht mir gut."

Sie richtete sich wieder auf und legte die freie Hand ihrem Vater auf die Schulter: „Wann frühstücken wir?"

„Laß dich von Dona Isabel verwöhnen", riet er ihr. „Wann immer dir danach ist." Er wand sich aus seiner Verpflichtung, hatte anscheinend das versprochene Morgenprogramm total vergessen. „Ich hatte schon . . ." gestand er ihr, „. . . Kaffee und Croissants. Vor dem Match. Mit meinem Coach. Und ich war hinterher wieder einmal miserabel." Er blickte deprimiert auf den Tennisschläger neben dem Aktenkoffer, dann auf Doktor Goetz.

„Wir haben außerdem . . ." Er ließ ihre Hand los und machte eine vage, entschuldigende Geste zu den Papieren auf dem Tisch. „Ja, wir haben hier leider noch etwas zu tun."

„Geschäftlich!" ergänzte Sharon und blickte wieder auf Goetz.

„Ja, geschäftlich", bestätigte der Vater.

Goetz nickte ebenfalls, zumindest hatte es den Anschein. Er hatte sich, als das Mädchen an den Tisch trat, leicht erhoben und gleichzeitig die ausgebreiteten Schriftstücke mit dem rasch zugeklappten Koffer abgedeckt. Berufsroutine, in diesem Fall sicher ein überflüssiger Reflex. Überrascht und mit einer gewissen Erwartung betrachtete er Sharon durch seine runden Brillengläser, während er, ebenfalls unnötigerweise, seine Krawatte fester zurrte.

So also sehen die Überbringer von Katastrophenmeldungen aus, dachte Sharon. Freundlich, clever, hohe Stirn, Mitte Vierzig, akzeptabler Typ und ziemlich deutsch, also mit der Aura außerordentlicher Korrektheit behaftet.

Einige Augenblicke lang herrschte Schweigen. Kaltenbach hatte anscheinend nicht die Absicht, Doktor Goetz seiner Tochter vorzustellen oder zumindest das Mädchen diesem sicher nicht allzu überraschend aufgetauchten Geschäftsbesuch. Sharon wartete ab, band sich, da das weite, blaugestreifte Hemd des akademischen Rugbyspielers eher an Umstandsmode als an eiskalte Nächte in einem alten Chevrolet erinnerte, das gelbe Badetuch enger um die Taille, um keine falschen Vorstellungen über ihre tadellose Figur aufkommen zu lassen, und ergriff schließlich selbst die Initiative. Sie trat zu Goetz und reichte ihm die Hand.

„Ich bin die Tochter. Sharon Kaltenbach."

Goetz ergriff die Hand des Mädchens, erhob sich erneut und nahm auf eine Art, die ihm angemessen und der Situation entsprechend leger genug erschien, eine gewisse, aufrechte Haltung an. Dabei murmelte er, sehr schnell, sehr undeutlich, wie sehr er erfreut sei.

Seinen Namen zu nennen, unterließ er tunlichst.

Sharon registrierte das mit einem gewissen Amusement. Sie hätte ihn mit dem erlauschten Titel und vollem Namen ansprechen können: „Ganz meinerseits, Herr Doktor Goetz", zum Beispiel, um anschließend seine Verblüffung zu genießen. Sie tat es nicht. Dem Vater zuliebe. Und vielleicht auch, um sich nicht zu verraten.

Statt dessen kommentierte sie nun ernst und ohne jeden Anflug von Heiterkeit den aktuellen Sachverhalt: „Ich muß immer und überall darauf hinweisen, daß ich die Tochter bin." Und mit einem Seitenblick zum Vater ergänzte sie noch: „Daddys Freundinnen sind neuerdings in meinem Alter oder sogar noch jünger."

Kaltenbach nahm diese indiskrete Behauptung mit Humor und leichtem Hüsteln: „Könnte es sein, Sharon, daß du etwas übertreibst?

„Quem sabe – wer weiß?" Sharon hatte allerdings Beweise

für ihre These: „Dein Tenniscoach Rosalia wird nächste Woche neunzehn. Aber ich mache dir auch gern eine Liste!"

Wieder legte sie eine Hand auf die väterliche Schulter, und ihre Stirn berührte kurz Kaltenbachs Kopf. Andeutung eines Abschiedskusses.

„Sorry! Laßt euch nicht weiter stören. Bye, bye, Senhores! Bom dia!"

Mit einem Lächeln wandte sie sich ab. Es war ihr erstes Lächeln, seit sie an den Tisch getreten war. Und genauso hatte sie das auch geplant.

Sie wirbelte das gelbe Badetuch wie ein Lasso über ihren Kopf und sprang über die alten, bemoosten Steinstufen hinunter in den tiefer gelegenen Teil des Parks. Sie ließ die beiden Männer mit dem Gefühl zurück, den Faden ihres geschäftlichen Gesprächs endgültig verloren zu haben.

6

„Ein schönes Mädchen!" Goetz war der Meinung, seinem Gastgeber ein Kompliment schuldig zu sein. Darüber hinaus war seine Bewunderung echt und durchaus ehrlich gemeint.

„Sharon ... Oh, ja!" Kaltenbach sah als stolzer Vater keinen Grund, seinem Gast zu widersprechen. „Schön und sehr eigenwillig. Für ihre zwanzig Jahre fast zu eigenwillig und zu selbständig."

„Sie lebt in den USA", wußte Goetz, „und studiert in Princeton Literatur und Kommunikationswissenschaften, wenn ich richtig informiert bin."

„Sie hat gerade umgesattelt", korrigierte Kaltenbach, „und hat sich nun für Kunst und Architektur entschieden. Spezialfach: die exotische Pracht des Spätmanuelischen Stils Portugals im fünfzehnten und sechzehnten Jahrhundert. Ein Formenreichtum in den Baudenkmälern dieser Zeit, der Vater und Tochter gleichermaßen begeistert. Dieses Haus hier, diese Quinta de San Tiago, von Diogo de Arruda für Joao de Castilho um 1516 erbaut, weist im älteren Teil noch reine manuelische Stilelemente auf. Wenn Sie sich dafür interessieren, Doktor Goetz, ich lade Sie ein zu einem Rundgang durch das Gebäude. Ich habe eine bemerkenswerte Sammlung iberischer Antiquitäten, seltene Möbelstücke aus allen Teilen des Landes, keines jünger als dreihundert Jahre. Dazu Gemälde aus den Werkstätten von Jorge Affonso und Vasco Fernandes ..."

„Später, vielleicht. Ja, gern." Goetz gab sich zwar beeindruckt und durchaus interessiert. Aber nun öffnete er erneut seinen Aktenkoffer, schob ihn zur Seite und legte dabei die anscheinend so ungemein vertraulichen Schriftstücke wieder frei, die auf dem Tisch ausgebreitet waren.

Dann lockerte er seine Krawatte und lehnte sich zurück, was auf diesen unbequemen, lehnenlosen, gußeisernen Hockern nur begrenzt möglich war. Er schien nun wieder bereit, auf das eigentliche Anliegen seines Besuchs zurückzukommen. Dabei fiel sein Blick abermals auf Sharon, die inzwischen den unteren Teil des Parks durchquert hatte und nun am Pool stand, der dicht an der Klippe zwischen den riesigen Felsen eingelassen war, hoch über dem Meer.

Sharon hatte das leuchtend gelbe Badetuch über einen schwarzen Granitblock gebreitet und schlüpfte in aller Ruhe aus dem superweiten Hemd ihres akademischen Rugbyspielers. Wie eine Trophäe, wie eine erbeutete Flagge, hielt sie das im Wind flatternde Hemd in ihren beiden hocherhobenen Händen und rannte damit, nur mit diesem winzigen Tanga bekleidet, eine Runde am Rand des Pools entlang. Sie konnte sich dabei der Aufmerksamkeit ihres Publikums sicher sein.

Das Hemd landete schließlich in einem verblühten Ginsterbusch, und Sharon trimmte nochmals ihren Zopf, befestigte das Ende mit einem Gummiband, bevor sie mit einem eleganten Sprung fast lautlos ins Wasser glitt, und sich damit den irritierten Blicken des Doktor Goetz entzog.

„Ihre Tochter verbringt die Ferien hier?" Bevor Goetz endgültig zu seinen beruflichen Problemen zurückkehrte, nahm er das Thema der schönen Tochter nochmals auf.

„Semesterferien, in Princeton, in den USA, bis Ende September, ja. Aber es ist hier in erster Linie auch ein Studienaufenthalt. Ich habe ihr das kunsthistorisch bedeutende Spezialgebiet empfohlen und habe sie bereits Anfang Juni kommen lassen. Sharon liebt Portugal und dieses Haus so wie ich."

Er wandte sich um, blickte nun ebenfalls hinunter zum Pool, wo Sharon in langen, kräftigen Zügen den Pool durchmaß.

„Ich bin übrigens überrascht, Doktor Goetz", bekannte Kaltenbach, und setzte dabei seine Pilotenbrille mit den nachtschwarzen Gläsern wieder auf. „Sie sind, was meine Tochter betrifft, mit Ausnahme einiger aktueller Details, gut informiert."

„Nicht nur über Ihre Tochter. Auch über Sie, Herr Kaltenbach." Goetz konnte den Anflug eines Lächelns nicht unterdrücken. „Biographische Informationen gehören zum Handwerkszeug in unserer Branche. Besonders, wenn man als Bittsteller eine solche Reise unternimmt und jemanden überzeugen muß!"

7

„Sharon kam zu ihrem Vornamen auf die gleiche Weise wie ich zu dem meinen: Istvan! Oder steht diese pikante Story ebenfalls bereits in meiner Akte des BKA? Nein?" Kaltenbach rührte in dieser winzigen Tasse mit dem pechschwarzen, bitteren Kaffee, den Dona Isabel den beiden Herren serviert hatte.

„Meine Mutter, als überzeugte Ungarin, bestand darauf, daß ich in Budapest geboren wurde", fuhr er fort. Er trank die Tasse mit einem einzigen Schluck leer, während Goetz an der seinen nur nippte.

„Sharon wurde in Baltimore geboren", berichtete Kaltenbach weiter. „Ausgerechnet Baltimore. Sie hat daher einen amerikanischen Paß. Ihre Mutter war Amerikanerin."

Goetz nickte. „Ich weiß. Sie starb bei einem Flugzeugabsturz!"

Kaltenbach blickte ganz plötzlich irgendwohin, auf irgend

etwas, das sehr weit entfernt sein mußte. Er schwieg. Erst nach einer Weile gab er Goetz, auf dessen so kühl, so sachlich formulierte Feststellung hin, eine Art Kommentar: „Sie starb. Ja. Vor knapp zwei Jahren. Aber es war kein Unfall. Es war ein Attentat. Und es galt mir!"

Höchst unwahrscheinlich, dachte Kaltenbach, daß dieser Goetz diesen doch sehr wesentlichen Umstand nicht kennt. Der blickte ihn jedoch auf eine so eigenartige Weise fragend an, daß Kaltenbach fortfuhr: „Auf dem Flug von Genf nach Marseille. Ich hatte kurzfristig umdisponiert, nahm den Wagen. Es war ein klarer Septembertag. Der Blick auf den Mont Blanc ..."

Er hatte erneut nach seiner Tasse gegriffen und bemerkte erst kurz bevor er seine Lippen daran setzte, daß sie bereits leer war. Gedankenverloren stellte er sie wieder ab, und zögernd berichtete er weiter: „Meine Frau entschied damals selbst. Es waren übrigens auch noch zwei Freunde von mir mit an Bord. Sie flog also nicht allein. In unserem Learjet. Und der blieb tagelang verschollen."

Kaltenbach schwieg erneut. Die Geschichte machte ihn überraschend stark betroffen.

Er wandte sich ab, stand auf, blickte über die Mauer hinunter zum Park, hinüber zum Pool, wo die Tochter ausgelassen durch das Wasser tobte. Es hatte nicht den Anschein, Kaltenbach würde über diese Katastrophe noch weitere Worte verlieren.

Aber dann kam er zurück, setzte sich wieder auf seinen Platz, spielte mit der leeren Tasse, schlug mit dem Löffel irgendeinen Rhythmus gegen das dicke Porzellan und blickte schließlich Goetz, der ebenfalls schwieg, sehr direkt, fast herausfordernd an. Und dann fragte er ihn: „Sie kannten die Geschichte wirklich nicht, Doktor Goetz?"

„Doch. Ich kannte sie. Natürlich. Zumindest andeutungsweise. Aber erzählen Sie weiter!"

„Wozu?" Kaltenbach legte den Löffel beiseite und richtete sich auf. „Wenn Sie ohnehin bereits alles kennen!"

Aber dann überwand er sich offenbar, schloß seinen Bericht, fast unbeteiligt, erschreckend sachlich, wie ein Chronist: „Der

Pilot wählte die Luftstraße über Lyon und das Rhônetal. Ein ziemlicher Umweg. Aber er umging so die stark frequentierte Côte d'Azur und umflog andererseits auf dieser Route das Sperrgebiet über der Provence, wo die Force de Frappe stationiert ist mit ihren französischen Atomraketen. Sie wissen."

Goetz nickte.

„Er kam nicht sehr weit, mein Pilot: Über dem Massif Central fand man schließlich die Trümmer der Maschine. Verstreut über viele Kilometer. Darunter auch eindeutige Beweise. Ein professionell hergestellter und geschickt plazierter Sprengsatz."

Goetz hielt noch immer seine Tasse in der Hand. „Das deckt sich so ungefähr mit unseren Informationen, Herr Kaltenbach. Aber es war gut und informativ, es auch einmal von ihnen persönlich zu hören. Ich danke Ihnen. Weiß eigentlich Ihre Tochter ...?"

Kaltenbach winkte ab. „Nein. Nein! Ich habe sie nie informiert. Zwar über den Tod ihrer Mutter. Ja. Selbstverständlich! Nicht aber über die Umstände dieses Todes. Übrigens auch nicht über die Branche, in der ich tätig bin, tätig war, und in der so etwas einkalkuliert werden muß."

Und nach einer Pause, gewissermaßen abschließend und wieder mit einem langen Blick hinunter zum Pool, erklärte Kaltenbach leise: „Nein. Sharon weiß nichts!"

8

Das Traumbild war zurückgekehrt. Überraschend, spontan, klar und deutlich. Auf dem hellblau gestrichenen Grund des Pools, zwischen den dunklen Flecken, eingebrannt von verwesendem Laub, zwischen Rissen im Beton und dem blendenden Spiel der Sonnenflecken, sah Sharon den Adler fliegen. Majestätisch, stolz, mit weit ausgebreiteten Flügeln. Der Adler aus dem Traum. Und wie an einer Perlenschnur schlichen sich die verlorenen Bilder wieder in Sharons Bewußtsein.

Sie tauchte auf, hielt sich an einer Reling fest, schüttelte das Wasser aus ihrem Zopf und schloß die Augen.

Der Adler zog seine Kreise über ihr. Bedrohlich, aber auch beschützend. Sie liebte den Adler, und der Adler liebte sie. Auch wenn sie ihn fürchten mußte, weil er mächtig war und unangreifbar.

Da fielen die Schüsse.

Und der Adler begann zu stürzen.

Sie schrie auf. Vor Schmerz. Vor Wut. Vor grenzenloser Trauer. Und vor Entsetzen. Denn sie selbst hatte den Adler getötet, hatte ihn stürzen lassen. Sie selbst hatte auf ihn geschossen!

Sie lief, ohne vorwärtszukommen.

Sie lief durch Morast und Schlamm, am Flutsaum des Meeres entlang, das schwarz und ölig war und von einer saugenden, alles verschlingenden Bedrohung.

Da sah sie den Adler liegen.

Auf diesem unendlichen, leeren, einsamen, schwarzen Strand, den dunkle Dünen begrenzten. Oder waren es Berge? Oder Wolken?

Schließlich erreichte sie das Ziel.

Die Verzweiflung raubte ihr den Atem. Die Tränen machten sie blind. Sie beugte sich über das verendete, geliebte, gefürchtete Tier, faßte zu, zögernd, voller Scheu...

Aber was da abgestürzt war, was sie zu fassen bekam, war ein Drachen. Ein Kinderdrachen aus Papier. Vom Wind zerfetzt. Ausgebleicht. Das Skelett aus dünnen Bambusstäben zerbrochen. Ihr alter Drachen, das langvermißte Spielzeug, irgendwann verschwunden, vor vielen Jahren. Und jetzt hatte sie ihn wiedergefunden.

Und sie preßte ihn an sich. Voller Freude. Und erfüllt von Glück.

Da umschlangen die klebrigen Tentakeln des Drachens ihr Gesicht. Denn es war durchaus noch Leben in diesem zerfetzten, zerbrochenen Kindheitstraum vom Fliegen. Und schnürten ihr die Kehle zu.

Unsinn, dachte Sharon! Ein Traum, weiter nichts. Nur ein Traum, ein Traum ... Ein zweites Mal falle ich nicht auf so einen Spuk aus dem Unterbewußtsein herein, der einem den ganzen Morgen vermiesen kann und der dann verschwindet.

Sie öffnete die Augen, sah hoch zur Sonne, holte tief Luft und tauchte wieder unter, schwerelos schwebend. Und sie schüttelte diese Alptraumbilder endgültig, wie sie meinte, von sich ab.

Sie tauchte wie ein Delphin, schraubte sich in Spiralen auf den Grund des kristallklaren Wassers, rollte in zahllosen Saltos rückwärts bis an den Beckenrand, schoß an die Oberfläche und rang nach Luft. Und dann begann sie nach all dem Toben und Tollen ihre eigentliche professionelle Pflichtkür mit eiserner Disziplin.

Sharon absolvierte als erstes an diesem Morgen einhundert Meter Schmetterling in einer von ihr angenommenen Bestzeit. Die anschließenden vier Längen Rücken dienten dagegen mehr der Erholung. Wenn man mitten im Semester die *subjects*, die Studienfächer, wechselt, weil man, wie gewohnt, das Examen vergeigt, muß man sich eben anderswo seine Erfolgserlebnisse suchen.

Wer sich für englische Literatur nicht begeistert, weil er Lesen grundsätzlich als langweilige Zeitverschwendung empfindet, wer die Dozenten der Kommunikationswissenschafts-Clique öffentlich als korrupte, mediengeile Horde von Bastards bezeichnet, wer als Kunststudentin seine nassen Badetangas an frühgotischen Intarsienschränken trocknet und Architektur nur belegt, um einem gutgebauten Mitglied der Rugbymannschaft nahe zu sein – nein, nicht aus Liebe, sondern weil man sonst so allein herumhängt –, der sollte sich gut überlegen, ob ihn eine akademische Ausbildung wirklich dem Sinn des Lebens näherbringt.

„Vergiß nie", hatte ihr die Mutter aus Baltimore von klein auf eingebleut, „du mußt immer eine der Besten sein!" Oh, diese amerikanischen Mütter und ihr Leistungswahn. Die Männer sterben auf der Jagd nach Erfolgen an Infarkten weg, und die Kinder werden neurotisch.

Jetzt schwamm Sharon also um ihr Leben, um irgendwelche, in ihr Unterbewußtsein eingebrannte Forderungen zu erfüllen, die diese *Mum*, die es nicht mehr gab, trotzdem nicht besonders stolz gemacht hätten, weil sportliche Rekorde, sozial gesehen, in diesen Kreisen auch wiederum nichts Angesehenes waren.

Somit war Sharons Schwimmtraining möglicherweise ein einziger Protest gegenüber mütterlicher Dressur – und gleichzeitig perfekte Anpassung an identische Prinzipien. Verzwickt und ohne *head-shrinker*, ohne Analytiker nicht zu durchschauen.

Vielleicht war aber auch alles viel einfacher, viel unkomplizierter, ganz harmlos und auch ohne Freud und Analyse zu erklären: Jeder Mensch braucht Anerkennung. Und wer auserwählt war, mit Mitgliedern des Rugbyteams Trikots und verwaschene Hemden zu tauschen, mußte auf irgendeinem anderen sportlichen Gebiet Perfektion beweisen. Denn Geisteswissenschaften rangierten auf amerikanischen Universitäten mitunter erst an zweiter Stelle. Spitzensportlern wurden miese Punkte bei Examen leichter vergeben, Hauptsache der reiche Daddy lieferte außer der Studiengebühr von vierzigtausend Dollar jährlich noch eine kräftige *donation*, eine Spende für das *Department of Sport* ab.

9

„Dieser Vorfall, der tragische Tod meiner Frau, der mein Tod hätte sein können, hat mir gezeigt, daß in dieser Branche kein Platz mehr für mich ist." Kaltenbach hatte damit begonnen, die bisher noch nicht konkret ausgesprochene Forderung dieses Herrn Doktor Goetz, als dem Vertreter einer bundesdeutschen Kriminalbehörde, durch eine Mitleid erregende Erzählung biographischer Episoden abzuwehren. „Ich bin hierher in eine der schönsten Gegenden Europas gezogen. Ich bin geflüchtet, wenn Sie so wollen. Ich bin ausgestiegen, um hier meinen

Lebensabend zu genießen. Unbehelligt. Fern von meiner Vergangenheit. Um mir und meiner Tochter eine Heimat zu schaffen, für die sich die Plackerei gelohnt hat. Auch das Risiko!"

Er stand wieder auf, postierte sich nach ein paar Schritten schräg hinter Goetz, um ihm nicht ins Auge sehen zu müssen. „Wenn Sie mir am Telefon ehrlich und offen gesagt hätten, Herr Doktor Goetz, worum es geht . . ."

Der fuhr herum und starrte Kaltenbach ungläubig an: „Ich bitte Sie, Herr Kaltenbach! Am Telefon . . .!"

„Aha!" Kaltenbach fühlte sich bestätigt. „Ihnen ist diese Sache hier, da Sie ja davon ausgehen, daß sie nicht Fiktion ist, also zu heiß! Mir auch! Sie wagen nicht einmal, mir am Telefon Andeutungen zu machen, wofür ich Ihnen übrigens letzten Endes dankbar bin. Denn ich will nichts – absolut nichts – mit Ihren Atom-Sprengkopf-Mutmaßungen zu tun haben."

Er verließ seine strategisch so günstige Position hinter dem Rücken von Goetz, ging hinüber zu der Mauerbrüstung, die die Terrasse vom unteren Park trennte, und zeigte hinunter zum Pool, wo Sharon immer noch ihre sportlichen Exerzitien absolvierte.

„Ich habe außer Sharon niemanden auf dieser Welt, der es wert wäre, sich Sorgen zu machen, sich zu engagieren, nochmal irgendein Wagnis einzugehen. Mein Leben ist nunmehr ein Leben für Sharon! Ich bitte Sie, Herr Doktor Goetz, das zu begreifen – und das Bundeskriminalamt, dies zur Kenntnis zu nehmen!"

Er nickte kurz, mehrmals sogar, wie um sich selbst diesen Entschluß zu bestätigen. Dann wandte er sich ab, denn das Gespräch war für ihn beendet.

Doktor Goetz sah die Dinge allerdings anders. Er stand nun ebenfalls auf und suchte in seinem Koffer nach weiteren Argumenten.

10

Er wurde rasch fündig und ging mit einem mehrseitigen Schriftsatz, der in einer roten Plastikhülle steckte, hinüber zu Kaltenbach.

Der wandte ihm immer noch den Rücken zu und betrachtete, aufgestützt auf diese verwitterte Sandsteinmauer, stolz und begeistert das ausdauernde Training seiner Tochter.

„Herr Kaltenbach, bitte...!" Goetz machte sich bemerkbar.

Kaltenbach sah sich langsam um und blickte auf die Papiere, die ihm da mit auffordernder Geste offeriert wurden.

„Lesen Sie das hier. Werfen Sie einen Blick darauf. Es wird Ihnen bekannt vorkommen, und es wird Sie interessieren..."

Kaltenbach rührte sich nicht, blieb weiterhin aufgestützt, nahm die offerierten Papiere durch die dunklen Gläser seiner Brille lediglich zur Kenntnis, nicht aber entgegen.

Goetz gab nicht auf: „Ich hatte Sie ursprünglich lediglich um eine Gefälligkeit gebeten, Herr Kaltenbach. Aber ich bin natürlich auch zu Gegendiensten bereit. Bitte!"

Da Kaltenbach sich so standhaft und auffallend weigerte, die angebotenen Papiere auch nur zu berühren, begann Goetz, den Inhalt des Schriftsatzes mündlich zu kommentieren: „Herr Kaltenbach, Sie haben an den Irak vor geraumer Zeit eine komplette Pestizidfabrik geliefert, die das Land in die Lage versetzte, statt Pflanzenschutzmittel auch große Mengen chemischer Kampfstoffe, nämlich Nervengase für das Golfkriegsabenteuer zu produzieren. Schon Mitte der achtziger Jahre kamen bei ersten Giftgaseinsätzen gegen Iranis und Kurden Zehntausende von Zivilisten ums Leben. Die weiteren Katastrophen, die damit angerichtet wurden, sind ja hinreichend bekannt!"

Goetz hatte Erfolg. Kaltenbach war sichtlich verunsichert.

Urplötzlich und überraschend. Es schien, als sei er mit diesen Fakten aus seiner Defensive zu locken. Er mußte sich nun verteidigen. Er hatte keine andere Wahl: „Ich gebe zu, Herr Doktor Goetz, an der Lieferung dieser umstrittenen Industrieanlage beteiligt gewesen zu sein, übrigens im Rahmen eines mit der UNO abgestimmten Industrie- und Argarhilfsprogramms für Länder der Dritten Welt. Und glauben Sie mir, ich bedauere zutiefst, was anschließend mit irgendwelchen angefallenen Zwischenprodukten einer unzulässig veränderten Endstufe dieser Anlage geschehen ist."

Das klang ehrlich und überzeugend und wie ein schon mehrfach benutztes Zitat. Und nachdem Goetz im Augenblick noch keinen Einwand vorbringen wollte, fuhr er in dieser Form einer offenbar einstudierten und bisher erfolgreichen Argumentation fort: „Vergessen Sie nicht, Herr Doktor Goetz! Man kann alles mißbrauchen. Alles! Wie viele Menschen sterben täglich auf den Straßen Europas und auf denen der USA? Klagen Sie die Automobilindustrie deswegen an? Verbieten sie den Straßenverkehr?"

Goetz spürte, daß es Zeit wurde, etwas aggressiver vorzugehen: „Lassen wir dieses alberne Beispiel einmal beiseite, Herr Kaltenbach! Die Staatsanwaltschaft hat gegen Sie ermittelt."

„Das Verfahren gegen mich wurde abgetrennt und eingestellt!"

„Weil Sie einen Schweizer Paß besitzen!"

„Und mangels Beweisen!"

„Die Beweise könnten wir liefern! Zur Not auch in die Schweiz!" Goetz wedelte provozierend mit dem Schriftsatz in der roten Hülle, den er Kaltenbach zur Kenntnisnahme immer noch offerierte.

„Sie erinnern sich sicher an diese Memoranden hier. Ich nenne sie der Einfachheit halber die Kaltenbach Papiere: Es handelt sich dabei um die modifizierte Bestellung der künftigen staatlichen Betreiberfirma im Irak. Sie enthält bereits detaillierte Anweisungen an Sie und Ihre Firma, an Ihre Ingenieure und Chemiker, wie die Lieferung der Verfahrenssegmente der Endstufe auszulegen seien, damit sich ohne Umwege und nach einer sehr effizienten Methode Nervengase als Kampfstoffe an Stelle von Schädlingsbekämpfungs- und Unkrautvernichtungsmitteln produzieren lassen."

Kaltenbach berührte die ihm angebotenen Papiere immer noch nicht. Er warf lediglich einen sehr langen, intensiven, aber skeptischen Blick darauf. Goetz spürte, wie Zweifel in seinem Gesprächspartner aufstiegen. Auch wenn Kaltenbachs Augen hinter dem fast schwarzen Glas der Brille unsichtbar blieben, war ihm der Zwiespalt, die Unschlüssigkeit deutlich anzusehen. Goetz nutzte die Chance: „Sie haben damals persönlich den gesamten Schriftsatz zur Kenntnis genommen, mit den Auftraggebern ausführlich diskutiert, Seite für Seite dieser Memoranden abgezeichnet und anschließend an den Chefchemiker der Firma ARCHEM, einem gewissen Doktor Karl Friedrich Wintergerst, vertraulich und als zu vernichtende Verschlußsache weitergegeben."

Goetz nahm nun die einzelnen Seiten des Schriftsatzes aus der roten Plastikhülle. Die Verbindlichkeit, die er zu Beginn des Gesprächs an den Tag gelegt hatte, war nun einer gewissen Schärfe, einer zielgerichteten Energie gewichen. Sehr leise, sehr langsam und sehr deutlich trug er nun auch noch den letzten Teil seiner Indizienkette vor: „Die Presse bekam Wind von der Sache. Ein politisches Magazin druckte vage Enthüllungen. Die Bundesregierung reagierte nervös. Das Ausland heulte auf. Und wir vom BKA wurden schließlich aktiv. Bevor jedoch dieser Chefchemiker von der Staatsanwaltschaft in der Sache vernommen werden konnte, starb er an einer Überdosis Heroin. Herr Doktor Wintergerst war jedoch bis zu diesem Zeitpunkt nachweislich niemals drogenabhängig gewesen."

Kaltenbach schien zutiefst verletzt: „Sie glauben doch nicht im Ernst, ich hätte mit dem Tod dieses Chemikers auch nur das geringste ..."

Goetz unterbrach ihn mit einer beschwichtigenden Handbewegung, blieb jedoch kalt und gelassen: „Ich stelle nur fest, daß der Tod dieses Mannes Ihnen sehr gelegen kam, da Sie ja annehmen mußten, er hätte diese Papiere hier weisungsgemäß vernichtet. Was er jedoch nicht getan hatte!"

Kaltenbach reagierte gereizt und fassungslos: „Sie wollen mich erpressen?"

„Das würde nicht der Politik des BKA entsprechen", konterte Goetz geschmeidig. „Nein, ich möchte Sie nur bitten, diese Kopien der Memoranden hier nochmals und in aller Ruhe durchzulesen, damit Sie begreifen, welche Gefälligkeit wir Ihnen unsererseits erweisen, wenn wir das Original der Kaltenbach Papiere – zumindest vorläufig noch – in unserem Tresor verwahren und seine Existenz nicht publizieren. Denn das wäre vermutlich das Ende Ihres so beneidenswert beschaulichen Lebensstils hier ..." Er blickte sich um, voll gespielter Bewunderung: Das alte, traditionsreiche Herrenhaus, die Quinta, mit ihren Erkern, Balkonen, Terrassen; die Innenhöfe und Seitenflügel; der Park in seiner Blütenpracht und mit den knorrigen Baumgiganten; der Pool zwischen den gewaltigen Granitfelsen, hoch über dem Meer ...

Dann erst, nach diesem langen Rundblick und der dafür angemessenen Pause, beendete er seinen Satz: „Für Sie, Herr Kaltenbach. Und für Ihre Tochter!"

Da griff Kaltenbach endlich, wenn auch zögernd, nach den ihm so freizügig hingehaltenen Papieren. Goetz bemerkte, daß Istvan Kaltenbachs Hand, mit der er den Schriftsatz nahm, leicht zitterte.

11

Der Delphin hatte zum Endspurt angesetzt, kraulte verzweifelt gegen eine unsichtbare Konkurrenz, die es in vier Runden Freistil zu schlagen galt. Es waren nur noch wenige Meter bis zum Sieg. Eine allerletzte verzweifelte Anstrengung, Sharon schlug mit der Hand gegen die Reling, tauchte auf und hatte eine Vision: Nein, kein stürzender Adler, kein zerfetzter Kinderdrachen aus Papier. Am Beckenrand, zwischen den aus dem Klinkerboden herausragenden Felsen, saß ein junger Mann im Schneidersitz, lüftete höflich seinen zerfransten Strohhut, sagte „Hallo!" und lächelte Sharon an.

Sie holte erst einmal Luft, rieb sich das Wasser aus den

Augen und stellte halb entrüstet, halb lachend fest: „Shokking... Shit! Wahnsinn!" Sie kannte diesen Typ, zumindest flüchtig, was dieses überraschende Auftauchen an ihrem Pool keineswegs rechtfertigte.

„Was, zum Teufel, machen Sie hier oben?"

„Oh, Sie sprechen auch Deutsch. Was für eine Überraschung." Nach dieser Feststellung war er bereit, ihre Frage zu beantworten: „Also gut: Ich sehe Ihnen zu. Weiter nichts." Er war unrasiert und blaß, also keiner dieser broncefarbenen *beach-boys*, keiner dieser Helden und Aufreißer, aber andererseits auch keinesfalls einer dieser üblichen Strandtouristen. Seine Jeans waren verwaschen und ausgefranst, die Turnschuhe ausgelatscht, naß vom Meerwasser und voller Sand. Zu einem ausgebleichten, blauen Unterhemd trug er eine alte, abgewetzte Lederjacke. Aber die lag nun neben ihm. Er wirkte leicht erschöpft und wischte sich mit dem Handrükken den Schweiß aus dem Gesicht. Trotz dieses armseligen, alternativen Outfits gab er sich geradezu unverschämt souverän.

„Machen Sie ruhig so weiter", riet er Sharon. „Ihr Schwimmstil ist olympiareif!"

„Danke! Ich weiß!" Alles nur müde Anmache, dachte Sharon. Sie war auf Punkte und gute Noten von diesem sich so charmant produzierenden Kerl nicht angewiesen. Immer noch völlig atemlos klammerte sie sich mit der einen Hand an die Reling und hielt die andere vor ihre nackten Brüste. „Wie kommen Sie eigentlich hier herauf?" wollte sie wissen.

„Zu Fuß, natürlich. Vom Strand, über die Treppe zwischen den Felsen. Es sind tatsächlich dreihundertundfünfundsechzig Stufen. Ich habe nachgezählt."

„Oh, là, là: Sie können zählen! Aber offenbar nicht lesen, nein?" Sharon hustete, spukte verächtlich eine Ladung Wasser aus. „Dort unten, am Strand, da ist ein großes, eisernes Schild an den Felsen geschraubt: Der Zugang ist absolut privat!"

„Tut mir leid, aber ich spreche nicht Portugiesisch!"

„Privat ist privat! Auf portugiesisch und englisch und deutsch und französisch!"

„Natürlich bin ich privat und keinesfalls geschäftlich diese verdammten dreihundertundfünfundsechzig Stufen hier heraufgejogged!"

„Und wieso? Warum?"

„Ich wollte Sie wiedersehen!" Das klang unwiderlegbar naiv und vor allem verblüffend. Er war anscheinend der Ansicht, man könne ihm bei dieser Form der einfältigen, offenen Ehrlichkeit nur schwerlich böse sein. „Außerdem ..." fügte er noch hinzu, „Sie haben mich eingeladen!"

„Eingeladen? Ich? Sie? Nachdem Sie sich gestern unten am Strand schon so aufdringlich benommen haben?"

„Ach ja? Habe ich das? Aufdringlich? Das ist mir außerordentlich peinlich, und es tut mir leid!" Er gab sich zerknirscht. „Aber wenn Sie sich bitte freundlicherweise daran erinnern könnten", gab er zu bedenken. „My name is Sharon", zitierte er sie. „I'm living up there – Dort oben wohne ich! Haben Sie das gesagt oder nicht?"

Sharon schien verzweifelt: „Hören Sie ... Das war keine Einladung. Das war lediglich eine Information!"

„Das muß ich falsch verstanden haben! Bitte, verzeihen Sie mir! Ich bin wirklich unmöglich!" Seine Reue klang echt und überzeugend. „Na schön!" Er seufzte beschämt und stand auf. „Die dreihundertundfünfundsechzig Stufen, das war zwar härtester Streß – aber Leben ist eben auch Risiko! Schade. Wenn ich so unwillkommen bin, wie es scheint: Abwärts geht's ja auch leichter!"

Er wandte sich grußlos ab, von diesem Griff an den alten Strohhut einmal abgesehen, und ging auf die Treppe zu, auf diese in den schwarzen Lavastein geschlagenen dreihundertundfünfundsechzig Stufen. Aber bevor er noch endgültig in dieser schmalen Lücke, die sich zwischen zwei mannshohen Felsen auftat, verschwand, war Sharon bereits seinem spröden Charme erlegen: „He! Bleiben Sie da! Wo Sie jetzt schon mal hier oben sind!"

Er kam zurück, ohne ein Zeichen von Dankbarkeit, ohne zu lächeln, und setzte sich kommentarlos wieder auf den geklinkerten Boden und sah sie erwartungsvoll an.

„Ich habe übrigens ganz vergessen, wie Sie heißen . . ." bekannte Sharon mit der gleichen überzeugenden Ehrlichkeit.

Er schien erstaunt, enttäuscht, ja geradezu entsetzt: „Wie kann man so etwas einfach vergessen. Einen so einprägsamen, leicht zu behaltenden Namen! Noch dazu in Verbindung mit meiner Persönlichkeit . . ."

Er richtete sich auf, nahm mit großem Ernst seinen Hut ab, eine sehr formelle, sehr konservative Geste, senkte die Stimme, was seiner Mitteilung etwas Suggestives, Konspiratives verlieh, beugte sich vor: „Also . . . Tom!"

„Tom?" Sie nickte, erinnerte sich. „Ja, klar: Tom. Sorry! Aber gestern war's mir noch nicht wichtig genug."

„Schön, wie Sie das sagen!" Tom wirkte zutiefst befriedigt. „Das gibt zu der berechtigten Hoffnung Anlaß, daß es Ihnen heute morgen wichtiger sein könnte!"

Sie lachte, fand diesen Tom mit einem Mal richtig amüsant. Denn auch die schönsten portugiesischen Ferien bergen – allein genossen – zwangsläufig ein gewisses Maß an Langeweile in sich.

Mit diesem Tom könnte das anders werden, könnte etwas Chili oder wenigstens eine Prise Pfeffer in die Diät der dahinfließenden schönen Tage geraten.

Sie widmete diesem Tom also ein genau dosiertes, aufmunterndes Lächeln. Aber der spähte bereits über Sharon hinweg hinüber zum Haus, zu dieser kleinen Terrasse zwischen Seitenflügel und Hauptgebäude, wo an der Mauerbrüstung zwei Männer standen, die, im Augenblick zumindest, beide schwiegen. Der eine las in irgendwelchen Papieren und war ganz offensichtlich völlig absorbiert von dieser Lektüre.

Der andere hob gerade den Kopf, zufällig, unwillkürlich, absichtslos, schaute herüber zum Pool – und sah diesen Tom.

Zwei Blicke begegneten sich. Zwei Männer, die sich – möglicherweise – kannten, sahen sich an: Einige Sekunden zu lang, eine Spur zu intensiv! Nun fühlten sich beide ertappt.

Tom schob seinen Strohhut tiefer ins Gesicht.

Der andere, dieser Doktor Goetz, oben am Haus, wandte sich ab.

Aber es war – vermutlich – bereits zu spät.

12

„Danke!" Kaltenbach reichte Goetz die Memoranden kommentarlos zurück. Aber der wehrte ab: „Behalten Sie die Papiere, ich bitte Sie!" Goetz war sicher, daß Kaltenbach den fotokopierten Schriftsatz, den er so betont flüchtig, so gespielt uninteressiert überflogen hatte, als den authentischen und unumstrittenen Beweis seiner Schuld identifiziert haben mußte.

„Es ist übrigens garantiert die einzige Kopie der Kaltenbach Papiere, die existiert. Und ich kann Ihnen nur raten, hin und wieder einen Blick darauf zu werfen, immer dann, wenn die Motivation Sie verläßt, uns behilflich zu sein."

Kaltenbach schwieg und beobachtete zwei Möwen, die sich hoch über dem Giebel des Hauses vom Seewind tragen ließen. Sie segelten frei, ohne einen einzigen Flügelschlag, und bewegten sich, ganz langsam, auf und nieder.

Istvan Kaltenbach fühlte sich in diesem Augenblick nicht besonders gut. Er spürte wieder einmal seine Galle, und sein Blutdruck war gefährlich gestiegen. Die Aggression staute sich in ihm. Er mußte etwas dagegen tun. Ein paar Runden Tennis mit Sharon. Schwimmen. Sich müde strampeln am Hometrainer. Und wenn schon die gesunde Tour nichts half, wenigstens ein paar Schlucke alten, portugiesischen Brandy. Er hoffte inständig, diesen ungebetenen, lästigen Gast möglichst rasch und umgehend loszuwerden.

Die Zeichen dafür standen gut: Goetz packte bereits die Computerausdrucke und die übrigen Indizien für seine erschreckende Theorie wieder pedantisch in die verschiedenen Fächer seines Aktenkoffers und versuchte dabei, den jungen Mann am Pool, den Besucher dieser schönen Tochter des Hauses, auch weiterhin möglichst unauffällig zu beobachten – und zu identifizieren. Denn er glaubte, ihn zu kennen. Er war so gut wie sicher. Es gab eigentlich keinen Zweifel! In Gedanken blätterte Goetz sein umfangreiches Personenregister durch, ohne spontan fündig zu werden.

Tom dagegen wußte, wen er vor sich hatte, und bemühte sich um Diskretion. Er wandte dem Haus und den beiden Männern dort oben auf der Terrasse seinen Rücken zu, ließ sie aber gleichzeitig, über seine Schulter hinweg, nicht aus den Augen. Unter dem alten Strohhut, am frühen Morgen als Strandgut zwischen den Klippen erbeutet, hoffte er, seine Anonymität gewahrt zu haben.

Sharon war aufmerksam geworden, war seinen irritierten Blicken gefolgt: „Was ist los? Was gibt es dort oben?"

„Oh, nichts." Und im Stil leichter Konversation fragte er zurück: „Wollen Sie mich nicht Ihrem Vater vorstellen?"

„Wozu?"

„Ich dachte, das gehört sich so in Ihren Kreisen."

„Woher wollen Sie wissen, daß einer von den beiden dort oben mein Vater ist?"

„Der im weißen Tennisdreß, nehme ich an."

„Richtig. Das ist Daddy. Ja!" Aber dann hatte sie einen kuriosen Einfall. „Trotzdem: Es hätte ja auch mein Geliebter sein können, oder mein Ehemann. Sagen sie nicht, ich sei viel zu jung für so eine Verbindung. Es gibt manchmal noch ganz andere Kontrastpaare, oder glauben Sie mir nicht?"

„Oh, doch! Ich glaube Ihnen. Natürlich! Bei Ihrer Lebenserfahrung! Sicher!" Er sah, auch wenn es wegen des leicht spöttischen Untertons so klang, natürlich keinerlei Grund zum Widerspruch oder gar zum Zweifel. „Darf ich fragen, wie alt Sie sind?"

„Zwanzig. Ich könnte also auch das Dienstmädchen hier sein, Au-Pair-Mädchen im Haus reicher Leute? Oder?"

Er lachte nur und stoppte mit einer Handbewegung weitere skurrile Möglichkeiten. „Wer ist der andere?“ wollte er statt dessen wissen. „Sein Rechtsanwalt oder sein Butler?“

„Ich kenne ihn nicht.“ Die Antwort kam spontan und klang überzeugend. „Irgend so ein Geschäftsbesuch. Ich sehe ihn heute zum ersten Mal.“

Tom nickte. „Geschäftsbesuch ...! So so ... Ich hatte eher den Eindruck, Ihr Vater genießt hier oben seine Rente.“

Sharon stieg auf die Provokation voll ein. „Genießt was? Seine Rente? Hören Sie mal, so alt ist Daddy nun auch wieder nicht. Aber ich gebe zu, er hat sich vom Geschäftsleben weitgehend zurückgezogen.“

„Und empfängt immer noch Geschäftsbesuche? Er kann's also nicht lassen.“ Tom grinste, gab sich ganz unbeschwert und belauerte weiterhin gespannt und aufmerksam die beiden Männer auf der Terrasse. Die standen nun für das Abschiedszeremoniell dicht zusammen. Das hatte den Anschein von vertraulicher, konspirativer Konversation.

„Was hat denn Ihr Daddy früher gemacht? Bevor er in Rente ging, pardon: sich vom Geschäftsleben weitgehend zurückgezogen hat?“

„Industriemakler“, erklärte Sharon, und es klang ebenso bereitwillig wie harmlos. Und etwas naiv und nur mäßig interessiert fügte sie noch hinzu: „Na ja ... Was immer man sich darunter vorstellen mag.“

13

„Herr Kaltenbach, wir sind uns also einig!“ Goetz hatte seinen Aktenkoffer geschlossen, zog seine Krawatte enger und leerte die winzige Tasse mit dem längst kalt gewordenen Schluck Kaffee.

Kaltenbach nickte und ging voraus zur Terrassentür, die in den Altbau führte, in die große, düstere Halle des Hauses.

In der verkrampften, linken Hand hielt er, zusammengerollt

und wieder in den roten Plastikumschlag verpackt, den umstrittenen Schriftsatz, die Kaltenbach Papiere.

Goetz knöpfte sein Jackett ordentlich zu, das er trotz der Wärme dieses Spätsommertages nicht abgelegt hatte. Er war korrekt, und er kam noch ein letztes Mal zur Sache: „Sie haben das Know-how, Herr Kaltenbach. Sie kennen die Branche." Goetz war wieder stehengeblieben. Er hatte es nicht ganz so eilig wie sein Gastgeber. „Sie haben die entsprechenden Verbindungen", fuhr er fort, „gewissermaßen weltweit, wie es heißt. Und Sie haben das Vertrauen des Bundeskriminalamtes. Versuchen Sie, für uns herauszufinden: wer bietet an? Wer bringt solche höchstbrisanten Dinge auf den Schwarzen Markt? Wer kann so etwas fabrizieren und liefern ..." Goetz machte eine kleine Pause. Und bevor er das Haus betrat, wobei Kaltenbach ihm den Vortritt ließ, nannte er die Objekte, um die es ging, leiser und beiläufiger als bisher, endlich beim Namen: „Drei atomare Sprengköpfe auf Plutonium-Basis?"

Damit ging er hinein in die Halle. Er wußte es inzwischen, man hatte es ihm mitgeteilt: Spätmanuelischer Stil, fünfzehntes Jahrhundert.

Und Kaltenbach folgte ihm schweigend.

14

Das Getändel am Pool kulminierte in einer pikanten Situation. Sharon war im Begriff, aus dem Wasser zu klettern, klammerte sich auf halber Höhe mit beiden Händen an diese schmale, eiserne Badeleiter und versuchte gleichzeitig, in einem Anfall puritanischer Schamhaftigkeit, ihre zierlichen, sonnengebräunten Brüste zu bedecken. Tom dagegen war aufgestanden, an die Leiter getreten, hatte sich zu ihr heruntergebeugt, um ihr galant und hilfreich die Hand zu reichen. Aber Sharon sträubte sich hartnäckig, diese Art von Kavaliersdienst in Anspruch zu nehmen.

„Nein, bitte! Drehen Sie sich um!" Sie lachte kokett und ein wenig geniert, aber ohne Erfolg. Tom war offenbar nicht bereit, das Problem zu begreifen: „Umdrehen? Weshalb?"

„Ich bin fast nackt!"

„Ja, ich sehe!" Er war völlig unsensibel, was Sharons so mühsam erspielte Sittsamkeit betraf, und von einer geradezu penetranten Schamlosigkeit. „Gestern am Strand hatten Sie doch auch nicht mehr an." Er erinnerte sich mit einem gewissen Vergnügen.

„Der Strand ist der Strand", stellte Sharon klar, „und hier oben gelten andere Regeln!"

„Verzeihung! Das konnte ich nicht ahnen!" Er war bereit, die ungeschriebenen Gesetze des Hauses zu respektieren – wandte sich aber trotzdem nicht ab, machte statt dessen Vorschläge, wie diese Gesetze sinnvoll zu umgehen seien: „Wenn die Sitten hier oben wirklich so streng sind, wie Sie sagen, dann gehen wir beide eben wieder hinunter ans Meer. Es sind ja wirklich nur lächerliche dreihundertundfünfundsechzig Stufen, noch nicht einmal halb soviel wie am Eiffelturm von Paris."

Sharon gab lachend auf: „Oh ... Tom! Sie sind einfach unmöglich!"

„Ich weiß!" Er seufzte reuevoll.

Und obwohl sie es eigentlich nicht nötig hatte, akzeptierte sie nun trotzdem Toms hilfreich dargebotene Hand, lief barbusig um den Pool, holte ihr gelbes Handtuch von dem schwarzen Felsen herunter, und während sie in ihrem alten blaugestreiften Herrenhemd versank, stellte sie fest: „Ich habe noch nicht mal gefrühstückt."

Tom erkannte seine Chance: „Das trifft sich gut. Ich auch nicht." Bevor er aber eine entsprechende Einladung zu einem gemeinsamen Frühstück im Hause Kaltenbach hätte ablehnen müssen, mit Bedauern zwar, aber aus Gründen, die er im Augenblick nur schwer hätte erklären können, ergriff er die Initiative: „Hören Sie, Sharon, ich weiß einen Platz, der wesentlich intimer ist als Ihr zauberhaftes Palais hier oben ..."

„Ja?" Sie kam neugierig um das Becken herum, krempelte die ausgefransten Manschetten hoch, knöpfte das Hemd notdürftig, nachlässig und nur ein ganz klein wenig weiter zu, und zog es hinter dem Rücken stramm, schon wegen ihrer perfekten Figur.

„Sie werden begeistert sein", schwärmte er. „Es ist einfach traumhaft dort unten und echt stark! Fabelhaft *trendy*. Unvorstellbar *hip*. Phantastisch schrill und ganz *cool*: Der Platz ist einfach absolut *in*! Frühstück à la carte. Und ich lade Sie ein!"

Er schien den Jargon ihrer Altersgruppe getroffen zu haben: „Oh, wirklich?" Ihre Frage klang bereits begeistert und fast schon wie eine endgültige Zusage. Sie war einfach zu überrascht und auch zu erfreut, um sich lange zu zieren. Ihr Urlaub im Haus des Vaters, bisher so überaus harmonisch, so anständig und erholsam, aber leider auch unendlich ruhig verlaufen, war für ihre zwanzig Jahre letzten Endes alles andere als unterhaltsam gewesen oder gar erträumt. Nun begann ihr behütetes Dasein ganz plötzlich, von einer Minute zur anderen, eine sanfte Wendung hin zum Abenteuerlichen zu nehmen.

„Warten Sie, Tom. Ich ziehe mich nur um. Bin gleich wieder zurück." Sie rannte los, sprang, um abzukürzen, übermütig über die in voller Blüte stehenden Rosenrabatten, lief die große Treppe zum Säulengang des Hauses hinauf und ließ das gelbe Handtuch dabei flattern wie ein Siegesbanner.

Dabei war es eigentlich Tom, der einen ersten Sieg nach Punkten für sich verbuchen konnte.

Wenn auch auf einem Gebiet, von dem Sharon vorläufig nichts ahnte.

15

Eine Führung durch das historische Gemäuer der alten Quinta de San Tiago fand doch noch statt. Kaltenbach komplementierte seinen Gast auf Umwegen aus dem Haus. Er ging voraus in einer geradezu unhöflich hektischen Eile und ohne Kommentar. So durchquerten die beiden Männer die Bibliothek. Die mit alten Bänden angefüllten Regale reichten bis unter die

Decke. Die Tür zur Kapelle stand offen und erlaubte Goetz einen kurzen, flüchtigen Blick auf sakrale Kostbarkeiten. Rasch gingen sie einen engen, verwinkelten Korridor entlang, dessen weißgekalkten Wände unter einer Unzahl düsterer Gemälde fast völlig verschwanden, und erreichten schließlich den oberen Arkadengang, der um einen kleinen, quadratischen Innenhof verlief, dessen Säulen und Mauern mit kletternden und hängenden subtropischen Pflanzen zugewuchert waren.

Da blieb Kaltenbach stehen und sah sich um. Denn auch sein Gast war stehengeblieben und starrte nachdenklich in den Hof hinunter, in diese blühende Pracht rund um eine Zisterne.

Goetz hatte sich offensichtlich eine plötzliche Erkenntnis aufgedrängt. Langsam kam er auf Kaltenbach zu. „Der junge Mann am Schwimmbecken ..."

Kaltenbach reagierte nicht weiter.

„Er saß bei Ihrer Tochter ..."

Kaltenbach nickte nur.

„Der uns sehr lange, sehr intensiv beobachtet hat ..."

Kaltenbach maß diesem Unbekannten, wie es schien, keine Bedeutung bei.

„Ein Verehrer vom Strand", meinte er nur, und es klang eher beiläufig. „Ich sah ihn heute zum ersten Mal."

„Das bezweifle ich ..." Goetz stellte seinen Aktenkoffer auf den Boden, lockerte seine Krawatte und putzte anschließend mit einem Taschentuch sehr umständlich die dicken Gläser seiner Brille. Er wollte anscheinend Zeit gewinnen.

„Mir ist eben erst ... gerade jetzt ... in diesem Augenblick ..." Er sprach plötzlich in Fragmenten. „Ich wußte allerdings von Anfang an ... ich meine ... daß ich ihn irgendwoher kannte."

Kaltenbach war aufmerksam geworden, reagierte allerdings noch immer verständnislos.

„Es wäre unserer Sache nicht sehr dienlich", fuhr Goetz schließlich fort, „wenn er mich ebenfalls erkannt haben sollte."

„Könnten Sie mir freundlicherweise sagen, Herr Doktor Goetz, was für eine Art subversive Person meine Tochter da angeschleppt haben soll?" Kaltenbach lachte leise und hüstelte. „Ich verstehe absolut nicht, worum es geht..."

„Ja. Kein Zweifel!" Goetz setzte seine Brille wieder auf und richtete sie umständlich gerade. „Das ist dieser Sadowski. Thomas Sadowski. Ein Journalist. Er hat Sie sicher schon etliche Male interviewt."

„Nein. Mit Sicherheit nicht!" In Situationen wie dieser, in denen ungeklärte Fragen ihn zutiefst beunruhigten, demonstrierte Kaltenbach gern ein ungebrochenes Selbstvertrauen. „Ich gebe nämlich aus Prinzip keinerlei Auskünfte. Weder über mich privat noch über meine Geschäfte. Sie müssen wissen, Herr Doktor Goetz: Ich bin zwar nicht eitel! Dafür aber vorsichtig."

Er wandte sich ab, ging wieder voraus, setzte seinen Weg durch die Arkade fort, bis zu dieser geschwungenen Steintreppe, die mit ausgetretenen Stufen nach unten führte, in den Hof, zum großen und einzigen Portal dieses Hauses.

Goetz folgte ihm und gab währenddessen zu dieser von ihm identifizierten Person einen für Kaltenbach vermutlich irritierenden Kommentar: „Alles, was dieser Thomas Sadowski jemals veröffentlicht hat, war stets perfekt recherchiert und abgesichert. Viele, die ihn und seine Enthüllungen fürchteten, haben versucht, ihm ein Bein zu stellen. Aber dieser Sadowski war nicht zu fassen."

Kaltenbach reagierte nicht weiter. Es schien, als hätte er nicht das geringste Interesse an dieser Person, die sich so unverfroren bei ihm Eintritt verschafft hatte.

Aber Goetz ließ sich nicht bluffen. Er fand, daß die schlechten Nachrichten, mit denen er aufwarten konnte, seiner Sache durchaus dienlich sein konnten: „Sie müssen sich wohl oder übel daran erinnern, Herr Kaltenbach, auch wenn es Ihnen höchst unangenehm sein sollte: Dieser Sadowski schrieb vor etwa anderthalb Jahren eine Serie für das Magazin *Stern* über die illegalen Waffenexporte deutscher Firmen in Krisengebiete unter dem Titel *Die Waffenschieber* und über die Unfähigkeit der Bundesregierung, dieses üble Treiben zu verhindern."

Kaltenbach warf Goetz nur einen kurzen Blick über die Schulter hinweg zu: „Ich lese seit Jahren keine deutschen Zeitungen mehr."

„Das Pseudonym dieses Mannes, unter dem er schreibt, sagt Ihnen vermutlich mehr: Tom Severin!"

„Tut mir leid." Kaltenbach zuckte die Schultern. „Nie gehört!"

„Das würde mich wundern." Sie waren an der Treppe angekommen, und während Kaltenbach zielstrebig und rasch nach unten ging, blieb Goetz oben stehen und beobachtete seinen Gastgeber mit einem sehr professionellen Sinn für Poker. Er hatte gute Karten, sogar Trümpfe, und er konnte eigentlich mit Recht annehmen, daß Kaltenbach das auch wußte.

Und nun spielte Goetz aus: „Herr Kaltenbach, Sie lesen vermutlich nicht regelmäßig oder auch gar nicht, wie Sie behaupten, den *Stern*, aber Sie haben doch sicher noch gute Freunde in Deutschland, die Sie zumindest mit der Folge beglückt haben, die sich exklusiv mit Ihnen beschäftigt hat. Und zwar auf wenig schmeichelhafte Weise." Dann zitierte er die Überschrift des erwähnten Artikels, und dies mit einem gewissen Genuß: *„Istvan Kaltenbach. Ein Waffenschieber geht in Pension!"*

Kaltenbach war unten angekommen, wandte sich zu Doktor Goetz um, blickte hinauf zu ihm, abwartend, demonstrativ nur mäßig interessiert, und reagierte nicht weiter.

Da begann Goetz, die Treppe hinunter zu gehen, auf Kaltenbach zu, langsam, Stufe um Stufe. Und währenddessen gab er einige Informationen über den umstrittenen Zeitungsartikel preis: „Ich fürchte, Sie haben etwas versäumt, Herr Kaltenbach! Es war ein interessanter Beitrag, sehr informativ, auch für unser Amt: die lange Liste Ihrer geheimen Lieferungen, welche Waffen und wann, in welcher Menge und in welche Länder und zu welchem Preis. Geschäftsverbindungen. Auslandskonten. Ihr Schweizer Paß und wie Sie ihn erhielten. Mutmaßungen über Ihre Beteiligung an der irakischen Giftgasfabrik. Das ganze gewürzt mit privater Story und reich garniert mit Fotos von Ihnen, im Kreis der Familie, im Kreis Ihrer Kunden, bei geheimen Treffen, geschossen mit Teleobjektiven, dieses Haus hier, von außen zumindest, die Villa Miguel ... und so weiter ... und so fort!“

Er war unten angekommen und stand Kaltenbach nun gegenüber. Auge in Auge. Diese Mitteilungen hatten Kaltenbach offenbar nicht sonderlich beeindruckt.

„Sie kennen den Artikel wirklich nicht?“

„Man wird ihn mir besorgen!“ Kaltenbach war als Pokerspieler Goetz zumindest ebenbürtig.

„Wir haben noch einige Exemplare dieser Nummer des *Stern* in unserem Archiv. Wenn ich Ihnen gefällig sein kann, Herr Kaltenbach ...“ Goetz lächelte eines seiner eiskalten, routinierten und meist erfolgreichen Verhörlächeln.

Aber diesmal verfehlte es seine Wirkung: „Danke, sehr liebenswürdig von Ihnen!“ Kaltenbach lächelte ebenso eiskalt zurück. „Aber nicht nötig. Im Augenblick habe ich eigentlich ganz andere Interessen.“

Er öffnete die kleine schmale Pforte, eine sehr massive, grüngestrichene Holztür, die sorgsam gesichert in das große, eisenbeschlagene Tor eingelassen war: Er zog drei schwere Riegel zurück. Dann drehte er einen antiken Schlüssel von beträchtlicher Größe zweimal in einem handgeschmiedeten Schloß.

Draußen, auf diesem mit Feldsteinen gepflasterten Weg, in dieser schmalen Gasse, die den Park der Quinta durchschnitt, zwischen den hohen, efeubewachsenen Mauern, wartete ein schwarzes Taxi mit Lissabonner Nummer.

Der Fahrer legte, als er seinen Fahrgast bemerkte, hastig seine Zeitung zusammen, startete den Motor, stieg aus und öffnete diensteifrig den Wagenschlag.

Das war nun der Abschied: „Danke, daß Sie mir soviel Zeit geopfert haben ...“ Goetz nickte Kaltenbach verbindlich zu und trat hinaus durch diese Seitenpforte des Portals. Er beendete das umstrittene Thema mit einem guten Rat: „Sie sollten übrigens versuchen, Herr Kaltenbach, möglichst umgehend herauszufinden, was über das Interesse dieses Herrn Sadowski an Ihrer schönen Tochter – eventuell – hinausgehen sollte."

„Ich werde mich bemühen!" Im Gegensatz zu Goetz blieb Kaltenbach ernst und überraschend abweisend.

„Sie erreichen mich in den nächsten drei Tagen in meinem Hotel in Lissabon. Sie haben die Nummer."

Kaltenbach nickte. Aber es schien ziemlich sicher, daß er keinen Versuch unternehmen würde, diesen Doktor Goetz in Lissabon zu kontaktieren.

„Einen schönen Tag noch, Herr Doktor Goetz."

Kaltenbach war bereits im Begriff, die Pforte wieder zu schließen, als sich Goetz nochmals an ihn wandte: „Pure Neugierde, Herr Kaltenbach ..." Er zeigte auf ein Schild neben dem Tor, unterhalb des Zuggriffs für die kleine Glocke, die mit einem rostigen Draht verbunden hoch oben über dem Portal an einem herausragenden Balken hing.

Azulejos, die typischen, weiß-blauen Kacheln Lissabons, waren in die Mauer eingelassen, wirkten allerdings wesentlich jünger als der verwitterte, abblätternde Putz ringsherum, der an manchen Stellen bereits die roh vermörtelten Bruchsteine freigab. Die Aufschrift, der Name der Quinta, war über vier mal drei Kacheln verteilt und mit verschnörkelten Blumenarabesken umgeben: „Wieso Villa Miguel?" wollte Goetz wissen. „Ein Relikt des Vorbesitzers?"

Kaltenbach zögerte, dann schüttelte er den Kopf: „Miguel war mein Sohn. Aus erster Ehe. Meine Frau war Spanierin."

Erst nach einer längeren Pause, die ihm einen nicht ganz leichten Entschluß abverlangte, und da Goetz sich mit der ersten, kurzen Information sichtlich nicht zufrieden gab und neugierig abzuwarten schien, fuhr Kaltenbach fort: „Miguel war acht Jahre alt, und er wurde entführt. Auf einer Geschäftsreise in Marokko."

Goetz schwieg und zeigte geduldiges Interesse.

Einige Augenblicke lang überlegte Kaltenbach, ob er diese lapidare Mitteilung tatsächlich noch weiter kommentieren und abschließen sollte. Er kam zu dem Schluß, daß dies heute, hier und jetzt und in Anbetracht dieser Situation durchaus zweckmäßig sein könnte. Also fuhr er fort, langsam, leise, mit gesenkter Stimme und mit einer Zäsur nach jedem der nun folgenden Sätze: „Ich war jung damals. Und erfolgreich. Und ich habe gekämpft, anstatt zu verhandeln und zu bezahlen. Ich habe verloren und Miguel lebend nie wieder gesehen."

Eigentlich, dachte Kaltenbach, wäre es doch höchst verwunderlich, wenn dieser Doktor Goetz die Geschichte nicht schon längst bei seinen Akten hätte. Aber vielleicht wollte er auch diesmal nur einen persönlichen Eindruck von meiner Sicht der Dinge. Und die hatte er ja nun erhalten.

Und nach dieser Überlegung fügte Kaltenbach noch hinzu, und es klang wie eine sehr ernstzunehmende Warnung: „Damals, Doktor Goetz, wurde ich zum Zyniker. Und ich bin es geblieben! Das sollten Sie sich merken! Bom dia, Senhor Goetz!"

Ohne weitere Formalitäten schloß er die Pforte. Goetz, der nachdenklich noch einige Augenblicke lang auf die Tür starrte, hörte, wie innen drei Riegel vorgeschoben wurden und der Schlüssel sich zweimal drehte, in diesem alten, handgeschmiedeten Schloß.

16

Kaltenbach wartete hinter dem Tor, bis das Taxi abgefahren war. Er blätterte den zusammengerollten Schriftsatz dieser Memoranden nochmals auf: Die Kaltenbach Papiere. Er überflog einige der Seiten und stellte fest, daß Goetz leider recht hatte: sie waren alle, ausnahmslos, von ihm abgezeichnet worden.

Eine idiotische Verkettung mißlicher Umstände oder meinetwegen auch Schicksal, dachte er. Mit Akribie und äußerster Vorsicht war alles geplant. Ein einziger Fehler im System, und schon stand er am Pranger.

Und das ausgerechnet jetzt.

Und in diesem Zusammenhang!

Sicher, es gab die Möglichkeit, alles zu leugnen, alles abzustreiten, die Unterschrift: eine Fälschung, das Ganze - ein Komplott. Aber nach dem Stand der Dinge war es für eine sinnvolle oder besser: erfolgreiche Verteidigungsstrategie in Richtung *Ich-habe-von-nichts-gewußt* längst zu spät.

Die Ermittlungen gegen ihn in Deutschland und in der Schweiz waren lediglich auf Eis gelegt. Die politische Stimmung war gegen ihn. Die Entwicklungen im Nahen Osten hatten aus den scheinbar allzu naiven Geschäftspraktiken eines sogenannten Industriemaklers plötzlich einen kriminellen Akt gemacht, der weltweit Empörung und Abscheu auslöste.

Angesehene Firmen in Deutschland, in der Schweiz, in Frankreich und Italien wurden wegen ihrer Rüstungsexporte in den Irak, die oft mit Wissen von Regierungsmitgliedern oder sogar durch deren freundliche Vermittlung stattfanden, bestenfalls gerügt. Kleine Leute wie er waren dagegen zum Abschuß freigegeben und wurden zu Waffenschiebern abgestempelt.

Kaltenbach fühlte sich gefangen, übertölpelt. Man hatte ihm die eigene Schlinge um den Hals gelegt. Jetzt war er an der Kandare, hatte von nun an zu funktionieren und gefällig zu sein.

Ein primitiver Fall von Erpressung!

Ein heimtückischer Hinterhalt!

Aber nicht nur dieser Goetz, nein, auch er, Istvan Kaltenbach, war sich der Brisanz dieser Papiere, dieser dem BKA so hochwillkommenen Beweisstücke, durchaus bewußt. Auch der Absurdität dieser Panne: *Murphy's Law.* Die vertrackte Gesetzmäßigkeit, daß alles, was schieflaufen kann, auch schieflaufen wird. Und leise, fast unhörbar, lachte er vor sich hin.

Er registrierte dieses Lachen, seine verkrampften, schweißnassen Hände selbstkritisch und ohne jeglichen Sinn für Humor: Ein höchst überflüssiger Reflex auf einen Akt der Verunsicherung. Und er ärgerte sich darüber.

Er wußte es: Dies war nicht sein Tag!

Aus dem offenen Küchenfenster drang ein Lied. Dona Isabel sang eine dieser traurigen, portugiesischen Balladen, Fado genannt, herzzerreißend und nicht endend.

Kaltenbach fühlte sich beobachtet, zu Unrecht sicher, aber nun verließ er den Innenhof, durchquerte die Halle, ging zum Rand der Terrasse und blickte hinüber zum Pool.

Er suchte Sharon, die nicht zu sehen war. Er rief nach ihr. Einmal. Zweimal. Ohne Erfolg.

Hinter einem der alten Gartenstühle aus verwittertem Rohrgeflecht erschien auf Kaltenbachs Ruf hin lediglich der Kopf dieses Eindringlings, dieses mutmaßlichen Skandaljournalisten, der bisher von der hohen Lehne verborgen war. Er schaute herauf zu Kaltenbach und lüftete artig und grinsend seine Ruine von Strohhut.

Kaltenbach reagierte nicht darauf. Er fixierte diesen Tom Severin wie einen potentiellen Feind.

Da erschien Sharon hinter ihm: Unternehmungslustig, strahlend und zu allem bereit, was dieser portugiesische Spätsommertag noch zu bieten hatte. Sie kam aus dem Haus, hatte sich fein gemacht und sportlich-keß umgezogen. Sie schien es eilig zu haben und rannte an ihrem Vater mit einem atemlos-hastigen Abschiedsgruß vorbei: „Hallo, Daddy! See you later!"

Kaltenbach versuchte, sie aufzuhalten: „Sharon, halt! Bleib, ich muß mit dir reden!"

Aber eine Sharon Kaltenbach, zwanzig, in ungebremster Urlaubsstimmung und auf ein Abenteuer aus, war nicht zu stoppen. Sie verlangsamte nicht einmal ihre Schritte, nahm zwei Stufen auf einmal, rannte zielstrebig Tom entgegen, der aufgestanden war und am Eingang zur Felsentreppe auf sie wartete.

So über die Schulter hinweg teilte sie ihrem Vater noch mit: „Ein andermal, Daddy! Später, irgendwann! Wir frühstücken nämlich zusammen, ganz toll!"

Und als sei dies die Sensation des Tages, rief sie, als sie Tom schließlich erreicht hatte, ihrem Vater noch zu: „Ich bin eingeladen!"

Wieder lüftete Tom artig den Hut. Sharon winkte einen flüchtigen Gruß.

Da versuchte es Kaltenbach ein letztes Mal: „Sharon! Bitte!"

Aber die Antwort war nur ein munteres „Bye, bye, Daddy!"

Damit verschwanden die beiden in der Felsennische, wo der steile Abstieg begann, dreihundertundfünfundsechzig Stufen, hinunter zum Strand, zum Atlantik.

17

Kaltenbach blickte den beiden nach und war wie versteinert. Wenn dieser Goetz vom BKA recht hatte – und warum sollte man an seinen Informationen, zumindest in diesem einen Punkt zweifeln – dann war dieser Augenblick der Beginn einer antiken Tragödie: Der Erzfeind, der den Tyrannen töten wollte, zog ab mit der Beute, mit der Erbin des Reiches. Und der König blieb einsam zurück.

Wieder so ein bizarrer Einfall, der bei Kaltenbach jenes fast tonlose Lachen provozierte, das er haßte, aber hin und wieder nur schwer unterdrücken konnte.

Er ging ins Haus hinein, in die Halle, trat dort an den offenen Kamin, vor dieses mittelalterliche Monster, hochgemauert bis zur Decke des Gewölbes aus roh behauenem, schwarzem, glänzendem Basalt, und entzündete mit einem Streichholz eines dieser brisanten Papiere. Er ließ sich Zeit und sah in die Flamme, die langsam hochzüngelte und schließlich seine Hand versengte. Dann verbrannte er das nächste Blatt, das dritte, das vierte . . .

Wie sinnlos, dachte er: Der Beweis seiner Mitwisserschaft und seiner Schuld ließ sich durch Einäscherung der Kopie dieser Memoranden, der einzigen Kopie, wie man ihm glaubhaft versichert hatte, nicht aus der Welt schaffen. Und das Original war seinem Zugriff entzogen, wie das Gold von Fort Knox. Zumindest vorläufig. Bis er eine Bedingung erfüllt hatte, die leider unerfüllbar war, wenn er überleben wollte.

Ein Windstoß wirbelte die Asche eines der Papiere aus dem Kamin und durch die Halle.

Dieser Journalist, dachte Kaltenbach, würde viel darum geben, um in den Besitz der Papiere zu kommen, deren Existenz er nicht einmal ahnte.

Zu spät! Es gab nur noch wenige Blätter, und auch die waren in wenigen Augenblicken vernichtet.

Wieder lachte Kaltenbach sein tonloses Lachen, diesmal durchaus berechtigt, wie er meinte, und aus gutem Grund.

Aber dann stockte ihm der Atem, verging ihm das Lachen, sehr plötzlich sehr spontan.

Es war ihm wieder eingefallen, was er fast schon verdrängt hatte, daß nämlich dieser mutmaßliche Illustriertenschreiber, der ihn als üblen Waffenschieber an den Pranger gestellt hatte, sich nun anschickte, ihm auch die Tochter zu nehmen. Als Faustpfand vielleicht? Als Informantin? Geisel? Agentin? Oder Objekt einer noch viel subtileren Art der Erpressung?

An Zufall, Zuneigung oder gar Verliebtheit zu glauben kam Kaltenbach nicht in den Sinn. Auch nicht an pure Freude an einem mehr oder weniger harmlosen Urlaubsabenteuer.

Als Geschäftsmann war er Pokerspieler aus Passion. Und er unterstellte die gleiche Leidenschaft allen Zeitgenossen, die seine Bahnen kreuzten. Also sah er in der Vorgehensweise dieses Mannes zielstrebige Gerissenheit, systematisch geplante Strategie eines professionellen Schnüfflers, infame Taktik! Nichts weiter.

Aber keine Sorge, kein Grund zur Panik! Er würde entsprechende Maßnahmen treffen. Im Ausschalten von Gegnern war er perfekt.

Jetzt verglühte erst einmal der Beweis, das Zeugnis seiner Mittäterschaft an diesem umstrittenen Projekt. Sollen sie nur suchen, die beiden: Im ganzen Haus gab es keinerlei Belastungsmaterial gegen ihn, das offen herumlag.

Allerdings war dieses Brandopfer, das er hier zelebrierte, dem die Kopie der Kaltenbach Papiere nun zum Opfer gefallen war, Blatt für Blatt, mehr als nur eine sinnvolle Vorkehrung, um

Informationen dieser Art nicht in unbefugte, fremde Hände fallenzulassen, war andererseits auch nicht nur der Versuch nach dem Motto *Aus-den-Augen-aus-dem-Sinn*, das Indiz für ein Fiasko, und damit die ständige Erinnerung daran, verschwinden zu lassen – es war auch ein ritueller Akt.

18

Der Entführer und sein Opfer sprangen, während der Vater das Verhängnis durchlitt, in das er so ganz und gar nicht unschuldig verstrickt worden war, fröhlich und leichtfüßig die nicht endenwollende Felsentreppe nach unten und zählten laut die Stufen, er auf deutsch, Sharon, der Übung halber, auf portugiesisch: „Zweihundertundneunundachtzig!"

„Dozentos-oitenta-nove!"

Unten angekommen deutete Sharon stumm und kommentarlos auf die stark verrostete Eisentafel, angeschraubt an den nackten Felsen, die unübersehbar und unmißverständlich verkündete, dieser Aufgang sei strikt *privado.*

Tom ließ ein Zeichen von Reue erkennen, allerdings nur sehr kurz. Denn vor ihnen erstreckte sich die Bucht aller Buchten: Eingerahmt von schwarzen, zerklüfteten einhundert Meter hohen Klippen lag ein goldfarbener Strand, glattgewaschen von der zurückweichenden Flut und nur unterbrochen von bizarren Felsen, die von den heranrollenden Brechern umspült wie gewaltige, prähistorische Drachenzähne aus dem schäumenden Gischt ragten.

Tom nahm Sharon an der Hand, ohne zu zögern und ohne zu fragen, und rannte mit ihr los durch den aufstiebenden Sand, den an diesem Morgen noch kaum ein menschlicher Fuß betreten hatte, hin zum Wasser und den glänzenden, muschelübersäten Flutsaum entlang.

Er hätte sie auch mit in die hohen, sich donnernd überschlagenden Atlantikwellen geschleppt, wenn es ihr nicht gelungen wäre, sich seinem Zugriff rechtzeitig und erfolgreich zu entziehen.

So landete er allein in den Wogen, samt Jeans und Jackett, wurde herumgewirbelt, fortgerissen, weggespült. Er tauchte unter, verschwand im Gischt der Brandung und wurde erst, als Sharon bereits unruhig wurde und mit seinem Auftauchen kaum noch rechnete, dicht neben seinem Strohhut erschöpft, halb ertränkt und atemlos, wieder angespült.

Nein, ein sportlicher Schwimmer war er nicht, dieser Tom, eher ein verspielter, leichtsinniger Amateur, der Kopf und Kragen riskierte, nur um einer Zwanzigjährigen zu imponieren.

Sharon überlegte sich anschließend ernsthaft, ob sie diesen Typen, der so leichtfertig sein Leben aufs Spiel gesetzt hatte, im Notfall aus einer Todesgefahr gerettet hätte.

Nach langer, eingehender, kritischer Prüfung ihrer Gefühle entschied sie sich schließlich für ein uneingeschränktes „Ja ... wahrscheinlich ... möglich ... wer weiß ... vielleicht ... vielleicht auch nicht!“

19

Kaltenbach war eine schmale, steile Treppe heraufgekeucht. Nun stand er vor einer verschlossenen, schwarzlackierten Tür aus Eisen.

Der sich so sportlich gebende, schwere Mann in seinem weißen Tennisdreß war atemlos, und der hohe Blutdruck gab seinem Gesicht einen violetten Schimmer. Prüfend blickte er sich um. Mißtrauisch und sich absichernd horchte er nach unten auf irgendwelche Geräusche. Dann öffnete er die Tür mit einem Schlüssel, den er an einer Kette bei sich trug. Sorgfältig schloß er wieder hinter sich ab.

Er stand nun im Finstern auf einem Treppenabsatz, tastete nach einem Schalter neben der Tür, aber das Licht, die nackte Glühbirne, die über ihm an einem Kabel pendelte, funktionierte nicht.

Kaltenbach kannte den Weg zur Not auch im Dunkeln. Er tastete sich also weiter durch die Finsternis, über die steinernen

Stufen, die steil nach oben führten, und er erreichte schließlich den ebenfalls düsteren, fast lichtlosen Speicherraum mit seinen freiliegenden Balken und Ziegeln.

Durch Ritzen und Spalten bohrten sich winzige Sonnenstrahlen. Sie zogen schmale leuchtende Bahnen durch den aufgewirbelten Staub und warfen runde, grell aufleuchtende Lichtflecke auf Überflüssiges, Nutzlosgewordenes, Zur-Zeit-nicht-Gebrauchtes eines ganzen Hauses, Gerümpel, das hier seit Jahrzehnten, vielleicht schon seit Generationen wirr und planlos abgestellt und gestapelt worden war: elektrische Heizöfen, Wolldecken und Kissen; Kartons mit altem Spielzeug und antiken Puppen; Kisten mit Porzellan und ausrangierte Lampen; Koffer, Reisetaschen, Radios, Standuhren und Bilder in allen Formaten; ein geschmückter Weihnachtsbaum aus Plastik, ein gußeiserner Kleiderständer mit eleganten Strohhüten behängt und dazwischen der Ramsch und der Trödel aus dem letzten Jahrhundert. Eine Gruppe ausrangierter Polstermöbel war sorgfältig mit weißen Überzügen abgedeckt und stand gespenstisch mumienhaft in einer der Ecken. Das alles war dick und grau eingestaubt, mit Taubenmist und Fledermauskot verdreckt und mit Spinnweben überzogen.

In einem Erker gleich neben der Treppe verschloß ein hölzerner Laden das einzige Fenster. Die Gardine davor war zugezogen.

Mit nervöser Ungeduld versuchte Kaltenbach, diesen brüchigen Vorhang zur Seite zu ziehen, der daraufhin zerriß und zur Hälfte schlaff herunterhing.

Auch der Laden klemmte ebenso wie das Fenster, als er es öffnen wollte.

Unbeherrscht stieß er es schließlich auf und konnte seine Nervosität, seine Aggression nur schwer beherrschen.

Kaltenbach wußte, was er suchte, aber dazu brauchte er Licht. Er ging zu einem großen, alten Tresor, der frei in einer Ecke des Raumes stand, drehte sorgsam und aufs äußerste konzentriert mehrmals in bestimmten und sich abwechselnden Richtungen an einem Zahlenschloß herum und benutzte anschließend noch zusätzlich einen weiteren Schlüssel seiner Kette.

Mit saugendem Geräusch schwang die schwere Stahltür nach außen.

Es war ein sehr großer Tresor, angefüllt mit Aktenordnern in einem fremd wirkenden Format und Design.

Mit zusammengekniffenen Lippen suchte Kaltenbach kurz und zielsicher in diesem Berg abgelegter, geheimer und vertraulicher Papiere und zog schließlich eine ganz bestimmte Mappe hervor. Er öffnete sie nur wenig, prüfte mit kurzem Blick den Inhalt, den er dabei ins Licht hielt, das durch das Erkerfenster fiel, und sah sich nach einer Sitzgelegenheit um.

Er fand nichts Passendes, nichts, was in diesem vor Schmutz starrenden Chaos zu akzeptieren gewesen wäre.

Da ließ er sich schwer auf die oberste Treppenstufe der Treppe nieder, warf die Mappe neben sich auf den staubbedeckten Boden und begann dann, hastig in einer deutschsprachigen Illustrierten zu blättern, die er der Mappe entnommen hatte.

Die Titelseite dieses Magazins schmückte in einer der Ecken der knallige, schwarzrotgoldene Aufmacher einer Serie. *Made in Germany* stand da in großen Lettern, und nur unwesentlich kleiner unter einem zu solchen Anlässen obligatorischen Bundesadler: *Waffen für die Dritte Welt.*

Quer das ganze Format beherrschend und in aggressivem Gelb leuchtete schließlich der Haupttitel dieser Nummer: *Die Waffenschieber.*

Vor dem Szenario einer blutroten Bombendetonation fanden sich zwei Hände zur Besiegelung eines Paktes: die eine Hand ganz offensichtlich europäisch; die andere, dunkler behaart, eher exotisch, orientalisch, die Dritte Welt symbolisierend.

Geldscheine steckten zwischen den beiden Händen, ragten provozierend heraus aus diesem Symbol eines Deals: Deutsche Mark und Dollarscheine in Tausender Werten.

Kaltenbach blätterte weiter. Der ausführliche Textteil war reich garniert mit den inzwischen allgemein bekannten Fotos in schwarzweiß:

Container wurden von Schiffen entladen ...

Geöffnet enthielten sie Waffen, Granaten, Bomben ...

Panzer preschten durch die Wüste und feuerten Salven auf imaginäre Ziele ...

Jugendliche Araber, die Gesichter mit El-Fatah-Tüchern verhüllt, hielten Maschinenpistolen im Anschlag ...

Und über all diesem Horror, über Giftgastoten, Kindern und Frauen, über geheimen Wüstenfabriken, konspirativen Treffen von Uniformierten und Zivilisten, Europäern und Arabern, über Leichenbergen und brennenden Ruinen prangte auf der linken oberen prominenten Ecke dieser Doppelseite, die Aufmerksamkeit des Lesers sofort beherrschend und mit eisigem, autoritärem Lächeln das Bildnis eines Mannes: Kaltenbach!

Er wirkte auf diesem Bild nur unwesentlich jünger als heute, trug ganz konservativ und seriös einen dunklen Nadelstreifenanzug, Krawatte, dazu die übliche Sonnenbrille. Das Ganze war ein nicht ganz geglückter, etwas unscharfer und daher besonders authentischer Schnappschuß.

Neben diesem Porträt stand in fetten Versalien der Titel dieser Folge 5:

Istvan Kaltenbach

Ein Waffenschieber geht in Pension

... und darunter, was jeden Zweifel beseitigen mußte:

Eine Serie von Tom Severin.

Kaltenbach kannte natürlich den Artikel. Er kannte ihn Wort für Wort. Bild für Bild. Auch wenn er in den letzten Monaten keinen Blick mehr darauf geworfen hatte.

Im Gegensatz zu seiner Behauptung gegenüber Goetz war Kaltenbach zwar tatsächlich äußerst vorsichtig, aber nichts desto weniger auch extrem eitel. Und verletzbar. Und vor allem rachsüchtig!

Er hatte nie irgendwelche Skrupel gehabt, sich mit allen ihm zur Verfügung stehenden Mitteln zur Wehr zu setzen, wenn er sich angegriffen oder übervorteilt fühlte – oder ausgetrickst.

Schon damals, als dieser Artikel erschien, hatte er intensiv verschiedene Möglichkeiten und Wege erforscht und auch bereits sehr effiziente Pläne geschmiedet, wie er sich für diesen frontalen Angriff auf seine Persönlichkeit revanchieren könnte. Für dieses schamlose Offenlegen seiner Herkunft, seiner Familienstory, seiner Geschäftspraktiken. Da wurden Umsatzzahlen und die Nummern verdeckter Konten und die Förderer seiner umstrittenen Geschäfte im Kreise einflußreicher Politiker bis hinauf in die höchste Regierungsebene der betroffenen Staaten beim Namen genannt.

Korruptionsskandale, längst verjährt wie er meinte, wurden da wieder aufgewärmt, und prominente Komplizen erwähnt, die ihm verpflichtet oder behilflich waren.

Kaltenbach hatte immer zahllose Freunde, die seine Aktionen zum eigenen Vorteil beschützten und die ihre öffentlichen Ämter noch besaßen.

Nun fanden sie sich wieder in diesem Magazin, Seite an Seite mit ihm, im vertraulichen Gespräch, von diesem verdammten Schnüffler aus irgendeinem Versteck heraus mit dem Teleobjektiv geschossen.

Auch sein Haus hier oben war abgebildet, die Quinta, sein geheimes Refugium, von der Straßenseite her und von jedermann, der diese Gegend kennt, ohne Mühe zu identifizieren. Schon wegen der weißblauen Kachelschrift auf der Mauer neben dem Tor: *Villa Miguel.*

Das Copyright aller dieser intimen Fotos gab keine großen Rätsel auf. Am Rand war ein Name vermerkt: Tom Severin.

Er war also schon damals hier gewesen, war vorgedrungen bis zu Kaltenbachs Tor.

Und wenn der, dem dieser infame Angriff galt, zu jenem Zeitpunkt, als dieses Pamphlet auf den Markt kam, keine Möglichkeit hatte, entsprechend zurückzuschlagen, und später anderes wichtiger war und Gras über diesen Affront zu wachsen begann – Kaltenbach hatte sich angewöhnt, nichts zu vergessen.

Nun war sie gekommen, überraschend, unerwartet und aussichtsreich: die günstige Gelegenheit! Und nun würde er handeln.

20

Bodega war in leuchtend blauer, ungelenker Schrift auf einer zerbrochenen Schiffsplanke zu lesen. Sie steckte im Sand vor einer bizarren Felsformation, die der Atlantik in Jahrtausenden aus der Steilküste herausgewaschen hatte. Zwei rostige Klappstühle standen im Schatten eines alten, zerfetzten Segels vor einer ausgebleichten Holzkiste: Alles Strandgut, von einem der zahllosen Wracks über Bord gegangen, denn die Küste um das Cabo da Roca war tückisch.

Die ebenfalls angeschwemmte Tür einer Schiffskombüse war als Bar und Kochherd im Windschatten einer höhlenartigen Nische aufgebaut. Dies war also der Platz, echt stark und absolut *trendy*, genau der Traum, *hip*, schrill und *cool*, für alle zivilisations- und luxusmüden Aussteigertypen.

Dort hockten nun Sharon und Tom bei ihrem Frühstück à la carte. Sie waren die einzigen Gäste.

Es gab Kaffee aus angeschlagenen Tassen, frisches Fladenbrot und alten Ziegenkäse, dazu in Knoblauchöl eingelegte schwarze Oliven.

Und es schien, als seien die beiden bei dieser alternativen Mahlzeit, in dieser Umgebung und in der Gesellschaft des jeweils anderen durchaus glücklich.

Dieser Meinung war auch der alte, fast zahnlose Wirt der *Bodega*. Mit zwei dickwandigen Wassergläsern in der einen und einer Korbflasche mit Rotwein in der anderen Hand trat er zu den beiden an diesen opulent gedeckten Tisch, deutete an, daß dies nun eine Einladung des Hauses sei und goß lächelnd ein.

Spätsommerliche Einsamkeit eines Strandes. Schweigend lagen die beiden in der Sonne, halbnackt im warmen Sand, horchten auf das Donnern der Brecher und blickten auf die hoch über ihnen kreisenden Möwen und die von See her getriebenen dunklen Wolkenfetzen.

Das Wetter begann sich zu ändern. Der Wind frischte auf, wurde kühler. Vom Wirt der *Bodega* hatten sich Sharon und Tom die schweren, unförmigen Holzbretter eines Paddle-

Tennis geliehen und trieben sich nun, so geschickt oder auch ungeschickt wie jeder konnte, über eine möglichst große Entfernung einen gelben Tennisball zu.

Tom war sichtlich im Nachteil, wie vermutlich bei jeder sportlichen Disziplin. Sharon jagte ihn kreuz und quer über den Strand, und er hetzte hinter ihren gutplazierten Aufschlägen her.

Seine eigenen Bälle landeten meist irgendwo im Sand, im Meer, im Abseits und einmal auch ziemlich exakt in der Mitte zwischen den beiden Spielern.

Nach einer kurzen Schrecksekunde spurteten sie los, gleichzeitig, jeder von seiner Seite, um möglichst noch vor dem anderen den Ball zu erobern. Und gleichzeitig erreichten sie ihn auch.

Sie stießen fast zusammen, fielen aufeinander und übereinander her, kämpften stumm und atemlos um ihre Beute. Sie klammerten sich aneinander wie Ringer, die ihre Kräfte messen, balgten sich wie ausgelassene Kinder – oder wie Liebende, die sich noch zu fremd sind, die noch ein Alibi brauchen, um sich berühren und umarmen zu dürfen.

Das wurde ihnen plötzlich bewußt. Und das scheinbar so harmlose Spiel erstarrte in einer seltsamen Spannung. Sie erkannten plötzlich, daß sie sich zu nahe gekommen waren, zu sehr Haut-an-Haut, Gesicht-an-Gesicht, Atem-zu-Atem.

Sie sahen sich an, und die Naivität, ihre scheinbare Arglosigkeit, mit der sie sich eben noch begegneten, war verschwunden.

Ganz langsam näherten sich seine Lippen den ihren, doch Sharon fand, daß die Zeit noch nicht reif war.

Sie lockerte ihren Griff, mit dem sie seinen Arm umklammert hielt, wand sich aus dieser scheinbar so zufälligen Umarmung, rollte sich zur Seite, warf ihm den Ball zu, den sie unter unvorhersehbaren Gefahren erbeutet hatte, schwang übermütig ihren Schläger und rannte zurück auf ihren Platz.

Das Spiel konnte weitergehen, aber es war nicht mehr dasselbe. Es hatte seine eigentliche Funktion, seine vorgetäuschte Unschuld verloren. Da die Spannung sich so urplötzlich gelöst hatte, war das Interesse aneinander – für beide deutlich spürbar und erkennbar – ein anderes geworden.

Das Lachen war verstummt, die kindliche Albernheit verflogen. Sie trauerten ihrer Unbekümmertheit nach, ohne es sich einzugestehen. Aus Spiel war Ernst geworden, aus der Tändelei ein Wunsch. Ein Ziel.

Das erfüllte beide, die noch relativ unerfahrene Sharon und den vermutlich etwas abgebrühteren Tom, mit einem gewissen Bangen.

Mit Herzklopfen spielt es sich nicht mehr so gut. Zwei von Sharons Bällen waren bereits im Meer gelandet. Tom hatte sie jedesmal rasch und todesmutig geborgen. Dem dritten sah er resignierend nach und zuckte die Schultern.

Erst als Sharon ernsthaft bereit schien, sich in die anrollende Brandung zu stürzen, übernahm er auch diesmal die Rettungsaktion, trotz seiner schlechten Erfahrungen, die er mit dieser ungezähmten, tobenden Dünung des Atlantik bereits gemacht hatte.

Dabei hatte er kostbare Sekunden vergeudet.

Nun kämpfte er um den Ball mit den sich überschlagenden, mannshohen Wellen, tauchte kurz auf und zugleich wieder unter, versank in Gischt und Strudel und demonstrierte sehr eindrucksvoll, in welch tödliche Gefahren eine Frau einen balzenden Mann, der sich gefälligst zu profilieren hatte, zu treiben vermochte.

Sharon stand bangend am Ufer und bereute bereits, was sie da leichtfertig angerichtet hatte. Da erschien Tom mit dem gelben Ball in der hocherhobenen Hand, zwar siegreich, aber auch in Panik flüchtend, und er entkam nur knapp einer allerletzten heranrollenden Woge, die hinter ihm mit Donnergetöse zusammenstürzte.

Er war sichtlich am Ende, wankte mit letzten Kräften ans Ufer. Als er sich endlich in Sicherheit wähnte, brach er im Sand mit einem Seufzer zusammen.

Sharon stand aufrecht neben ihm, mit schlechtem Gewissen, und musterte ihn mit Sorge.

„Tot?“ fragte sie.

Und immer noch um Atem ringend antwortete er leise: „Absoluter ... Kollaps!!“

Sie kniete sich neben ihn hin und legte ihre Hand beruhigend auf seinen bebenden Rücken.

Da begann er sich umzudrehen, langsam, mühsam, über und über bedeckt mit nassem Sand, das Gesicht, das Hemd, die Jeans. Und dann flüsterte er ihr zu, soufflierte ihr gewissermaßen das einzige Rezept für seine Rettung. „Ich bitte dringend um eine Mund-zu-Mund-Beatmung!“

Sharon nahm diesen Fall sehr ernst. Sie betrachtete Tom lange, ausführlich, studierte seine geschlossenen, sandverkrusteten Augenlider, seine Lippen, bedachte die Konsequenzen und stellte schließlich ihre Bedingung: „Nur, wenn du vollkommen bewußtlos bist!“

Er wurde bewußtlos, natürlich. Zwar nicht sofort, aber nach einer gewissen Anstandsfrist von einigen Sekunden. Ein letztes Aufbäumen, ein Zucken, ein Stöhnen – dann sichtliches Koma.

Sie wartete noch, brauchte Bedenkzeit.

Schließlich, nach einer gewissen Pause der Entschlußlosigkeit, wischte sie ihm vorsichtig, fast zärtlich, den Sand von den Lippen.

Dann küßte sie ihn.

Erst zögernd, scheu, ein wenig verwirrt, aber dann schließlich mit einer überraschenden, plötzlichen Hingabe.

Langsam hob der Bewußtlose seine verkrampften, eben noch so leblosen Hände und schloß sie um Sharons Rücken, ihren Nacken. Seine Fingerspitzen spielten mit ihrem Zopf.

Dann preßte er seine Lippen gegen die ihren.

Und als es ihm gestattet wurde, wieder Atem zu schöpfen, flüsterte er glücklich: „Gerettet!“

21

„Hallo Daddy!"

„Hallo Sharon!"

Kaltenbach saß auf einer von Moos und Flechten überzogenen steinernen Bank unter einer dieser riesigen Akazien und hatte gewartet, geduldig und getrieben zugleich.

Er hatte bereits seit geraumer Zeit dort gesessen und über die Felsenkante hinweg auf das Meer geblickt.

Die schwarze Wolkenbank war vom Horizont herauf und schließlich über ihn hinweggezogen. Das Gewitter hatte sich verflüchtigt, kein Tropfen Regen war gefallen, und auch der Wind war abgeflaut. Nun dehnte sich der azurblaue Himmel wieder bis zur Unendlichkeit.

Kaltenbach hatte absichtlich diesen unbequemen Platz gewählt. Der Pfad vom Strand herauf zum Haus über die dreihundertundfünfundsechzig Stufen führte hier vorbei. Es gab keinen anderen Weg.

Und nun war Sharon schließlich erschienen, fröhlich, sonnenverbrannt, verliebt. Ihre Bluse war nur nachlässig zugeknöpft und salzverkrustet, und das Haar war voll Sand.

Erschöpft und glücklich ließ sie sich neben ihren Vater auf die Bank fallen, spürte die angenehme Kälte des Steins und die Kühle des Schattens unter diesem Baum mit seinen weitausladenden Ästen, und sie bemerkte nicht, daß eine unausgesprochene, unterdrückte Gereiztheit von ihrem Vater ausging, eine Gespanntheit, in deren Bann sie nun geriet.

Ihre Blicke trafen sich nicht. Und so nahm sie seine offensichtliche Verstimmung noch nicht zur Kenntnis, blickte wie er hinaus auf die See, auf die wandernden Schaumkronen des Atlantik. Beide schwiegen, wenn auch aus unterschiedlichen Gründen. Schließlich fragte Sharon: „Du wolltest mit mir reden?"

„Ja, heute morgen!" Das klang nach Vorwurf, nach verpaßter Gelegenheit.

Aber dann erkundigte er sich, und es war nicht nur eine konventionelle Floskel: „Du hattest einen schönen Tag?"

„Ah ... Ja!" Das kam mit einem tiefen Seufzer spontan und von Herzen. Sie schaute ihren Vater strahlend an und fügte hinzu: „Er ist noch nicht zu Ende – dieser Tag!" In ihrem Blick lag so viel Erwartung, unendlich viel Vorfreude und Hoffnung, doch der Vater spürte nur sein eigenes Unbehagen.

Da stand sie auf, war bereits voller Tatendrang und Aktivität: „Ja, ich muß rauf, muß nach oben ... Ich bin völlig ... total ... muß mich erst einmal landfein machen: Sand ... Salz ... meine Haare." Sie faßte in ihren längst zu wirren Strähnen aufgedrehten Zopf, demonstrierte so ihre etwas verwahrloste Erscheinung, die dringendst einer gewissen Renovierung bedurfte, und gab dann erst eine Information preis, die sie aus guten Gründen bisher zurückgehalten hatte: „Ich fahre nach Lissabon!"

Kaltenbach hatte sie ernst und scheinbar ganz ruhig angeblickt, bemüht, nicht überrascht zu erscheinen, und sich viel Zeit gelassen mit seiner Frage: „Wann?"

„Jetzt. In einer Stunde."

Da ihr Vater sie weiterhin stumm und forschend betrachtete, kommentierte sie selbst ihren Plan und plauderte weiter: „Es ist ja noch früh ... und auch gar nicht weit ... und ein Abend in Lissabon ... oder ... und ..." Sie lachte verlegen und wandte sich ab, machte eine vage, fast tänzerische Geste mit den Armen und bekannte: „Ich weiß noch nicht!"

Sie sagte nicht, was sie noch nicht wußte, wie lange es dauern und wann sie heimkommen würde. Und ob überhaupt in dieser Nacht ...

„Nach Lissabon – und mit diesem Mann!" Nein, das war keine eigentliche Frage. Es war wohl eher eine Feststellung, die Kaltenbach traf.

„Ja. Und er holt mich ab." Sie stand immer noch abgewandt und betrachtete nachdenklich, träumerisch das violette Blütenspalier der Bougainvilleen drüben an der Hauswand.

„Was will er von dir?"

Sharon blickte ihren Vater mit verblüfftem Entsetzen an: „Daddy? Das fragst du?" Sie konnte es einfach nicht fassen.

Dann kam sie näher, stellte sich dicht vor ihn hin: „Was

wollen junge Männer von jungen Mädchen? Und umgekehrt? Du darfst raten?" Sie lachte und fand sich fabelhaft, zumindest fabelhaft frech.

„Wie alt bist du plötzlich? Daddy? Ich bin zwanzig und habe Ferien! Bin endlich weg von diesem prüden Amerika, von dieser antiquierten, verstaubten Uni! Es ist Sommer! Wir sind in Portugal! Daddy . . . Was ist los?"

Kaltenbach sagte ihr nicht, was los ist, noch nicht. Er fragte zunächst weiter, scheinbar das Thema wechselnd: „Wie heißt er?"

„Tom!"

„Und weiter?"

Irgend etwas an dieser inquisitorischen Fragerei begann sie zu nerven und ihre gute, glückliche Stimmung zu zerstören.

„Daddy . . . Du bist so neugierig! Das warst du noch nie." Sie hätte hinzufügen können: Du hast dich auch bisher nie sehr intensiv um mich, meine Wünsche, meine Ideen und Freunde gekümmert, weil du bisher ja auch selten Gelegenheit dazu hattest. Wir waren beide meistens irgendwo – und nie oder nur höchst selten zusammen. Du hast für mich gesorgt, okay, so aus der Ferne. Herzlichen Dank auch dafür. Aber das war es auch schon!

Sie sagte das alles natürlich nicht, stellte statt dessen eine Frage, die ihr plötzlich so in den Sinn kam und die ihr gar nicht so weit hergeholt schien und in dem gegebenen Zusammenhang durchaus sinnvoll: „Bist du eifersüchtig, Daddy?" Sie ging in die Hocke vor ihm und lachte ihm schelmisch ins Gesicht. Aber er reagierte nicht darauf, blieb unnahbar und ernst und wiederholte seine Frage: „Wie heißt er weiter?"

Sie stand wieder auf und reduzierte ihr Lächeln auf das Niveau allgemeiner Höflichkeit: „Warum willst du das wissen? Ist es wichtig?"

„Möglich, daß es wichtig ist." Er ließ nicht locker. „Also, wie heißt er?"

Dieser plötzlich so eiskalte Ton in Kaltenbachs Stimme hätte sie stutzig machen müssen. Aber Sharon hatte inzwischen beschlossen, diese Art von autoritärem, väterlichen Verhör auf die leichte Schulter zu nehmen und dieses Spiel, wenn es denn eines sein sollte, betont entspannt mitzuspielen: „Tom ... Thomas ... Thomas Sadowski!" Und da sie den fassungslosen Blick ihres Vaters, der den Verdacht von Goetz bestätigt fand, mißdeutete, berichtete sie munter weiter und ging währenddessen kokett vor Kaltenbach auf und ab: „Er ist vierunddreißig, einsneunundsiebzig groß, wiegt, na ja, so etwa vierundsiebzig Kilo, ist sehr zärtlich, und wenn er schreibt, davon lebt er nämlich, dann hat er ein Pseudonym: dann nennt er sich Tom Severin."

Das müßte eigentlich genügen, fand sie nach dieser ausführlichen Beschreibung.

Und Kaltenbach dachte: wenigstens ist der Kerl ehrlich. Er machte die Probe auf dieses Exempel: „Und was schreibt er? Hat er dir das auch erzählt?"

Sharon zuckte die Schultern und setzte sich erneut neben Kaltenbach auf die Steinbank. Was schreibt er? Sie wußte es nicht. Also begann sie zu raten: „So über Portugal, glaube ich ... Über Land und Leute, vielleicht. Oder auch Krimis ... Ich habe ihn nicht gefragt."

„Und von sich aus hat er dir das also nicht mitgeteilt?"

Sie schüttelte nur den Kopf, registrierte verwundert, wie ihr Vater daraufhin aufsprang, zornig, unbeherrscht und aggressiv, und rasch und äußerst zielstrebig hinüber zu dem steinernen Gartentisch ging. Dort hatte er das Beweisstück für dieses Verhör griffbereit deponiert, das politische Magazin aus Deutschland, diese für Kaltenbach so brisante Nummer der Illustrierten *Stern*. Die umstrittenen Seiten waren bereits aufgeschlagen.

Mit dieser Zeitschrift in der Hand kam Kaltenbach nun zurück zu Sharon und warf ihr den fraglichen Artikel lesegerecht auf die Bank.

„Hier! Das schreibt er, dieser Tom Severin, deine Eroberung vom Strand!"

Er wandte sich ab, ging ein paar Schritte und ließ sie allein.

Die Hände in den Taschen vergraben stand er trotzig vor den Felsen des Kliffs, schaute hinaus aufs Meer und wartete ab.

„Die Waffenschieber ..." las sie laut. „Eine Serie von Tom Severin!"

„Du erlaubst mir also durchaus", rief Kaltenbach ihr über die Schulter hinweg zu, ohne sich ihr nochmals zuzuwenden, „daß ich die Frage wiederhole: Was will er von dir? Oder von mir?"

Sie verstand nicht, was er meinte, begriff nicht den Zusammenhang und was ihren Vater derart in Harnisch bringen konnte. Nun gut, ja: Tom war also Journalist, schrieb für den *Stern*, was war daran so ungewöhnlich? Hatte sie versäumt, ihren Strandflirt detailliert nach seinem Beruf auszufragen? War Tom ihr oder gar ihrem Vater gegenüber verpflichtet, biographische Details zu enthüllen? Und eine Serie über Waffenschieber zu schreiben, über diese miesen Typen, die mit ihrer Geldgier und mit ihren üblen Geschäften mithalfen, die Welt auch in Zukunft von einem Chaos ins andere zu stürzen, das war doch höchst mutig und wichtig. Was sprach dagegen? Wieso jetzt diese Aufregung, diese Hysterie?

Aber dann blätterte sie um und sah das Bild.

Kaltenbach, das Porträt ihres Vaters.

Erst stutzte sie über diese frappante Ähnlichkeit.

Dann las sie den dazugehörigen Text, fett gedruckt, unübersehbar im Layout dieser Doppelseite, der jedes Mißverständnis, jede Verwechslung eindeutig beseitigte.

Istvan Kaltenbach – ein Waffenschieber geht in Pension

Es gibt Augenblicke, da lähmt eine Erkenntnis unser Gehirn und läßt uns verstummen. Wie ein elektrischer Schlag zuckt dann der Schock durch unseren Mund und läßt unseren Speichel sauer gerinnen. Und das Herz schlägt uns plötzlich bis zum Hals. Für Sharon Kaltenbach war dies ein solcher Augenblick. Vielleicht der erste dieser Art in ihrem Leben.

Sie war unfähig zu reagieren, denn in ihrem Kopf setzte sich in Bruchteilen von Sekunden das Puzzle der auf sie einströmenden Informationen, Überschriften und Bilder zu einem erschreckenden Ganzen zusammen, das für sie unfaßbar war.

Der Adler aus dem Traum begann zu stürzen.

Als sie wieder Worte fand, schwankte die Frage, die sie stellte, zwischen Ungläubigkeit und Entsetzen: „Daddy ... Das bist du?"

22

Kaltenbach schien auf diese Frage vorbereitet zu sein. Er war auf alle nur denkbaren Fragen vorbereitet. „Alles Verleumdung ... Die übliche Art des Kaputtmachens ... Anprangerns ... Neid ... Mißgunst ... Üble Schlagzeilen ... Rufmord ... Das verkauft sich!"

Er hatte sich Sharon wieder zugewandt, blieb allerdings stehen, wo er stand, weil er der Ansicht war, aus der Distanz heraus besser und effizienter argumentieren zu können.

Aus dieser sicheren Entfernung heraus plazierte er nun seinen persönlichen Angriff: „Enthüllungsjournalismus nennt sich diese feige Art von Publizistik. Und dein Strandflirt lebt von dieser Art Schreiberei!"

Er wartete nun auf eine solidarische Reaktion seiner Tochter, aber wartete vergeblich. Die erhoffte Reaktion blieb aus.

Daraufhin fuhr er fort, leiser, überzeugender, aber mit einer für Sharons Ohren zumindest ungewohnten, erschreckenden Schärfe: „Gleichgültig, was dieser Mann nun von dir will ... Oder auch von mir! Ich verlange von dir, daß du ihn nicht wiedersiehst! Das bist du mir – aber auch dir – schuldig!"

Möglich, daß Sharon diese eindeutige Forderung nicht begriff. Ihre Gedanken waren in eine andere Richtung gewandert, hatten aus den Erkenntnissen dieses Enthüllungsjournalismus ihre eigenen, abweichenden, gegensätzlichen Schlüsse gezogen.

Und so mußte Kaltenbach mit Erstaunen feststellen, daß er mit Fragen konfrontiert wurde, die er nicht erwartet, nicht einkalkuliert hatte.

„Daddy ..." Sharon ließ sich viel Zeit und wägte ihre Gedanken, ihre Worte sorgfältig ab. „Daddy . . . Du hast viel Geld verdient, ja?"

Kaltenbach schwieg, ahnte nicht, worauf sie hinauswollte.

Und Sharon fuhr fort: „Wir hatten immer sehr viel Geld. Und ich habe nie gefragt, wo es herkam. Es war mir nicht wichtig. Es war eben da. Und ich war weg, in Schulen, in Internaten, in der Schweiz, in Amerika, mit Mami auf Reisen, Tahiti, Singapur, Rio de Janeiro, Acapulco. Dann ab in die USA, auf die Uni. Erst Yale, dann Princeton. Immer dorthin, wo es am anständigsten zugeht."

Kaltenbach schwieg immer noch. Er sah keinen Grund und keine Möglichkeit, der Tochter ins Wort zu fallen, denn die offene, sachliche Art, mit der sie argumentierte, gab seiner vorbereiteten Polemik keine Chance.

Nun sah sie ihn herausfordernd an: „Was hast du in dieser Zeit gemacht, Daddy? Wir haben uns ja nie gesehen, fast nie! Ich hätte dich fragen müssen, was ist eigentlich dein Beruf? Und wo kommt es her, das viele Geld?"

Auf eine schlichte, ehrliche Art war es Sharon gelungen, Kaltenbach aus der Fassung zu bringen. „Sharon! Du glaubst doch nicht im Ernst, daß an dieser Schmiererei dieses Tom Severin auch nur das geringste . . ."

Da unterbrach sie ihn, sehr laut, sehr bestimmt, und hielt ihm die Seiten mit den Horrorfotos entgegen: „So etwas erfindet man doch nicht einfach! Waffen und Giftgasfabriken . . . und Tausende krepieren daran . . . Frauen und Kinder!"

Kaltenbach reagierte unsicher, bestürzt: „Alles Lüge . . . Lüge und pure Erfindung!"

„Aber hier sind Fotos! Die sind doch nicht gestellt, erfunden, erlogen. Die sind echt!"

Leichenberge. Tote Kinder in den Armen ihrer toten Mütter. Auf Feldern. Auf Straßen.

Da trat Kaltenbach rasch auf sie zu und versuchte, ihr die Zeitschrift aus der Hand zu reißen: „Gib her!"

Aber Sharon wich zurück.

„Mag sein, sie sind echt", räumte Kaltenbach ein. „Es gibt unendlich viel Greuel in der Welt. Aber ich habe nichts damit zu tun!"

Er hatte also nichts damit zu tun. Nichts! Das klang überzeugend, das klang glaubwürdig. Sharon hätte es dabei bewenden lassen können. Aber da war etwas in der Stimme ihres Vaters, das sie frösteln ließ: eine versteckte, ihr fremde, unerträgliche, verlogene Weinerlichkeit. Der Ehrenmann als Opfer!

„Sharon . . . Bitte!" Kaltenbach spürte instinktiv, daß er unglaubwürdig war, und verstrickte sich immer tiefer in billige Ausflüchte und Behauptungen: „Ich sage dir doch; pure Verleumdung! Alles erstunken und erlogen!"

„Dann hättest du Tom verklagen müssen! Vor Gericht! Schadenersatz in Millionenhöhe!" Das Frösteln war weg, die Unsicherheit. Da war nur noch Kälte in ihr und ein geradezu masochistischer Wille zur Wahrheit: „Und?" Sie sah Kaltenbach herausfordernd an. „Hast du ihn verklagt? Bist du vor Gericht gegangen? Wann ist die Zeitschrift denn erschienen?" Sie blätterte die Frontseite auf, suchte das Datum. Und dann stellte sie mit hämischem Unterton fest: „Fast zwei Jahre alt! Zwei Jahre hattest du Zeit, dagegen vorzugehen! Du hast es nicht getan. Oder doch?"

Kaltenbach schwieg verblüfft, ein weiteres Mal aus seinem Gleichgewicht gebracht.

Da faßte Sharon einen Entschluß: „Ich werde mit Tom reden!" Die Zeitschrift in der Hand machte sie sich auf den Weg zum Tor. „Ich werde ihn fragen, ob es erstunken und erlogen ist und pure Verleumdung!

Kaltenbach lief ihr nach: „Das wirst du nicht tun!"

Aber sie hatte das Tor bereits erreicht. Und während sie die schweren Riegel zurückschob, rief sie ihrem Vater zu: „Doch! Ich werde ihn fragen! Und ich werde es herausfinden. Das ist es, was ich dir und mir schuldig bin!"

„Sharon!" Er war stehengeblieben, hatte die unwürdige Verfolgung aufgegeben. Mit Gewalt war dieses Mädchen nicht zu halten. Auch nicht mit weiteren, bittenden Rufen: „Sharon!"

Sie hatte das schwere Tor nur soweit aufgezerrt, daß sie hindurchschlüpfen konnte.

„Wenn wir weiter zusammenleben wollen", rief sie noch, „muß ich wissen, wer du bist!"

Damit lief sie hinaus.

Und Kaltenbach blieb gedemütigt, ratlos zurück.

23

Sharon flüchtete ohne Ziel.

Sie rannte orientierungslos zwischen hohen Mauern diese schmale, steile Straße hinauf, die erst nach vielen Kilometern zum nächsten Ort, zur nächsten Stadt, nach Sintra führen würde. Die Zeitschrift hielt sie zusammengerollt mit beiden Händen und preßte sie verkrampft gegen die Brust.

Schon am Ende der Parkmauer, bereits nach weniger als einer Minute, blieb sie atemlos stehen, von der Entfernung, die noch vor ihr lag, entmutigt. Vergeblich versuchte sie, einen klaren Gedanken zu fassen.

Sie biß die Zähne zusammen. Die Erschütterung, diese unfaßbare Enttäuschung hatte sie mit ihrer ganzen Kraft bis zu diesem Augenblick tapfer durchgestanden. Nun schüttelte die Verzweiflung sie wie in einem Krampf und ließ ihre Schultern beben.

Mit verschleierten Augen blickte sie sich um, dann lief sie zurück, den gleichen, steinigen Weg wieder hinunter, am Tor des Hauses vorbei und in die andere Richtung.

Dieser Tom war irgendwo dort unten am Meer in einem dieser Fischerdörfer abgestiegen. Er hatte nicht erwähnt, in welchem. Sie mußte ihn finden. Jetzt, sofort.

Sinnlos! Wo sollte sie suchen?

Sie wußte, was immer sie auch unternahm, es war unvernünftig und nutzlos. Aber mit Vernunft hatte ihre panische, unüberlegte Flucht wenig zu tun. Sie wollte weg. Weg von diesem Zuhause, weg von diesem Vater und auch weg von dieser umstrittenen Wahrheit – die sie nun in diesem Magazin mit sich herumschleppte: *Die Waffenschieber.*

Und auf dem Titel: Zwei Hände, die einen üblen, tödlichen Deal besiegelten; viel Geld; und eine blutrote Detonation.

Die nicht endende Mauer war zum Tal hin an einer Stelle zusammengebrochen. Durch die breite Presche, die der Zahn der Zeit irgendwann geschlagen hatte, öffnete sich der Blick weit über das Land bis hinunter zum Meer – ein Weinfeld, die Blätter bereits in rostigen Farben, ein fernes Dorf, einzelne Häuser, weiß getüncht und mit grauen Schieferdächern, verstreut über die braunen, kargen Hügel zwischen verdorrten Feldern am Ende eines langen, heißen Sommers.

Sharon war über den Schutt der geborstenen Mauer geklettert, einen gewundenen Pfad hinuntergelaufen, den Schafe ausgetreten hatten und der an einer halbverfallenen, aus Feldsteinen gemauerten Hütte unvermittelt endete.

Sie rannte weiter, mitten hinein in das abgeerntete Weinfeld, und blieb schließlich zwischen mannshohen Halmen wilden Hafers stehen.

Sie wußte nicht weiter.

Zornig und mit großer Kraft heulte sie los.

Und sie schämte sich darüber.

Aber es erleichterte sie.

Wenigstens einige Augenblicke lang. Denn dann kam die schreckliche Einsicht: In einer knappen Stunde würde Tom an der Quinta vorfahren, um sie abzuholen – und dort ihrem Vater in die Hände fallen, der ihm gegenüber zu allem fähig war!

Ihre Flucht in diese Wildnis, weitab von der Straße, war unüberlegt und vor allem gefährlich für Tom. Sie mußte ihn abfangen, mußte zurück, dorthin, wo die Straße aus Sintra sich mit der Zufahrt zur Quinta kreuzte. Sie mußte ihn warnen, bevor er nichtsahnend hinunter zu diesem Haus fuhr.

Nun gab es keine Rückkehr mehr für sie. Sie würde das Haus, die Villa Miguel, nie mehr betreten.

Sie würde bei Tom bleiben, er würde ihr helfen. Und sie würde ihm alles erzählen . . .

Alles?

Was, alles?

Gab es irgend etwas, was dieser Tom noch nicht wußte?

Daß sie die Tochter von diesem Kaltenbach war?

War ihm das nicht längst bekannt? Heute morgen am Pool? Oder später am Strand? Und gestern schon? Als er sie mit Tricks und albernen Sprüchen angemacht hatte, um später zu behaupten, sie hätte ihn eingeladen. Ausgerechnet in Kaltenbachs Haus? Das er vor zwei Jahren bereits fotografiert und in seiner Zeitung abgedruckt hatte?

War ihr Vater nicht im Recht, wenn er fragte, was dieser Tom diesmal von ihm wollte – und von ihr?

War sie für diesen Tom Severin nicht nur Mittel zum Zweck? Eine nichtsahnende Informantin, die einfältig und dumm verliebt die Tür für ihn geöffnet hat zum Haus des Vaters?

Was jetzt? Wohin?

Nein, nicht mehr zu diesem Tom Severin, zu diesem Journalisten, der ihre Unwissenheit, ihre Zuneigung, so rücksichtslos und heimtückisch mißbrauchte – aber auch nicht mehr zurück zu ihrem Vater ...

Sharon geriet in Panik, wischte sich die Tränen aus dem Gesicht und wandte sich um ...

Und prallte mit einem erschrockenen Aufschrei gegen ihren Vater.

24

Er war ihr gefolgt, unbemerkt und so schnell er konnte. Keuchend stand er nun vor seiner Tochter, Schweißperlen auf der Stirn, er rang nach Atem und war nahezu unfähig zu sprechen. Er versuchte es dennoch: „Sharon ..." Er hob die Hand zu einer versöhnlichen Geste, aber sie wich zurück.

„Sharon ..." begann er von neuem. „Lauf nicht weg! Bitte!"

Vielleicht hatte sie tatsächlich die Absicht, erneut vor ihm zu fliehen, aber nun fehlte ihr die Kraft.

Kaltenbach glaubte, ihre Gedanken erraten zu haben, ihre Absicht, ihr Ziel zu durchschauen: „Wo wohnt er?"

„Ich weiß es nicht ... Ich weiß es wirklich nicht!" Es war ja auch nicht mehr wichtig!

Wieder heulte sie los in tiefster Verzweiflung, die ihren Körper beben ließ und sie schüttelte. Sie schlug die Hände vors Gesicht. Armselig klein und gebeugt durch ihren Jammer stand sie nun zwischen den Rispen und den hohen, weißgelben Halmen des Hafers, die sich im Wind drehten und wiegten.

Kaltenbach kam auf sie zu, nahm sie mit beiden Händen an der Schulter, und sie wehrte sich nicht mehr gegen diese Form der Berührung und der Tröstung.

„Kind ... Sharon ..."

Es war immer noch die vertraute Stimme des Vaters. Und obwohl nun nichts mehr so sein konnte wie früher, ließ sie es mit sich geschehen, daß er sie an sich zog wie in fernen Kindertagen. Wie damals barg sie ihren Kopf an seiner Schulter.

„Sharon ... So begreif doch ..."

Was war da noch zu begreifen?

„Nein, keine Lüge", begann er leise, „keine Verleumdung. Was der Mann da geschrieben hat, das sind Tatsachen. Die Welt wird nicht besser, wenn wir die Wahrheit ignorieren."

Das Bekenntnis kam so glatt über seine Lippen, so überzeugend, daß sie daran zweifelte, richtig gehört und verstanden zu haben. Sie hob den Kopf und schaute ihren Vater ungläubig und fragend an.

„Es wird immer Kriege geben", fuhr er fort und nahm ihr die Zeitschrift aus den Händen, die sie noch umklammert hielt. „Krieg und Kampf und Gewalt und Macht und Unterwerfung und die Mittel dazu. Ich habe mich stets zu meinen Geschäften bekannt. Ich sah nur darin nichts Unmoralisches, Verwerfliches."

„Doch!" Sharon war nicht mehr einzulullen, zu besänftigen mit routinierten Geständnissen. „Du hast es geleugnet, mir gegenüber. Du schämst dich und lügst! Lügst mich an!"

Wieder stieg der Zorn in ihr hoch und der Schmerz über diese abgrundtiefe, nie wieder gutzumachende Enttäuschung.

Wieder war sie im Begriff, zurückzuweichen und davonzurennen – einfach nur weg, weg von hier und weg von ihm, irgendwohin, allein sein mit der Flut verwirrender Gedanken und mit der eigenen Qual.

Aber er hielt sie fest, an ihren Schultern, und sie wehrte sich nicht.

„Ich wollte dich nicht verlieren ... Sharon! Ich habe nur dich. Und deine Art, die Dinge zu sehen, dein Idealismus, dein Glaube an das Gute." Er atmete schwer, dann lachte er tonlos. „Ich habe einfach befürchtet, daß du ... daß du mir ..."

Er verstummte, hielt immer noch ihre Schultern umklammert. Dabei war ihm die Zeitschrift entglitten, war zu Boden gefallen. Er bückte sich nach dem Magazin.

Sie nutzte die Gelegenheit, ging zwei Schritte zurück und fand wieder den nötigen Abstand.

„Laß nur, Daddy", sagte sie, um seine Skrupel zu zerstreuen. „Laß nur ..." Und nach einer Weile: „Es ist schon vorbei."

Sie wischte sich über die Augen und beschloß, nicht mehr zu heulen, ganz sicher nicht mehr, unter keinen Umständen.

„Schon vorbei", wiederholte sie, atmete tief durch und wandte sich ab, ging voraus, ohne sich umzusehen, ging durch das Weinfeld, den schmalen, steilen Pfad entlang.

Sie hörte seine Schritte hinter sich, sein schweres Atmen, sein nervöses Hüsteln. Und sie dachte: Nichts ist vorbei. Nichts.

25

Da holte Kaltenbach sie ein, packte sie am Arm, hielt sie fest, ging nun neben ihr her, langsam, bedächtig, und war bereit, ein Geständnis abzulegen, begrenzt allerdings, im Hinblick auf die mögliche Nützlichkeit.

Er hatte vor, die Tochter zur Komplizin zu machen, hatte

nun genügend Zeit gewonnen, wichtige Bedenkzeit, und sah in diesem Augenblick die günstigste Gelegenheit: „Sharon, der Mann heute morgen ..."

Sie unterbrach ihn sofort: „Auch so ein Waffenschieber, ja?"

Er schüttelte den Kopf. „Bundeskriminalamt. Ein deutscher Beamter."

Es war ein neuer Schock für Sharon: „Um dich zu verhaften?"

„Nein!" Er lachte leise und spöttisch. „Sie brauchen mich!" Er sagte es nicht ohne einen gewissen Anflug von Stolz und Eitelkeit. Aber dann räumte er ein: „Und sie erpressen mich."

„Du bist auch noch erpreßbar?" Sie war nicht einmal mehr erstaunt, nur verwundert.

„Ja, ich bin erpreßbar!" Er gab es zu, ohne Ausflüchte, ohne Beschönigung. „Und du wirst mir helfen, aus dieser Geschichte wieder herauszukommen!"

„Ich?" Verdutzt blieb sie stehen und sah Kaltenbach ungläubig an. Und nur weil er hartnäckig schwieg, stellte sie schließlich die Frage: „Was für eine Geschichte?"

Der Augenblick, um auszupacken, war seiner Meinung nach noch nicht gekommen. Also blieb er unverbindlich: „Ich brauche deine Hilfe, Sharon." Und dann, nach einer weiteren Pause, fügte er hinzu: „Ja, und vielleicht auch die Hilfe von diesem Tom."

Sharons Erstaunen war für Kaltenbach berechenbar.

„Es ist eine Geschichte, die nicht ungefährlich für mich ist!" Wieder blieb er stehen, hielt sie immer noch am Arm und warf schließlich den Köder aus: „Aber ich bin sicher, daß du meine Offenheit nicht mißbrauchst."

26

Als Tom vor der Villa Miguel vorfuhr und das heisere Bellen seiner Hupe mit einem kurzen, vielfältigen Echo von den Mauern zurückgeworfen wurde, saß Sharon noch vor dem Spiegel.

Nein, kein Make-up, fast keines. Das hatte sie nicht nötig. Auch keinen Zopf, der war für den Strand, für den Pool. Die wilde Mähne ihrer Haare wurde trotzdem gezähmt mit einem bunten, kunstvoll eingeflochtenen Chiffonband und einem darüber festgezurrten flachen, schwarzen Torerohut.

Sie hatte ihr langes burgunderfarbenes Kleid mit den breiten, folkloristischen Borten ausgewählt, portugiesische Motive wohin man sah, und die Reisetasche stand neben ihr, fertig gepackt.

Sie ließ sich Zeit, auch als Tom das zweite Mal hupte. Sie sah in den Spiegel und fand, daß es nicht zu verbergen war: sie hatte Angst.

Angst, daß Tom sie durchschauen könnte, ihre Vorbehalte entdecken, gegenüber ihm, gegenüber allem, was er tat, was er wußte. Sie hatte Angst, daß er ihre Unehrlichkeit erkennen und erkunden würde: eingeweiht in ein Komplott, Komplizin des Vaters, den Tom vermutlich ebenso haßte wie dieser ihn und den er vernichten wollte.

Welche Absicht hätte es denn sonst für ihn gegeben, hier, vor Kaltenbachs Haus, kaltblütig wieder aufzutauchen und sich an die Tochter dieses Mannes heranzumachen.

Wieder die Hupe.

Schlechtes Benehmen, dachte sie. Unmöglich diese Drängelei. Wer war sie denn? Daß er nicht am Tor die Glocke läuten, daß er Kaltenbach nicht begegnen wollte, dafür hatte sie Verständnis. Aber sie verabscheute Ungeduld.

Sie setzte eine dunkle Brille auf. Nicht wegen der Sonne. Das Licht war bereits mild. Der Tag ging zur Neige.

Nein, es war das Gefühl, sie müsse ihre Augen, ihren Blick vor ihm verbergen, um sich nicht sofort zu verraten.

Dann stand sie auf, nahm die Reisetasche und ging.

Als sie die Treppe zu dem kleinen Innenhof hinunterschritt, langsam, Stufe um Stufe, spürte sie ihr Herz klopfen.

Der Vater hatte sie zwar von der Wichtigkeit ihrer Mission überzeugt, und welche Zwanzigjährige wäre nicht geschmeichelt gewesen, als Geheimagentin in politische Zusammenhänge eingeweiht und mit einer riskanten Funktion betraut zu werden? Aber Unehrlichkeit und Verstellung waren ihr fremd. Sie verabscheute beides. Bei sich und bei anderen.

Sie schob die beiden Riegel zur Seite, drehte den Schlüssel im Schloß, öffnete die schmale Pforte, bemühte sich um ein strahlendes Lächeln und wußte instinktiv, daß es ihr mißlang.

„Hallo, Tom!"

„Hallo, schönes Mädchen!"

Tom saß mit einem dunklen, konservativen Jackett und bunter Krawatte in einem offenen roten Sportwagen, einem MG mit Hamburger Nummer, der seine besten Zeiten schon lange hinter sich hatte. Sharon stellte ihre Reisetasche auf den schmalen Rücksitz neben die von Tom. Die Tür des Wagens kreischte leise in den Angeln. Sharon hätte es gefallen, wenn Tom ausgestiegen wäre, um sie altmodisch-galant für sie zu öffnen. Vorsichtig setzte sie sich auf den abgewetzten Ledersitz und hörte, bevor sie die Wagentür wieder schloß, wie der Vater hinter ihr die Pforte wieder verriegelte.

Sie wußte, daß er nun nach oben eilen und von dort ihre Abfahrt beobachten würde.

Es war aber nicht dieses Gefühl des Beobachtetwerdens, weswegen sie nach dem ersten, mißlungenen Begrüßungslächeln so ernst geworden war, so gefaßt – zu ernst, zu gefaßt für ein scheinbar verliebtes Mädchen. Aber sie hatte Tom beobachtet, war seinem unbelasteten, heiteren Blick begegnet, und ihre Stimmung war noch weiter abgesackt, war nun gedämpft.

Sie klopfte gegen das vorsintflutliche Armaturenbrett aus gemasertem Holz und fragte kritisch: „Dein Wagen?"

„Geliehen. Von Eva."

„Eva?"

„Eine Kollegin."

„Diese Eva, diese Kollegin, leiht dir so ohne weiteres ihren kostbaren Oldtimer? Verdienst du soviel Vertrauen?"

Er lachte sie an: „Es fällt mir offenbar nicht schwer, Vertrauen zu erwecken!"

„Ja, ich habe es bemerkt!" Der Bann war gebrochen. Sie hatte nun Zutrauen zu sich selbst gefaßt. Es war ihr gelungen, scheinbar ganz unbefangen mit ihm zu plaudern.

Er lachte immer noch, als er den Wagen startete und den Motor aufröhren ließ. Dann beugte er sich zu ihr, wollte den Arm um sie legen, um sie zu küssen.

Aber sie wehrte ab: „Nicht hier!"

Er respektierte das mit dem Ausdruck „Oh-mein-Gott!", warf einen kurzen Blick hinauf zu den Giebelfenstern, die die Mauer überragten, dann fuhr er los, den steinigen Weg hinauf, auf dem sie vor einer knappen Stunde noch ziellos und heulend geflohen war.

„Also dann!"

„Was dann?"

Es kam die übliche, unausweichliche Frage: „Wie lange hast du Ausgang?"

Sie war bei der Abfahrt seinem Blick hinauf zu den Fenstern nicht gefolgt, wußte auch so Bescheid. Auf seine Frage hin sah sie ihn aber betont verständnislos an.

Er wiederholte die Frage, die er nun anders formulierte, direkter, präziser. Als Mann wünschte er zu erfahren, was er erhoffen durfte: „Wann bitte erwartet dein alter Herr dich zurück?"

Sie zögerte nur kurz. Dann kam die erste Lüge über ihre Lippen, routiniert und eiskalt, und sie war froh, sich hinter der dunklen Brille verstecken zu können: „Ich habe nicht mit ihm gesprochen ..."

27

In engen, schmalen Kurven wand sich die Straße um den Berg von Sintra, gesäumt von hohen, grünbemoosten Mauern. Pompöse Gittertore führten in geheimnisvolle Parks und vorbei an uralten Baumgiganten und verwilderten Hecken zu den versteckten Quintas, erbaut von den Vasallen der jeweiligen Könige, irgendwann vor zweihundert, dreihundert, vierhundert Jahren.

Die tiefstehende Sonne flackerte durch das Laub. Tom fuhr zu schnell, viel zu schnell, als strebe er voller Eile einem Ziel entgegen, das entschwinden könnte, bevor er es erreicht hatte.

Sharon schwieg, nicht aber weil dieser Tom ebenfalls schwieg, denn er fuhr ja aufs äußerste konzentriert seine private Rallye. Sie schwieg, weil sie Zweifel hatte. Sie wußte nicht, ob eine Frage, die sie die nächsten Stunden, vielleicht auch die ganze Nacht begleiten würde, je eine Antwort finden werde: Ob nämlich dieser Mann an ihrer Seite, in den sie vielleicht verliebt war, den sie begehrte und mit dem sie schlafen wollte, ihr unaufgefordert die Wahrheit sagen werde.

Schließlich ergriff sie selbst die Initiative, begann mit einer Art subtiler Prüfung, auf die Gefahr hin, daß Tom sie nicht bestehen würde. „Du warst früher schon einmal in Portugal?"

„Aber ja! Schon öfters. Zum letzten Mal vor etwa zwei Jahren."

„Und auch zufällig hier in dieser Gegend?"

„Genau hier in dieser Gegend. Aber ganz und gar nicht nicht zufällig!"

Das klingt gut, dachte sie. Bisher, zumindest, klang es gut. Und überzeugend. Und ehrlich. Daher fragte sie weiter: „Und das, was du siehst auf deinen Reisen, diese düstere Straße hier, die alten Parks, die Brunnen am Weg, die Quintas, unser Haus zum Beispiel, das baust du dann in deine Krimis ein als Schauplatz des perfekten Verbrechens, ja?"

Er warf ihr einen verständnislos kritischen Blick zu: „Was? Wie? In welche Krimis?"

„Die du schreibst."

War sie nun überzeugend genug? Nicht allzu einfältig, allzu naiv? Klang es glaubhaft, was sie da fragte? Oder hatte er sie bereits durchschaut?

Er lachte auf, sah sie ungläubig an. „Hör mal, Sharon, ich schreibe doch keine Kriminalromane! Ich bin Journalist! Ich bin Reporter! Ich recherchiere und decke politische Skandale auf: Korruption, Unterschlagung, Betrug. Die ganzen miesen

Schweinereien, die ständig und heimlich hinter unserem Rükken passieren."

Er hatte Sharon dabei angesehen und wich nun mit einem riskanten Manöver einem entgegenkommenden Wagen aus. Sharon hatte aber die kritische Situation gar nicht bemerkt.

„Bestanden!" dachte sie nur. Die erste Runde hatte er bestanden. Ein Anflug von Erleichterung huschte über ihr Gesicht.

Da fügte er abschließend noch hinzu: „Es gibt viele, die wünschen mich, Tom Severin, zur Hölle!"

Sie wollte weiterfragen.

Aber dann wagte sie es nicht. Vielleicht, um nicht enttäuscht zu werden.

Dieses erste, ihm so einfach abgetrotzte Geständnis war, wie sie meinte, für diesen Augenblick genug.

Sie entspannte sich etwas und nahm ihre dunkle Brille ab.

28

Sie fuhren durch Sintra. Die beiden Küchenschornsteine über dem Königspalast, das Wahrzeichen des kleinen, historischen Ortes, ragten wie rosafarbene Zuckerhüte in die letzten Sonnenstrahlen. Touristenscharen strömten zurück in ihre Busse, vorbei an den Händlern mit ihrem farbenfrohen Angebot an Spitzendecken und Souvenirs.

In unzähligen Serpentinen ging es anschließend hinunter in diese einzigartige Stadt, ausgebreitet zwischen einem breiten Fluß, der Mündung des Tejo und den obligatorischen sieben Hügeln – Lissabon.

Tom steuerte den Rossio an, den Mittelpunkt der Stadt, und parkte seinen Wagen tatsächlich, wenn auch nicht ganz legal, am Rand des großen Platzes in einer winzigen Lücke vor einem Café. Zu Fuß gingen sie weiter, Sharon die Reisetasche umgehängt, Tom die seine in der Hand, über das schwarzweiße Mosaikpflaster, zwischen den beiden Brunnen hindurch, auf die eigentliche Innenstadt, die Baixa zu.

Tauben flatterten auf, zu Hunderten, zu Tausenden, und umschwirrten das Denkmal eines der Großen dieser Nation: König Pedro der Vierte, der erste Kaiser von Brasilien.

Tom gab erfrischende Kommentare zu den historisch bedeutenden Sehenswürdigkeiten, die sie passierten. Sharon, die Kunststudentin, gab sich scheinbar interessiert, hin und wieder belustigt, bestens unterhalten, obwohl ihr absolut nicht danach war.

So erreichten sie schließlich den Elevador de Santa Justa, den Fahrstuhl zur Oberstadt, zum Bairro Alto, eine Stahlkonstruktion des berühmten Ingenieurs Eiffel, dem auch Paris ein Wahrzeichen verdankt.

In der altertümlichen, holzgetäfelten Kabine schwebten sie als einzige Fahrgäste nach oben. Der uniformierte Liftführer wandte ihnen den Rücken zu, betrachtete konzentriert die hinter dem Gitter vorbeiziehende, ölverschmierte Wand und klopfte mit seinem Schlüssel gegen die Eisenstäbe des Gitters eine simple Melodie.

Der Lift hielt, das erste Gitter wurde aufgeschoben, das zweite. Sie waren hoch über den Dächern der Innenstadt gelandet.

Dämmerung begann über Stadt und Land zu fallen, über Hügel und Hafen. Auf Straßen und Plätzen waren die Lichter aufgeflammt, und unmerklich, den Spaziergang als kunsthistorische Exkursion getarnt, lotste Tom die ahnungslose Sharon durch enge, verwinkelte Gassen, wo es nach Knoblauch roch und gebratenem Fisch, zu einem kleinen, prachtvoll renovierten Palais.

„Hier?" Sharon gab sich überrascht.

„Man hat ein Hotel daraus gemacht. Ja. Oder auch woanders, wenn es dir nicht gefällt."

Das Zimmer war vorbestellt. Tom erhielt den Schlüssel ohne weitere Formalitäten aus der Hand der älteren, freundlichen Dame hinter der Rezeption, die kommentarlos lächelte und eine angenehme Nacht wünschte: „Boa noite!"

Ein kleiner Mann, den krummen Rücken in einer altmodischen Livree verpackt, übernahm das dürftige Gepäck der beiden. Sie folgten ihm auf der langen, gewundenen Treppe bis in den obersten Stock. Sharon wagte nicht zu fragen, ob Tom dieses edle Etablissement schon von früheren, ähnlichen Anlässen her kannte.

Das Licht des Kronleuchters flammte auf. Der dienstbare Geist stellte die beiden Reisetaschen einträchtig nebeneinander auf den dafür vorgesehenen Platz, dicht neben ein antikes Himmelbett aus poliertem Messing, das die Mitte des großen Raums beherrschte. Mit stoischer Miene und ohne Anzeichen von Dankbarkeit nahm er das bereitgehaltene Trinkgeld von Tom entgegen und entfernte sich stumm und diskret.

Also hier . . . dachte Sharon. Sie ignorierte das Bett, nahm es nicht weiter zur Kenntnis, ging daran vorbei, auf dicken Orientteppichen, die ihre Schritte dämpften, an der langen Reihe der Fenster entlang, die bis zum Fußboden reichten.

Am letzten Fenster blieb sie stehen, zog den Vorhang zur Seite und sah hinaus.

Unter ihr lag die Stadt. Ein Glitzerding mit tausend Lichtern unter einem rosafarbenen Himmel. Es war ganz plötzlich Abend geworden. Fast schon Nacht.

Für Tom hatte sie vorläufig keinen Blick. Eine eigenartige Gespanntheit, die eindeutig von ihr ausging, hatte sich zwischen den beiden aufgebaut und begann ihre lähmende Wirkung.

Tom lehnte neben der Tür, betrachtete Sharon mit unverhohlener Skepsis, versuchte, ihr plötzlich so abweisendes Verhalten zu deuten, das ihn so eigenartig, so fremd, fast feindselig berührte.

Er löschte das Licht des Kronleuchters, weil es ihm zu wenig intim erschien, ließ nur noch die beiden Wandleuchter neben dem Bett mit ihren funkelnden Prismen brennen. Nun beherrschte den Raum der goldgrüne Schimmer der barocken Tapete.

Tom hängte sein Jackett nachlässig über einen Stuhl, die Krawatte daneben und warf sich provozierend und in scheinbar heiterster Stimmung auf das breite Bett.

Einladend klopfte er mit der flachen Hand neben sich auf die Matratze und rief leise und unbekümmert: „Hei ... Sharon ... Darling! Was ist?"

Sie wandte sich ihm zu, langsam, fast wie in Trance: ein Schatten, eine Silhouette vor dem hohen Fenster, vor dem sich nunmehr türkisrosa färbenden Abendhimmel, vor den Lichtern der Stadt. Und sie fragte dagegen: „Was soll sein?"

Tom antwortete nicht. Die Gegenfrage war ihm zu verblüffend, Sharons Ton zu distanziert, zu kühl.

Er konnte nicht ahnen, was sie gerade bewegte: Nun war sie hier, mit diesem Tom, um glücklich zu sein. Eine ganze lange Nacht. Aber nicht nur mit Wissen, nein, mehr oder weniger auf Anweisung des Vaters. Lediglich aus Gründen geschäftlicher, politischer Taktik, nicht aus Lust und nicht aus Liebe sollte sie die Nacht mit diesem Mann verbringen.

Ihr Wunsch und ihre Gefühle wurden mißbraucht.

Sie hatte einen Auftrag übernommen, hatte eine Rolle zu spielen in einem Stück, das sie letzten Endes nichts anging, das sie nur bedingt interessierte: Die Rolle einer Nutte.

Erst jetzt, in diesem Augenblick, war ihr bewußt geworden, in was sie sich da verstrickt hatte – verstrickt worden war.

„Du willst, daß wir miteinander schlafen?" fragte sie Tom sehr direkt. „Jetzt. Sofort. Ja?"

Er war irritiert: „Deswegen sind wir doch hier ... Oder?"

„Möglich, ja ..." räumte sie ein und blickte wieder hinaus in die einbrechende Nacht.

„Willst du's nicht?" Er war vorsichtig und behutsam.

Daraufhin sah sie ihn wieder an und lehnte sich gegen die Fensterbrüstung, um irgendeinen Halt zu haben: „Doch, ich will!"

Und dann, nach einer zögernden Pause, fuhr sie fort, und es klang sehr bestimmt, sehr ehrlich, aber auch überraschend sachlich: „Ich will es wirklich. Aber ich bin nicht sicher, ob ich es tu!"

Tom lachte nur leise auf. Er kannte das. Reaktionen dieser Art waren ihm vertraut. In Situationen wie dieser, wenn auf die schnelle nichts zu trinken verfügbar war, hielt er Zuspruch für nötig, ein wenig Überredung zum Abbau der üblichen, bekannten und unvermeidlichen Hemmungen. Sie waren erfahrungsgemäß mit ein paar netten Worten, ein paar zärtlichen Gesten problemlos zu überwinden: „Oh, Mädchen ... Sharon ... Komm! Komm schon her ..."

Sharon verstand seine Bemühung durchaus richtig, schüttelte aber den Kopf: „Nein, das ist es nicht!"

„Nein?"

„Nicht, was du jetzt denkst: Keine Skrupel, keine Angst, keine schamvolle Prüderie. Ich kann nicht, weil du nicht ehrlich zu mir bist!"

29

„Nicht ehrlich?"

„Nein!"

„Ich? Zu dir? Nicht ehrlich? Wieso? Sharon?" Er hatte sich aufgerichtet, war bestürzt, betroffen. „Was willst du wissen?"

„Alles ..."

Da er verständnislos reagierte, erklärte sie es ihm, ohne ihre Position in der entferntesten Ecke des Raumes, mit der größtmöglichen Distanz zu Tom, aufzugeben: „Thomas Sadowski! Tom Severin! Du mutiger Reporter. Du Gewissen der Nation! Du hattest heute genügend Zeit, um mit mir zu reden. Um mir zu erklären, was du von uns willst: Von mir. Und von meinem Vater."

„Sharon ... bitte! Was hat dein Vater ...?" Weiter sprach er nicht, weil die Frage, was dieser Vater mit ihr, mit ihm und mit dieser Nacht zu tun haben könnte, absurd geklungen hätte. Er ahnte, worauf sie hinauswollte. Er hatte sie und die Situation falsch eingeschätzt und kam sich verlogen vor. Daher schwieg er lieber.

Sharon ließ sich Zeit. Erst, als sie absolut sicher war, daß er unaufgefordert keinen weiteren Kommentar mehr abgeben würde, setzte sie ihr Verhör fort: „Was recherchierst du gerade? Ein neues Pamphlet gegen den alten, pensionierten Waffenschieber? Warum brauchst du dazu mich?"

Den letzten Satz hatte sie sehr leise gesprochen, sehr verletzt.

Da erkannte er endlich, daß er sehr schnell sehr viel verlieren konnte: „Brauchen? Ich dich? Für meinen Job? O nein, Sharon!" Er wirkte verzweifelt, weil er nicht wußte, wo er beginnen sollte mit seinem nun überfälligen Geständnis.

„Ja, ich hätte reden sollen ... Dir erklären ... Von Anfang an ... Aber ... Es geht so schnell alles kaputt, wenn man zu viel redet. Zu viel erklärt."

Sie hatte sich wieder abgewandt und zog nun den Vorhang langsam zu. Der Himmel war schwärzlich geworden, die Farben waren ausgelöscht, verblaßt, verschwunden.

Tom kniete auf dem Bett, klammerte sich am Messinggitter des Fußendes fest und versuchte zu retten, was da vielleicht noch zu retten war: „Hör zu ..." bat er. „Bitte, Sharon, hör mir zu." Mit Gesten versuchte er nun, sein Bekenntnis zu untermalen, seine Glaubwürdigkeit zu untermauern: „Ein Tip, ein Hinweis ... Wir Journalisten, wir haben manchmal Leute an der Hand, Informanten, Leute, die der Meinung sind, daß gewisse Schweinereien an die Öffentlichkeit müssen."

Das genügt als Erklärung, dachte er, zunächst wenigstens. Also fing er wieder von vorn an: „Der Tip, der Hinweis, den ich erhielt, war folgender: Ein Mann vom BKA, vom Bundeskriminalamt in Wiesbaden, hatte eine Reise nach Portugal beantragt. Das muß er begründen, schon um nicht in den Verdacht zu geraten, er hätte Spaß daran. Und er hat es begründet: Gespräch mit Istvan Kaltenbach."

Wieviel erzählt man einem Mädchen, mit dem man schlafen will? Wann redet man sich um Kopf und Kragen? Tom wußte es nicht, nicht in diesem Augenblick. Er hatte plötzlich das Gefühl, er brauche hier, jetzt und in dieser Stunde einen Mitwisser, vielleicht sogar einen Verbündeten, einen Komplizen: „Also, diesen Reisekostenantrag, den man mir in Fotokopie zugespielt hat, fand ich bemerkenswert. Nicht nur, weil dieser Istvan Kaltenbach ein alter Bewohner meines Archivs ist, sondern weil ich schon seit langem gewisse Kreuz- und Querverbindungen in einer speziellen Richtung vermute. Es wird allzuviel Nachsicht einem Mann gegenüber geübt, den ich, verzeih mir Sharon, für einen eiskalten, ausgekochten Gangster halte."

Feinde, dachte Sharon und preßte ihre Lippen zusammen. Todfeinde. Und ich stehe dazwischen!

„Nachsicht gegenüber diesem Kaltenbach", fuhr Tom fort, „die vermutlich ihren Preis hat. Irgendwann. Eines Tages. Vielleicht gerade jetzt!"

Er hatte ausgepackt. Es war ihm danach. Er hatte nun die Komplizin eingeweiht, aber nun kamen ihm Bedenken: „Sharon, bitte! Niemand außer mir – und Eva, einer absolut verläßlichen Kollegin in Hamburg, im Verlag – und jetzt dir – weiß von meinem Verdacht, daß da etwas Bedrohliches im Busch ist."

Er lehnte sich zurück und atmete tief durch. Dann sprach er weiter: „Ich mache vielleicht in diesem Augenblick die größte Dummheit meines Lebens und setze meine Karriere aufs Spiel. Aber ich habe einfach Vertrauen zu dir!"

Da schrie sie ihn an: „Nein!"

Sharons Überreaktion war überraschend für ihn, schockierend. Die Komplizin wider Willen setzte sich zur Wehr: „Nein! Nein! Nein! Alle laden sie Vertrauen auf mich ab. Wieso? Warum?"

Und wieder schrie sie: „Nein! Was habe ich mit eurer Geschichte zu tun?"

„Du? Nichts! Absolut nichts!" Tom war irritiert. Wer noch außer ihm hatte Sharon ins Vertrauen gezogen? Aber wie auch immer, er mußte weiterberichten, die Story zu Ende bringen, die er so fahrlässig begonnen hatte.

„Ich bin also vierundzwanzig Stunden vor diesem BKA-Bullen in Lissabon eingetroffen, fuhr nach Sintra, zu Kaltenbachs Haus – und ging an den Strand." Er flocht eine pikante

Pointe ein. „Das war in meinem Reisekostenantrag natürlich nicht erwähnt! Ich gebe es zu."

Er beugte sich vor, denn nun kam die Quintessenz seines Berichts: „Ja, und am Strand traf ich dich. Eine Person, von der man manchmal nur träumt und die einen den Job total vergessen läßt." Der Erinnerung zuliebe machte er eine Pause, warf Sharon einen jener charmanten Blicke zu, die sie am Pool und am Strand schon einmal so verzaubert hatten.

„Du sprachst Englisch mit einem fabelhaft authentischen amerikanischen Akzent. Ich konnte nicht wissen, nicht ahnen, daß du die Tochter von Kaltenbach bist. ‚Ich wohne dort oben, dreihundertundfünfundsechzig Stufen über dem Strand.' Ich kannte Kaltenbachs Haus nur von der Straßenseite."

Wieder eine Pause. Tom seufzte. Er wirkte verzweifelt, weil seine Glaubwürdigkeit nicht zu beweisen war.

Es hatte ehrlich geklungen, fand Sharon, was er da sagte, ein wenig konstruiert zwar, ein wenig zufällig, aber ehrlich.

Tom kam zum Schluß: „Erst als ich ihn stehen sah, oben auf der Terrasse, vom Pool aus, diesen Mann im weißen Tennisdreß, den ich von meinen eigenen Fotos her bestens kannte, da wußte ich plötzlich Bescheid! Ich war wie in einer Falle: Ich war dort, wo ich eigentlich hinwollte. Aber zum falschen Zeitpunkt. Ohne auch nur das Geringste recherchieren zu können. Ich hätte eigentlich sofort wieder gehen müssen – spätestens dann, als der Typ vom BKA, der zufällig auch gerade da war, herübersah zu mir, zu uns. Sehr lange. Sehr intensiv. Wie Minuten später auch dein Vater." Er zuckte die Schultern und hoffte auf Verständnis: „Tja . . . ich bin nicht gegangen!"

Er lockerte den Griff, mit dem er das Messinggitter umklammert hielt, und breitete die Arme aus, mit den offenen Handflächen in Richtung Sharons. Es war eine Geste der verzweifelten Hilflosigkeit, eine Bitte um Vergebung.

„Nein, du bist nicht gegangen", sagte Sharon leise, löste sich von diesem Platz am Fenster, trat aus dem Schatten und kam langsam zu Tom.

Sie ging um das Bett herum und legte sich stumm und ohne

Tom anzusehen auf die freie Seite. Es blieb noch viel Platz zwischen den beiden.

Er war ihr mit seinen Blicken gefolgt und verstand, daß dies keine Aufforderung zu einer Umarmung war, blieb sitzen, wo er saß, respektierte die Distanz und sah sie abwartend an.

Schließlich brach sie das Schweigen, sprach immer noch leise, überlegt, wie üblich sehr bestimmt und langsam, Satz für Satz, mit winzigen Pausen zwischen den einzelnen Gedanken, damit jede dieser Informationen für sich allein auch klar und unmißverständlich zu begreifen war: „Ich weiß die Story ... Die geheime Konspiration, die du vermutest ... Die BKA-Kaltenbach-Story, der du nachjagst ... Ich kenne sie in fast allen Details ... Sie ist ziemlich brisant ... Aber noch nicht komplett ... Der letzte Stein im Mosaik fehlt noch ... Der wesentliche Stein ... Du wirst ihn selbst finden müssen ... Und du wirst die Story erst verkaufen, wenn sie komplett ist." Abschließend fügte sie irgendwann noch hinzu: „Das ist meine Bedingung!"

Er hatte sie die ganze Zeit über angesehen, überrascht von dem, was sie da sagte, sprachlos, verblüfft. Aber ihre Blicke waren sich nicht begegnet. Sie hatte hinauf zur Zimmerdecke gestarrt, wo über den Stuck die Lichtmuster der Straße geisterten.

Dann kam er näher, beugte sich über sie und fragte sie leise, unsicher, fast zweifelnd: „Hei Sharon ..."

Sie schwieg.

„Du lieferst deinen Vater ans Messer?"

Sie antwortete ganz einfach. Und diesmal sah sie ihn dabei an: „Nein. Dich!"

30

Die Augenblicke der Wahrheit waren vorüber. Nun war die Zeit der Umarmung gekommen, unaufschiebbar, unvermeidlich. Und was die behütete amerikanische Studentin bei diesem wunderschönen Spiel durch Unerfahrenheit vermissen ließ, das brachte Tom mit sportlichem Ehrgeiz doppelt mit ein.

Irgendwann, lange nach Crescendo und Finale des ersten Satzes, wurde er wach und sah Sharon, die er neben sich wähnte, wieder an diesem Fenster stehen und verträumt hinausschauen auf die Dächer, Straßen und Plätze der nächtlichen Stadt. Er befürchtete das Schlimmste: „Was hast du?" fragte er leise.

„Hunger!" antwortete sie. Es klang sehr schlicht, aber auch sehr überzeugend.

Er hatte seinen Hunger bis dahin mannhaft ertragen und daher vollstes Verständnis. Es war auch für einen kleinen kulinarischen Zwischenakt noch nicht zu spät.

In der kleinen Gasse neben dem Palais, wo es am Abend bereits so verführerisch nach Fisch und nach Knoblauch gerochen hatte, war vor der Tür einer dieser kleinen Tavernen der Wirt persönlich damit beschäftigt, auf einem Holzkohlenfeuer Sardinen zu grillen. Drinnen standen einige Männer laut schwatzend und tranken Wein.

Außer der langen Theke und zahllosen Fässern gab es noch zwei winzige Tische in einem Lokal. Einer davon war noch frei. Dort berieten Tom und Sharon ihre weitere Strategie bei Wein, Krabben, Muscheln und Fisch. Tom gab dabei auch Informationen preis, unveröffentlichte Geschichten, Internas über Sharons Vater, über Kaltenbach.

„Hat er dir nie erzählt von seiner schweren Jugend", fragte Tom, „vorgejammert über den Drill in dieser NAPOLA?"

„NAPOLA?" Sie hatte das Wort zwar schon gehört, konnte damit allerdings nichts Konkretes verbinden.

„NAPOLA – Nationalpolitische Erziehungsanstalt", klärte Tom sie auf. „Die elitäre Kaderschmiede der Nazis für Schulkinder. Dein Vater hat es überlebt, auch den Einsatz als Flakhelfer im Kampf um Berlin. Da war er sechzehn. Als alles vorbei und kaputt war und der Zweite Weltkrieg für diese Clique endgültig verloren, da schwor er, wie viele: Nie wieder! Und vor allem: Nie wieder Waffen!"

Tom trank einen Schluck, stieß erst hinterher mit ihr an, aber die dicken Wassergläser wollten aufs erste Mal nicht so recht klingen. Da wiederholten sie das Spiel so lange, bis es klappte. Der Wein aus dem Faß war goldgelb, schwer und kühl.

„Und weiter?“ fragte sie.

„Weiter was? Ach so, ja: Die übliche und zu Herzen gehende Geschichte aller Unschuldigen, die stets ohne ihr eigenes Zutun in Schuld verstrickt werden. Exportgeschäfte nach Saudi-Arabien – Lastwagen. Wenn man sandbraune Farbe mitlieferte, waren es plötzlich Militärlastwagen. So kam eines zum anderen: Die Wünsche guter Freunde, man ist gefällig, und man liefert schließlich alles, was in einer Armee dringend gebraucht wird. Hauptsache, es bringt jede Menge Kohle.“

Die Tintenfische vom Grill waren gefüllt, der Wein aus dem anderen, kleineren Faß schimmerte grünlich und war leichter und wesentlich herber.

„Dein Stiefbruder Miguel war damals acht – jetzt wäre er schon fast dreißig ...“ Tom ergänzte Kaltenbachs umstrittene Biographie durch eine weitere und ebenso umstrittene Geschichte: „Es ist ein Gerücht, und wir haben es nicht gedruckt, ich hatte keine Beweise. Aber es wäre denkbar und es würde zu Kaltenbach passen: Er hat das Kind, diesen Miguel damals in Marokko selbst entführen lassen, um vor einer machtvollen Konkurrenz zu warnen, die ihn bedrohte und die es in Wahrheit nicht gab. Das Täuschungsmanöver funktionierte, er zog den lukrativen Auftrag über fünfzehntausend Maschinenpistolen an Land. Die Lieferung erfolgte dann zu seinen eigenen, günstigeren Bedingungen.“

Sharon runzelte die Stirn. Sie hatten sich beide versprochen, faire Partner im Deal um die Kaltenbach Papiere zu sein, von denen Sharon nicht den Inhalt kannte, nur wußte, daß sie ihren Vater aufs schwerste belasteten.

Sie haßte Gerüchte. Angriffe auf ihren Vater, so war es vereinbart, waren tabu. Um die Tragödie um Miguel rankten sich bereits zu viele Mutmaßungen, Verdächtigungen und unbewiesenes Gerede.

Trotzdem berichtete Tom seine Version bis zum bitteren Ende: „Bei einem unerwarteten Polizeieinsatz gegen die vermeintlichen Entführer kamen alle ums Leben. Auch das Kind."

Der Wein aus dem untersten Faß wirkte im schummrigen Licht der Taverne schwarzrot wie Tinte und war nicht nach Sharons Geschmack. Aber Tom fand ihn zum Ziegenkäse ideal. Anschließend hatte er auch den Mut zu einer dritten Geschichte: „Es war eine Bombe, die seine Maschine, einen Learjet, zerfetzte. Er hat dir das nie erzählt?"

Sharon schüttelte den Kopf. „Meist war es nur Small talk, was wir miteinander redeten, wenn wir uns trafen. Da ging es um belanglose lebenswichtige Nichtigkeiten, um miserable Zeugnisse, gefährdete Versetzung, mal wieder ein neues Internat, enttäuschte Erwartungen meiner Mutter, und abschließend kam immer wieder die Frage an mich: ‚Brauchst Du Geld, mein Kind?'"

„Und?"

„Das Kind brauchte Geld! Natürlich! Immerzu!"

Tom berichtete also weiter: „Die Bombe zündete in etwa dreitausend Meter Höhe über dem französischen Zentralmassiv. Er selbst hatte seinen Privatjet in letzter Minute vor dem Start in Genf verlassen, nannte es später seinen sechsten Sinn."

In diesem Gewerbe, Tom gab es zu, überlebt man in der Regel tatsächlich nur mit einem sechsten Sinn.

„Oh, mein Gott." flüsterte Sharon: „Mami . . . meine Mami!" Sie tauchte wieder ein in den Schock, in die Trauer von damals.

„Ja, die war mit an Bord", Tom nickte mitfühlend, faßte nach Sharons Hand und fuhr erst nach einer längeren Pause fort: „Außerdem traf es noch zwei Geschäftspartner von Kaltenbach – einen pensionierten französischen Oberst der Securité, der drei Jahre Atomtests auf Muroroa im Pazifik unbeschadet überlebt hatte, und einen algerischen Politiker."

Nun kannte Sharon auch diese letzte Geschichte!

31

Es wurde ein längeres Abendessen, mit etwas zuviel Wein, wie Sharon zu spät befand, und anschließend eine besonders lange, meist schlaflose Nacht.

Crescendo, Finale, Crescendo . . .

Schließlich dämmerte von Osten her ein wunderschöner Morgen. Der Tejo glitzerte wie flüssiges Silber, die Burg gegenüber auf dem Hügel, das Castelo Sao Jorge, lag wuchtig wie ein Gemäuer aus einem Märchen im Gegenlicht, und über die Stadt stülpte sich langsam die übliche Glocke aus Lärm und Smog eines geradezu unendlichen Verkehrs.

Letzteres, ein Zitat von Kafka, kam Tom in den Sinn, als sie beide sich halbnackt aus dem Fenster lehnten und sich in der Sonne wärmten wie die Katzen.

Aber irgendwann an diesem Morgen hatte Sharon Vollzug zu melden. Die Kaltenbachagentin, die Geheimdienstnutte, wie sie sich insgeheim abschätzig nannte, schämte sich zwar nicht über die Ereignisse dieser zauberhaften Nacht, aber über den Auftrag, der damit verbunden war.

Pflichtgemäß teilte sie mit, die Aufgabe sei erledigt und sie hätte Erfolg gehabt: „Er ist einverstanden!" rief sie ins Telefon. Die Stimme des Vaters war kaum zu verstehen. Sie stand mit Tom am Rossio, ganz in der Nähe des falsch geparkten Wagens, in einer dieser offenen Telefonzellen. Erst jetzt, nach einem Frühstück in diesem Café und einem langen morgendlichen Bummel rund um den Platz hatte sie den Mut gefunden, sich zu melden. Aber es war wohl der falsche Ort für ein Gespräch dieser Art.

„Wie . . .? Was . . .? Ja . . .?" Sie hielt sich das zweite Ohr zu, um dem unerträglichen Lärm zu entgehen.

„Gut!" Sie hatte verstanden. „Ja, er steht hier neben mir."

Sie deckte mit der Hand die Sprechmuschel ab, hielt Tom den Hörer entgegen, der in ihrer Nähe stand.

„Sag ihm selbst, daß du seinen Vorschlag akzeptierst."

Tom hatte verstanden, aber er winkte ab. „Es gilt auch

so.“ Mit Kaltenbach direkt zu verhandeln, zu diesem Zeitpunkt, war nicht in seinem Sinn. Er wandte sich um und ging zum Wagen.

Sharon war irritiert, aber dann gab sie die Botschaft über das Telefon wörtlich weiter.

„Er akzeptiert, und es gilt auch so.“ Dann nahm sie die detaillierten Anweisungen für das Treffen entgegen.

Ein kurzer Blick auf ihre Uhr. Sie nickte: „Okay, Daddy, see you soon, bis bald!“

Sie legte den Hörer auf die Gabel, fuhr sich über das Gesicht, wischte die Schweißtropfen von der Stirn und bemühte sich um ein Lächeln. „Por Deus! Mein Gott!“ Sie wirkte erschöpft. Aber sie hatte es hinter sich gebracht.

Tom kam gerade von seinem geparkten Wagen zurück und riß einen Strafzettel, den er weder entziffern noch bezahlen wollte, in kleine Fetzen.

„Er trifft uns Punkt zwölf auf dem Praça do Comércio, der Palastterrasse.“

Tom schien einverstanden.

Da lehnte sie glücklich ihren Kopf gegen seine Schulter, sah hoch zu den Tauben, die das Denkmal umkreisten, und raunte ihm zu: „Es bleiben uns noch zwei Stunden ...“

Er legte beide Arme um sie, betrachtete ebenfalls diesen Schwarm, der sich nach und nach schwirrend rund um die beiden niederließ. Dann schlenderten sie los, langsam, mitten zwischen den pickenden, gurrenden Tauben hindurch, quer über das Rondell mit dem Brunnen, eng umschlungen, und verschwanden schließlich in der Menge.

Sie hatten zwei Stunden Zeit. In Lissabon!

32

Zwei Stunden ...

Sie wanderten die verwinkelten Gassen der Alfama nach oben, dem ältesten und einzigen Viertel der Stadt, das vom großen Erdbeben 1755 und der nachfolgenden Feuersbrunst verschont geblieben war.

Nicht nur vor ihrer Taverne, auch hier und bereits am frühen Morgen wurden Sardinen auf qualmenden Herden vor den Häusern gegrillt. Schwarzgekleidete Frauen hockten um die Feuer und fächelten Luft in die Glut. Der Wind wirbelte durch die engen Gassen in dichten, weißen Schwaden den beißenden Rauch, in dem sich die Sonne brach.

Auf der Mauer einer Basilika ergänzten sich hundert blauweiße Kacheln zu einem Bild von historischer Größe: Seefahrer, Missionare und Heiden friedlich vereint in jenen Tagen, als Portugals Flotte noch die Meere beherrschte und neue, friedliche Kontinente auf ihre kriegerischen Entdecker warteten.

Sharon und Tom wanderten daran vorüber, auf abgeschliffenen, buckligen Pflastersteinen, verloren sich, Hand in Hand, auf nicht endenden Treppenstufen, die zwischen windschiefen, winzigen Häuschen mit buntgestrichenen Fenstern und Türen hinaufführten zur Burg, zum Castelo.

Von dort oben ging der Blick weit über die Stadt zu ihren Füßen, über Dächer, Türme und Hügel, über den breiten Fluß und seine Mündung, überspannt von einer gigantischen Brücke und bewacht von einem monströsen Christus mit weit ausgebreiteten, segnenden Armen.

Eine Stunde noch . . .

Schiffe zogen vorbei, kleine Frachter und Küstentanker, an dem Zuckerbäckerturm von Belém, dem Wahrzeichen der Stadt, der hinausgebaut war in die Fluten des Tejo, als Leuchtfeuer und Bastion und der bereits vor knapp fünfhundert Jahren die Zufahrt zum Hafen beherrschte.

„Spätmanuelisch mit marokkanischem Einfluß", erklärte Sharon. Viel hatte die Kunststudentin bisher nicht an fachkundigen Kommentaren eingebracht. Aber die Torre de Belém war vom gleichen Baumeister errichtet worden wie der älteste Teil der Kaltenbachschen Quinta, der Villa Miguel, nämlich von Francisco de Arruda. Immerhin! Tom war beeindruckt.

Beide drängten sich zwischen Schießscharten und maurischen Erkertürmchen an der obersten Balustrade dicht zusammen, denn der steife Atlantikwind hatte zugenommen und vertrieb sie schließlich von ihrem Aussichtspunkt.

Ein Ausflug zweier Liebender! So hatte es zumindest den Anschein. Aber keiner von beiden, weder Sharon noch Tom, waren unbelastet, unbeschwert durch diese Stadt gewandert, zwei Stunden lang.

Sie sprachen nicht darüber, verheimlichten sich gegenseitig ihre Skrupel. So hielt eine gewisse Unsicherheit beide insgeheim gefangen: das bevorstehende Treffen mit Kaltenbach.

Das Taxi brachte sie zurück zum Hotel. Sharon zog sich um, Tom fand die Verabredung jedoch nicht dieser Mühe wert. Sie erreichten den Lift von Santa Justa, um hinunter zu fahren in die Unterstadt, die Cidade Baixa. Von der Plattform des Elevadors blickten sie in die ausgebrannten Fensterhöhlen, in die Ruinen des niedergebrannten Teils der Altstadt.

„Es war meine erste Reise nach Portugal, mein erster Tag in dieser Stadt", berichtete Tom. „Erst ein paar Jahr her: Das ganze Viertel dort unten qualmte noch. Eine Woche nach dem großen Brand. Es war wie im Krieg."

„Krieg ist anders", wandte Sharon ein. „Menschen machen Krieg. Aus Haß, aus Gier nach Land und Macht – und um den besseren, wahreren Glauben. Das hier war ein Unglück. Wie das Erdbeben vor über zweihundert Jahren, als kaum noch etwas übrig war von dieser Stadt."

„Man munkelt, das Feuer hier unten, in der Baixa, sei Brandstiftung gewesen."

„Möglich ..." Sharon wußte es nicht.

„Brandstifter ... Die Welt ist voller Brandstifter!" Tom machte sich so seine Gedanken. „Wenn Leute wie dieser Kaltenbach dürften, wie sie wollten ..." Aber damit hatte er gegen die Vereinbarung verstoßen, die beide getroffen hatten.

„Laß das, Tom!" Sie zog ihn zur Kabine, zu diesem Museumsstück aus Mahagoni und Messing, das gerade oben angekommen war. „Du bist zynisch. Und wenn er nicht liefert, dann liefert ein anderer!"

„Ja ja ... Die ewig gültige Ausrede für Unmoral und Ignoranz!"

Sie widersprach ihm nicht. Sagte nur: „Komm, es wird Zeit!"

33

Terreiro do Paço nennen die Lisabonner den weiträumigen, fast quadratischen Platz am Ufer des Tejo: die Palastterrasse. Für denjenigen, der von See her diese Stadt erreicht, ist der Praça do Comércio die imponierende Empfangshalle eines Landes, das von hier aus einst ein Weltreich regierte.

Arkadenbauten mit repräsentativen Fassaden aus dem achtzehnten Jahrhundert entstanden nach dem Erdbeben dort, wo der alte Palast des Königs in Flammen unterging. Sie begrenzen den Platz zum Land hin auf drei Seiten und beherbergen, abgesehen von zwei kleineren Straßencafés, nichts weiter als Behörden und Ministerien, und das nun schon seit über zweihundert Jahren.

Unter einer dieser Arkaden, im Schatten und hinter einer Säule verborgen, standen Sharon und Tom. Denn ausgerechnet dieser Praça do Comércio war der verabredete Schauplatz für eine Begegnung.

Sie warteten ab, schwiegen und gaben sich ernst und gefaßt und vor allem entspannt. Letzteres täuschte. Sharon blickte unruhig auf ihre Uhr. Tom zog schließlich sein dunkles Jackett aus und lehnte sich gegen die kühle Mauer.

Es war heiß geworden, und der große, um diese Stunde menschenleere Platz mit seinem glatt geschliffenen, glänzenden Kalksteinmosaik rund um das reich garnierte Reiterstandbild eines gewissen Königs José I lag blendend vor ihnen im gleißenden Mittagslicht.

Zwölfmal und mit hellem metallischen Klang schlug eine Glocke hoch oben im Giebel des gewaltigen Triumphbogens, der zur Rua Augusta, zur Mittelachse der Innenstadt, führte.

Eine andere Glocke antwortete von der nahen Basilika her, schwer und melodisch.

Wieder kontrollierte Sharon ihre Uhr und beobachtete suchend den Rand des Platzes. Da richtete sie sich auf und faßte nach Toms Hand: „Dort..."

Tom folgte ihrem Blick.

Ein Mercedes-Coupé der obersten Klasse, silbermetallic mit graugetönten Scheiben, hatte auf der gegenüberliegenden Seite des Platzes die Straße verlassen, fuhr im Schrittempo auffällig langsam quer über das gigantische Mosaik auf das Denkmal zu und parkte im Schatten des Königs.

„Pünktlich – mit dem letzten Glockenschlag!" Tom gab sich beeindruckt.

„Vermutlich sein Geschäftsprinzip", unterstellte ihm Sharon.

Tom grinste verächtlich: „Geschäfte! Ausgerechnet ich mache Geschäfte mit diesem..."

Kaltenbach hatte seinen Wagen verlassen, einen breitrandigen, sandfarbenen Hut aufgesetzt, sich nach allen Seiten suchend umgesehen und ging nun zögernd um dieses Denkmal herum – eine auffällige Gestalt in einem hellen Leinenanzug, mitten auf dem um diese Mittagszeit verödet in der prallen Sonne liegenden Platz.

„Komm!" Sharon ließ Toms Hand nicht los, wollte ihn mit sich ziehen.

Tom mißfiel aber so einiges an dieser Situation. Er widersetzte sich diesem sanften Zwang.

„Mitten auf dem Platz! Das ist nicht dein Ernst, Sharon!"

„So lautet die Verabredung."

„Schwachsinnig so etwas!" Tom hatte Kaltenbachs Vorschlag nicht wörtlich genommen. „Ich treffe mich mit ihm, aber doch nicht dort drüben und weithin sichtbar für jeden! Was soll das?"

„Es gibt nichts zu verbergen..."

„Oh, doch!" Tom war da anderer Meinung. „Und sogar eine ganze Menge! Ich rede mit ihm. Ich spiele vielleicht mit bei diesem Spiel. Aber den Deal bereden wir diskret und unter Ausschluß der Öffentlichkeit."

Das war eindeutig und erlaubte keine weitere Diskussion.

Sharon hatte jedoch zu funktionieren, hatte weisungsgemäß dieses Treffen zu arrangieren, ohne Wenn und Aber. Sie ließ ihren Blick über Platz und Arkaden schweifen und stellte fest: „Niemand ist hier, der sich für uns interessiert."

Es gelang ihr nicht, Toms Argwohn zu zerstreuen: „Wenn der alte Fuchs uns hier in der Mitte dieses Platzes treffen will, dann bezweckt er etwas damit. Dann braucht er Zeugen!"

„Du bist krankhaft mißtrauisch!"

„Stimmt. Das ist mein Geschäftsprinzip."

Kaltenbach schien nervös zu werden. Nachdem er das Denkmal umrundet hatte, sah er sich ungeduldig um.

Ein Polizist näherte sich ihm. Er hatte den unter dem Denkmal parkenden Wagen erspäht und war nun bereit, ohne Rücksicht einzuschreiten.

„Na, geh schon!" Tom schickte Sharon auf den Weg. „Begrüß ihn, bevor man ihn von dort verjagt oder abschleppt, und sag ihm, ich sei bereit mit ihm zu reden. Und gib mir dann Bescheid, wo . . ."

Sie nickte und ging los. Um zu verschleiern, woher sie kam, um Toms Versteck nicht preiszugeben, lief sie zuerst ein Stück unter den Arkaden entlang. Sie überquerte dann die Straße, rannte zwischen zwei sich kreuzenden Straßenbahnen hindurch, bunt mit Werbung bemalte, polternde Veteranen mit kreischenden Rädern und Bremsen, und ging dann ohne weiteren Umweg direkt auf ihren Vater zu, den dieser Polizist inzwischen in lästige Verhandlungen verstrickt hatte.

„Hallo, Daddy!"

„Hallo Sharon! Schön dich zu sehen." Kaltenbach entnahm seiner Brieftasche gerade einen Geldschein, um das Problem dieses unerlaubten Parkplatzes auf die einfachste und naheliegendste Art zu lösen.

Gleichzeitig musterte er erneut seine Umgebung und fragte Sharon ungeduldig und direkt: „Wo ist er? Dieser Thomas Sadowski?"

Thomas Sadowski hatte die Begrüßung zwischen Vater und

Tochter abgewartet und sich hinter eine andere Säule der Arkade zurückgezogen. Er sah, wie Kaltenbach sich zu Sharon herunterbeugte, um sich besser verständlich zu machen, und anschließend betont beiläufig und unauffällig seinen Blick erneut über die Arkaden wandern ließ, allerdings ohne Tom zu entdecken. Immer noch hielt Kaltenbach dem Polizisten den Geldschein hin, den dieser, aus welchen Gründen auch immer, nicht ohne weiteres annehmen wollte.

Sharon kam zurück. Sie hatte den Vater verlassen, den Platz überquert, lief nun draußen auf der Straße die endlose Arkadenreihe entlang. Tom lief innen mit, parallel zu ihr, Kaltenbachs Blicken weitgehend verborgen.

Da stolperte er in einem der beiden Straßencafés über einen Gast, der ebenfalls den Schatten suchte und mit seinem Stuhl, ohne sich umzusehen, weiter hinein in die Arkade rückte. Tom erkannte den Gast nicht sofort, aber überspielte dann seine Schrecksekunde.

„Hallo, Doktor Goetz!“ Freudig überrascht ließ sich Tom am Tisch dieses Gastes nieder. „Sie machen ebenfalls Urlaub in Portugal?“ Freundschaftlich reichte er ihm die Hand, die Goetz zaudernd akzeptierte, und schüttelte sie wie einem alten Bekannten.

Ein Beamter des BKA war allerdings hinreichend trainiert, auch solche Pannen ohne Gesichtsverlust zu meistern.

„Nein, Herr Severin, Herr Sadowski ...“ korrigierte er Tom. „Ich bin dienstlich hier. Leider. Urlaub wäre angenehmer, ich gebe das zu.“

In diesem Augenblick trat auch Sharon an den Tisch, eilig und ein wenig atemlos, für beide Männer, besonders jedoch für Goetz, höchst überraschend.

Ohne diesen Doktor Goetz weiter zur Kenntnis zu nehmen, raunte sie Tom, der sie vergeblich daran zu hindern versuchte, unüberhörbar zu: „Er schlägt vor, dort drüben, in seinem Wagen.“

„Okay, okay!“ Da nun nichts mehr zu verhindern oder zu verheimlichen war, machte Tom überflüssigerweise die beiden miteinander bekannt: „Herr Doktor Goetz vom deutschen Bundeskriminalamt in Wiesbaden. Sharon Kaltenbach."

Goetz war aufgestanden, reichte Sharon sehr formell die Hand. „Wir kennen uns bereits." Er verneigte sich leicht und lächelte dabei, dann setzte er sich wieder.

„Ja, so ein Zufall!" murmelte Sharon und fühlte sich überrumpelt.

„Zufall? Nein!" Tom beendete auf seine Weise diese unvorhergesehene Begegnung. „Die Welt ist klein geworden. Auch für das Bundeskriminalamt. Und Lissabon ist ein Dorf. Man läuft sich eben über den Weg." Er nahm Sharon am Arm und improvisierte einen kurzen, formlosen Abschied.

„War nett, Sie ausgerechnet hier zu treffen, Herr Doktor Goetz. Schöne Tage noch und viel Erfolg – was immer es auch sein mag, das Sie hierher geführt hat . . ." Freundschaftlich nickte er ihm zu. Da nun jedes weitere Versteckspiel überflüssig geworden war, überquerte er mit Sharon rasch die Straße und ging zielstrebig auf Kaltenbachs Wagen zu.

Goetz sah den beiden nach, setzte sich wieder und rührte nachdenklich in seinem Kaffee.

„Du glaubst nicht an Zufall?" fragte Sharon, als sie den Platz erreichten.

„Dein Vater hat ihn herbestellt." Für Tom gab es keinen Zweifel. „Als Zeugen vermutlich. Ich habe so etwas erwartet."

Dann stellte er Mutmaßungen an: „Daß Kaltenbach mich als Helfershelfer engagieren will, ist doch der beste Beweis, daß er einsteigt auf den Vorschlag des BKA, daß er mitmachen wird, daß er sich tatsächlich erpressen läßt. Komm! Wir fragen ihn selbst."

34

Für eine offizielle Begrüßung zwischen künftigen Geschäftspartnern war es der ungünstigste Augenblick.

Der Polizist war letzten Endes nun doch bereit, diesen

unüblichen Fall auf die übliche Weise zu lösen, ohne das sofortige Abschleppen des Wagens zu verfügen. Er hatte einen nicht unerheblichen Betrag kassiert und war gerade damit beschäftigt, eine entsprechende Quittung auszustellen, als Tom die Vorstellung seiner Person selbst und auf unkonventionelle Weise übernahm: „Nach so vielen vergeblichen Versuchen und Bitten um ein Interview nun doch noch Ihre persönliche Bekanntschaft zu machen, Herr Kaltenbach ... Irgendwie ganz pikant! Finden Sie nicht?“

Kaltenbach fand das nicht. Er blickte nur kurz auf und behielt für alle Fälle seine rechte Hand in der Tasche. Dabei ließ die Breite des Wagens, der sie beide trennte, einen näheren Kontakt ohnehin nicht zu.

„Ich habe einiges von Ihnen gelesen“, bekannte Kaltenbach über seine Schulter hinweg, während er die Quittung des Polizisten entgegennahm, „und ich kann Ihnen versichern, ich war darüber nicht gerade entzückt.“

„Wenn Sie entzückt gewesen wären, Herr Kaltenbach, hätte man mich gebeten, den Beruf zu wechseln.“

Der Polizist hatte den Fall zur beiderseitigen Zufriedenheit abgewickelt, salutierte mit lässiger Routine und ging. Kaltenbach konnte sich nun voll und ganz seinem Widersacher – und möglichen zukünftigen Komplizen – widmen.

„Also gut“, schlug er vor. „Vergessen wir diese ganze Story!“

„Nein!“ Tom war näher an den Wagen getreten, legte seine Hände provozierend auf das heiße Autodach und sah Kaltenbach herausfordernd ins Gesicht.

„Gleichgültig, was für einen Deal wir aushandeln werden, Herr Kaltenbach! Diese Story, und was immer da an Fakten erwähnt wurde, wird immer zwischen uns stehen!“

Das war unmißverständlich und deutlich. Kaltenbach zögerte und überlegte sich, was darauf noch zu entgegnen sei. Aber dann gab er sich einen Ruck, schlug mit seiner flachen Hand kurz und jovial wie ein exzellenter Verlierer auf das Wagendach, lächelte eiskalt und mit zusammengekniffenem Mund und nahm seinen Hut ab, was in dieser Form sogar

Anerkennung bedeuten konnte. Und dann stellte er fest: „Das ist vielleicht gar nicht die schlechteste Basis einer guten Zusammenarbeit!"

Die Fronten waren nun abgesteckt, man schien sich einig. Kaltenbach machte eine einladende Handbewegung, und Tom öffnete die Tür zum Beifahrersitz, stieg ein, ließ sich erwartungsvoll in die Polster fallen und schlug die Tür wieder zu.

Kaltenbach zögerte noch, ebenfalls einzusteigen. Er blickte mißbilligend auf Sharon, die gerade die Tür auf Toms Seite öffnete.

„Verzeih, Sharon ... Aber ich wollte allein mit Herrn Sadowski ..."

„Sorry, nein!" Er stieß auf den kompromißlosen Widerstand der Tochter. „Ich habe das Treffen arrangiert. Du hast mich eingeweiht, wenigstens soweit es dir ratsam erschien und in deine Pläne paßte. Ich bleibe von nun an dabei!"

Sie stieg ein, schlüpfte in diesem zweitürigen Coupé hinter Tom vorbei auf den Rücksitz und setzte sich dort in die Mitte, um die beiden Kontrahenten mit freiem Blick vor sich zu haben.

Schwerfällig und gereizt nahm Kaltenbach hinter dem Steuer Platz, wartete vorläufig ab und schwieg.

Tom nahm das irritiert zur Kenntnis. Er warf einen kurzen, unauffälligen Blick hinüber zu Goetz.

„Bitte, von mir aus können wir!" Er machte eine einladende Handbewegung. Aber Kaltenbach fuhr nicht los, ignorierte die Geste, startete nicht einmal den Wagen.

„Ich habe soeben eine saftige Strafe bezahlt, ohne Limitierung der Zeit. Wir können hier stehenbleiben, solange wir wollen." Als Tom ihn mißtrauisch ansah, ergänzte er noch: „Es redet sich nicht sehr gut in diesem hektischen Verkehr. Hier sind wir ungestört."

„Nicht ganz." Tom machte eine Kopfbewegung hinüber zu den Arkaden. „Doktor Goetz vom BKA beobachtet uns."

Kaltenbach reagierte nicht weiter, schaute auch nicht in die angegebene Richtung. „Er kann uns nicht hören!"

„Wie kann man das wissen?" Tom fuhr mit der Hand wie beiläufig über das Armaturenbrett, klappte die Sonnenblende auf der demonstrativen Suche nach etwaigen Wanzen herunter.

„Haben Sie Angst vor mir, Herr Kaltenbach?" fragte er mit freundlicher Anteilnahme.

„Angst?" Kaltenbach lachte leise, dann blickte er Tom höhnisch an. „Angst, vor Ihnen? Vor der Presse? Das wäre das letzte, was ich hätte ..." Er hüstelte.

Dann sah er aber im Rückspiegel Sharons skeptisches Gesicht und änderte schlagartig seine Strategie und seinen Ton. Er wurde leiser, verbindlicher: „Sie haben sicher recht, Herr Sadowski. Der Fall, den wir zu besprechen haben, wäre für die Öffentlichkeit, aber auch für das BKA zu explosiv!"

Er lächelte undurchschaubar, ganz Pokerface. Tom lächelte ebenso zurück: „Wenn wir uns in diesem Punkt einig sind, Herr Kaltenbach, dann suchen wir uns für dieses Gespräch doch einfach eine friedliche Oase."

Tom verbuchte für sich einen kleinen Sieg nach Punkten, denn Kaltenbach startete daraufhin den Wagen und fuhr los.

Goetz, immer noch im Schatten des Arkadencafés, sah den silbernen Mercedes mit den dunklen Scheiben ebenso langsam wie er gekommen war das Reiterstandbild umrunden und den Platz verlassen.

Er entzifferte auf dem winzigen Kassenbon, der unter seiner Tasse lag, den Betrag, legte die entsprechenden Münzen auf den Tisch, abgezählt und sorgfältig nebeneinander aufgereiht, stand auf und ging.

35

Das war sie also, die friedliche Oase, auf die sich Tom und Kaltenbach für ihre höchst vertraulichen Verhandlungen geeinigt hatten: Ein elegantes Restaurant in einem Gewölbe des Castelo mit seinen wehrhaften Mauern und Zinnen.

Die krummen, steilen Gassen, die Sharon und Tom erst vor

zwei Stunden erklommen hatten, um anschließend wieder in Eile abwärts zu joggen, fuhr Kaltenbach nun mit seinem Wagen wieder zwischen Touristenscharen und altersschwachen Straßenbahnen hinauf.

Das Restaurant war zu dieser Mittagsstunde nur mäßig besucht. Das könnte an der Qualität des Essens liegen, dachte Tom, oder aber an der Exklusivität der Preise. Zehn oder zwölf dienstbare Geister warteten stumm und gelangweilt in einer Ecke des Saales, ohne jemals ihre Haltung zu verlieren, ähnlich den lebensgroßen, antiken Mosaikfiguren aus blauen Kacheln, die als aparte Dekoration in die Mauer eingelassen waren.

Ein junges, bleiches Paar versuchte sich schweigend in der entferntesten, schummrigsten Ecke an riesigen rotschimmernden Langusten. Vermutlich waren es Engländer oder Skandinavier, die ihren Urlaub noch vor sich hatten.

Am anderen Ende des Gewölbes diskutierten vier schnurrbärtige Herren in der Uniform einheimischer Geschäftsleute, in glänzend-dunklen Anzügen und mit schwarzen Krawatten, laut und lebhaft aktuelle Probleme.

Kaltenbach, Sharon und Tom hatten in der Mitte des Raumes, also weit genug entfernt von den übrigen Gästen, an einem großen Tisch Platz genommen, der bereits für sechs oder acht Personen mit Kerzenleuchtern, Kristall und edlem Porzellan festlich gedeckt war.

Ein junger Kellner räumte die überflüssigen Gedecke ab, ein anderer zündete die Kerzen des Leuchters an und entfaltete den Gästen die zu Tüten gedrehten Damastservietten. Der Maître d'hôtel öffnete währenddessen eigenhändig die von Kaltenbach georderte Flasche und goß ihm den obligatorischen Probeschluck ein.

Kaltenbach nippte nur, nickte und hatte keine Einwände. Der Maître d'hôtel füllte daraufhin aus maximaler Höhe, weil es in diesem Fall offensichtlich so üblich war, die Gläser mit einem hellgrünen, leicht moussierenden Wein.

Tom konnte bei dieser Zeremonie nicht ganz vergessen, daß sie eigentlich zusammengekommen waren, um drei nukleare

Sprengsätze aufzuspüren und damit millionenfachen Mord zu verhindern. Kaltenbach dagegen war auch in dieser Situation ganz dem Savoir-vivre verpflichtet. Er kommentierte das Ritual auf die Art eines gütigen, weitgereisten Oberlehrers: „Vinho verde aus der Gegend um Porto. Grüner Wein, sehr leicht, sehr trocken, man trinkt ihn jung und kühl."

Von Belehrungen dieser Art hielt Tom nicht allzu viel. Er beugte sich vor und flüsterte Kaltenbach freundschaftlich zu: „Danke, aber ich bin nicht das erste Mal in Portugal."

Kaltenbach wartete ab. Er kontrollierte kritisch den Maître d'hôtel, als dieser die nun halbleere Flasche in den Eiskübel stellte, sorgsam mit einer Serviette abdeckte, um sich anschließend diskret zurückzuziehen. Nun griff er als erster nach seinem Glas und konterte auf die gleiche vertraulich-leise Weise: „Richtig, Herr Sadowski, Sie haben in diesem Land ja bereits erfolgreich gegen mich recherchiert. Das war mir entfallen!"

„Aber Herr Kaltenbach!" Tom schüttelte tadelnd den Kopf. „Wir hatten doch vereinbart, daß Sie es nicht vergessen!"

Kaltenbach bemühte sich sichtlich um Humor, aber er schmunzelte nicht, er zeigte die Zähne. Was folgte, war sein bekanntes skeptisches, tonloses Lachen, als er nun das Glas erhob und ausschließlich an Tom gewandt seinen Toast ausbrachte: „Gut! Also darauf, daß wir beide in Zukunft nichts mehr vergessen."

Tom blickte auf Sharon, die scheinbar unbeteiligt das Gespräch verfolgte, ohne ihr Glas auch nur zu berühren. Er bezog sie in seinen Toast mit ein: „Auf daß wir drei ... uns immer an alles erinnern!"

So tranken sie also gemeinsam und mit guten Vorsätzen.

Ohne von der überdimensionalen, in Schweinsleder gebundenen Menükarte aufzublicken, kam Kaltenbach überraschend und mit gedämpfter Stimme nun endlich zur Sache: „Ich sagte es Ihnen bereits im Wagen: Es geht darum, die Anbieterseite aus ihrer Reserve zu locken und damit zu enttarnen. Das funktioniert nur mit einem seriösen und sehr hohen Scheinangebot eines potenten, ernstzunehmenden Käufers. Also, bitte, keine dieser international operierenden Terrororganisationen. Ich dachte vielmehr an ein Land wie Algerien."

Es warf Tom einen kurzen Blick zu, ergriff erneut sein Glas und trank einen Schluck, bevor er wiederholte: „Algerien also." Er hüstelte.

Sharon und Tom sahen sich an. Ganz kurz nur, beiläufig, unauffällig. Das Stichwort Algerien beschwor Assoziationen: Bei dem Flugzeugabsturz, dem ihre Mutter zum Opfer gefallen war, sei ein algerischer Politiker mit an Bord gewesen. Das hatte zumindest Tom behauptet, und es gab keinen Grund, diese Information anzuzweifeln.

Während er leise weitersprach, versteckte Kaltenbach sich auch weiterhin hinter der überdimensionalen Menükarte. Nur seine Augen kamen hin und wieder zum Vorschein, blickten kritisch darüber hinweg und stets nur auf Tom.

„Abgesehen von den nationalen Interessen dieses Landes, die angestrebte Vormachtstellung in Nordafrika zu erlangen, könnte in diesem Fall ja auch die PLO dahinterstecken, und der offerierte Kaufpreis stammt dann eben aus dem Topf der libyschen Ölmilliarden, abgezweigt für den Freiheitskampf der Palästinenser."

Auch Tom hatte sich zur Tarnung in das Studium dieser Speisekarte vertieft. Der Einwand aber, den er nun vorbrachte, klang keineswegs so beiläufig, so leise, so gedämpft wie Kaltenbachs Theorie: „Die PLO und die Bombe? Ich bitte Sie, Herr Kaltenbach! Ein Aufschrei geht um die Welt: Die Existenz Israels steht auf dem Spiel. Die Reaktion der USA wäre vorhersehbar!"

Kaltenbach lächelte milde hinter seiner Speisekarte hervor und senkte seine Stimme noch weiter: „Erstens setzt man Plutonium-Sprengsätze dieser vermuteten Art nicht als Waffe ein. Man beweist lediglich der Welt, daß man sie tatsächlich besitzt, um damit hochgradig zu erpressen. Und zweitens muß die Aktion bereits erfolgreich beendet sein, bevor irgend etwas an die Öffentlichkeit dringt. Daher meine Forderung, daß

Sie die Story erst verkaufen, wenn der Fall endgültig erledigt ist."

„Selbstverständlich!" Tom blickte leicht entnervt von Kaltenbach zu Sharon. „Vorher ist es ja auch keine Story!" Die gleiche, in seinen Augen höchst überflüssige Verpflichtung hatte Sharon ihm schon abgetrotzt. Wie weit konnte er diesem verliebten Mädchen trauen, das derart unter dem Einfluß ihres Vaters stand, daß sie ihn mehr oder weniger wörtlich zitierte?

Ohne seine gedämpfte, subversive Sprechweise zu ändern, kommentierte Kaltenbach ganz überraschend das Angebot der Küche: „Ich empfehle Ihnen als typisches Gericht: *Bacalhau com Todos* – Salzfisch, sehr pikant und mit allerlei Gemüse garniert. Oder eine Meerspinnenart: *Aranhola à Carro*, ein Gericht aus dem Norden des Landes." Übergangslos kam er wieder auf sein eigentliches Thema zurück: „Algerien bringt uns übrigens noch einen weiteren Vorteil. Die innenpolitische Szene ist dort zur Zeit absolut verworren. Eine Nachprüfung der von Ihnen zu liefernden Fakten und Fiktionen ist bereits auf Regierungsebene völlig unmöglich. Ich vermittle Ihnen die entsprechenden Kontakte. Noch heute! Sie fungieren als Agent des Käufers, also als Makler für eine algerische Interessengruppe."

„Und als Köder!" unterbrach ihn Tom.

„Bitte?" Kaltenbach ließ die Menükarte sinken und hatte anscheinend nicht richtig verstanden.

Tom wiederholte daher langsam, leise und deutlich: „Ich fungiere als Köder!"

Er hatte ebenfalls von der Karte aufgeblickt und es seinem Gegenüber lächelnd ins Gesicht gesagt.

Kaltenbach seufzte und legte die Karte zur Seite: „Herr Sadowski ... Warum sehen Sie immer alles so negativ? Hat das mit Ihrem Beruf zu tun? Sie enttarnen bei dieser Aktion mit Ihrem ganz persönlichen Einsatz eine den Weltfrieden empfindlich gefährdende Organisation. Wenn die Dinge so laufen, wie ich mir denke, werden Sie Schlagzeilen machen. Das könnte die Story des Jahres werden. Dachten Sie, das alles gibt es umsonst? Ohne Mühe? Ohne Risiko? Ich jedenfalls rechne mit einem Erfolg!"

Nach einer Pause, die er einlegte, um seine Worte nachwirken zu lassen, griff er wieder zur Speisekarte.

„Ich glaube, wir haben uns verstanden und wir können bestellen."

36

„Noch nicht", sagte Tom.

Kaltenbach war bereits im Begriff, dem Kellner ein Zeichen zu geben, als Tom ihn stoppte: „Wie gefährlich ist eigentlich dieses Spiel?"

„Für Sie persönlich?" fragte Kaltenbach.

Tom nickte: „Für mich persönlich, Herr Kaltenbach, ja! Sie gestatten doch wohl, daß ich mich dafür interessiere . . ."

Kaltenbach beugte sich vor und lachte wieder einmal tonlos vor sich hin und Tom ins Gesicht. Er ist also verunsichert, dachte Tom. Soviel hatte er von Kaltenbachs Psychogramm bereits mitbekommen.

„Herr Sadowski . . . Das Ganze also nochmals von vorn. Sie handeln offiziell im Auftrag eines international anerkannten Staates, Mitglied der Vereinten Nationen . . ."

Tom unterbrach und hob die Hand: „Falsch! Ich suche nach dem Anbieter einer Ware, der heißesten und perversesten Waffe, die je erfunden wurde und die Mega-Tote produziert!"

„Es ist ein Handel wie jeder andere", Kaltenbach versuchte abzuwiegeln. Außerdem war diese Behauptung tatsächlich seine ganz persönliche Philosophie, an die er glaubte und nach der er die letzten drei Jahrzehnte ebenso gut wie rücksichtslos und scheinbar frei von irgendwelchen Skrupeln gelebt und gearbeitet hatte. Tom war versucht, diese Maxime in Frage zu stellen. Aber das hätte in diesem Augenblick wohl zu weit geführt. Also beschränkte er sich auf die Frage: „Und wo, bitte, entfalten sich meine Aktivitäten?"

Kaltenbach blieb sachlich und ging auf Toms leise Ironie nicht weiter ein: „Traditionsgemäß werden Geschäfte dieser Art hier in Lissabon oder in Casablanca abgewickelt. Das war während des Zweiten Weltkriegs nicht anders. Die Kontakte in der Verhandlungsphase laufen möglicherweise in Frankfurt zusammen, neuerdings auch wieder in Berlin."

Sharon meldete sich zu Wort. Sie hatte bisher als stumme Zuhörerin überaus ernst und aufmerksam den verbalen Schlagabtausch der beiden Kontrahenten verfolgt. Jetzt teilte sie ihrem Vater deutlich und unmißverständlich einen Entschluß mit, der für sie selbstverständlich war, für Kaltenbach aber schockierend sein mußte: „Ich werde Tom begleiten. Gleichgültig wohin."

„Nein. Unter keinen Umständen." Kaltenbachs Antwort, spontan, aggressiv, war brüskierend im Ton. Nur um seine erprobte, geschäftsmäßige Verbindlichkeit beizubehalten, begründete er seine autoritäre Ablehnung: „Deine Anwesenheit, wo auch immer, gefährdet die gesamte Aktion!"

Sharon akzeptierte diesen Einwand nicht. „Ich habe euch beide zusammengebracht. Für alles, was jetzt geschieht, bin ich mitverantwortlich!"

„Mitverantwortlich?" Kaltenbach mußte sich beherrschen, um nicht zynisch zu werden. Scheinbar amüsiert, mit eisigem Lächeln und erzwungener Freundlichkeit, stellte er eines klar: „Es ist zwar liebenswert, daß du das so siehst, aber wir beide fahren nach dem Essen zurück nach Sintra, nach Hause!"

„Ich glaube nicht." Sharon hatte sich entschieden und würde bei ihrem Entschluß bleiben, was auch immer geschehe. Ihr Vater kannte sie und wußte das. Im Augenblick hatte er keine andere Chance, als das Thema vom Tisch zu wischen, um nicht vor Tom das Gesicht zu verlieren: „Ich werde mich für *Enguias de Escabeche* entscheiden, Aal auf Branganzer Art." Er winkte nun endgültig dem Kellner zu, der neben dem Wagen mit Likören und Süßigkeiten phlegmatisch vor sich hinstarrte.

„Damit in diesem Punkt kein Irrtum entsteht", Kaltenbach reichte noch eine Information nach, die notwendig war, um

Mißverständnisse und Verdächtigungen auszuräumen. „Ich habe Herrn Doktor Goetz vom BKA mitgeteilt, daß Sie in meinem und damit auch in seinem Interesse tätig werden. Das heißt, sofern wir beide uns einigen können. Ich habe nicht zu hoffen gewagt, Herr Sadowski, daß dies bereits vor dem Essen bei einem Glas Wein geschieht." Er hob sein Glas. „Herr Sadowski, ich danke Ihnen!"

Tom fand diese Art der Überrumpelung bezeichnend für Kaltenbachs Stil. Noch hatte er nichts akzeptiert. Nun war er zwar für die Zukunft gewarnt, jedoch im Augenblick bereits in ein trickreiches Spiel miteinbezogen, das er nicht durchschaute. Trotzdem erwiderte er die Geste, ohne Protest, ohne Einspruch einzulegen, hob seinerseits das Glas, kniff dabei die Augen etwas zusammen – und trank.

Sharon hatte nicht reagiert. Sie ließ ihr Glas unberührt, wandte sich ab und erwartete mit der Karte in der Hand den Kellner.

37

„Alles Bluff!" Auch nach dem Gespräch mit Kaltenbach war Tom skeptisch geblieben. Der alte Fuchs hatte ihn nicht überzeugt. Im Gegenteil, seine Zweifel an der ganzen Geschichte, am Sinn der geplanten Aktion, an der Existenz der drei nuklearen Sprengsätze waren inzwischen größer als zuvor.

Sie standen am Ufer des Tejo, blickten über den breiten Fluß und zogen Bilanz.

Tom hatte den Eindruck gewonnen, daß Kaltenbach selbst nicht so recht an diese Bomben glauben mochte, mit deren Auftauchen das BKA so hartnäckig rechnete.

„Wie eine klassische Atombombe funktioniert", erklärte er Sharon, „steht doch heute in jedem Schulbuch."

In Sharons Schulbüchern in Baltimore, Boston, Los Angeles, Yale und Princeton hatte dies nicht gestanden. Also erklärte er es ihr: „Zwei genau bemessene Portionen Plutonium, in der

Form jeweils einer halbierten Apfelsine und circa fünf Kilo schwer, werden in einer sehr massiven Stahlröhre zu einer überkritischen Masse zusammengeschossen. Peng! Das ist alles." Er demonstrierte den simplen Vorgang mit seinen Händen. „In Bruchteilen einer Nanosekunde, einer Milliardstelsekunde, nimmt die Kettenreaktion in diesem strahlenden Material, das nun die dafür nötige Masse hat, ihren verheerenden Lauf: Neutronen, Bruchstücke des Atomkerns und Produkte des radioaktiven Zerfalls zerschlagen nun in der dichtgepackten Materie weitere Kerne, dabei werden mehr und mehr Neutronen frei, die mehr und mehr Kerne zerschlagen. Das geht so weiter und weiter, bis die meisten Plutoniumatome gespalten, also umgewandelt sind, ebenfalls in Bruchteilen von Sekunden. Und was dabei außerdem frei wird, ist eine enorme Energie, in die sich ein Teil der Masse inzwischen umgewandelt hat. Du erinnerst dich sicher."

„Woran?"

„Physik-Unterricht."

Sharon erinnerte sich nicht.

„Aber von Einstein hast du schon gehört. Ja?"

„Logisch! Er lebte in Princeton, und er war ein sehr schlechter Geiger!"

„Gut, lassen wir das." Tom gab fürs erste auf. Physik war nicht jedermanns Sache und das Bildungsniveau amerikanischer Studenten ein Fall für sich. Also faßte er sich kurz. „Trotzdem: Die Konstruktion einer Bombe klingt nur so einfach, in der Praxis ist sie hochkompliziert. Kein Laie war bisher in der Lage, einen nuklearen Sprengsatz herzustellen. Terroristen aller Länder hätten es längst schon getan."

Durch eines der Fernrohre, die am Kai der Palastterrasse für Touristen aufgestellt waren, hatte Sharon draußen auf dem Tejo ein Objekt anvisiert, das ihr Interesse voll in Anspruch nahm: eine Luxusjacht im Schatten des anderen Ufers. Sie hatte etwas ähnliches gesucht und nun vermutlich gefunden. Ohne Tom darüber zu informieren und ohne die Augen von diesem Münzteleskop zu nehmen, wandte sie ein: „Wie sollen

Laien oder auch Terroristen erfolgreich eine nukleare Bombe bauen, wenn sie kein Plutonium besitzen?"

„Spaltmaterial für diesen Zweck, reines Waffen-Plutonium, gibt es längst auf dem Schwarzmarkt."

Sharon ließ ihr Teleskop und das von ihr anvisierte Objekt überrascht im Stich und sah Tom ungläubig an, der in seiner Rede fortfuhr:

„Wer hat denn Indien und China das Material für deren Bomben geliefert? Und das zur Bombenherstellung notwendige Schwere Wasser und Tritium nach Pakistan? Willst du die Frankfurter Firma wissen? Und wo kamen die Spezialzünder her für die jüngste Generation von Bomben, die der englische Zoll abgefangen hat? Der Empfänger wäre der Irak gewesen. Du weißt doch inzwischen, für Geld ist alles zu haben."

Mit lautem Klick war in Sharons Teleskop die Klappe gefallen. Die bezahlte Zeit für den Fernblick war abgelaufen. Sie mußte Münzen nachwerfen, die Tom erst mühsam aus seinen Jeanstaschen kramen mußte.

„Was gibt's denn zu sehen?" wollte er wissen.

„Weiß noch nicht recht."

Sharon machte sich wieder auf die Suche.

38

Kaltenbach hatte diverse Telefonate geführt und dafür vermutlich aus Gründen der eigenen Sicherheit eine Telefonzelle mitten in der Altstadt benutzt. Sharon und Tom hockten solange in der Bodega gegenüber, beobachteten ihn, schwiegen sich an und warteten ab.

Nach Hinterlassung genauer Anweisungen und einer Telefonnummer in Algerien verließ er die beiden. Allerdings nur vorläufig, wie er meinte. Einen Machtkampf mit Sharon hatte er aus guten Gründen vermieden.

Vom nächsten Postamt aus nahm Tom, da die Angelegenheit eilte, sofort mit Algerien Kontakt auf, strapazierte dabei sein eingerostetes Französisch und erhielt relativ rasch und ohne irgendwelche Komplikationen Funkcode und Funknummer eines Schiffes, anzurufen über Telecom-Maritime Le Havre. Die Verbindung zu diesem Schiff dauerte endlos, weil Toms Gesprächspartner, wie sich schließlich herausstellte, nicht etwa vor den Küsten Frankreichs, sondern ganz in der Nähe, nämlich gegenüber von Lissabon lag.

Schließlich und endlich war die Verabredung für eine persönliche Begegnung mit einem bevollmächtigten Bürger Algeriens zustandegekommen. Und nun warteten Sharon und Tom bereits weit über eine Stunde, standen am Ufer des Flusses, am historischen Anlegeplatz der Schiffe, während die Sonne im Begriff war, blutrot über der Mündung des Tejo unterzugehen.

Ein Boot sollte sie abholen. Aber außer den Fähren hinüber zum anderen Ufer, zu dieser abendlichen Stunde mit Tausenden von Pendlern vollgepackt, außer Küstenfrachtern und kleinen Tankern war der große, breite Fluß wie leergefegt – bis auf jene Luxusjacht, die Sharon bereits anvisiert hatte.

Kaltenbachs gute Beziehungen, seine internationalen Verbindungen schienen doch nicht so perfekt, so absolut reibungslos zu funktionieren, wie er behauptet hatte.

Eine ausländische Jacht mit dem Namen *Al-Bukra*, registriert in Panama-City, ein Kontaktmann an Bord, das Schiff irgendwo hier in der Nähe der Stadt auf Reede, eine miserable Telefonverbindung erst über Seefunk, schließlich über UKW, Versuch einer losen, lockeren Verabredung, Vertröstung auf morgen, übermorgen oder irgendwann, dann freundliche Ahnungslosigkeit auf der anderen Seite, kein Deutsch, nein, sorry, dafür gebrochenes Englisch, perfektes Französisch mit hartem Akzent, ein Code, der nicht recht verstanden wurde, der Name einer Person, die es an Bord offensichtlich nicht gab, dann aber trotzdem und überraschend eine Einladung an Bord zu kommen, ein konkreter Termin, eine exakte und nun längst verstrichene Zeit, und nun dieses sinnlose, vergebliche Warten.

„Das könnte es sein!“ Sharon hatte das Objekt ihres Interesses weit draußen wieder ins Visier genommen und zog nun Tom an ihr Teleskop. „Dort drüben ... Siehst du?"

„Nein!" Tom schaute hindurch, schwenkte das Teleskop hin und her über den Fluß und zuckte die Schultern: „Wo?"

„Von hier aus gesehen direkt unter der Brücke. Fast schon auf der anderen Seite."

Dort lag tatsächlich eine große, strahlend weiße Luxusjacht vor Anker. Sie hatte mit sämtlich verfügbaren Signalfahnen über die Toppen geflaggt. Dazwischen brannten die Ketten der bunten Partylichter. Zahllose Passagiere tummelten sich an Deck, bewegten sich seltsam, rhythmisch hin und her und schienen zu tanzen.

„Und? Was meinst du?"

„Möglich ..." Tom war nicht ganz überzeugt. „Eigentlich hatte ich mir irgend so einen uralten arabischen Seelenverkäufer, zwei Drittel Rost, ein Drittel Schiff vorgestellt. Aber man kann sich ja täuschen!"

Er überließ Sharon wieder das Fernrohr.

„Ja, du könntest dich täuschen!" Sie dachte an das viele Geld, das mit Waffen zu verdienen war, und an die Luxusjachten prominenter Händler in diesem Gewerbe, die großen Kollegen eines Kaltenbach, die manchmal Schlagzeilen machten.

Für Tom war dagegen die ganze BKA-Kaltenbach-Story eine einzige Seifenblase, ein Gerücht, Panikmache. Er beharrte nach wie vor auf seinen Zweifeln und teilte sie Sharon auch freimütig mit.

Aber sie war stets gänzlich anderer Meinung: „Würde das BKA meinen Vater einschalten, wenn es nur eine Seifenblase wäre, ein Gerücht? Und wenn es eine andere, für eine staatliche Institution weniger peinliche Lösung des Falles gäbe, würde man ihn um seine Mithilfe bitten?"

„Würde das BKA im Ernstfall akzeptieren", hielt Tom dagegen, „daß Kaltenbach diesen Job an einen berüchtigten Reporter wie mich weiterreicht?"

„Du giltst auf diesem Gebiet als bestens informiert."

„Danke, Sharon!" Er lehnte sich an die Balustrade und drehte dem Fluß und der fernen Luxusjacht den Rücken zu. „Nur – wenn die gesuchten Bombenbauer, die gesuchten Anbieter der Ware, in mir den Journalisten wittern, ist dieses Spiel für mich hier ohnehin sehr schnell zu Ende! Wir beide werden dann sehr rasch aus dem Verkehr gezogen. Ich hoffe, du bist dir klar darüber, worauf du dich mit mir – und mit dieser Bombenaffäre – eingelassen hast."

Sharon spürte, wie ganz leise eine Spur von Furcht, von Beklemmung, auch von Hilflosigkeit, ihren kindlichen Spaß am Abenteuer unterwanderte.

Tom, desillusioniert und von Berufs wegen skeptisch, fand, es sei nun an der Zeit, wieder einmal ein wenig Bilanz zu ziehen, falls das erwartete Boot nicht auftauchen sollte: „Wir werden also, vorläufig zumindest, bis die Seifenblase platzt, die von deinem Vater so großzügig bemessenen Spesen verjuxen und die Liste seiner geheimen Kontakte, seiner guten Freunde und Partner der Reihe nach abhaken."

In diesem Augenblick sah Sharon ein winziges, hölzernes, buntgestrichenes Boot, ein Dinghi mit Außenbordmotor, vor einer mächtigen Heckwelle den vom Wind aufgerauhten Fluß überqueren und auf die breiten Treppen des steinernen Schiffsanlegers zuhalten, auf dem sie standen.

„Ich glaube, es geht los!" sagte Sharon.

Tom drehte sich um, folgte Sharons Blick.

Ein uralter, dunkelhäutiger Seemann in Uniform hockte am Ruder dieses kleinen Bootes und umfuhr gekonnt die steinernen Säulen, die hoch über das Wasser ragten, um an den vormals königlichen Stufen festzumachen.

„Ja, sieht so aus ..." Tom ging voraus, Sharon folgte ihm über die bei Ebbe trockengefallene, mit Algen grün überwucherte Treppe.

„Sadowski?" fragte der alte Mann mit gutturaler Stimme.

„Sadowski! Oui!" bestätigte Tom und half Sharon an Bord.

39

„Wer bemerkt eigentlich, wenn wir plötzlich verschwinden?" rief Sharon gegen Fahrtwind und Motorlärm ankämpfend Tom laut ins Ohr. Sie hockten auf der schmalen Mittelbank des Bootes dicht nebeneinander.

„Dein Vater hoffentlich!" schrie Tom zurück.

Sharon konnte dieser Mutmaßung nur wenig Zuversicht abgewinnen.

„Also Eva bestimmt!" fügte Tom mit unerschütterlicher Überzeugung hinzu.

„Eva?" Er hatte den Namen schon einige Male ihr gegenüber erwähnt. „Ist das die Besitzerin deines Oldtimers? Die bewährte Kollegin deines Vertrauens?"

Er nickte nur. Aber dann gab er, weil sich ein tröstlicher Gedanke damit verbinden ließ, etwas ausführlicher Auskunft: „Eva weiß über jeden meiner Schritte Bescheid. Auch, wo sie uns im Notfall retten kann. Und vor wem ..."

Mit dieser Tröstung versehen, überquerten sie also den Fluß, und der Fahrtwind wehte ihnen den Gischt ins Gesicht.

Es war tatsächlich die von Sharon erspähte Jacht, überraschend groß und elegant, den Namen *Al-Bukra* in lateinischer und arabischer Schrift an Bug und an Heck. Sie lag nahe dem Südufer des Tejo vor Anker. Arabische Musik drang vom Achterdeck herunter, Gelächter, rhythmisches Klatschen und ein buntes, unverständliches Stimmengewirr. Einige der Passagiere und auch Mitglieder der Crew in ihren eleganten, weißen Uniformen schauten dem kleinen Boot von der Brücke herunter und über die Reling gelehnt neugierig entgegen.

Der alte Seemann steuerte das Dinghi dicht an den Ankerketten vorbei zur Backbordseite der Jacht und legte schließlich an der herabgelassenen Gangway des Schiffes an. Tom stand schwankend auf, griff nach einer herunterhängenden Leine und reichte Sharon die Hand. Da kam ihnen auf der Treppe eine anmutige Frau entgegen, die farbige Chefstewardeß des Schiffes, eine ausgesuchte afrikanische Schönheit mit einem schmalem, klassisch geschnittenen Gesicht, vollen blauschwarzen Lippen, silbernem Lidschatten und tausend bunten Perlen im gekräuselten Haar. Im Gegensatz zur Crew trug sie eine farbenprächtige Uniform, leuchtendes Lila mit gelben Jackenaufschlägen und gelbem Revers, und sie vergewisserte sich mit strengem, unnahbaren Blick: „Monsieur et Madame Sadowski?"

„Ja, Thomas Sadowski. Ein Monsieur Farghani erwartet uns." Tom hatte den Namen, der ihm auf allerlei Umwegen mitgeteilt worden war, auswendig gelernt wie eine Lateinvokabel, und nun hoffte er, daß auch seine Aussprache einigermaßen korrekt und verständlich war.

„Welcome on Board. Enchanté Monsieur, Madame!" Die Stewardeß lächelte und zeigte ihre strahlend weißen Zähne: „Bitte, kommen Sie mit!"

Es ging eine steile Treppe hinauf an Deck und mitten durch das Partygewühl. Lange, arabische Dishdashs, Hot pants und Bikinis, modische Jeans, Hawaï-Hemden und El-Fatah-Tücher zum Smoking: Die Mode an Bord war so bunt gemischt wie die Gesellschaft der Gäste. Die anwesenden Herren waren allesamt leicht jenseits ihrer besten Jahre, die Damen überwiegend und entsprechend wesentlich jünger.

Ein Barkeeper schenkte Cocktails aus und Champagner. Strenggläubige Muslims waren anscheinend nicht an Bord. Dafür aber Gladiolen, Gladiolen, überall Gladiolen.

Zielstrebig ging die Stewardeß auf einen graumelierten Herrn im Dinnerjackett zu, der etwas abseits in einer reinen Männerrunde diskutierte. Abgesehen von seiner untypischen Bartlosigkeit war es ein ausgesprochen edler, arabisch wirkender Managertyp mit kupferfarbenem Teint. Interessiert nahm er die Mitteilung über die Ankunft der beiden Gäste entgegen. Er warf nur einen kurzen Blick in die Richtung von Sharon und Tom, dann entschuldigte er sich mit einer kurzen Bemerkung bei seinen Gesprächspartnern und kam auf die beiden zu: „Farghani ... Ich freue mich ... Enchanté!"

Er verbeugte sich leicht, vermied es, Hände zu schütteln,

berührte mit den Fingerspitzen seiner rechten Hand lediglich kurz seine Brust und führte sie anschließend zu den Lippen: eine uralte Geste des Orients, ein angedeuteter Gruß.

Bevor Tom sich und auch Sharon vorstellen konnte, kam Farghani bereits, nun ganz unorientalisch, sofort zur Sache: „Ihr Besuch, Monsieur Sadowski, Madame, wurde mir angekündigt. Von einem Freund in Algier. Vor zwei Stunden erst. Dann Ihr persönlicher Anruf hier an Bord. Und nun sind Sie beide hier . . . Willkommen!"

„Es tut mir leid", entschuldigte sich Tom. „Wir kommen ungelegen. Sie geben ein Fest?"

„An Bord ist immer ein Fest!" Farghani lächelte verbindlich und ließ eine grünschimmernde Perlenkette, einem katholischen Rosenkranz ähnlich, in seiner Hand rotieren. Sein Deutsch war überraschend flüssig, zwar etwas umständlich und gestelzt formuliert, dafür fast fehlerfrei. Nur selten suchte er nach Worten. Sein kehliger Akzent tendierte allerdings mehr zur französischen als zur arabischen Seite.

„Bitte, kommen Sie mit, nach unten, in meinen Salon, wir haben dort mehr Ruhe für Geschäfte."

Er entschuldigte sich mit einer Handbewegung dafür, daß er nun vorausgehen werde, entließ gleichzeitig seine Stewardeß mit einer kurzen, arabischen Floskel des Dankes und bahnte für sich und seine beiden Besucher einen Weg durch die Menge seiner Partygäste, die Sharon und Tom nicht weiter zur Kenntnis nahmen.

40

Ein steiler Niedergang und ein schmaler Korridor führten hinunter in den Salon des Eigners. Er war selbst für eine Jacht dieser Größe überraschend geräumig, sah eigenartig unbewohnt aus, und die mit Gold und Silber durchwirkten Polster, Vorhänge und Teppiche unterstützten die seltsam düstere, exotische Atmosphäre des Raums.

Natürlich überwogen auch hier Mahagoni und Messing, und die unvermeidlichen Gladiolen füllten, wie überall auf diesem Schiff, jede Ecke, und jeden Winkel. Aber die Accessoires, die Bilder, Skulpturen und Nippes, führten unübersehbar mitten hinein in die islamische Kultur Nordafrikas.

„Bitte!“ Farghani blieb neben der Tür stehen und offerierte seinen beiden Besuchern die volle Auswahl an Sitzgelegenheiten.

Sharon und Tom nahmen nur zögernd Platz. Farghani schaltete ihnen den kleinen Tischventilator ein, brachte eine buntbemalte Keramikschale mit Pistazien und fragte mit einer einladenden Handbewegung zu einem reich sortierten Barschrank: „Was darf ich Ihnen anbieten?“

Tom winkte freundlich ab: „Nichts für mich, danke. Nicht nötig.“

Aber Sharon war da weniger zurückhaltend: „Ich such' mir was aus, wenn Sie erlauben. Ja? Danke!“

Auf ihre so offen demonstrierte weibliche Selbständigkeit reagierte Farghani als Muslim etwas überrascht und amüsiert. „Madame, natürlich, bitte! Die Gläser hängen hier. Und dort unten finden Sie Eis und Soda.“ Farghani öffnete die Klappe des Gläserregals, des Kristallschapps, wie es auf Jachten heißt, und den Deckel der Eisbox.

Sharon inspizierte in Ruhe das Angebot der Flaschen, nahm das passende Glas vom Regal, das dort kopfunter und seefest in einem Holzrahmen hing, und mixte sich einen Martini.

Am gegenüberliegenden Ende eines niederen Tisches, in einen mit Fellen bespannten, schweren schmiedeeisernen Sessel, ließ sich Farghani nieder und begann seine Konversation am neutralsten Punkt: „Sie hatten eine gute Reise?“

Tom fühlte sich angesprochen: „Oh, ja. Danke.“

„Sie kommen aus Frankfurt? Oder aus Berlin?“

„Hamburg.“ Das entsprach zwar der Wahrheit, aber Tom schränkte diese zugunsten einer diplomatischeren Version wieder ein: „Ja . . . und Frankfurt, natürlich . . . und Berlin . . .“

Farghani schwieg und erhob sich kurz und formell, bis Sharon mit ihrem kleinen Drink in der Hand neben Tom auf der schmalen Couch wieder Platz gefunden hatte.

Vom Achterdeck, von dieser so überwiegend orientalischen Party her, drang leise das lebhafte Geplauder und Gelächter herein, arabische Musik mit Trommeln und sich ständig wiederholenden Kadenzen schriller Flöten. Das Schiff wiegte sich sanft hin und her, im Rhythmus des Schwells, den die Fähren hinterließen. Man hörte hier unten das Wasser gegen die Bordwand klatschen. Die untergehende Sonne, die durch die runden Bullaugen fiel, zauberte rote, flackernde Reflexe auf die Mahagoniwände und auf die Gesichter.

Farghani nahm erst nach einer langen, eigenartig gespannten Pause den Gesprächsfaden wieder auf und kam entgegen jeglicher arabischer Mentalität ohne Umschweife zum eigentlichen Thema: „Sie wissen es sicher bereits, Herr . . . Sadowski: Ihre Geschäfte sind nicht meine Geschäfte. Ich bin Schiffsbroker, und ich verchartere elegante Jachten so wie diese hier, an Leute, die Spaß daran haben." Dann, mit dem freudigen Ausdruck des Händlers, der seine Ware anzupreisen versteht, verkündete er die Maxime seines Geschäfts: „Das Leben ist schön! Man muß es genießen!"

Sein Lachen erstarb so plötzlich, wie es aufgetaucht war. Schon wechselte seine Konversationstonart wieder auf Moll: „Sehr überraschend war für mich heute dieser Anruf aus Algier. Und nun kommen Sie selbst, persönlich, mit Ihrer charmanten Frau! Willkommen! Ich sagte es bereits. Aber ich fürchte, ich kann nicht sehr viel tun für Sie."

Er hatte sehr leise gesprochen, sehr langsam, und es schien, als wäge er jedes Wort ab.

„Sie wurden uns empfohlen, Monsieur Farghani", wandte Tom ein, und er warf einen kurzen Blick zu Sharon, die ihn äußerst zurückhaltend erwiderte.

„Gewiß . . ." Wieder rotierte die Perlenkette in Farghanis Hand und sein Siegelring glänzte auf, reflektierte das Licht.

„Aber mein Bruder ist tot", fuhr er fort. „Und auch seine Geschäfte waren niemals meine Geschäfte. Er wußte das. Und er hat das immer respektiert."

Tom nahm diesen deutlichen, unmißverständlichen Hinweis

gelassen auf, und war daraufhin bereit, seinen offenbar sinnlosen Besuch abzukürzen. „Ich kannte diese Zusammenhänge nicht, Monsieur Farghani, es tut mir leid." Er stand auf. „Man sagte mir, das Geschäft liefe über Sie, und Sie hätten die notwendigen Kontakte. Das muß ein Irrtum gewesen sein."

Mit einer vagen Geste räumte Farghani ein solches Versehen ein: „Ich werde meinem Freund in Algier von ihrem Besuch berichten und auch vom Inhalt unseres Gesprächs. Ich werde ihm auch Ihre Ankunft bei ihm melden. Sie müssen persönlich mit ihm reden. Hier ist seine Adresse ..."

Farghani übergab Tom ein verschlossenes Kuvert, das vorbereitet auf dem Tisch vor ihnen lag, bevor sie den Salon noch betreten hatten. Dann wechselte er die Tonart erneut, nunmehr wieder auf Dur und höchst vertraulich: „Sollten Sie allerdings Probleme haben, Herr Sadowski, mit dem Transport der Ware ... nach Abwicklung des Handels ... Ich erledige das für Sie. Nach Algier. Oder wohin auch immer!"

Es hatte den Anschein, als wüßte Tom das zu schätzen: „Ich danke Ihnen, Monsieur Farghani. Sie sind sehr hilfsbereit."

„Ja, und danke für den Drink!" Sharon hatte bisher nur gespannt zugehört. „Und danke, daß wir Ihr schönes Schiff besichtigen durften. Sie waren sehr freundlich. War nett, Sie zu treffen ..."

Amerikanische Schule, dachte Tom: immer nett bleiben und unverbindlich verbindlich.

Auch Farghani verbeugte sich lächelnd.

Die Perlenkette rotierte. Diesmal überließ der Gastgeber seinen Besuchern den Vortritt.

41

„Wie alt sind Sie, Herr ... Sadowski? Ich darf Sie das fragen, nicht wahr?"

Sie waren wieder oben an Deck angekommen. Die bunten Lichter brannten bereits, es war dunkel geworden, und aus dem

Lautsprecher über ihnen plärrte Rockmusik unbekannter Herkunft. Die Partygäste kehrten ihnen den Rücken zu, standen jubelnd im Kreis um ein junges Paar, das eine artistische Tanznummer auf die Decksplanken legte.

Um seiner Frage den Charakter der Indiskretion zu nehmen, verriet Farghani: „Ich bin zweiundsechzig. Und ich fühle mich wie neunundfünfzig!" Er lachte plötzlich ganz unbelastet und heiter, zeigte dabei seine Jacketkronen und sehr viel Gold.

Tom war überrascht und antwortete automatisch: „Ah ... vierunddreißig."

„Vierunddreißig." Etwas Neid, etwas Bewunderung und eine Prise Resignation schwangen in Farghanis Stimme mit, als er Toms Antwort noch ein weiteres Mal wiederholte. „Vierunddreißig! Und Madame?" Er wandte sich an Sharon, die verdutzt aufblickte, und entschuldigte sich im gleichen Augenblick bereits bei ihr: „Pardon, Madame!"

Seine um Vergebung bittende Geste gab Sharon die Chance, die Aussage zu verweigern. Aber dazu sah sie im Augenblick noch keinerlei Grund: „Zwanzig."

„Zwanzig Jahre!" Farghani wiegte den Kopf, nein, nicht zweifelnd, nicht ungläubig – es klang wie die Ankündigung einer Warnung, die nun folgen sollte: „So jung. Zwanzig. Mein Gott." Er betrachtete die beiden, die etwas verwirrt über die plötzliche Wendung des Gesprächs wie Schulkinder vor ihm standen.

„Sie beide, Sie sind ein so schönes, junges Paar. So hoffnungsvoll wie man das in Ihrer Sprache sagt, nicht wahr?" Er wartete auf Zustimmung. Aber es kam keine. Tom und auch Sharon schwiegen. Also sprach er weiter: „Sie haben eine Zukunft vor sich, Sie beide! Was für ein Kapital! Aber sie haben nur eine Zukunft! Warum riskieren Sie die?"

Sowohl Sharon als auch Tom reagierten betroffen und schwiegen weiter. Sie hatten beide keine Antwort parat. Und viel Zeit, um darüber nachzudenken, ließ Farghani ihnen nicht: „Das Abenteuer, ja, ich weiß! Und das viele Geld, das lockt ... Besonders in diesem Alter. Aber jedes Abenteuer hat seinen

Preis. Und der ist manchmal sehr, sehr hoch. Zu hoch bisweilen!"

Dann, nach einer nachdenklichen Pause, deutete er in eine bestimmte Richtung. „Kommen Sie! Noch eine Minute! Wir sollten darüber reden!" Er nahm die beiden am Arm, schob sie wie alte Freunde zu einer Treppe, die über zwei Schiffsetagen zu einem weiteren Deck nach oben führte. Dort stand ein großer, spiegelnd lackierter Tisch unter einem Sonnendeck.

Es war ein wenig düster hier oben. Die wenigen Lampen gaben nur spärlich Licht. Aber dafür waren sie hier ungestört. Das bunte, laute Treiben fand weit unter ihnen statt.

Farghani klappte drei Stühle auf, die an der Reling gestapelt waren, und schob sie an diesen Tisch heran. Sie waren mit blauem Segeltuch bespannt und zeigten das gleiche Emblem, das gleiche Wappen, das Farghani auch auf der Brusttasche seines Dinnerjacketts trug: *Al-Bukra* stand unter dem Wappen, der Name des Schiffes: Der frühe Morgen.

Schließlich saßen sie um den runden Tisch, in dem sich ihre Gesichter zusammen mit den fahlen Lampen spiegelten, und Farghani sprach, als hätte er zu den beiden Vertrauen gefaßt: „Mein Freund in Algier hat mir natürlich angedeutet, worum es geht. Glauben Sie nicht, dieses Geschäft ist für sie beide eine Spur zu groß? Dreimal siebeneinhalb Millionen U. S. Dollar? Das sind zusammen zweiundzwanzigeinhalb Millionen!"

Tom antwortete immer noch nicht, und auch Sharon schwieg beharrlich.

Da begann Farghani mit einem neuen Kommentar: „Vielleicht sind Sie beide auch Idealisten? Sie tun es für eine große Idee, für eine gute und gerechte Sache!"

Dann wurde er deutlicher: „Aber mein Land ist nicht Ihr Land, mein Volk nicht Ihr Volk, und die Sache der Palästinenser, dies ist nur ein Beispiel, nicht Ihre Sache!"

Er konnte in dieser Dunkelheit nicht ausmachen, wie die beiden auf seine Worte, auf seine Warnung reagierten.

„Sie sind Makler", fuhr er fort. „Sie wollen kaufen. Im Auftrag, ich weiß. Aber es ist eine sehr gefährliche Ware, für die es viele Käufer gibt, die vermutlich brutal sind und zu allem bereit! Allah stehe Ihnen bei, wenn Sie Erfolg haben sollten. Dann beginnt die Jagd auf Sie beide! Sie glauben mir nicht?"

Farghanis Worte hatten außerordentlich überzeugend geklungen. Trotzdem konnte Tom ein Lächeln kaum unterdrücken. Ungeachtet dieser Düsternis hier oben hatte Farghani das bemerkt.

Aber Toms Lächeln galt nicht Farghani, es galt dieser ganzen Geschichte, dem ganzen spekulativen Handel, an den Tom nicht glauben mochte, ein Umstand, den er in dieser Situation wohl besser verschwieg.

Farghani war allerdings überzeugt, mit seiner Warnung auch etwas bewirken zu müssen. Er senkte für seinen nun folgenden Bericht geheimnisvoll-konspirativ die Stimme: „Mein Bruder hat ein Geschäft dieser Art mit dem Leben bezahlt. Dabei ging es nur um Maschinenpistolen und um Ersatzteile für Panzer. Es war ein Attentat – und es galt ihm! Vor knapp zwei Jahren. Er hatte den Kontrakt bereits in der Tasche. Übergabe der Ware in Marseille. Ein Kollege – ein Konkurrent – bot meinem Bruder großzügig seinen Privatjet an. Zum Flug von Genf nach Marseille."

Farghani legte eine Atempause ein, bevor er die Pointe der Geschichte verriet: „Eine Bombe war mit an Bord! Die Bombe des Mannes, dem das Flugzeug gehörte!"

Wieder machte er eine Pause. Eine Pause der Erinnerung an den Bruder. Er ließ die Perlenkette um die Finger kreisen, die in diesem fahlen Licht nicht mehr grün, sondern bläulich schimmerte.

Tom wirkte wie versteinert. Sharon saß mit halboffenem Mund da und hatte vergessen zu atmen. Die Information, die den Puls der beiden beschleunigte und schließlich rasen ließ, kam jedoch erst noch: „Diese Maschine, dieser Privatjet, gehörte einem gewissen Istvan Kaltenbach. Seine eigene Frau flog mit bei dieser Aktion, auch sein französischer Freund und Berater. Als Vertrauensbeweis? Wahrscheinlich! Er hat die beiden kaltblütig geopfert."

Sharon hatte instinktiv in ihrer kleinen Umhängetasche gekramt und ohne hinzusehen ihre dunkle Sonnenbrille ertastet. Sie setzte sie auf, trotz der Dunkelheit auf diesem Oberdeck.

Tom kniff die Augen und Lippen zusammen und war im Begriff, die Frage zu stellen, die sich ihm aufdrängte, woher Farghani denn wissen wollte, daß Kaltenbach selbst die Bombe in diesem Jet plazierte, oder zumindest plazieren ließ.

Aber Farghani kam ihm zuvor: „Kan ya makan!“ sagte er leise mit dem Anflug eines hintergründigen Lächelns, und er zuckte dabei die Schultern.

„Bitte?“ Tom verstand ihn nicht.

„Kan ya makan“, wiederholte er, „... es war so, es war nicht so...!“ Und nach einer nachdenklichen Pause: „Wir Araber haben eine differenziertere Einstellung zur Realität, ja, nein, das ist für uns bisweilen nur eine Frage des Ermessens, und die letzte Gewißheit, daß die Dinge so geschehen sind und nicht anders, hat nur Allah allein! Daher: Kan ya makan.“ Und mit einer sehr gezielten, überaus direkten Frage brachte Farghani die Geschichte scheinbar arglos zu Ende: „Istvan Kaltenbach! Es wäre ein Zufall, aber Sie arbeiten ja in der gleichen Branche: Kennen Sie ihn?“

Tom schien nachzudenken. Er vermutete plötzlich eine Falle. Dann aber verwarf er diese Idee, als Farghani eine harmlose, naive Erklärung gab und sich damit, aus Toms Sicht zumindest, über jeden Zweifel erhob: „Istvan Kaltenbach ist Deutscher wie Sie.“

Anscheinend wußte er es nicht besser.

Da machte Sharon, die aus ihrer tranceartigen Panik plötzlich erwachte, einen strategischen, taktischen Fehler. Sie korrigierte Farghani: „Kaltenbach ist Schweizer!“

Es war ein Reflex, der sie reden ließ. Aber nun hatte sie sich und damit auch Tom eindeutig verraten. Denn Farghani korrigierte nun seinerseits: „Ich sehe, Sie kennen ihn! Und Sie wissen daher auch: Schweizerisch ist nur sein Paß!“

In die folgende Pause hinein, die angefüllt war mit unerträglichem Schweigen, tönte plötzlich vom Achterdeck her, lauter

Beifall, dann wieder rhythmisches Klatschen, anfeuernde Rufe und die harten, mitreißenden Schläge arabischer Trommeln. Das Fest unten an Deck schien eine neue Wendung genommen zu haben.

Da stand Farghani auf, wirkte plötzlich müde und enttäuscht. „Sie sollten Geschäfte dieser Art Leuten wie Kaltenbach überlassen. Die sind abgefeimt und schlau. Und im Ernstfall haben die ihr Leben gelebt."

Er blickte hinunter, wo, umringt von seinen Partygästen, eine Bauchtänzerin sehr professionell ihre Künste darbot.

„Ich muß zurück zu meinen Gästen. Sie entschuldigen mich . . ." Er lächelte bedauernd und geleitete seine beiden Besucher nach unten. „Es war mir ein Vergnügen, mit Ihnen zu plaudern", sagte Farghani noch zum Abschied, als sie sich durch das begeisterte Publikum der exotisch-erotischen Vorstellung hindurchgeschoben hatten und auf dem Weg zur Gangway waren.

Der alte Skipper startete den Motor, die afrikanische Stewardeß war wieder zur Stelle, Farghani berührte mit seinen Fingerspitzen wieder seine Brust und anschließend seine Lippen. Diesmal aber verneigte er sich leicht.

Sie saßen bereits wieder im Boot, in dem winzigen, schwankenden Dinghi, dicht zusammengedrängt auf der schmalen Bank, als Farghani noch einmal oben an Deck erschien, sich über die Reling beugte und den beiden zurief: „Wann haben Sie vor, nach Algier zu fliegen?"

„Morgen früh!" rief Tom. Den Gefallen, offen und freimütig zuzugeben, daß er lieber alles hingeschmissen hätte, tat er diesem Monsieur Farghani nicht.

„Ich wünsche Ihnen viel Erfolg", rief dieser herunter zu den beiden und übertönte das Aufbrummen des Motors. „Aber lassen Sie Madame hier in Lissabon! Fliegen Sie allein! Noch so ein unwillkommener guter Rat, ich weiß. Aber ich bin in Sorge. Und ich kenne Algier. Und dieses Gewerbe!"

Er hob die Hand zu einem legeren Gruß. „Leben Sie wohl! Und grüßen Sie meinen Freund in Algier!"

Mit einer übergroßen Heckwelle legte das Boot ab und nahm Kurs hinaus auf den schwarzen Strom, in dem sich die Lichter von Lissabon vielfarbig spiegelten.

42

Als sie das schwankende Boot verließen, war das Wasser des Flusses noch weiter gefallen, die Ebbe zog es hinaus in den Atlantik. Über die unbeleuchteten, glitschigen Stufen einer pompösen Treppe kletterten Sharon und Tom den königlichen Anlegesteg hinauf zum Praça do Comércio.

„Bitte, sag, daß er lügt!"

Tom hatte Sharon an der Hand gefaßt, nun blieb er auf halber Höhe der Treppe stehen und sah sie fragend an.

„Monsieur Farghani..." fuhr sie fort. „Sag, bitte, daß er lügt! Er hat seinen Bruder verloren. Er ist verbittert. Er haßt. Er ist ungerecht. Und er glaubt an ein so böses, an ein so niederträchtiges Gerücht."

Tom sagte nichts. Er schwieg und lauschte auf das Motorengeräusch des sich entfernenden Bootes, auf das nervöse Plätschern der kleinen Wellen gegen die Stufen unter ihm, auf den summenden Lärm dieser Stadt.

Nach diesem Augenblick der Verzweiflung, nach einem langen Blick hinaus in die Nacht, über den Strom hinweg, hinüber zum anderen Ufer, wo die Jacht eingehüllt in Hunderte von bunten Lichtern glitzerte wie ein Kirmeskarussell, fragte Sharon nun direkt: „Daß er seine eigene Frau... daß er meine Mami... Würdest du es ihm zutrauen?"

„Kan ya makan – kann sein, kann nicht sein." Tom wußte, was sie hören wollte. Aber dann antwortete er ihr spontan und geradeheraus: „Ich bin kein Araber. Ich habe kein so überaus differenziertes, emotionales und ambivalentes Verhältnis zur Realität. Ich bin Reporter. Ich handle mit Fakten – aber auch mit hinreichend begründeten Vermutungen. Und wenn du mich fragst, ob ich glaube, daß Kaltenbach seine eigene Frau opfern würde, wenn es ihm ins Geschäft paßt, dann muß ich dir leider sagen: Ja!"

Sharon riß sich los von ihm, schlug ihre Hände vors Gesicht. „Oh, ich hasse dich . . .!"

Er wartete, aber er wartete nur sehr kurz, zu kurz, vielleicht. Dann faßte er wieder nach ihrer Hand. Aber sie schüttelte jede Berührung von sich ab: „Laß mich . . ."

Sie rannte weg, nur ein paar Schritte über die nassen, glatten Stufen, die sie in der Dunkelheit und geblendet von den Lichtern der Stadt kaum erkennen konnte, rutschte, stolperte, blieb schließlich stehen: „Du willst ihn kaputtmachen!" schrie sie. „Du willst ihn aus meinem Leben herausschneiden. Du willst mich ganz für dich allein! Du willst ihn töten!"

Vorsichtig ging er auf Sharon zu und widersprach: „Er will mich töten, Sharon! Mich!"

Diesmal ließ er sich mehr Zeit, und sie wehrte sich nicht, als er schließlich seine Hände zärtlich um ihre Schultern legte und sie an sich zog.

„Aber solange ich dich in meinen Armen halte, bin ich unverwundbar, weil er dich dann treffen würde. Und dich tötet er nicht!"

Sie preßte ihren Kopf an seine Brust und ergab sich in ihr Schicksal. Sehr, sehr leise, stellte sie fest, flüsterte es fast: „Ich bin also deine Geisel!"

„Nein: Mein Schild, mein Schutz und meine Geliebte."

So standen sie eine Weile, und jeder genoß die Nähe des anderen mit einem Gefühl der Geborgenheit.

Da flüsterte sie ihm überraschend zu: „Tom! Ich fliege nicht mit nach Algier . . ."

Da er nicht antwortete, fügte sie dieser unumstößlichen Entscheidung noch eine weitere hinzu: „Wir fliegen beide nicht!"

Es klang allerdings nicht sehr überzeugend.

43

Daß Kaltenbach beide zum Flughafen brachte, war nicht zu verhindern gewesen. Er hatte Visa, Tickets und Bargeld besorgt und beobachtete nun durch die getönten Scheiben der Abfertigungshalle mit versteinertem Gesicht den nur leicht verspäteten Abflug der Maschine der Air Algérie, Flugnummer AH 2039, Lissabon–Algier.

Für die staatliche Fluglinie eines dem Sozialismus nahestehenden Landes war das First-Class-Compartment überraschend luxuriös ausgestattet. Ali Baba in der Räuberhöhle, stellte Tom lakonisch fest, streckte die Beine aus und ließ sich von der mandeläugigen Stewardeß in ihrer kobaltblauen, golddurchwirkten Djellabah mit heißen Tüchern und exotischen Drinks verwöhnen, während Sharon am Fenster hing und tief unten und nur leicht verschleiert den Hafen von Algeciras, den Felsen von Gibraltar und die marokkanische Küste identifizieren konnte.

Sie waren die einzigen Passagiere im vorderen Teil der Maschine, und der Captain, ein wild aussehender, schnauzbärtiger Berbertyp kam, als sie das Mittelmeer überquerten, persönlich, um sie mit Handschlag zu begrüßen und um ihnen mitzuteilen, er hieße Omar und das Wetter in Algier sei *magnifique*, und es sei vor allem nicht allzu heiß.

Er war ein schlechter Prophet. Zwar hielt sich die Hitze tatsächlich in Grenzen. Als sie jedoch nach der Landung die Maschine verließen, um über die Treppe und zu Fuß das häßliche Empfangsgebäude des Flughafens Houari Boumediène zu erreichen, benannt nach dem zweiten Präsidenten der von Frankreichs Kolonialmacht befreiten Republik, hatte Nieselregen eingesetzt.

Der Beamte in der schwarzen Uniform der *Sécurité*, eingezwängt in seinem düsteren Glasverschlag und umgeben von einer Flut angeklebter arabischer Hinweise, Anordnungen und Bekanntmachungen, blätterte lange und ausführlich in den beiden Pässen: ein deutscher und ein amerikanischer, das Paar gemeinsam reisend, aber nicht verheiratet, das mißfiel ihm sichtlich. Noch länger und noch ausführlicher widmete er sich anschließend seinem dicken Fahndungsbuch, jedoch ohne fündig zu werden.

Ebenso enttäuscht wie befriedigt stempelte er, ohne den beiden nochmals einen Blick zu gönnen, die Pässe und die ausgefüllten Einreisekarten und winkte ihnen mit einer störrischen Geste zu, endlich weiterzugehen, den Durchgang frei zu machen oder besser ganz zu verschwinden. Die Warteschlange hinter ihnen war länger geworden, erstaunlich lang. Teilnahmslos blickende nordafrikanische Menschen füllten die Halle, ausnahmslos alle in Schwarz, Dunkelbraun oder Dunkelgrau gekleidet, gleichgültig, ob nun europäisch oder in der Tracht des Landes, und in stoischer Ruhe geübt.

Ihre Pässe erhielten Tom und Sharon erst nach der Zollkontrolle zurück. Die beiden übelgelaunten jungen Frauen, den Kopf zur schwarzen Hosenuniform in einen ebenfalls schwarzen Tschador gehüllt, durchwühlten mit Hingabe und weißen Einweghandschuhen das leichte Gepäck von Sharon und Tom und fanden trotzdem keinerlei Grund zu einer Beanstandung.

Der derzeitige Staatspräsident blickte von sämtlichen verfügbaren Wänden auf all diese zeitraubenden Prozeduren überdimensional und gnädig, vielfach reproduziert, mal gerahmt mal ungerahmt, von Bildern und Postern herab.

Der einzige und zufällig vorgefahrene Taxifahrer erhielt die Adresse mit dem anzusteuernden Ziel aus dem Kuvert des Herrn Farghani. Tom hatte es sofort nach der Rückkehr von der Jacht geöffnet, ohne jedoch wesentliche Informationen zu erbeuten: Auf einer Karte mit dem Wappensignet der Jacht *Al-Bukra* standen lediglich fünf Zeilen in arabischer Schrift.

Offensichtlich vergebens versuchte der Taxifahrer, die Handschrift zu entziffern. Er fuhr zwar mit großem Optimismus los, stoppte dann jedoch beim nächsten Polizisten, der des Lesens und Schreibens möglicherweise kundiger war als er. Das wiederholte sich nun von Kreuzung zu Kreuzung.

Das Taxi war alt und gebrechlich und der Scheibenwischer

bereit, jeden Augenblick den Kampf gegen den Nieselregen aufzugeben. Die verschmutzten, verschlierten Scheiben ließen diese Stadt trotz weißgetünchter Fassaden noch ungastlicher erscheinen.

Der Kraftfahrzeugverkehr wirkte im Vergleich zu europäischen Verhältnissen zwar erträglich, jedoch wurden die Straßen von Esels-, Fahrrad- und Handkarren geradezu überschwemmt. Sie transportierten Waren in erstaunlicher Menge, hochaufgetürmt und mit wehenden Plastikbahnen notdürftig gegen den dichter werdenden Regen geschützt.

„Schau dir die Menschen an", riet Tom, als sie vor einer der zahllosen Verkehrsampeln warteten, wo das Heer der graubraun, braungrau und schwarz gekleideten Fußgänger vorbeiflutete. „Wenn du einen einzigen siehst, der heiter lächelt, lade ich dich zu einer Waffeltüte voll Eis mit Erdbeersahne ein."

„Wo willst du in dieser Stadt, in diesem Land eine Eiswaffel mit Erdbeeren herbekommen?" fragte Sharon.

„Gut. Nach unserer Rückkehr, mit der ich eigentlich fest rechne. In Lissabon zum Beispiel. Aber mach dir keine Hoffnung, du verdienst dir die Prämie nicht."

„Menschen im Regen sind nirgendwo glücklich." Sharon war bereits seit dem Augenblick ihres Abflugs nervös und beunruhigt und hatte keinen Sinn für Albernheiten.

44

Sie verließen die Stadt.

Auf Anraten einiger Passanten, die vorgaben, Bescheid zu wissen, sich aber gegenseitig widersprachen, geriet das Taxi schließlich in immer trostlosere Ansiedlungen am Rand von Algier. Der Fahrer war jedoch immer noch erfüllt von Optimismus und großer Zuversicht.

Er fuhr viel zu schnell für den alten, gebrechlichen Wagen, über abenteuerlich aufgebrochene Straßen, durch versteppte Schuttgelände und Brachland, durchquerte Slums, verrottete

Industrieanlagen und geriet schließlich in ein scheinbar verlassen daliegendes, halbfertiges Neubauviertel.

Ein Architekt hatte sich offenbar berufen gefühlt, islamische Stilelemente aus Beton und Hohlblocksteinen zu gestalten. Bögen und Zinnen, Säulen und Gesimse wie aus Tausendundeiner Nacht verteilt auf zwei, manchmal auch drei Stockwerke und einheitlich durchgestylt über die ganze kleine Stadt. Kein einziges Haus wirkte fertig, eines schien bewohnt. Als aber der Taxifahrer anhielt und ausstieg, um zwei Bauarbeiter, die einsam und vom Regen durchnäßt, müde und uninteressiert mit zerbrochenen Schaufeln Zement und Sand zu mischen versuchten, nach der umstrittenen Adresse zu fragen, war er im Nu von Dutzenden von Kindern umringt. Aus den nackten Türhöhlen, aus Durchgängen und Schlupfwinkeln dieser Rohbauten strömten die Neugierigen, Mütter mit Säuglingen ebenso wie uralte Männer.

Die Diskussion um das Papier mit der Kontaktadresse nahm kein Ende. Tom stieg ebenfalls aus, versuchte, sich auf französisch einzumischen, ohne auch nur ein einziges Wort zu verstehen.

Da resignierte der Taxifahrer, zuckte die Schultern, gab Tom die Adresse zurück, murmelte etwas, das klingen konnte wie: „Je regrette, Monsieur, pas ici!“ und setzte sich wieder hinter das Steuer.

Tom stand im Regen neben der offenen Tür des Wagens und machte seinem Unmut Luft: „Irgend jemand will uns doch hier verarschen!“ rief er Sharon zu, die im Taxi geblieben war. „Dieser Fahrer hier oder Farghani oder Kaltenbach . . .“

Er steckte trotzdem die Karte mit der Adresse wieder sorgsam in das Kuvert.

„Ein Jachtbroker, der nichts damit zu tun haben will; ein Kontaktmann in einem kinderreichen, halbverfallenen Neubauviertel, der nicht aufzufinden ist. Und das alles bei einem brisanten Geschäft über . . . über wieviel Millionen Dollar?“

„Mehr als zweiundzwanzig“, antwortete Sharon.

„Sind wir jetzt bescheuert oder die anderen?“ Er lachte nicht ohne Sarkasmus und stieg ein. Bevor er die Wagentür zuschlug, zog er noch kurz Bilanz: „Als Story ja nicht schlecht – nur leider unverkäuflich."

Der Fahrer fuhr los, versuchte, zwischen Sandhaufen und den Stapeln noch zu verbauender Ziegelsteine zu wenden und war im Begriff, diesen unwirtlichen Ort, diese gespenstisch wirkende Siedlung wieder zu verlassen.

Da kam ein nicht mehr ganz junger, etwas bizarr aussehender Mann in einem schäbigen, europäischen Jackett angerannt, drängte sich durch die Menge der Neugierigen, schrie gellend und im Befehlston mehrfach hintereinander ein bestimmtes Wort, schlug mit der flachen Hand gegen das Blech des Wagens, stoppte damit den Fahrer, riß die Tür zum Beifahrersitz auf und ließ sich in die zerschlissenen Plastikpolster fallen.

Mit einem geradezu hektischen arabischen Wortschwall redete er auf den Taxifahrer ein, ohne Sharon und Tom auch nur zur Kenntnis zu nehmen.

Der Fahrer nickte und hatte verstanden, fuhr los, folgte den Anweisungen dieses Fremden durch das tote Labyrinth von unfertigen Straßen und ignorierte Toms energischen Einspruch und seine Fragen.

Schließlich wandte sich der Fremde um und fragte nun seinerseits in holprigem, gebrochenem Französisch: „Du suchen Ben Shechli? Ali Ahmed Ben Shechli?"

Tom erinnerte sich an einen ähnlichen Namen, den Kaltenbach ihnen genannt hatte. Aber nun hörte er ihn zum erstenmal aus dem Mund eines Arabers. Es gab da offensichtlich Unterschiede und so sagte er ja.

Der Fremde zeigte befriedigt seine halb abgefaulten Zähne, wirkte seltsam grotesk und fragte weiter: „Du kennen Ali Ahmed Ben Shechli?"

„Nein", bekannte Tom. „Ich kenne ihn nicht!"

„Was glauben, wie sieht aus Ali Ahmed Ben Shechli?"

Tom wußte es nicht. Da mischte Sharon sich ein. „Mein Vater sagte, der Mann, der die Kontakte macht, ist blind auf einem Auge."

Tom übersetzte diese Vermutung, und der Fremde brach in irres Gelächter aus. Er zog eine Grimasse und hielt sich mit seinen schmutzigen Händen immer abwechselnd erst das eine, dann das andere Auge zu: „Blind?“ fragte er. „So blind . . . oder so blind? Comme ça – ou comme ça?“

Das närrische Spiel mit Händen und Augen sowie das schrille Gelächter hörten nicht auf. Da bemerkte Tom, daß eines der beiden Augen des Mannes milchig trüb und offenbar blind war.

Aber bevor Tom auf diese Farce hätte näher eingehen können, verstummte urplötzlich das Gelächter des Fremden. Er hatte durch die Fenster geblickt und brachte den Taxifahrer mit einem neuerlichen und nicht weniger dramatischen Wortschwall zum Stehen.

Er sprang hinaus, kaum daß der Wagen hielt, riß die Tür zum Rücksitz auf, rief „Aussteigen! Steigen aus!“, nahm Sharon die Reisetasche ab und ergriff die von Tom. Beides landete neben dem Wagen zwischen blau blühenden Disteln und anderem hüfthohen Unkraut am Straßenrand.

Zögernd und reichlich verwirrt verließen Sharon und Tom das Taxi, ohne begriffen zu haben, worum es ging. Sie hätten es nicht tun sollen. Kaum waren sie nämlich ausgestiegen, als der Fremde wieder mit lauten, bellenden Befehlen ins Taxi verschwand. Noch bevor er die Tür zugeschlagen hatte, fuhr der Wagen wieder an, mit aufheulendem Motor und mit kreischenden Rädern.

Der Fahrer beschrieb um Tom und Sharon eine enge Kurve und verschwand auf dem gleichen Weg, auf dem er gekommen war.

Vergeblich hatte Tom versucht, den Wagen aufzuhalten, lief erst neben, dann hinter ihm her. Zurückgekehrt stellte er ebenso atemlos wie lakonisch fest: „Die gute Nachricht zuerst: Wir haben das Taxi nicht bezahlt!“

Sharon schätzte an Tom diese Art von Humor. Sie lachte, obwohl ihr, was ihre Lage betraf, absolut nicht danach zumute war. „Und jetzt?“ fragte sie. „Wie geht es weiter?“

„Zu Fuß!" Es war nur ein Vorschlag, aber es gab darüber hinaus vermutlich keine andere Lösung des Problems. Rings um sie herum war Ödland, das zu einer einzigen, unermeßlich großen Müllkippe umgestaltet worden war.

Über ihnen kreisten mit heiseren Schreien Tausende von Möwen, bevölkerten zu Millionen diese Landschaft, über der ein süßlicher Geruch von Verwesung lag.

Der Nieselregen hatte nachgelassen. Tief hängende Wolkenfetzen trieben über das Land, als Sharon und Tom ihr Gepäck schulterten und in der gleichen Richtung losmarschierten, in der das Taxi verschwunden war.

„Wir sollten es mit Autostop versuchen." Er war stehengeblieben und gab mit seinem nach oben gereckten Daumen das entsprechende internationale Hitch-hiker-Zeichen.

Diesmal ging jedoch Sharon auf seinen in dieser Einöde höchst makaber wirkenden Scherz nicht weiter ein. Sie wandte sich ab und lief weiter.

Toms so kindisch und absurd wirkende Idee war dabei gar nicht so unrealistisch.

Vorsichtig Schlaglöchern und Steinen ausweichend folgte ihnen ein dunkler Wagen. Es war eine gestreckte amerikanische Limousine der sechziger Jahre mit Heckflossen und hochglanzpoliertem nachtblauem Lack. Die Fenster waren getönt und wirkten im trüben Licht dieses Regentags schwarz. Ein solches Fahrzeug in dieser Umgebung hatte etwas von einer Fata Morgana.

Auch Sharon war schließlich aufmerksam geworden und stehengeblieben. Das Überraschendste für sie war, daß die Limousine auf ein Zeichen von Tom hin tatsächlich neben ihm hielt.

Ein Fahrer mit Mütze sprang heraus und öffnete servil die Tür zum Fond. Zögernd kam Sharon zurück.

Zwischen vergilbten Tüllvorhängen, die die Fenster noch zusätzlich verhüllten, erkannten sie beide im Halbdunkel eine Gestalt. Eine Stimme tönte ihnen gedämpft entgegen: „Monsieur Sadowski, Madame ... S'il vous plait, entrez!"

45

Tom war als erster bereit, dieser Aufforderung Folge zu leisten. Auch Sharon überwand sich und stieg hinter Tom in diese museumsreife Limousine, die bei näherer Betrachtung bereits Schrottwert besaß. Das Gepäck hatte ihnen der Fahrer abgenommen. Er schloß die Tür hinter ihnen sorgsam und bemüht leise. Mißtrauisch observierte er diese trostlose, verlassene Gegend rund um den Wagen, bevor er sich wieder hinter das Steuer setzte und losfuhr.

Im Inneren des Wagens herrschte Zwielicht. Auf heruntergeklappten Notsitzen, mit dem Rücken zur Fahrtrichtung, saßen Sharon und Tom einem zierlichen, weißhaarigen Herrn gegenüber. Er wirkte alt und gebrechlich. Sein schmales, eingefallenes Gesicht, von einem ebenfalls weißen, kurzgeschorenen Bart umrahmt, war von einem fahlen, gelblichbraunen Teint und verknittert wie Büffelleder. Zwischen persisch gemusterten Kissen lag er matt und weit zurückgelehnt auf dem verschlissenen Polster des Rücksitzes und stützte seine dunklen, weißbehaarten Hände auf einen Stock mit Silberknauf. Sein glänzender, dunkelblauer Zweireiher war fadenscheinig und aus Seide. Er trug dazu, farblich abgestimmt, Krawatte und Weste sowie die passende, ebenfalls glänzende, dunkelblaue Augenklappe.

Es gab keinen Zweifel – und es war sicher kein Zufall: dieser nun schon legendäre Ali Ahmed Ben Shechli hatte sie gefunden. Oder sie ihn. Was keinen Unterschied machte.

„Monsieur, Madame … Salam." Er berührte, ähnlich wie Farghani, mit den Fingerspitzen seiner rechten Hand Lippen und Brust und verneigte sich leicht.

„Verzeihen Sie den Umweg", bat er. „Er war notwendig!"

Sein Deutsch klang bemüht. Er hatte sowohl einen französischen als auch einen arabischen Akzent, was diesen Mann, zumal in dieser Umgebung, überaus authentisch wirken ließ.

Er sprach langsam und formulierte jeden seiner kurzen Sätze behutsam und mit großer Vorsicht: „Es ist alles vorbereitet wie conveniert. Bitte, sehen Sie!"

Einer dünnen Ledermappe aus Schlangenhaut entnahm er ein großes, burgunderfarbenes Kuvert, das nicht verschlossen war. Er zog daraus eine Art Dokument hervor, pergamentfarben und mit altmodisch verziertem Rand.

„Ein Lettre de Credit", erklärte er. „Dressé, ausgefertigt durch eine Banque Suisse, eine Schweizer Bank".

Er öffnete das Dokument, das wie ein gefalteter Umschlag ein simples, gedrucktes und mit Maschinenschrift ergänztes Formular enthielt.

„Sie sehen hier, ich bitte Sie, Somme total zweiundzwanzig und eine halbe Million Dollar. Dollar der U. S. A. In der Hoffnung und Annahme, daß dies ist genug: définitif. Als ein Angebot sérieux. Für das Interesse eines Verkäufers."

Er steckte das Formular wieder sorgfältig in den gefalteten, pergamentfarbenen Umschlag, beides zurück in das Kuvert, das er nun, immer noch unverschlossen, bereit war, Tom zu übergeben: „Bitte hier, ich erlaube mir zu überreichen."

Tom griff zögernd nach dem Kuvert, wendete es diskret hin und her, aber es trug keine Anschrift.

Inzwischen hatte Ben Shechli etwas in der Brusttasche seines Jacketts gesucht und schließlich gefunden: einen kleinen zusammengerollten Zettel.

Er rollte ihn auseinander, nahm die dicke Brille, die neben ihm zwischen den Kissen lag, zur Hand wie eine Lupe und entzifferte so, ohne sie aufzusetzen, mit seinem einzigen Auge die winzige Schrift einer Notiz: „Ihr Flug retour ist gebucht. Nicht Lissabon, nein: Zürich, Schweiz. Mit Swissair Nummer SR-zwei-eins-fünf. Um ... fünfzehn Uhr ... fünfundfünfzig."

Er rollte den Zettel wieder zusammen, in der Überzeugung, daß Tom sich die Information eingeprägt hatte, steckte ihn ein, brachte aus der gleichen Brusttasche eine alte Armbanduhr zum Vorschein, warf einen langen Blick darauf und stellte fest: „In zwei Stunden!"

Während er die Uhr wieder in seiner Tasche verschwinden ließ, gab er weitere Anweisungen, diesmal ohne die Hilfe von schriftlichen Notizen: „Sie veranlassen die Confirmation des

Papiers. Contresignation durch die Bank. In Zürich. Adresse ist gedruckt, auf dem Dokument. Übermorgen fliegen Sie weiter: Berlin. Wohnen im Hotel Berlin. Dort warten Sie. Auf Kontakte der Verkäufer. Die melden sich. Wir hoffen das!"

Die Audienz schien zu Ende zu sein. Um wenigstens irgend etwas zu dieser sehr einseitigen Konversation beigetragen zu haben, stellte Tom mit Blick auf das Kuvert lakonisch fest: „Und das ist alles?"

„Das ist alles, ja." Ben Shechli legte die Schlangenhauttasche zur Seite und blickte aus seinem einzigen, samtschwarzen Auge seine beiden Gäste überaus höflich, überaus gütig an. Dann allerdings fiel ihm ein, was Toms Einwand hätte bedeuten können: „Oh, Monsieur, pardon, ich verstehe nun Ihre Frage. Ihre persönliche Commission als unser Agent, Ihre Provision wird reguliert nach Eintreffen der Ware hier in Algier."

Tom nickte. „Danke. Sehr liebenswürdig."

Das war nun ebenfalls erledigt, und Ben Shechlis weißbehaarte Hände ruhten wieder auf dem Silberknauf.

„Bitte, Madame, Monsieur, akzeptieren Sie meinen untertänigen Dank für Ihre Bemühung. Er kommt aus einem übervollen Herzen. Allah segne Sie!"

Mit einer kleinen, sparsamen Geste dirigierte er die Gnade des Allmächtigen in Richtung von Sharon und Tom.

Tom dachte daran, daß es bei diesem Handel schlichtweg um verdammte Atomwaffen ging. Und daß ein amerikanischer Priester ernsthaft und in vollster Überzeugung sowie in Ausübung seines gottgefälligen Amtes die beiden ersten Bomben dieser Art, *Fat Man* und *Little Boy*, gesegnet hatte, bevor sie in Hiroshima und Nagasaki Hunderttausende töteten und ebenfalls Hunderttausende lebenslang durch die teuflische Wirkung des radioaktiven Fallouts als unheilbare Krüppel erbärmlich leiden ließen – von den Folgen für die nächste Generation ganz zu schweigen.

Soweit also zum Segen, den er von Allah zu empfangen hatte, falls dieses irrwitzige Geschäft jemals Realität werden sollte ...

Da hob Ben Shechli den Stock und klopfte mit dem silbernen

Knauf dreimal kurz gegen das Fenster. „Wir müssen uns wieder trennen. Es war mir ein Vergnügen. Monsieur, Madame. Au revoir! Salam!"

46

Wieder zelebrierte Ben Shechli mit seiner reich beringten Hand eine dieser vornehmen, angedeuteten Gesten des Orients, diesmal die des endgültigen Abschieds.

Der Fahrer hatte auf das Klopfen hin den Wagen zum Stehen gebracht, war ausgestiegen und öffnete nun, die Mütze diesmal servil in der Hand, für die Gäste von außen die Tür.

Etwas benommen, stumm und ohne ein einziges Wort verließ Sharon als erste die edle Schrottlimousine. Tom folgte ihr, nachdem er noch rechtzeitig einige Dankesworte und Abschiedsfloskeln angebracht hatte. Das burgunderfarbene Kuvert hielt er in der Hand.

Sie waren wieder am Rand dieser bizarren Neubausiedlung abgesetzt worden. Das Gepäck stand zu ihren Füßen, und immer noch leicht verwirrt sahen sie dem Wagen nach, in dem dieser einäugige Ali Ahmed Ben Shechli zwischen den malerischen Bauruinen wie ein Phantom langsam verschwand.

Hinter ihnen graste ein dürres Pferd in einem Distelfeld. Rauch stieg hoch. Eine Horde Jugendlicher umstand gelangweilt einen Stapel brennender Autoreifen. Windböen zerwehten die fettschwarzen Schwaden spurenlos im grauverhangenen Himmel.

Es regnete nicht mehr. Aber wie Kapuzenmänner liefen einsame Gestalten in dunklen Djellabahs durch die morastigen Wege des Brachlands, schoben vorsintflutliche Fahrräder und folgten den Spuren der Eselskarren.

„Und wie kommen wir jetzt von hier weg?" In Sharons Stimme schwang aufkeimende Panik.

Tom antwortete nicht. Er studierte das Dokument in seiner Hand, das er vorsichtig aus dem Kuvert gezogen hatte.

„Ich weiß noch nicht, wie ich meinen Lesern diese Story glaubhaft näherbringen kann."

„Schreib: Kan ya makan", schlug sie vor, „es war so, es war nicht so ..."

Er lachte und schüttelte den Kopf. „Es ist unglaublich! Ein paar Stempel, ein paar Unterschriften, und das Papier hier, ein offizielles Akkreditiv, ist so gut wie Bargeld: Zweiundzwanzigeinhalb Millionen *green Bucks* – Dollars!"

Er blickte Sharon verschmitzt an: „Warum kassieren wir nicht einfach und steigen aus?"

„Weil wir überleben wollen! Deshalb!" Ihr Bedarf an weiteren Abenteuern war im Augenblick gedeckt.

„Ein Taxi! Dort vorn kommt unser Taxi!" Sie hatte es als erste entdeckt, war erleichtert, geradezu begeistert.

Tom reagierte weniger überrascht. „Hast du gedacht, die lassen uns mit diesem teuren Papier hier draußen im Regen stehen?" Er verstaute das Kuvert in seinem Gepäck und ging auf das Taxi zu.

Der Fremde, dieser groteske Typ, sprang aus dem haltenden Wagen, riß mit einer einladenden Geste die Tür zum Rücksitz auf, verbeugte sich übertrieben und schnitt, als Sharon und Tom einstiegen, wieder seine nun schon bekannten Grimassen: „Na, wie sieht aus, Ali Ahmed Ben Shechli?" rief er in seiner schwer verständlichen Art von Pidgin-Französisch, und er hielt sich wieder abwechselnd die Hand vor die Augen, erst vor das rechte, dann vor das linke, vor das gesunde und vor das milchigtrübe. „Comme ça ou comme ça?" So oder so?

Er erwartete keine Antwort, warf die Wagentür zu und rannte mit irrem Lachen davon, auf dem schmalen Pfad, an dem grasenden, angepflockten Pferd vorbei, durch das hohe Distelfeld und auf die Siedlung zu.

47

Der unauffällige Wagen, der sie seit geraumer Zeit verfolgt hatte, hielt direkt hinter ihrem Taxi vor dem Abfluggebäude des Flughafens.

Sharon hatte Tom wiederholt auf ihre Entdeckung aufmerksam gemacht, aber der reagierte nicht darauf, wußte nicht, ob er nun beunruhigt sein sollte oder nicht.

Er bezahlte den Fahrer. Sharon war inzwischen ausgestiegen, wartete neben dem Taxi auf das Ende der offenbar sehr komplizierten Abrechnung und beobachtete ihre mutmaßlichen Verfolger. Es waren vier Männer in dunklen Anzügen, die Augen hinter den Gläsern spiegelnder Sonnenbrillen verborgen. Sie waren in ihrem Wagen sitzen geblieben und rührten sich nicht.

Einer der Männer stieg schließlich aus, gerade als Sharon sich umwandte. Sie hatte mit Tom inzwischen den Eingang zum Abfluggebäude erreicht, gefolgt von einem ganzen Pulk von Menschen in Landestracht, beladen mit prall gepackten Bündeln, Pappkoffern und verschnürten Kartons. Es waren Passagiere eines Busses, der direkt unter der Treppe hielt.

Sharon verlor ihren Verfolger wieder aus den Augen.

Er war dicklich gewesen, untersetzt und mit schütterem, schwarzem Haar. Sie erinnerte sich auch an einen schmalen Oberlippenbart in einem runden Gesicht. In der Hand trug der Mann ein Funksprechgerät. Also Polizei oder Zoll oder auch Staatssicherheitsdienst. Es wäre falsch, in einem Land wie Algerien eine solche Institution nicht zu vermuten – oder zu unterschätzen.

Sie hatten viel Zeit und daher einen dringend notwendigen Imbiß eingeplant. Die zeitraubende Prozedur des Vormittags wiederholte sich aber nun in umgekehrter Reihenfolge. Nachdem das Gepäck, diesmal aus Sicherheitsgründen, aufs peinlichste genau durchwühlt worden war, trat am Paßschalter das obligatorische Fahndungsbuch wieder in Aktion. Da die Neuauflage monatlich erscheint, blieb auch diesmal die Suche ohne Ergebnis.

Die Pässe und ein Ausreiseformular wurden in größter Ruhe und mit Akribie miteinander verglichen, Zeile um Zeile, Information um Information, und schließlich gestempelt. Zurückgegeben wurden sie nicht.

Ein Zivilbeamter, der geduldig das Ende der Formalitäten abgewartet hatte, nahm sie in Empfang und blätterte sie nun seinerseits durch. Es war der dickliche, untersetzte Mann mit dem schmalen Oberlippenbart und den schütteren Haaren. Er hatte seine spiegelnde Brille eingesteckt und immer noch sein Funksprechgerät in der Hand. In großer Ruhe verglich er die Fotos in den Pässen mit dem Original.

Dann bellte er mit heiserer Stimme etwas, das heißen konnte: „Madame, Monsieur, voulez-vous me suivre?“

„Was sagt er?“ Es galt Tom, aber dieser hatte ihn nicht verstanden.

„Mitkommen!“ sagte Sharon. „Er will, daß wir mitkommen.“

Also gingen sie mit und hatten dabei höchst unangenehme Gefühle. Schweigend durchquerten sie die Abflughalle in ihrer ganzen Länge. Der Beamte mit dem Sprechgerät in der Hand lotste sie durch ein unglaubliches Gedränge und Gewimmel. Der Flughafen war überfüllt mit Menschen aller Hautfarben, aller Rassen Nordafrikas. Sie saßen und lagen auf Bänken und Stühlen, auf ihrem Gepäck oder einfach nur auf dem Boden. Über ihnen drehten sich die Ventilatoren und verteilten Rauch und Schweißdunst gleichmäßig über den Raum. Das vielfältige Stimmengewirr übertönte sogar die arabische Hintergrundmusik, die aus zahllosen Lautsprechern dröhnte.

Tom meinte, mit Blick auf diese Menschenmassen, daß der Swissairflug nach Zürich möglicherweise überbucht sein könnte. Sharon hatte aber für feingesponnene Scherze dieser Art in dieser Situation und in diesem Land absolut keinen Humor. Sie sah sich und Tom bereits wegen Devisenschmuggels verurteilt in einem Straflager landen, um dort, nach Geschlechtern getrennt, Steine zu klopfen.

Sie hatte Hunger, ihr war übel, und sie beschloß, sollte sich diese Exkursion doch noch wider Erwarten zum Guten wenden, Toms weitere Abenteuer erfolgreich zu sabotieren.

So näherten sie sich dem Ende der Halle. Sie sah sich um. Drei bewaffnete Polizisten gingen dicht hinter ihr, als sei für zwei Europäer eine Flucht aus einem algerischen Flughafen denkbar und möglich.

Die Musik aus den Lautsprechern riß ab, und eine Frauenstimme krächzte erst auf arabisch, dann auf französisch unverständliche Informationen, worauf sich die Menschenmasse wie eine einzige Woge erhob und in einer bestimmten Richtung in Bewegung setzte.

48

Hinter einer Pendeltür, bewacht von einem schwarz Uniformierten mit schußbereiter Maschinenpistole, öffnete sich ein langer, dunkler Korridor. Der Soldat salutierte stramm, als sie sich näherten. Der Zivilbeamte an ihrer Seite, dem diese Ehrenbezeigung galt, nickte ihm nur beiläufig zu.

Die drei Polizisten blieben zurück. Der dunkle Gang gehörte offenbar nicht mehr zu ihrem Revier.

Es ging vorbei an zahllosen Türen. Einige standen offen. Die Büros dahinter waren unbeleuchtet und leer.

Durch eine blinde, mit weißer Farbe überstrichene Drahtglastür, umrahmt von rostigem Eisen, fiel ein matter Schimmer von Licht. Sie waren am Ende des Ganges angekommen, und der Beamte klopfte und öffnete gleichzeitig ohne abzuwarten. Er schob Tom in den Raum hinein, dann wandte er sich um und hob abwehrend die Hand: „Non, Madame! Seulement Monsieur!" Das war unmißverständlich. Mit einer autoritären Geste deutete er Sharon an, gefälligst einige Schritte zurückzutreten, dann schloß er von innen die Tür.

Sharon blieb draußen, mit ihren Befürchtungen und ihrer Angst allein in diesem dunklen Gang und lehnte sich gegen die mit giftgrüner Ölfarbe gestrichene Wand. Der Wachposten am Ende des Korridors, der die Pendeltür offen hielt und bewachte, und die drei Polizisten, die dort untätig zu warten schienen, ließen Sharon nicht aus den Augen.

Von der Überraschung, die Tom in diesem Augenblick widerfuhr, ahnte sie nichts.

In der hintersten Ecke eines kahlen, fensterlosen Raums, der eher einem Verhörzimmer als einem Polizeibüro glich, räkelte sich an einem absolut leeren Schreibtisch ein Offizier mit golddekorierten Schulterklappen unter einem träge rotierenden Deckenventilator. Er musterte Tom ohne großes Interesse.

Neben dem Schreibtisch aber saß mit übergeschlagenen Beinen ein Mann in einem hellgrauen Anzug, sah Tom erwartungsvoll entgegen und zog automatisch den Knoten seiner Krawatte fester.

„Doktor Goetz . . .! Sie folgen mir wie ein Schatten!"

Goetz nickte einen angedeuteten Gruß. Ansonsten verzog er keine Miene. Fast entschuldigend erklärte er: „Es ist – unter anderem – meine Pflicht, Bundesbürger zu schützen, die im Auftrag des BKA tätig werden."

„Ich dachte, ich handle im Auftrag eines gewissen Herrn Kaltenbach?" Tom sah sich nach einer freien Sitzgelegenheit um. Aber es gab nichts dergleichen in diesem Raum. Keinen weiteren Stuhl, keinen Schrank, kein Regal und nur ein einziges Bild: Der Staatspräsident hinter spiegelndem Glas.

Auch der Beamte mit dem Funksprechgerät mußte stehen und lehnte sich gelangweilt gegen die Tür.

Goetz blieb sitzen, wo er saß, und teilte Tom in aller Ruhe mit: „Kaltenbachs Idee, ausgerechnet Ihnen die Recherchen zu übertragen, halte ich nicht für sehr gelungen. Wenn Sie als Reporter enttarnt werden, gelten Sie als Provokateur. Und dann Gnade Ihnen Gott!"

Tom zeigte sich nicht sehr beeindruckt. Er brachte das Kuvert der Schweizer Bank zum Vorschein und legte es vor Goetz auf den Tisch: „Ein Letter-of-Credit, der Wurm für die Angel. Der Fisch kann nun zuschnappen!"

„Wir werden zuschnappen, Herr Sadowski, das BKA zusammen mit Interpol, bevor der Fisch Beute machen kann!"

„O bitte, nein!" Tom gab sich zutiefst entsetzt. „Ich hätte gern eine komplette Story. Und keine über ein Fiasko des BKA."

„Und ich hätte ungern einen Toten!" Goetz verstand, in seiner Eigenschaft als Bundesbeamter zumindest, keinerlei Spaß. Möglicherweise auch nicht in privaten Dingen.

„Wir wollen lediglich wissen", fuhr er fort, „wer besitzt das entwendete Plutonium, und wer ist in der Lage, atomare Sprengsätze herzustellen und zu liefern."

„Interessant!" Tom kam näher und setzte sich neben Goetz auf die Kante des Schreibtisches, ohne den Uniformierten zur Kenntnis zu nehmen. „Erzählen Sie: Sie haben also tatsächlich Beweise? Plutonium wurde entwendet? Wann? Und wo? Und wieviel?"

Goetz ging auf die Neugierde eines Reporters nicht weiter ein, entwickelte statt dessen seine Strategie: „Kaltenbach wird nun gezielt die Nachricht in Umlauf bringen, daß sehr viel Geld für die Ware bereitliegt. Der Lieferant, so hoffen wir wenigstens, wird sich daraufhin mit Ihnen in Verbindung setzen, denn Ihr Angebot liegt vermutlich um ein Mehrfaches höher als jede Offerte der Konkurrenz. Also: Halten Sie uns auf dem laufenden! Tun Sie keinen Schritt ohne uns."

„Ich werde Ihren Wunsch in meinem Herzen bewegen – würden die Araber sagen." Tom stand auf.

„Ich bitte darum!" Goetz erhob sich nun ebenfalls und trat zu Tom. Der hatte das Dokument wieder sorgfältig weggepackt und stand bereits an der Tür, die Klinke schon in der Hand. Der Beamte mit dem Sprechgerät war höflich zur Seite getreten und hatte ihm Platz gemacht.

„Wie geht es eigentlich Ihrer Frau?" Goetz hatte bei dieser höchst vertraulichen Frage diskret gelächelt und die Stimme gesenkt.

Als Tom ihn verdutzt ansah, fügte er noch hinzu: „Sie sind doch verheiratet, Herr Sadowski, wenn ich recht informiert bin."

Nach einem irritierenden Blick nach draußen, wo er Sharon vermuten mußte, schloß Tom die Tür wieder, die er bereits einen Spalt geöffnet hatte. Seine Antwort fiel nicht weniger vertraulich aus: „Seit elf Jahren, Herr Doktor Goetz!" Er grinste und hatte bei dieser Auskunft ebenfalls seine Stimme gesenkt. „Sie sind also durchaus richtig informiert. Und daher wissen Sie auch: Eva Sadowski und ich, wir sind Kollegen. Sie hält die Stellung in der Hamburger Redaktion und wird täglich von mir über alles informiert."

„Über alles?" Goetz hatte so seine Zweifel. „Weder Kaltenbach noch ich sind über Ihre Beziehung zu diesem Mädchen sehr glücklich."

„Wir beide – Sharon und ich – um so mehr!" Tom gab es offen und ehrlich zu, und es klang überzeugend. „Brauchen Sie mich noch?" Er griff wieder zur Klinke.

„O ja! Ich brauche Sie noch!" Goetz meinte das generell und besonders im Hinblick auf seine bereits geäußerte Warnung. „Aber im Augenblick war's das für heute!"

Tom nickte und winkte mit legerer Geste eine Art Abschiedsgruß.

Da stoppte ihn Goetz nochmals kurz: „Wir sitzen in der gleichen Maschine, Herr Sadowski. Aber ich gehe davon aus, daß wir uns nicht kennen. Das gilt auch für Ihre Gefährtin!"

In diesem Punkt konnte Tom ihn beruhigen: „Keine Sorge, Herr Doktor Goetz! Wir sehen uns nicht. Wir fliegen erster Klasse!"

49

Vom Flughafen Zürich-Kloten in die Innenstadt nahmen sie den Zug. Als sie Oerlikon passierten, erzählte Tom die Geschichte des Waffenfabrikanten Bührle. Der Mann residierte in dieser Vorstadt und hatte während des Zweiten Weltkriegs ein Flugabwehrgeschütz produziert, die legendäre Oerlikon-Flak. Diese Kanone lieferte er in diplomatisch genau abgestimmten, nach Proporz berechneten Stückzahlen, also ganz gerecht, wie er meinte, sowohl an Hitler-Deutschland als auch an die Alliierten. Und beide Seiten waren zufrieden. Er selbst natürlich auch, vielleicht sogar zu allererst.

„Volkswirtschaftlich gesehen", dozierte Tom, „verdient ein Land an der Produktion von Waffen nur dann, wenn es sie nicht selbst verbraucht, sondern weiterverkauft, exportiert, und sei es mit schlechtem Gewissen. Es ist ein Geschäft mit dem Elend anderer, ein Handel mit dem Tod. Wer für sich selbst aufrüstet, über das vernünftige Maß der Landesverteidigung hinaus, und einen Großteil des Bruttosozialprodukts in ein fiktives Abschreckungspotential investiert, wer vorgibt, einen möglichen Gegner nicht nur einmal, sondern gleich 36mal vernichten zu müssen, ist für mich krank, paranoid, leidet hochgradig unter Verfolgungswahn. Das kann teuer werden. Rußland ist bankrott, und Amerikas Wirtschaft ist ruiniert. Wettrüsten ist wie Geldverbrennen, eine einzige, gigantische Fehlinvestition, die letzten Endes nur Schrott produziert. Nein, nicht im Krieg: Waffen veralten im Frieden! Einige wenige Firmen werden zwar reich dabei, und auch zahllose korrupte Politiker profitieren ständig davon. Aber abgesehen von der Verschwendung an Rohstoffen werden vor allem Arbeitsplätze an der falschen Stelle gebunden. Wer in Waffen investiert, bekommt die immensen Kosten nur wieder herein, wenn er seinen Nachbarn überfällt und dessen Land annektiert: Das Monopoly der Dritten Welt. Oder wenn er sich die dafür notwendigen Summen von anderen schenken läßt."

„Wer verschenkt schon Geld für Waffenkäufe?"

„Kuwait und Saudi-Arabien honorierten fürstlich ihren späteren Henker: Der Fall Irak und das Golfdesaster gibt den Industrieländern hoffentlich zu denken. Außer Istvan Kaltenbach lieferten mehr als vierhundert profitgierige Firmen aus mindestens neun kurzsichtigen Ländern die modernsten und brisantesten Waffen an diese militante, aggressive Diktatur, die anschließend wieder mit Blut und Milliarden niedergerungen werden mußte."

„Und hast du gewußt", fragte Tom, „daß ausgerechnet das scheinbar so friedliebende Indien dreimal mehr Geld für seine Rüstungskäufe ausgibt, als es von der ganzen Welt an Entwicklungshilfe erbettelt? Ganz abgesehen von den riesigen Summen, die das nationale Atombombenprogramm dieses bettelarme Land gekostet hat und noch weiterhin kostet! Prestige und Wahn zugleich. Und der kleine Nachbar Pakistan soll sich fürchten und nicht mehr ruhig schlafen dürfen – und entwikkelt nun selbst, und auch mit deutscher Hilfe, seine eigene nukleare Bombe."

Vom Bahnhof aus schlenderten sie zu ihrem Hotel an der Limmat mit Blick über den Zürichsee und die bereits schneebedeckten Berge. Es war Föhn an diesem Spätsommertag und die Fernsicht spektakulär.

Sie aßen in der Kronenhalle, auf Kosten von Kaltenbach natürlich, und Tom fühlte sich mit jedem Bissen, mit jedem Schluck Wein ein wenig korrumpiert.

Am nächsten Morgen, Punkt neun, besuchten sie die entsprechende Bank an der legendären Bahnhofstraße. Viel Marmor, viel Stuck, viel Tradition. Die Halle war so gut wie leer. Der Andrang der Kunden hielt sich zu dieser frühen Stunde in Grenzen. Hinter den polierten Messinggittern herrschte dagegen emsige Geschäftigkeit. Trotzdem hatten sie zu warten.

Schließlich tauchte der zuständige Assistant-Manager wieder auf, mit dem sie bereits ausführlich verhandelt hatten, und wedelte diskret mit dem burgunderfarbenen Kuvert.

Tom trat allein an den Schalter.

„Verzeihen Sie, es hat etwas gedauert." Der Assistant-Manager sprach leise und mit jenem unverwechselbaren Akzent, der ihn als gebürtigen Schweizer auswies. Er zeigte Tom das Formular: „Zwei Unterschriften, alles gestempelt und signiert, und nun ordnungsgemäß confirmiert und rechtsgültig."

Er steckte das Formular wieder in den Umschlag und beides zusammen in das Kuvert, das er gegen eine vorbereitete Quittung übergab.

Tom fragte ganz beiläufig, scheinbar uninteressiert: „Ab wann kann ich über das Geld verfügen?"

Der Assistant-Manager blickte Tom verständnislos an: „Sie persönlich überhaupt nicht!" Er war ein wenig konsterniert. Dieser Beauftragte oder Bote oder wer immer das sein mochte, der das Dokument lediglich für die Contresignature bei ihm eingereicht hatte, wußte anscheinend über die einfachsten Regeln dieses Geschäfts, über die Gepflogenheiten und spezifischen Vereinbarungen nicht Bescheid.

Aber er blieb verbindlich: „Der Betrag kann nur mit einem speziellen Code abgerufen werden."

„Und wer kennt den Code?" Fragen und recherchieren, auch mit dem Risiko des Mißerfolgs, das gehörte nun einmal zu Toms Beruf als investigativer Journalist.

Wieder dieser fassungslose Blick durch eine randlose Brille teuersten Designs. „Darüber bin ich leider nicht informiert. Das müßten Sie mit einem der Herren vom Vorstand besprechen. Wenn ich Ihnen einen Termin machen soll?"

Der Assistant-Manager zog einen edlen Füllfederhalter aus der Brusttasche seines Jacketts, griff nach einem ledergebundenen Buch, war zumindest rein hypothetisch bereit, zu Diensten zu sein, schränkte jedoch gleich zu Beginn der entsprechenden Verhandlungen ein: „Also heute geht das schlecht. Aber an einem der nächsten Tage vielleicht?"

Tom winkte lächelnd ab: „Nicht nötig. Ich erfahre das rechtzeitig. Danke." Er wandte sich um und prallte auf Sharon, die überraschenderweise hinter ihm stand und alles mitangehört hatte.

„Wo?" fragte sie, als sie auf dem Weg durch die Halle waren.

„Was: wo?

„Wo findest du es heraus?"

Er schob sie durch die Drehtür nach draußen, in das leicht hektische Gewühl der Züricher Bahnhofstraße, mit ihrer so überaus auffälligen und stets so angenehm friedlichen Wohlsaturiertheit.

„Spätestens in Berlin!" antwortete er.

50

„Hotel Berlin." Tom lehnte sich im Taxi entnervt zurück. Die Ankunft in dem stets übervölkerten, schmalbrüstigen Flughafen Tegel war für ihn immer eine Strapaze. Und da schlechte Erfahrungen mißtrauisch machen, fragte er der Vorsicht halber noch: „Gibt es das Hotel überhaupt?"

Der Taxifahrer nickte nur und brummte: „Klar gibt es das! Lützowplatz!" Damit fuhr er los und schwieg die nächsten fünf Kilometer.

„Sie sind nicht von hier, nein?" fragte Sharon. Der Taxifahrer war ihr für einen echten Berliner nicht redselig genug.

„Bin von hier!" Das klang sehr bestimmt, aber vom Jargon her keineswegs regional. Natürlich war er nicht von hier, er war Pole, aber schon zwanzig Jahre in dieser Stadt. Er schimpfte, als er sich schließlich zum Reden entschloß, ganz im Stil lokaler Vorurteile auf alle Ausländer, alle Neuzuwanderer und auf alle Berliner, die jenseits einer nicht mehr existierenden Mauer lebten – soweit sie zu Taxifahrten nicht bereit oder in der Lage waren.

Das hat Berlin mit New York gemeinsam, fand Tom: Die Taxifahrer waren entweder Studenten oder zugezogene Kosmopoliten, die alle anderen zugezogenen Kosmopoliten haßten. Hier allerdings endete, wie er meinte, bereits jeder Vergleich.

Solchermaßen eingestimmt erreichten sie schließlich das ihnen von Ali Ahmed Ben Shechli zugewiesene Hotel.

„Sharon! Geh voraus", riet Tom, während er zahlte. „Setz dich in die Halle. Irgendwohin, wo man alles gut überblicken kann. Und nimm meine Tasche mit."

Sie nickte, schulterte das Gepäck und verschwand reichlich bepackt hinter der breiten Glastür, die ein Uniformierter im Frack und mit grauem Zylinder ihr zuvorkommend geöffnet hatte.

Tom ließ sich Zeit, sah sich um und wartete ab.

Aber nichts erschien ihm verdächtig, auffällig oder außergewöhnlich. Es war ein Tag wie jeder andere, und vor dem Hotel staute sich der Verkehr.

In der Hotelhalle selbst herrschte in diesem Augenblick überraschend wenig Betrieb. Der Ansturm sollte noch kommen.

Als Tom an der Rezeption seinen Namen nannte, landete umgehend ein Schlüssel vor ihm auf der Marmorplatte: „Dreihundertundzwölf. Für Herrn und Frau Sadowski." Mit einem Lächeln, das üblicherweise nur VIPs zustand, fügte die freundliche Rezeptionistin noch hinzu: „Sie hatten die Kurfürstensuite bestellt. Nicht wahr?"

Noch bevor Tom die Frage der Buchung richtigstellen oder nach dem Schlüssel greifen konnte, war ihm eine schmale Frauenhand bereits zuvorgekommen, eine Hand, die ihm sehr bekannt vorkam. Und eine junge Frau bestätigte mit großem Ernst: „Kurfürstensuite? Natürlich hat er die bestellt!" Und leiser und zu Tom gewandt: „Wie großzügig von dir, Tom! Und wie lieb!"

„Eva?",

„Vermutlich mit Kingsizebett", flüsterte sie ihm zu. „Der angemessene Rahmen für unser Wiedersehen!"

Eva Sadowski war eine bemerkenswerte Person: apart, ungemein aktiv, intelligent, Mitte Dreißig und mit wachen, leuchtend blauen Augen. Mit dem allerschönsten Lächeln und ihrem unwiderstehlichen Charme präsentierte sie nun ihre Siegesbeute: den Zimmerschlüssel mit der Nummer 312.

„Eva!" wiederholte Tom, aber diesmal nicht als Frage. Es klang nach Ernüchterung, nach Sprachlosigkeit und Schock. Er war im Augenblick nicht in der Lage, die Konsequenzen dieser Begegnung zu überdenken.

Die Überraschung schien seiner Frau also gelungen. Sie nahm ihn am Arm und zog ihn mit sich fort in eine etwas ruhigere Ecke der großen Halle, die eine leise und ungestörte Konversation erlaubte.

Toms Verblüffung legte sich nicht auf diesem kurzen Weg. Er war hin- und hergerissen zwischen Fassungslosigkeit und freudigem Erstaunen, und er überflog zwischendurch gedanklich seine verpatzten Pläne.

Rasch und unauffällig blickte er sich nach Sharon um. Eva bemerkte es nicht. Sie küßte ihn. Aber dann machte Toms spröde Reaktion sie stutzig.

„Du bist so überrascht, Tom, wieso?"

Er rettete sich in frappierende Offenheit. „Ja, wirklich, Eva ... Ich bin ... Also, ganz ehrlich ... Wieso weißt du überhaupt, daß ich hier in Berlin ... in diesem Hotel ... Und genau in dieser Minute ...?" Er war total verwirrt, und das war ungewöhnlich für ihn.

Eva war etwas bestürzt. „Aber Tom, die Nachricht auf meinem Schreibtisch: Du erwartest mich hier, heute, jetzt!"

Sie dachte nach, überlegte, schien einen Augenblick lang ebenfalls verwirrt, kombinierte die Möglichkeiten des Irrtums: „Tom: wenn du es nicht warst, der mich herbestellt hat, wer war es dann?"

„Ich weiß es nicht!" sagte Tom. „Kaltenbach, vielleicht." Und dann wiederholte er es: „Ja, Kaltenbach! Logisch! Wer sonst!"

Er entspannte sich etwas nach dieser zwar unbewiesenen, aber trotzdem schlüssigen Vermutung und rettete sich in seinen bewährten Sarkasmus: „Eine altbewährte Methode einem verheirateten Mann seine Beute wieder abzujagen: Man bestellt die Ehefrau mit zum Rendezvous!"

„Beute?"„ fragte Eva.

51

Sie war hellhörig geworden und sah sich um, folgte Toms Blick, der wiederum dem ihren folgte. Es waren lediglich Reflexe, die schließlich zum Ziel führten.

Im entferntesten Winkel der verhältnismäßig weiträumigen Halle saß Sharon, allein in einer der Polstergarnituren, und blätterte arglos in einem Magazin. Es war purer Instinkt, der sie aufblicken ließ. Interessiert schaute sie herüber, zu Tom, zu

Eva, gerade jetzt, in diesem Moment, wo sich die Blicke der drei begegnen mußten.

„Sharon Kaltenbach ... Ah ja. Die Beute!" Nein, es war keine Frage, nur eine Feststellung und vor allem eine Erkenntnis. Eva Sadowski wußte ja über alles Bescheid, wurde täglich informiert, wie Tom behauptet hatte, über alle Details. Wirklich über alle ...

„Eine schöne Tochter. Ein eifersüchtiger Vater." Sie blieb kühl und beherrscht, bemühte sich, auch weiterhin souverän und ach-so-tolerant zu lächeln.

„Verdammt jung!" stellte sie noch fest. Das klang etwas schmerzlich.

„Vierundzwanzig", log Tom.

„Nein, zwanzig!" korrigierte Eva. „Weiß dieses Kind, worauf es sich bei dir einläßt?"

„Sie ist für mich in erster Linie Mittel zum Zweck!" behauptete er.

„Pfui, Tom!" zischte Eva ihm zu.

„Der Kontakt zu ihrem Vater lief über sie! So kam ich zu der heißen Story!"

„Das klingt gemein und korrupt!" Eva reagierte ärgerlich.

„Ich bin gemein und korrupt, wenn es um den Job geht!"

Da wurde Eva laut, laut und zornig. So laut und so zornig, wie es in einer relativ ruhigen Hotelhalle gerade noch akzeptabel war, ohne daß andere zu Zeugen wurden: „Für eine heiße Story gehst du über Leichen, willst du damit sagen. Doch pure Angabe!"

„Du weißt, an was ich recherchiere ..."

„Ja! Und ich gehe dir auch sofort wieder aus dem Weg!"

Nun war Streit ausgebrochen, und Tom war bemüht, ihn wieder zu schlichten: „Eva ... Du erhältst von mir alle Informationen, rechtzeitig, wie bisher!"

„Danke!"

Sie zwang sich selbst zur Ruhe, zur Besonnenheit und überspielte die unwürdige Situation mit einer etwas aufgesetzten Erleichterung: „Tom, keiner nimmt dir übel, wenn du das

Angenehme mit dem Nützlichen verbindest. Ich habe nicht einmal danach gefragt, ob du sie liebst. Ist dir das aufgefallen? Du mußt dich also wirklich nicht entschuldigen bei mir, mit Job und Streß und heißer Story."

„Ja . . . und mit meinem schlechten Charakter." Er grinste sie unverschämt an, wie sie fand, bei diesem überflüssigen Bekenntnis.

Daher ging sie auch nicht darauf ein, widersprach ihm auch nicht, bemühte sich lediglich um einen Schlußsatz: „Wir hatten vereinbart, uns gegenseitig niemals etwas vorzuwerfen. Auch wenn es mir diesmal verdammt schwer fällt. Es war ein weiter Weg von Hamburg hierher: Stau, Regen. Und ich hatte mich gefreut. Auf dich. Auf uns!"

Tom sah sich verunsichert um, auch in Richtung von Sharon. „Eva . . . Tut mir leid! Aber . . ."

Sie ließ ihn nicht länger leiden, in dieser für ihn ungewohnten Form des Selbstmitleids, sie unterbrach ihn einfach: „Wir wollten ja fair bleiben, Tom! Immer! Und um jeden Preis! Ich glaube, das sollte auch diesem Mädchen gegenüber gelten. Ja?"

Er deutete, sehr zaghaft, sehr zaudernd, Einverständnis an und nickte.

Da tippte sie mit dem Zimmerschlüssel 312, der bisher an ihrem Finger baumelte, gegen seine Brust.

„Hier . . . Nimm ihn. Kurfürstensuite mit Kingsizebett. Es wär' schön gewesen . . ."

Er nahm ihr den Schlüssel aus der Hand und versuchte vergeblich, ihr aufgesetztes Lächeln zu erwidern.

„Hab viel Spaß!" wünschte sie ihm noch und fügte hinzu: „Auch wenn du es nicht verdienst."

Wie zelebriert man Abschied in so einer Situation?

Sie wandte sich einfach zum Gehen. Er wollte sie küssen, aber sie wich ihm aus.

Auf dem Weg zur Tür drehte sie sich nochmals zu ihm um:

„Und bitte informiere mich, wenn diese heiße Story vorüber ist, ich meine fertig recherchiert, abgeschlossen und druckreif . . . Ja?“ Und nach einer kleinen Pause: „Oder wenn du Hilfe brauchst!“

Er hatte den doppelten Sinn ihrer Worte durchaus verstanden und signalisierte mit einer kleinen Geste, mit einem angedeuteten Nicken seine Zustimmung.

„Ich hoffe, du weißt es zu schätzen“, sagte sie noch.

Etwas voreilig pflichtete er ihr bei: „Ja, natürlich!“ Und dann: „Äh . . . bitte, was?“

„Daß ich nicht darauf bestanden habe, mir dieses Kind, diese Sharon, persönlich vorzustellen. Ciao!“

Kein Abschiedsgruß. Sie ging still hinaus, an dem Uniformierten mit Frack und Zylinder vorbei, hinüber zum Parkplatz.

Tom sah ihr nach. Dann blickte er sich nach Sharon um.

52

Er hätte sich einfach still neben sie hinsetzen können. In die Mitte dieser breiten Couch. Kein weiterer Kommentar. Keine Erklärung.

Aber dann wären da ihre Fragen gewesen. Bestimmt. Irgendwann.

Und ein Mann, dessen Job es ist, Fragen zu stellen, haßt es im allgemeinen, Antworten geben zu müssen. Besonders, wenn diese ihm peinlich sind und Konsequenzen haben.

Also brachte Tom Dramatik ins Spiel. Er eilte durch die Halle, nahm Sharon überraschend an der Hand und zog sie, samt diesem lästigen Gepäck, in einen Nebenraum. Es war ein Schreib- und Lesezimmer. Durch halbverspiegelte Scheiben konnte man einen Teil der Halle überblicken.

„Was ist?“ fragte Sharon.

„Zur Sicherheit“, flüsterte er ihr zu.

Die Fragen aber, die nun in der Luft lagen, kamen trotzdem, waren nicht zu vermeiden: „War das die berühmte Kollegin deines Vertrauens?“

Tom nickte nur, blickte irgendwohin und wirkte wie abwesend.

„Sie heißt Eva, ja?"

Wieder nickte Tom, aber von nun an, wenn er Antworten gab, sah er Sharon wenigstens dabei an.

„Und sie weiß jetzt über uns Bescheid?" Es war mehr eine Feststellung, die Sharon traf, weniger eine Frage.

„Auch über uns, ja. Über deinen Vater. Über alles! Sie kennt die ganze Geschichte. Alle Details. Eine Vorsichtsmaßnahme."

So genau, so ausführlich wollte Sharon es gar nicht erläutert bekommen. Es war eigentlich nur ein einziger Aspekt, der sie interessierte: „Dann kennt ihr euch nicht nur gut, sondern sehr gut, ja? Wie gut, Tom? Wie gut kennt ihr euch?"

Er schwieg, und da fragte sie weiter: „Ihr seid mehr als nur Freunde ... oder Kollegen, ja?"

Er schwieg immer noch. Er hatte heute schon genug taktiert, genug herumgeredet.

„Ihr lebt zusammen", stellte Sharon fest, und es sollte sachlich klingen, was ihr aber nicht ganz gelang. „Und ihr liebt euch. Ja?"

„Oh, Sharon ..." Tom lächelte leise vor sich hin, sah wieder durch die Scheiben hinaus in die Halle, zurück zu ihr, und es klang tatsächlich fast wie eine längst fällige Erklärung, eine scherzhafte Entschuldigung, als er sie fragte: „Hast du wirklich gedacht, ein Mann wie ich läuft frei herum?"

Er faßte nach ihrer Hand, aber Sharon zog sie weg und wandte sich ab. Dabei sah sie aber etwas, was ihr wichtiger erschien, als eine möglicherweise alberne Eifersüchtelei: „Tom ... dort draußen!"

Dort draußen in der Halle lief der Boy mit der berühmten Tafel von Tisch zu Tisch und schlug einen kleinen Gong. Und auf der Tafel stand *Herr Sadowski.*

Tom klopfte an die Scheibe, beorderte den Boy in den Nebenraum.

„Herr Sadowski?"

„Sadowski, ja, bitte?"

Da überreichte der Boy ihm ein schmales Kuvert. Absender war das Hotel.

„Eine Nachricht für Sie, Herr Sadowski", sagte der Boy und verschwand.

Es war eine Telefax-Nachricht, die auf dünnem, glattem Thermopapier gedruckt, klein zusammengefaltet in dem Kuvert steckte, das Tom ebenso nervös wie hastig öffnete.

„Und?" fragte Sharon. Sie beugte sich gespannt und neugierig über den Tisch.

Tom zeigte ihr den Zettel. Es waren außer der Anschrift des Hotels und Toms Namen nur zwei Zeilen ausgedruckt und eine neunstellige Zahl.

„Was steht da?" Sharon konnte es auf diese Entfernung hin nicht entziffern.

Aber Tom las nicht vor, gab auch den Zettel nicht aus der Hand: „Ich bin von Hellsehern und Taschenspielern umgeben", stellte er fest. „Eva taucht überraschend hier auf, irgendein Unbekannter hat sie herbestellt. Goetz vom BKA lauert mir in Algier auf. Und – Hokuspokus . . ." er wedelte mit dem Papierstreifen durch die Luft, „. . . kaum daß ich hier bin, ist da schon eine Telefax-Nummer." Dann kommentierte er den Inhalt: „Der große Unbekannte, der geheime, dringend gesuchte Hersteller und Verkäufer dieser heißen Ware erbittet dringend eine Kopie des Letter-of-Credit."

Er öffnete seinen Koffer, entnahm das Kuvert der Schweizer Bank.

„Also, gut. Gehen wir an die Arbeit!"

53

Es dauerte weniger als eine Minute. Dann erhielt Tom in der Telefonzentrale des Hotels sein Dokument zurück.

„Die Verbindung war schwierig", entschuldigte sich trotzdem die Telefonistin. „Eine mobile Einheit, vermutlich ein Autotelefon, ein Mietwagen, irgendwo hier in der Stadt."

„Nicht dumm", Tom wandte sich um. Sharon stand hinter ihm. „Angemietet unter falschem Namen, für eine Stunde oder zwei. Ziemlich naiv: Ich dachte, ich könnte den Empfänger an Hand der angegebenen Nummer identifizieren."

Er packte sein Dokument, diesen Kreditbrief über eine zweistellige Millionensumme, wieder sorgsam in das Kuvert, dann fragte er die Telefonistin: „Was macht das?"

„Nur ein Ortsgespräch."

„Preiswert..." Er war bereit zu bezahlen. Aber Sharon hatte andere Pläne: „Schreiben Sie es auf Zimmer 312...!"

Sie drängte Tom bereits zur Tür und flüsterte ihm zu: „Das dauert alles und dauert..."

„Halbe Minute!"

„Eine halbe Minute Lebenszeit ist zuviel! Ich brauche dringend ein Bett!"

„Sharon...!" Tom reagierte mit gespieltem Entsetzen und deutete tadelnd auf seine Uhr: „Du weißt, es ist erst fünf."

„Ich weiß! Trotzdem...!"

Sie lehnte ihren Kopf an seine Schulter und schob hinter seinem Rücken ihre flache Hand unter den Bund seiner Jeans.

Busse waren vorgefahren. Unzählige Japaner strömten schweigend und diszipliniert herein. Koffer stapelten sich, türmten sich vor dem Servicelift. Die beiden aber wanderten durch die Halle des Hotels, unberührt von dieser ausbrechenden Hektik.

54

Draußen verglomm der Tag.

Irgendwann geht auch eine lange, leidenschaftliche Umarmung zu Ende. Sharon glitt atemlos zur Seite, öffnete ihre Augen, blickte zum halboffenen Fenster. Die Lichter der hohen Gebäude blinkten vor einem türkisfarbenen Abendhimmel durch die dünnen Tüllgardinen, die der Wind leicht blähte.

Sie wollte aufstehen, hinaussehen in diese für sie so fremde Stadt, die gerade in der Dämmerung versank. Da tastete er nach ihr, nach ihrer Hand, nach ihrem Arm, zog sie zurück, zu sich, vergrub sein Gesicht an ihrem Hals, an ihrem Nacken, zwischen ihren Brüsten.

Sie wehrte sich, halb im Scherz, halb im Ernst, und provozierte schließlich eine ausgelassene Balgerei quer über das große, breite Kingsizebett der Kurfürstensuite.

„Nein, Tom . . . Nicht schon wieder! Du bist unersättlich! Du bist verrückt!"

Er war verrückt, gab es ohne Widerrede zu, war auch unersättlich und erstickte jede Form ihrer Gegenwehr in Küssen. Und das Spiel begann von neuem.

Dann war es Nacht, und sie stand am offenen Fenster. Diesmal war ihr die Flucht gelungen. Der Wind war kühl, und das flackernde Licht der riesigen Reklamewand gegenüber, auf der anderen Seite dieser breiten Straße beleuchtete ihren nackten Körper zwischen dem wehenden Vorhang mit ständig wechselnden, bunten Reflexen wie eine bizarre, unwirkliche Traumvision.

Er saß im Dunkeln auf dem zerwühlten Bett und betrachtete sie bewundernd, lange und in großer Ruhe. Sie bemerkte es nicht.

Sie schaute hinaus, auf diesen Platz mit dieser zerbombten Kirchenruine, Symbol dieser einstmals geteilten Stadt, Erinnerung an Krieg und an Frieden, und auf die Lichter des ständig kreisenden, fließenden, flutenden Verkehrs unter ihr.

„Wie damals in Lissabon . . ." Sie blickte in seine Richtung, nahm ihn nur schemenhaft, schattenhaft wahr. „Du erinnerst dich? Unsere erste Nacht."

Er erinnerte sich: „Es war damals wie heute erst sechs oder sieben oder acht . . . Fast noch heller Tag." Gespannt wartete er nun auf die Mitteilung, daß sie nun umkäme vor Hunger. Aber nichts dergleichen: „Wie lange ist es her?" wollte sie lediglich wissen.

Er spielte es mit, dieses sentimentale Spiel junger Liebender, das Spiel der kurzen Erinnerung, obwohl es seinem ausgeprägten Realitätssinn widersprach: „Ich weiß es nicht, Sharon! Ich müßte meinen Terminkalender zu Rate ziehen und nachrechnen. Ein paar Tage erst . . ."

„Ich verliere mit dir jedes Gefühl für Zeit", seufzte sie. „Es kommt mir vor wie mein halbes Leben!"

Das ging ihm, bei aller Liebe zur Romantik, einfach zu weit: „Halbes Leben . . . Sharon: Bitte, nein! Damals warst du erst zehn!"

„Ach Tom! Sei nicht immer so gescheit! Und so genau!" Sie wollte zu ihm zurück, in die Dunkelheit, in die kuschelige Weichheit und Wärme des Bettes, in seine Arme. Da hörte sie ein Geräusch: Ein diskretes Klopfen an der Tür. Sie antwortete nicht, wandte nur den Blick. Ein helles Kuvert lag auf dem dunklen Velour des Bodens, angeleuchtet von einem winzigen, schmalen Streifen Licht, das von draußen, vom Korridor her, unter der Tür hindurch fiel. Ein Schatten glitt darüber hin, ein Schatten, der sich rasch entfernte.

„Ein Brief", flüsterte Sharon. „Jemand hat ihn unter der Tür hindurchgeschoben . . . Gerade eben."

„Laß ihn liegen! Und komm!" Er hatte an diesem Abend andere Interessen.

Aber nun war weibliche Neugierde geweckt und duldete keinerlei Ablenkung oder gar Verführung.

Sharon huschte zur Tür, schlank und rasch wie ein Gazelle, schimmernde, nackte Haut, eine Silhouette, dann kam sie zurück, setzte sich auf das Bett, in größtmöglichster Distanz zu Tom und machte Licht.

Er kroch zu ihr hin: „Gib schon her!"

Aber sie wälzte sich auf die andere Seite und war bereit, ihre Beute zu verteidigen, mit allen ihr zur Verfügung stehenden Mitteln. „Du hättest ihn selbst holen müssen. Jetzt gehört er mir!" Sie schob ihre zerzauste Mähne aus dem Gesicht und öffnete das Kuvert.

Als Tom ihr wiederum nachgekrochen war, hatte sie das mattglänzende Blatt einer Fax-Kopie bereits herausgezogen.

„Telefax", stellte sie fest. „Die Antwort."

Eben war alles noch Spiel gewesen. Nun nicht mehr. Denn nun las sie den Text, und sie las ihn laut: *„Offerte akzeptiert. Bereiten Übergabe vor. Erwarten von Ihnen Vorschlag über Ort und Zeit."*

Tom nahm ihr den Brief aus den Händen, las nun selbst und legte sich zurück.

„Eben war alles noch so ... so ... friedlich. So schön mit dir", philosophierte Sharon unter der Bettdecke.

Nach einer langen Pause, als sie sah, daß Tom das Papier immer noch anstarrte, gab sie es flüsternd zu: „Du ... Tom ... Ich habe Angst!"

55

„Ich auch!" Tom, blickte hinüber zum Fenster, auf das bunte Flackerlicht, auf die wehenden Tüllgardinen und ließ das Blatt langsam sinken. „Ich habe Angst, aber vermutlich aus völlig anderen Gründen als du ..."

Dann analysierte er den Fall aus seiner Sicht, und es klang aggressiv und zornig: „Das geht mir alles zu glatt, so unheimlich simpel, so dumm, so einfach, so idiotensicher. Einfach laienhaft! Ein Fall zum Vorzeigen, zum Leichtlösen, zum In-die-Irre-führen. Genauer gesagt: Zum Verarschen!"

„Was glaubst du?" Sharon hatte die Bettdecke über ihr halbes Gesicht gezogen, ein Versuch, sich zu verbergen. Jetzt sah sie ihn mit großen Augen fragend an.

„Kaltenbach spielt ein Spiel mit uns, mit dem BKA, um die Erpressung loszuwerden. Er läßt mich einen Knoten aufmachen, den er selbst zugezogen hat. Aber es ist nichts drin in dem Paket. Nur heiße Luft. Oder nicht einmal das!"

Er schwieg eine Weile, dachte nach. Was er dann sagte, klang wie eine endgültige Entscheidung: „Ich steige aus, mache nicht länger mit. Weil ich nicht weiß, welche Rolle ich spiele und in welchem Stück."

Auch Sharon dachte nach. Auch sie ließ sich Zeit. Aber dann versuchte sie einzulenken: „Schlag Ihnen vor – Ort und Zeit: Lissabon ... Praça do Comércio, mitten auf dem schönen, großen Platz."

„Wie damals Kaltenbach." Tom lachte und grinste sie an.

„Du nimmst mich nicht ernst!"

„Doch! Dich schon! Aber nicht diese lausige Geschichte."

„Ich möchte wissen, was sie auf deinen Vorschlag antworten werden: Freitag nächster Woche, Palastterrasse, zwölf Uhr mittags!"

„Sie halten das vermutlich für das, was es auch ist: für einen dummen Scherz!"

„Wir werden sehen!" Sie nickte betont ernsthaft.

Er war beeindruckt von so viel Einfältigkeit in einem so gefährlichen Spiel. „Und warum, bitte, erst Freitag in einer Woche?"

Sie kroch langsam aus ihrem Versteck, legte den Arm um ihn und ihre Hand auf seine Stirn, seine Augen, seinen Mund und verbarg ihr Gesicht an seiner Brust.

„Dann haben wir noch sieben Tage Zeit für uns!" flüsterte sie. „Deshalb!"

56

Der Traum war zurückgekehrt. Sharons Traum: Der stürzende Adler.

Sie hatte die Bilder längst vergessen, die Suche nach dem Sinn, die beklemmende Angst.

Aber in dieser Nacht, da die Visionen, die ihr so erschrekkend vertraut vorkamen, wiederkehrten, war die Furcht verflogen. Sie riß den Papierdrachen in tausend Fetzen und ließ sie vom Wind über den einsamen, verlassenen Strand verwehen. Sie wußte ja, sie hatte das alles schon einmal erlebt und heil überstanden. Den Adler zu töten mit einem gezielten Schuß, um die Bedrohung loszuwerden, dieses ständige Beobachtetwerden, so von oben herab und aus großer, unerreichbarer Höhe, ihn stürzen zu lassen, tödlich getroffen, mitten im Flug: Es war ein Kinderspiel.

Sie wollte Tom von diesem Traum erzählen, wollte ihn einbeziehen in den Schabernack ihres Unterbewußtseins. Aber der Traum war schneller und hatte sich verflüchtigt, bevor sie ihn denunzieren und ins Licht dieses Spätsommermorgens zerren konnte.

Sie waren wieder in Lissabon, saßen beim Frühstück im Gewölbe des alten Palais, oben im Bairro Alto, und Sharon hatte aus dieser Nacht nur das Gefühl in den Tag herübergerettet, daß sie frei sein würde von Angst.

Nein, nicht jetzt, nicht sofort, sondern irgendwann, wenn es darauf ankam.

Die sieben Tage seit diesem Abend in Berlin waren wie im Flug vergangen. Drei Nächte waren sie noch in der Stadt geblieben, hatten zahllose Museen, zwei Theater, die berühmte *Kleine Revue* im Friedrichstadtpalast und die Überreste des eisernen Vorhangs besichtigt, waren wie Archäologen den Spuren dieser Mauer gefolgt, die Sharon nie gesehen hatte.

Tom berichtete von der Zeit davor, bevor das Volk dieses Bauwerk geschleift und niedergerissen hatte, von Grenzübergängen, kleinkarierten Schikanen, Bespitzelungen, Behinderungen, lästigen Verhören – er war schließlich ein unwillkommener Journalist aus dem imperialistischen, kapitalistischen Westen! Ein absurder Job in einer grotesken Situation, damals, in der Zeit davor.

Jetzt, zwischen all dem Amusement, tagsüber, nachts und immer nur so nebenbei, erledigte Tom einen nicht weniger grotesken, absurden Job: Telefonate mit Kaltenbach, mit Goetz, und täglicher Telefaxkontakt mit einem Phantom – dem unbekannten Lieferanten nuklearer Sprengsätze, an deren Existenz Tom nicht glauben mochte.

Immer wieder wurden neue Nummern mitgeteilt, die umgehend angewählt werden mußten: Telefonzellen, Mietwagen, in Frankfurt, Marseille, Genf und London.

Tom sah das Ganze mehr als ein Spiel, das nichts weiter als Zeit, etwas Bargeld und sportlichen Ehrgeiz erforderte und bei dem es bestenfalls Gewinner nach Punkten geben würde, aber keinesfalls einen Sieger.

Der erste Punkt zu seinen Gunsten war das Einverständnis

der anderen Seite über Ort und Zeit für die Übergabe der Ware. Sharons alberner Vorschlag wurde widerspruchslos akzeptiert. Ein Grund mehr für Tom, an den intellektuellen Fähigkeiten der Bombenhändler zu zweifeln.

Heute war nun der Tag, der Tag X, *D-Day*, Tag der Übergabe, Tag der Illusion, des Betrugs oder Tag der Wahrheit.

Schon im Morgengrauen waren Dutzende von *Under-Cover*-Agenten der portugiesischen Polizei in Stellung gegangen. Unauffällige Privatwagen parkten bereits an strategisch wichtigen Punkten rund um den großen Platz, lange bevor die Pendler in die Stadt zu strömen begannen und das tägliche Verkehrschaos seinen Anfang nahm.

Männer und Frauen hockten in Zivil und mit getarnten Funksprechgeräten in diesen parkenden Wagen, in Cafés, hinter den Fenstern der umliegenden Gebäude und warteten ab. Ein Hubschrauber der Armee patroullierte ständig über der Innenstadt. Motorradkommandos der Verkehrspolizei waren an sämtlichen Ausfallstraßen postiert. Die Boote von Wasserschutzpolizei und Zoll beschatteten Hafen und Ufer des Tejo sowie die Luxusjacht *Al-Bukra* des Herrn Farghani, die noch immer auf der so unattraktiven Südseite des Stroms, zwischen Werften und Raffinerien vor Anker lag, anstatt durch die Karibik zu kreuzen.

Goetz hatte zusammen mit den portugiesischen Behörden ganze Arbeit geleistet – wie er glaubte.

Nun wartete auch er.

57

„Atencao: Senhor Kaltenbach!" Die Meldung kam aus einem Funksprechgerät und alarmierte Goetz und die umstehenden Offiziere.

Goetz stand auf und verließ den gewaltigen Eichentisch, um den sich der portugiesische Einsatzstab des Servicio Segredo im großen Konferenzraum des Marineministeriums versammelt hatte: ein Dutzend Herren, teils zivil gekleidet in den standardisierten dunklen Anzügen und mit schwarzer Krawatte, teils in den Uniformen der Polizei. Sie alle saßen leicht angespannt seit dem frühen Morgen unter brennenden Kronleuchtern und unter den kritischen Blicken der berühmtesten Seefahrer und Eroberer des Landes, die in Öl porträtiert und über die Jahrhunderte hinweg leicht nachgedunkelt auf vergilbten Seidentapeten über ihnen hingen.

„Dort unten: Kaltenbach kommt!" Tom raunte es Goetz zu, der neben ihn an das Fenster eines Nebenraums trat und der vom dritten Stock des Eckgebäudes aus nun ebenfalls den weiträumigen, quadratischen Platz, den Praça do Comércio, überblickte.

„Ja ja ja, ich weiß bereits!" Goetz nahm dem Polizeioffizier, der hinter einem dieser schweren Vorhänge verborgen auf Posten stand, das Fernglas aus der Hand.

Es ging auf zwölf zu. Zwölf Uhr mittags. Der Platz lag nahezu ausgestorben im gleißenden Mittagslicht.

Neben dem Denkmal parkte, wie bereits schon einmal vor knapp zwei Wochen, einsam und illegal, Kaltenbachs Wagen: das Mercedes-Coupé, silbermetallic und mit dunkelgrau getönten Scheiben.

Kaltenbach war gerade ausgestiegen, hatte den zu seinem hellen Leinenanzug passenden breitrandigen Hut aufgesetzt, eine schmale Ledermappe an sich genommen, die auf dem Nebensitz lag, und nun war er im Begriff, den Wagen abzuschließen.

„Er hatte selbst darum gebeten, daß wir ihn absolut heraushalten aus der Aktion." Goetz war ungehalten und befürchtete unnötige Komplikationen. „Und nun parkt dieser Kaltenbach seinen Wagen ausgerechnet mitten auf dem Platz und kommt vermutlich auch noch hier herauf zu uns."

Goetz vermutete richtig. Sehr zielstrebig überquerte Kaltenbach die Westseite des Platzes und ging direkt auf das Portal des Marineministeriums zu.

„Sie hätten ihn ja nicht informieren müssen, wo Sie Ihr Hauptquartier aufschlagen, Herr Doktor Goetz."

Ohne auf Toms Tadel einzugehen, wandte sich dieser ab und ging zurück in den Konferenzraum.

„Was will er von uns?" Goetz nahm wieder Platz und blickte zu den beiden deutschsprechenden Zivilbeamten. Dem Offizier am Präsidium des Tisches wurden die deutschen Sätze der Konversation laufend und simultan übersetzt.

„Er parkt auf dem vereinbarten Treffpunkt. Und er kommt ausgerechnet jetzt, kurz vor dem Ablauf des Ultimatums, kurz vor zwölf...!" Ein Umstand mehr, der Goetz sichtlich beunruhigte.

„Neugierde!" Sharon stand neben der Tür zum Treppenhaus und hatte eigentlich beschlossen, unter keinen Umständen in den Lauf der Dinge einzugreifen.

Nun blickte Goetz sie aber fragend an.

„Vielleicht auch die Hoffnung", ergänzte sie ihre Vermutung, „daß Lorbeeren abfallen für ihn – im Falle des Erfolgs."

„Ich fürchte, es wird keinen Erfolg geben!" Tom war aus dem Nebenzimmer zurückgekommen. „Trotz der so überraschend guten Zusammenarbeit zwischen Ihnen, Herr Doktor Goetz, und den hiesigen Behörden!" Er hatte Kaltenbachs Gang über den Platz mit seinen Blicken verfolgt, bis dieser im Gebäude des Ministeriums verschwunden war.

„Auch wenn es sie ärgert, Herr Doktor Goetz – ich prophezeie Ihnen einen Flop."

Goetz lächelte suffisant. Er ärgerte sich wirklich. Er haßte jede Form von Pessimismus und reagierte empfindlich auf Kritik.

„Die Leute", fuhr Tom fort, „diese Bombenlieferanten, sind doch nicht dumm. Die riechen doch, daß da etwas im Busch ist."

Zustimmung konnte Tom nicht erhoffen. Die so hochoffizielle Runde um den Eichentisch schwieg. Es war ein lastendes Schweigen. Alle blickten sie zur Tür, mehr oder weniger direkt, und warteten auf das Erscheinen von Kaltenbach.

58

„Bom dia, Senhores!“ Kaltenbach war eingetreten, hatte sich kurz in der Runde umgeblickt und seinen Gruß gemurmelt.

Goetz grüßte wortkarg zurück: „Herr Kaltenbach...“

Tom nickte nur.

Kaltenbach sah ihn an wie einen Fremden und nickte zurück. Das war kein Tag für große Formalitäten.

Etwas ermattet von dieser endlosen Steintreppe, die über drei Stockwerke durch ein königlich prunkvolles Treppenhaus führte, ließ Kaltenbach sich am Konferenztisch nieder. Seinen Hut und diese schmale, helle Tasche aus wildem Krokodilleder legte er scheinbar achtlos vor sich hin, öffnete umständlich sein zweireihiges Jackett, lockerte die Krawatte und wischte sich mit einem Taschentuch, das er umständlich und mit gespielter Ruhe entfaltet hatte, den Schweiß von der Stirn.

„Hallo Daddy!“

Überrascht sah sich Kaltenbach um. Er hatte Sharon, als er eintrat, nicht bemerkt. Sie stand, an die Wand gelehnt, hinter der Tür. Sie trug ein nagelneues grünes Seidenkostüm, und ihre Haare waren mit einem ebenfalls grünen Band weitgehend gebändigt.

„Hallo Sharon!“ Der Gruß klang unpersönlich. Nach einem kurzen Blick zu ihr wandte er sich wieder ab.

„How are you today, Daddy?“ Das alte Ritual der Kinderzeit. Plötzlich erschien es ihr unpassend, ihn hier, in diesem offiziellen Rahmen, bei diesem Anlaß, vor diesen Zeugen nach seinem Befinden zu befragen.

„Danke. Es ist sehr heiß heute.“ Kaltenbach legte das Taschentuch wieder sorgfältig zusammen und steckte es ein, ohne sich zu Sharon nochmals umzuwenden.

Genug der interfamiliären Floskeln, dachte sich Goetz, der schräg gegenüber auf der anderen Seite des Tisches saß, und nun zur Sache kam: „Herr Kaltenbach... Auf Ihren persönlichen Wunsch hin haben wir Sie bei dieser Aktion bewußt nicht eingeschaltet.“

„Ja. Und ich danke Ihnen dafür." Kaltenbach war kurz angebunden. Er hielt allgemeine Kommentare und klärende Worte in diesem Augenblick für reine Zeitverschwendung.

Goetz ignorierte diese unübersehbaren Signale von gereizter Nervosität und teilte Kaltenbach mit kühl berechneter Herausforderung mit: „Herr Sadowski ist übrigens der Meinung, daß es heute zu keinem Kontakt kommen wird."

Kaltenbach reagierte erwartungsgemäß verstimmt. Seine sonst so verläßliche, fast schon legendäre Verbindlichkeit in geschäftlichen Diskussionen war sofort und übergangslos eingetrübt: „Wenn Herr Sadowski dieser Meinung ist, warum sind Sie dann noch hier? Und warum haben Sie dann Ihre Leute und die von Polizei, Zoll, Marine und des Servicio Segredo über die halbe Stadt verteilt?"

Statt einer entsprechenden Antwort faßte Goetz die prekäre Situation, in der sie sich befanden, kurz zusammen: „Es ist kurz vor zwölf, Herr Kaltenbach. Herr Sadowski hat noch keine Information erhalten, wie die Übergabe von Ware und Geld stattfinden soll."

„Ich warte bereits seit Stunden", bestätigte Tom, „wie verabredet, neben Telefon und Telefaxgerät: eine unverbindliche Privatnummer hier im Nebenraum ..."

Er wollte fortfahren, aber Kaltenbach unterbrach ihn, und in seiner Stimme schwang Triumph: „Ich habe die Nachricht erhalten!"

59

Kaltenbach genoß die Aufmerksamkeit, die seine Worte erregten: „Man hat mich zuhause angerufen. Eine Frauenstimme. Akzentfreies Deutsch. Vor einer knappen Stunde." Er blickte zur Kontrolle auf seine Uhr. „Deshalb bin ich hierher gekommen, auf dem schnellsten Weg. Offenbar war man – nicht ganz zu Unrecht – der Meinung, daß ich bei diesem Handel – gewissermaßen als ehrlicher Makler – die Hand im Spiel haben könnte ..." Er unterbrach sich, lächelte geschmeichelt, bevor er kühl und sachlich fortfuhr: „... und daß man Geschäfte dieser Größenordnung und dieser Brisanz nicht einem jungen, in dieser Branche unerfahrenen Journalisten und einer vereinigten deutsch-portugiesischen Polizeitruppe überlassen darf."

Tom fühlte sich zu Unrecht angegriffen und schlug spontan zurück: „Herr Kaltenbach! Es war Ihre Idee, daß ich in diesen schmutzigen Deal eingestiegen bin. Ich habe in Ihrem Auftrag gehandelt, weil Sie sich raushalten wollten!"

Kaltenbach hob die Hand, eine autoritäre Geste, um Toms Vorwürfe zu stoppen: „Wollen Sie sich mit mir streiten? Oder wollen Sie erfahren, was ich mitzuteilen habe?" Er hüstelte leise.

Auf einen Wink von Goetz hin war Tom ohnehin verstummt. Also gab Kaltenbach, nach einigem Zögern, die erwarteten Informationen preis: „Die Übergabe erfolgt irgendwann auf See. Außerhalb der portugiesischen Hoheitsgewässer. Irgendwo auf dem großen Atlantik."

„Das muß man mit allen Mitteln verhindern!" rief Tom.

Kaltenbach lachte nur tonlos: „Dazu müßten Sie die Bundesmarine einschalten. Oder besser noch: die gesamten Seestreitkräfte der NATO. Aber auch das wäre vergebliche Liebesmüh: Unter Tausenden von Schiffen begegnen sich zwei – nachts – innerhalb verabredeter Koordinaten. Unauffindbar, unkontrollierbar, nicht zu orten."

Diese Ausführungen stießen, besonders bei den portugiesischen Beamten, auf ein gewisses Interesse. In die nachfolgende Pause hinein, die Kaltenbach absichtlich plazierte, um seine Worte entsprechend nachwirken zu lassen, hörte man den Übersetzer intensiv flüstern. Erst als der leitende Offizier Kaltenbach zunickte, fuhr dieser fort in seiner Schilderung des zu erwartenden Szenarios: „Drei Kisten werden von Bord zu Bord übernommen ... Atomare Sprengsätze passen von der Größe her in etwas überdimensionierte Bananenkartons! Wenn Sie Mut haben, internationale Verwicklungen nicht scheuen und die algerischen Häfen blockieren, erbeuten Sie möglicherweise die Ware und fangen ein paar Transportarbeiter. Die Leute im Hintergrund sind natürlich nicht mit an Bord."

„Woher wissen die Käufer in Algerien, daß man ihnen keine Attrappen liefert?" wollte Tom von Kaltenbach wissen.

„Sie haben vorgestern eine Probe des Materials erhalten: einhundert Gramm Plutonium-235. Fast reines Waffenplutonium, nur unerheblich verunreinigt. Sie haben es sofort in ihrem Kernforschungszentrum in Oran analysiert."

Auch weiteren skeptischen Einwendungen kam Kaltenbach gleich zuvor: „Konstruktionszeichnungen der Sprengsätze wurden übrigens, wie man mich wissen ließ, als Beweis gleich mitgeliefert."

Goetz war von Kaltenbachs Ausführungen keineswegs überzeugt: „Das hat Ihnen alles diese Frauenstimme am Telefon erzählt?" Der leicht ironische Unterton war nicht zu überhören.

Kaltenbach winkte nur spöttisch lächelnd ab: „Ich habe Ihnen doch schon mehrfach versichert: Ich habe gute Kontakte nach Algier."

Tom dachte bei dieser Gelegenheit an den Verrückten in diesem verfallenen Neubauviertel, an den einäugigen Ben Shechli in seiner Oldtimerlimousine oder an die vermutlich ebenso guten Beziehungen, die Goetz zum algerischen Staatssicherheitsdienst unterhielt.

„Also keine Übergabe der Ware", stellte Tom lakonisch fest. „Dort unten auf dem Platz, heute, mittags um zwölf...!" Er grinste über seinen eigenen dummen Scherz und über die Absurdität der ganzen Aktion.

„Nein, keine Übergabe der Ware", Kaltenbach blieb ernst und sachlich. „Aber Übergabe des Akkreditivs!" Er fuhr in der Schilderung seines subversiven Telefonkontaktes fort: „Die Gegenseite reklamiert den Letter-of-Credit – das Geld!" Nach einer Pause fragte er sehr direkt: „Wo ist das Dokument?"

„Hier!" Goetz zog das burgunderfarbene Kuvert, nun schon etwas abgegriffen, aus seiner Aktentasche.

Kaltenbach erhob sich, weil er der Ansicht war, Goetz würde ihm das Kuvert aushändigen. „Geben Sie es mir. Ich werde es übergeben!"

Aber Goetz ließ das Kuvert wieder in seiner Aktentasche verschwinden. „Sie? Wieso Sie?“ fragte er.

„Man hat mich aufgefordert, das zu tun“, erklärte Kaltenbach. „Und ich habe mich dazu bereit erklärt.“ Dann schilderte er kurz, wie sich der Ablauf der Transaktion zumindest aus seiner Sicht, darstellen würde: „Die Übergabe der Ware erfolgt Zug um Zug gegen Mitteilung des Auszahlungscodes. Zwar gibt es ohne das Dokument kein Geld. Aber das Dokument allein bedeutet noch gar nichts.“

„Das ist bekannt. Aber, Herr Kaltenbach, ich habe Sie etwas gefragt. Wieso Sie? Wieso übergibt nicht einer unserer Beamten?“

„Wen wollen Sie fangen?“ Kaltenbach hüstelte wieder. „Einen harmlosen Kurier? Damit ist die Aktion geplatzt, und ich bin zum Abschuß freigegeben! Ich halte Verabredungen ein, ohne Ausnahme, ohne Wenn und Aber. Mit diesem Grundsatz habe ich dreißig Jahre in dieser Branche überlebt. Nein, Herr Doktor Goetz, ich sagte Ihnen schon mehrmals: So läuft das nicht, wie Sie sich das vorstellen. In wenigen Minuten ist es zwölf. Dann läutet das Telefon dort unten auf dem Platz in meinem Wagen, und die Anweisung wird durchgegeben, wo die Übergabe zu erfolgen hat. Aber nicht etwa das Ziel – nein: nur der Weg dorthin. Punkt um Punkt, Straße um Straße, Kreuzung um Kreuzung. Um sicher zu sein, daß diesem Wagen niemand folgt. So macht man das.“

„Das ist mir bekannt“, räumte Goetz etwas kleinlaut ein.

„Wozu dann der ganze Aufwand hier mit Ihrer Kriegsmaschinerie?“ Kaltenbachs Geduld war offensichtlich am Ende. „Darf ich Sie jetzt um das Kuvert mit dem Kreditbrief bitten, Herr Doktor Goetz?“

Goetz zögerte noch.

„Lassen Sie sich ruhig Zeit. Denken Sie in Ruhe nach. Wir haben noch acht Minuten.“

Kaltenbach hatte inzwischen nach Hut und Mappe gegriffen, aber nun legte er beides wieder zur Seite und lehnte sich mit gespielter Gelassenheit zurück und blickte auf seine Uhr. Er entfaltete wieder sein Taschentuch und wischte sich den Schweiß von der Stirn und vom Nacken.

Sekundenlang lastete Stille, gespanntes Schweigen im Raum.

Tom wechselte einen kurzen Blick mit Sharon, dann mit Goetz, der immer noch seine Hand auf seiner Aktentasche liegen hatte, in der sich das Kuvert mit dem Dokument befand.

Nur die Portugiesen flüsterten miteinander und stimmten Informationen und Erkenntnisse mit ihrem Übersetzer ab.

Schließlich faßte Goetz einen Entschluß, stand auf und ging um den ganzen Tisch herum, auf die andere Seite, auf die Seite von Kaltenbach.

Als Goetz mit der Tasche neben ihm stand, wechselte Kaltenbach überraschend das Thema, sprach nun leiser, vertraulich, fast privat: „Herr Doktor Goetz... Haben Sie die Papiere mitgebracht? Die Papiere aus Ihrem Tresor? Das Original. Die Papiere, die mich betreffen und die Teil dieser Geschichte hier sind, Teil unserer Abmachung? Ich besitze ja nur die Kopie. Die einzige Kopie, wie Sie mir versichert haben."

Es schien, als hätte Goetz auf diese Frage gewartet.

60

„Die Kaltenbach Papiere? Ja. Die habe ich ebenfalls dabei!" Aber vorläufig entnahm er seiner Aktentasche nur das Kuvert der Schweizer Bank mit dem Akkreditiv.

„Darf ich Sie bitten, mir auch diese anderen Papiere und zwar jetzt zu übergeben", Kaltenbach bemühte wieder seine altbewährte Verbindlichkeit.

Mit der gleichen Verbindlichkeit antwortete Goetz: „Sobald der Lieferant enttarnt ist. So war es vereinbart, Herr Kaltenbach."

„Nein! Herr Doktor Goetz, ich bitte Sie!" Kaltenbach lachte leise. „Das wäre ein schlechter Handel. Darauf hätte ich mich niemals eingelassen."

Er blickte auf seine Uhr, die Zeit drängte, er begann unruhig zu werden. Trotzdem erläuterte er dezidiert seinen Standpunkt: „Die Papiere im Gegenzug für versprochene Kontakte: Die wurden hergestellt. Für einen Job: Der ist in wenigen Minuten erledigt. Ob Sie die Leute fangen oder nicht, das ist nicht mein Problem, Herr Doktor Goetz. Auf Ihren Erfolg oder Mißerfolg habe ich keinen Einfluß."

Seine gereizte Gespanntheit und unterdrückte Nervosität beherrschte Kaltenbach nur noch mühsam.

Da legte, nach kurzem Zögern, Goetz das Kuvert der Schweizer Bank vor ihm auf den Tisch.

„Übergeben Sie zuerst diesen Letter-of-Credit – wie und wo immer Sie wollen und verpflichtet sind. Wir werden Ihnen nicht folgen. Dann kommen Sie zurück und erhalten von mir die umstrittenen Papiere."

Tom hatte die Situation mit großem Interesse verfolgt, obwohl die vertrauliche Konversation der beiden mehr zu ahnen als zu verstehen war.

Kaltenbach schien einverstanden zu sein, hatte zumindest keine Einwände mehr, nahm das Kuvert an sich, überprüfte kurz den Inhalt, nickte, stand auf, steckte das Kuvert umständlich und sorgfältig in seine Krokodilledertasche, griff nach seinem Hut, knöpfte sein Jackett zu und wandte sich kommentarlos zum Gehen.

In der offenen Tür, die direkt in das gewaltige Treppenhaus führte, schaute er noch einmal und mit leichtem Kopfnicken in die Runde. Dabei ergab sich ein intensiver, provozierender Blickkontakt mit Tom.

Der Journalist reagierte darauf, indem er aufsprang: „Ich komme mit", rief er und holte, kurz bevor die Tür vor ihm wieder ins Schloß fiel, Kaltenbach ein.

Ebenso aggressiv wie entsetzt antwortete Kaltenbach: „Sie kommen nicht mit, Herr Sadowski! Unter keinen Umständen! Ich fahre selbstverständlich allein!"

„Na schön, ja, fahren Sie mit Gott und fahren Sie allein!" Tom gab auf seine burschikose Weise nach und lenkte ein: „Aber ich muß trotzdem vorher mit Ihnen reden!"

Eine mögliche Zustimmung Kaltenbachs wartete Tom gar nicht erst ab, er folgte ihm einfach hinaus ins Treppenhaus und warf die schwere Eichentür des Konferenzraums hinter sich zu.

Da löste sich Sharon von ihrem Platz, immer noch angelehnt an der Wand neben der Tür, von wo aus sie stumm und aufmerksam die Diskussion verfolgt hatte, und lief den beiden hinterher.

„Halt! Bleiben Sie da!“ rief Goetz ihr noch nach.

Es klang wie eine Warnung. Aber die kam zu spät.

61

Tom hatte Kaltenbach eingeholt, blieb ihm auf den Fersen, lief immer zwei, drei Stufen hinter ihm her: „Herr Kaltenbach! Warten Sie! Hören Sie ... Ich glaube Ihnen einfach nicht!“ Er sprach ziemlich laut, und seine Stimme hallte durch das ganze Treppenhaus, über drei Stockwerke imperiale Pracht – Marmor, Stuck und wertvolle Gobelins.

„Was glauben Sie nicht?“ Kaltenbach reduzierte keineswegs sein Tempo, im Gegenteil.

„Dieses abgekartete Spiel!“

„Spiel?“

„Das Ganze ist doch Fiktion, ausgedacht und von Ihnen in Szene gesetzt! Diese nuklearen Sprengsätze haben niemals existiert.“ Tom versuchte, mit Behauptungen dieser Art Kaltenbach herauszufordern, ihn aus seiner Defensive zu locken, um ein klein wenig mehr von der Wahrheit zu erbeuten, die er hinter Kaltenbachs Taktik vermutete. Aber dieser zog sich geschickt aus der Affäre: „Über die Existenz oder Nichtexistenz der Bomben diskutieren Sie besser mit Herrn Doktor Goetz!“

Kaltenbach beschleunigte sein Tempo und war offenbar nicht geneigt, auf Toms Argumente weiter einzugehen.

Da überholte ihn Tom, lief erst neben ihm, dann seitlich vor ihm her: „Sie benutzen also ein Gerücht, Herr Kaltenbach, sie inszenieren einen Thriller, in dem ich die selten dämliche Rolle des Rechercheurs und Kontaktmannes übernehmen durfte, nur um dem BKA irgendwelche Papiere abzutrotzen, die Sie offenbar belasten und mit denen man Sie erpreßt. Dabei ist das, was über Sie bekannt ist, eigentlich schon belastend genug!"

Tom hatte den Nerv getroffen. Den kompromittierenden *Stern*-Artikel vor Augen war Kaltenbach nun entschlossen, vor der Falle, in die Tom früher oder später hineintaumeln würde, noch einige zusätzliche Köder auszulegen: „Abgesehen von Ihrer waghalsigen Theorie, Herr Sadowski - diese Papiere würden Sie zur Abrundung meiner Biographie brennend interessieren. Geben Sie's zu!"

„Es könnte etwas mit den Giftgasfabriken im Irak zu tun haben, in Samarra, Falluja oder Akashat, die Sie geliefert haben?" mutmaßte Tom, und anscheinend richtig. Denn Kaltenbach strahlte ihn an, schien direkt begeistert: „Bravo! Gut geraten!"

„Sie leugnen es nicht einmal!"

„Leugnen wäre doch sinnlos - bei so einem cleveren Kopf wie dem Ihren. Sie finden doch ohnehin alles heraus."

„Früher oder später bestimmt, Herr Kaltenbach! Auch die Wahrheit über diese Bombenstory!"

Sie hatten es beide nicht bemerkt: Sharon war ihnen gefolgt, zögernd, von Treppenabsatz zu Treppenabsatz, stets verborgen hinter Säulen und Pfeilern. Um die beiden zu belauschen, bedurfte es keiner großen Anstrengungen. Die Akustik dieses gewaltigen Treppenhauses ließ vertrauliche Gespräche nicht zu, auch wenn Kaltenbach seine Stimme senkte, um seiner nun folgenden Hypothese mehr dramatisches Gewicht zu verleihen: „Da gibt es noch eine zweite Version, auf die sind Sie noch gar nicht gekommen, Herr Tom Severin, obwohl sie noch wesentlich pikanter wäre: Ich, Istvan Kaltenbach, besitze die drei Sprengsätze selbst. Habe Plutonium entwenden und die Bomben bauen lassen. Von Fachleuten. Habe schließlich die entsprechenden Kontakte. Bin gerade dabei, dieses brisante Spielzeug meistbietend zu verhökern. Und Sie haben mir dabei als Verkaufsagent gedient. Alles andere ist nur Ablenkungsmanöver, Taktik und Theater."

Sie waren im Foyer angekommen, und Kaltenbach blieb stehen. Er grinste Tom herausfordernd an. „Nun, wie gefällt Ihnen das? Welche Version gibt die bessere Story für Ihre Leser ab? Welche kommt der Wahrheit am nächsten?"

Er wartete eine Antwort gar nicht erst ab, packte Tom am Arm und schob ihn hinaus in die Arkaden.

„Dort drüben, mein Wagen. Am Denkmal, sehen Sie?"

Tom war geblendet – der düstere Konferenzsaal, das Dämmerlicht des Treppenhauses, jetzt stand er im Schatten der Arkade und kniff die Augen zusammen.

In der Mitte des Platzes parkte illegal wie eh und je dieses silbermetallic glänzende Coupé im gleißenden Mittagslicht.

62

Kaltenbach nahm den Autoschlüssel aus der Tasche seines Jacketts, hielt ihn Tom herausfordernd entgegen und ließ den Anhänger pendeln: ein auffällig buntes Emaillekruzifix, Souvenir eines Wallfahrtsortes, vermutlich Fatima. Auch ein Kaltenbach hatte so seinen verletzlichen kindlichen Aberglauben irgendwo versteckt in seiner Seele.

„Hier! Finden Sie es selbst heraus! Steigen Sie in meinen Wagen. In zwei Minuten läutet dort das Telefon! Fahren Sie zu dem Treffpunkt, den man Ihnen angeben wird. Übergeben Sie das Bankdokument. Bitte! Hier!" Er legte den Schlüssel auf die helle Krokodilledertasche, die er Tom flach wie ein Tablett entgegenhielt. Tom kannte den Inhalt – das Kuvert mit dem Dokument der Schweizer Bank. „Sie sehen, Herr Sadowski, ich habe immer noch Vertrauen zu Ihnen!"

Ein fast menschenleerer Platz. Darauf einsam eine falsch geparkte Luxuslimousine. Zweiundzwanzigeinhalb Millionen U. S. Dollar in Form eines Bankakkreditivs. Lieferung von drei nuklearen Bomben. Eine Story wie ein Thriller. Noch eine Minute und fünfzig Sekunden bis zu einem Telefonkontakt. Und vor ihm, generös offeriert, der Schlüssel zu diesem Wagen, zu einem Telefon und damit zum weiteren Ablauf dieser Geschichte.

Ein großzügiges Angebot oder eine Herausforderung? Auf jeden Fall eine Chance, zu der er als Journalist nicht nein sagen durfte.

Als Tom zugreifen wollte, weil ihn das alles reizte, trat Sharon dazu. Sie kam angerannt, atemlos, erregt, überraschend, unerwartet, und sie reagierte mit nur mühsam unterdrückter Hysterie: „Nein! Tom! Du nicht!"

Erstaunt blickten die beiden Männer sie an, wenn auch aus gänzlich verschiedenen Gründen: Kaltenbach, weil er fühlte, daß ein sorgsam eingefädelter Plan zu mißlingen drohte und weil er verunsichert war – es gab nun eine Zeugin, die sein vertrauliches Gespräch belauscht und die Situation beobachtet haben könnte. Wieviel hatte sie wirklich mitangehört, und was hatte sie alles gesehen?

Und Tom, weil dieser ungewohnt ängstliche Ton ihn zutiefst und auf unerklärliche Weise beunruhigte, weil er ganz plötzlich und instinktiv fühlte, daß hier weit mehr in der Luft lag, als nur Recherche und heiße Story. Und weil er der verläßlichen Witterung einer Frau vertraute.

Da sie Toms Zaudern mißverstand, setzte Sharon ihre Überredungskunst fort, drängend und warnend: „Bitte! Nicht! Tom! Du wolltest aussteigen aus der Geschichte. Schluß machen. Dann tu es auch! Jetzt!"

Mit seiner freien Hand schob Kaltenbach Sharon zur Seite: „Er glaubt mir nicht! Laß ihn fahren!"

Da faßte Sharon einen Entschluß: „Ich fahr mit!"

Sie griff nach dem Schlüssel, nach der Tasche. Aber Kaltenbach entriß ihr beides wieder mit einer erstaunlichen Überreaktion: „Nein!" schrie er auf. Und dann, erschrocken über sich selbst, leiser, einlenkend: „Diesmal geht er allein!"

63

Das Angebot galt noch immer: die Tasche, darauf der Schlüssel. Kaltenbach warf erst einen Blick auf seine Armbanduhr, dann auf Tom: „Noch eine knappe Minute!“ Nach einem letzten, abwartenden Augenblick: „Oder soll ich selbst?“

Da nahm Tom kurzentschlossen beides entgegen, Schlüssel und Tasche, und spurtete los. Er lief in seinen weißen Joggingschuhen über die Straße, dicht vor einem herannahenden Lieferwagen vorbei und zwischen Straßenbahnen hindurch. Er scheuchte die Tauben auf, die das Mosaik des Platzes bevölkerten und die ihn anschließend als dichter Schwarm umkreisten, bevor sie sich auf José dem Ersten, König von Portugal und aller überseeischen Reiche, und rund um das Denkmal wieder niederließen.

Er erreichte Kaltenbachs Wagen, blickte sich triumphierend um: geschafft, in nur knapp dreißig Sekunden.

Dann ging er um den Wagen herum, zur Fahrerseite, schloß auf, öffnete die Tür – zögerte und stutzte.

Es war zuerst nur eine Ahnung, sechster Sinn, vielleicht auch das Entsetzen von Sharon noch halb im Ohr ...

Anstatt sich hinter das Steuer fallen zu lassen, warf Tom Tasche und Schlüssel auf den Beifahrersitz und bückte sich.

Damit verschwand er für Sharon wie auch für Kaltenbach aus dem Blick, tauchte ab hinter der abgewandten Seite des Wagens, hinter schwärzlich getönten, spiegelnden Scheiben. Von nun an mußten sie ihn beide im Wagen vermuten.

Anders Goetz: Am Fenster des dritten Stockes stehend war er verwundert, daß nun plötzlich Tom beauftragt schien, den Kontakt zu den Sprengsatzverkäufern herzustellen. Hatte nicht Kaltenbach eben noch so überzeugend argumentiert, daß nur er, ausschließlich er und persönlich, zu dieser Mission autorisiert worden sei?

Goetz erbat sich vom wachhabenden Offizier, der seinen Posten hinter dem Vorhang nicht verlassen hatte, erneut das Fernglas, und was er nun sah, verwunderte ihn. Neben der offenen Tür des Wagens war Tom in die Knie gegangen und schien etwas entdeckt zu haben, was seine Aufmerksamkeit voll gefangennahm.

Ebenso gespannt wie beunruhigt betrachtete er zwei schwarze Drähte, die vom Wagenboden her im Türfalz nach oben führten und die im Armaturenbrett schließlich verschwanden. Sie waren mehr oder weniger lose verlegt und nur hin und wieder mit winzigen Klümpchen grauer Klebemasse befestigt. Das war bei dieser Nobelmarke aus Deutschland sicher weder konstruktionsbedingt noch fabrikmäßig in dieser Form vorgesehen.

Vom Triumphbogen her begann eine Glocke hell und metallisch zwölf Uhr Mittag zu schlagen. Schwer und melodisch antwortete Sekunden später die Glocke vom Turm der Basilika.

Da bückte sich Tom, tiefer und tiefer, kniete sich hin, verfolgte die Drähte, legte sich schließlich flach auf den Boden, um die Unterseite des Wagens zu inspizieren.

Im alten Viertel der Alfama, hoch über der Stadt und am Hügel unter der Burg, begann das Mittagsgeläut der zahlreichen Kirchen.

Wo die beiden Drähte nun wirklich endeten, war auf den ersten Blick nicht zu erkennen. Aber das flache, runde Paket, umhüllt von orangefarbenem Ölpapier, das zwischen Kardanwelle und Auspufftopf mit schwarzem Tape angeklebt war, das konnte er nicht übersehen.

Vom Wasser, vom Tejo her, von einer der Werften verkündete eine Sirene das Ende der Frühschicht.

Tom starrte auf dieses Paket, nur für Bruchteile einer Sekunde, und wußte Bescheid.

Über ihm, im Inneren des Wagens, schnarrte das Telefon, und das Geräusch ließ ihn erstarren.

Die nächsten Bruchteile der gleichen Sekunde lähmten seine Muskeln: ein fataler Totstelleffekt.

Sein Magen verkrampfte sich, die Panik jagte Adrenalin in sein Blut.

Fluchtreflexe schalteten sein kritisches, planendes Bewußtsein aus.

Tom wälzte sich zur Seite, wie von der Sehne eines Bogens abgeschossen.

Er rollte über das schwarzweiße Mosaik und kroch hektisch zwei Körperlängen über die glatten Steinplatten unterhalb des Monuments.

Als er aufspringen wollte, um sich aufrecht in Sicherheit zu bringen, prallte er gegen die Steinstufen des Denkmals.

Er stolperte, strauchelte, verlor einen Schuh. Vor ihm ragte ein eisernes Gitter auf mit vergoldeten Spitzen, dahinter der Sockel mit lateinischer Aufschrift, Bronzebuchstaben, die Füße eines marmornen Pferdes inmitten von Fabelgetier, das Zaumzeug aus grünlich verwittertem Kupfer, und irgendwo darüber, in der blendenden Sonne, der König, hoch zu Roß!

Tom nahm das alles überdeutlich wahr, dachte, so ist das vermutlich im Krieg, wenn sie vorhaben, dich zu erschießen, und du siehst in deiner letzten Lebenssekunde nur unwichtigen Scheiß!

Er krümmte sich zusammen, verbarg Kopf und Gesicht hinter Armen und Händen, wartete ... atmete ... wartete ...

Aber nichts geschah.

Das Telefon schnarrte weiter, ohne Unterlaß.

Von den Arkadenbauten her kam vielfältig gebrochen und nicht endend das Echo der Glockenschläge zurück.

Die alten Turmuhren ließen sich Zeit.

Tauben gurrten vom Denkmal herunter.

Einige Schiffe antworteten der Werftsirene, Fähren vielleicht oder Schlepper, die Melodie eines Hafens.

Welch friedlicher Tag ...

Als Tom den Kopf hob, weil er plötzlich das Gefühl hatte, ein Spuk hätte ihn genarrt, sah er eine Gruppe japanischer Touristen gerade das Denkmal umrunden. Er versuchte vergeblich, sie zu stoppen. Auch der Polizist, der sich mit gezücktem Strafzettelblock Kaltenbachs Wagen näherte, schenkte Tom und seinen warnenden Gesten keinerlei Beachtung.

Da flatterten ohne jeglichen erkennbaren äußeren Anlaß die Tauben auf, alle gleichzeitig, und über dem ganzen, weiten Platz. Zu Hunderten, zu Tausenden, vereint zu einem einzigen schwirrenden Schwarm schraubten sie sich wie in Panik hoch in die Luft, eine grausilberne, flirrende, kreisende Wolke. Und der Lärm des Flügelschlags verschluckte für Sekunden jedes andere Geräusch.

Jedes. Außer einem! Es war ein harter, stählerner, trockener Knall, gefolgt von einem vielfachen Donner.

Tom hatte den Schock der Tauben richtig gedeutet und wieder Kopf und Gesicht unter Händen und Armen geborgen. Er spürte die flammende, alles versengende Hitze, stemmte sich gegen die Druckwelle, die ihn hinwegwehte, gegen die Stufen des Monuments, gegen das Eisengitter preßte, er hörte den Hagelschauer zerfetzten Blechs rings um sich her. Und er spürte zahllose Peitschenhiebe gegen seinen Körper.

Er rang nach Luft, atmete nur Qualm und Rauch, und er dachte: Ich lebe . . . ich lebe noch . . . lebe noch . . . lebe . . .

Er wollte fliehen, sich weiter eingraben und konnte sich nicht mehr bewegen . . .

Schmerzen empfand er keine.

64

Sharon schreckte auf . . .

Aber es wurde kein Schrei. Sie blieb stumm.

Während einer langen, lähmenden Schrecksekunde fehlte ihr jede bewußte Erkenntnis. Keinerlei Begreifen der Situation, kein Atem mehr bei geöffnetem Mund, kein Blick bei weit aufgerissenen Augen.

Sie hatte den Blitz gesehen, grell, blendend, weiß, dann blutig rot das Feuer. Sie hatte den Knall gehört, schneidend, schmerzend. Dann erst kam der Donner von allen Seiten zurück. Er hatte die Stadt überrollt und sich an den Hügeln gebrochen.

Eine kompakte, schwarzölige Wolke trieb über den Platz, gab den Blick auf die Reste des Wagens frei. Dort hatte Tom eben noch am Steuer gesessen, zumindest hatte es für Sharon den Anschein.

Jetzt ragte in lodernden Flammen aufgebogenes Blech aus dem aufsteigenden Qualm, lagen zerfetzte Wrackteile verstreut auf dem rußgeschwärzten Mosaik des Platzes, rauchende Polster, Plastikfetzen, leblose Opfer. Und über allem kreisten aufgestört und verwirrt diese Taubenschwärme.

„Nein!" Es wurde auch dieses Mal kein Schrei, nur ein leises, ersticktes Zweifeln.

„Nein ... Tom ...!" Die Stimme war zurückgekommen, aber außer Kontrolle. Was vorher zweifelnd war, klang nun gellend. Wie Wahnsinn.

Sharon schlug sich die Hände vor das Gesicht, rannte los, blieb stehen, unentschlossen, hilflos, kam zurück ...

Da sah sie ihren Vater stehen. Er hatte seine Brille aufgesetzt. Eine Pilotenbrille mit fast schwarzen Gläsern.

Er stand auch nicht mehr auf dem Platz, an dem sie ihn vermutete. Er war zurückgewichen, vielleicht schon lange vor dem Blitz. Nun hielt er sich fest, stützte sich ab, mit einer Hand an der Säule dieser Arkade, versteinert, ausdruckslos.

Was er nun sagte, leise zwar, aber trotzdem verständlich für jeden, der in seiner Nähe stand, klang wie eingelernt, wie vorher geübt: „Mein Gott ...! Das hat mir gegolten!"

„Nein: ihm! Es galt ihm!" schrie Sharon spontan zurück. Zu spontan! Es klang gellend, verzweifelt, so verletzt wie vorher: „Das warst du! du! Erst Mami im Flugzeug. Jetzt er! Das warst immer nur du!"

65

Kaltenbach rührte sich nicht. Er starrte fassungslos auf seine Tochter, hinter der eine Rauchsäule kerzengerade in den Himmel stieg. Ein Krematorium dachte er, ein Mensch zerfetzt, verkohlt, verbrannt... Er war unfähig, Sharon zu widersprechen.

Er hob abwehrend den Rücken seiner Hand vor sein Gesicht, vor seine Augen, vor diese dunkle Brille, um den Rauch, die Flammen, die Toten, aber auch dieses Mädchen nicht mehr sehen zu müssen, deren Angriff er nicht ertragen konnte.

Erst jetzt begriff Sharon, was sie da eben gesagt hatte, und sie erkannte die Ungeheuerlichkeit ihrer Anschuldigung.

Die Tränen schossen in ihre Augen. Sie wandte sich ab, rannte los, drängte sich durch die Neugierigen, die, wie aus dem Nichts hervorgezaubert, den eben noch fast menschenleeren Platz bevölkerten. Aus der Ruhe dieses Mittags aufgestört, sensationslüstern und angezogen von einer Katastrophe kamen sie aus Gassen und Nebenstraßen angelaufen, überquerten blind für jegliche Gefahr die dicht befahrenen Kreuzungen und Straßen, tauchten aus Häusern auf, aus Geschäften, Durchgängen und Büros und umstanden in vorsichtiger Distanz und mit entsetztem, ungläubigem Ausdruck den Unglücksort.

Sharon ließ die verwirrte Menge hinter sich und lief auf den brennenden Wagen zu. Die Hitze, die ihr entgegenschlug, war infernalisch. Nichts war mehr im Inneren des Wracks zu erkennen, keine schemenhafte Gestalt, kein Schatten, kein Toter, nichts außer lodernden Flammen und Qualm.

Sie wischte die Tränen aus den Augen und biß die Zähne zusammen.

Auf dem verschmauchten Mosaikpflaster, zwischen zerfetztem Blech und rauchenden Plastikteilen, sah sie den Autoschlüssel liegen und daran angekettet das Emaillekreuz aus Fatima. Sie erkannte auch, nur wenige Schritte davon entfernt, die versengte Krokodilledertasche wieder, ein Geschenk von ihr, mitgebracht aus Rio de Janeiro vor zwei Jahren. Die Klappe war abgerissen, der Rand zerfetzt. Den sichtbaren oberen Teil des Kuverts mit dem Kreditbrief der Schweizer Bank hatte das Feuer der Explosion verkohlt.

Sie lief zum Denkmal.

Ein weißer Joggingschuh lag auf den Stufen.

Neben dem brennenden Wrack sah sie die Toten.

Da schlug sie die Hände vor ihr Gesicht.

Ein Polizist packte sie am Arm, brachte sie mit Gewalt zurück in Sicherheit, schob sie mitten hinein in diese erwartungsvoll glotzende Menge.

Da explodierte hinter ihr der Tank des Wagens mit einer Feuerfontäne. Die Menschen schrien hysterisch auf und wichen zurück.

Eine Polizeieinheit kam angetrabt, bildete eine Kette und drängte die Neugierigen, darunter auch Sharon, zurück an den Rand des Platzes.

Es wimmelte plötzlich überall von Polizei, von Zivilbeamten mit Funksprechgeräten, von Soldaten. Sie waren an diesem Tag ja in ausreichender Zahl alarmiert und rund um den Platz stationiert worden.

Die Luft war erfüllt vom Heulen der Sirenen, vom Knattern der landenden Hubschrauber, vom Hupen der eingekeilten Wagen im Stau.

Eine Ambulanz bahnte sich ihren Weg durch den stockenden Verkehr, erreichte schließlich den Platz, eskortiert von einer Motorradstreife, gefolgt von Feuerwehr und Notarztwagen.

Schläuche wurden ausgerollt. Schaum sprühte auf das glühende Wrack. Der Rauch färbte sich gelblichweiß und trieb vom Wind verwirbelt über den Platz. Es roch scharf und stechend, und es regnete hellgraue, rußige Asche.

Auf ein Zeichen des Arztes hin, der sich im weißen Mantel wie eine Lichtgestalt inmitten von Chaos und Gewimmel der Vermummten und Uniformierten bewegte, wurden die leblosen Körper neben dem zerfetzten Wagen mit silbrigen Folien abgedeckt.

66

Sharon sah das alles ohne Empfindung, ohne Schmerz, ohne Trauer. Sie hatte den Bezug zur Realität längst verloren.

Hände griffen nach ihr, vier Fäuste packten zu und schleppten sie weg. Sharon wehrte sich nicht.

Sie begriff auch nicht, ob das nun zu ihrer Sicherheit geschah, Fürsorge war, ein Angriff auf ihre Freiheit oder ob man sie lediglich von diesem Schauplatz des Grauens entfernen wollte.

Sie blieb stumm und teilnahmslos.

So stumm und teilnahmslos wurde sie von zwei dunkelhäutigen Männern in schwarzen Anzügen und mit schwarzen Krawatten mitten durch die abgelenkte, gaffende Menge gezerrt.

Am Rand des Platzes parkte ein kleiner, geschlossener Lieferwagen. Der Fahrer, der hinter dem Steuer gewartet hatte, sprang heraus, rannte zum Heck und riß die Tür zum Laderaum auf. Rücksichtslos wurde Sharon hineingestoßen.

Ihre Gegenwehr war so sinnlos wie ihr matter Hilfeschrei. Als sie die Gefahr erkannte, als die Lähmung von ihr abfiel und sie wie aus Trance erwachte, war es bereits zu spät.

Einer der Männer zog eine Waffe und stieg hinter ihr ein. Die anderen beiden verriegelten die Tür.

Mit aufheulendem Motor und mit gellender Hupe erkämpfte sich der Wagen brutal seinen Weg durch die Menge, durch den stockenden Verkehr, raste rücksichtslos über Fußwege, ignorierte das Rotlicht der Ampeln, kreuzte über Verkehrsinseln, floh unbeanstandet von der Polizei vom Schauplatz des Attentats und verschwand schließlich auf der Uferstraße, die flußabwärts, den Tejo entlang, in das Labyrinth des Hafens führte.

Niemand war Zeuge dieser Entführung gewesen. Außer Goetz vielleicht. Der Beamte des BKA stand immer noch beobachtend am geöffneten Fenster im dritten Stock des Marineministeriums.

Und außer Kaltenbach.

Er hatte seine dunkle Brille abgenommen und sah dem Wagen merkwürdig ausdruckslos, wie versteinert hinterher.

Zweites Buch
Eva

67

Sie war entschlossen, Haltung zu bewahren, keine Schwäche zu zeigen. Eva Sadowski wollte stark sein und gefaßt.

In einem geradezu schmerzvollen Kampf hielt sie den Stil einer dunkelroten Rose umklammert. Ihre Hände waren eiskalt, und sie zitterten. Die Knospe der Rose, halb erblüht, noch kaum entfaltet, zitterte ebenfalls. Eva hoffte, daß dieses Zeichen von Anspannung niemand bemerken würde.

Warum, dachte sie, lasse ich mich nicht einfach gehen und heule los?

Sie stand drei Schritte vor den anderen, vor den Freunden, den Kollegen vom Verlag, von der Redaktion, und sie sah mit ernsten, verschatteten Augen starr auf den alten, weißhaarigen Mann am Rednerpult, den sie alle nur noch selten zu Gesicht bekamen: den nun schon legendären Gründer ihres Blattes.

Er sprach den Nachruf auf den Toten, auf den Journalisten Thomas Sadowski, auf Tom Severin, ihren Mann, ihren Tom.

Die Stimme des Redners hallte seltsam hohl durch den hohen, kalten Raum mit seinen zahllosen Säulen, brach sich oben in der Kuppel, durch die spärliche Sonnenstrahlen fielen.

Er sprach frei, ohne Manuskript, sehr persönlich, und was er sagte, klang improvisiert, aber gerade dadurch auch überzeugend.

„Tom Severin war nicht einer der Emsig-Schnellen, war nicht auf den leichten, raschen publizistischen Tageserfolg erpicht. Er war ein Verläßlicher, einer, dem man vertrauen konnte, weil er den immensen Zeitaufwand einer superexakten Recherche nicht scheute. Die von ihm ermittelten Fakten waren stets so und nicht anders. Kamen ihm Zweifel, ließ er ein Thema fallen. Aber wenn er einmal angebissen hatte, dann ließ er nicht mehr los, bis der Skandal aufgedeckt war und der Schuldige am Pranger stand."

Kein Schuldiger stand am Pranger. Die Urheber des Attentats blieben im dunkeln. Und Tom war tot!

Eva Sadowskis Blicke wanderten fort von diesem alten

Mann, den sie alle verehrten, besonders seit er sich in die redaktionelle Arbeit nicht mehr so entnervend einmischte wie früher. Sie blickte auf den mit Blumen und Kränzen bedeckten Sarg: schwarzgebeizte, auf edel getrimmte Eichenbretter, dekoriert mit Ringen und Griffen, mit Blättergirlanden und anderem Zierat aus dunkelbrünierten Metallbeschlägen. Überflüssiger Tand, wie sie meinte. Über kurz oder lang würde das alles im lodernden Feuer landen, zusammen mit den sterblichen Überresten, wie das amtlich hieß, eines Menschen, den sie über alles geliebt hatte.

Sie versuchte, die Schrift auf den Kranzschleifen zu entziffern, ordentlich aufgereiht zu beiden Seiten des Katafalks, nur um sich abzulenken, um die Realität nicht nachvollziehen zu müssen.

Zwischen einem Säulenpaar warteten die vier Musiker einer Beatcombo in Ergebenheit auf ihren Einsatz: Freunde von Tom, blauschwarze Samtjacketts, gesenkter Blick, gesenkte Instrumente. Irgendwann werden sie anfangen zu spielen, dachte Eva, und dann werde ich mich nicht mehr beherrschen können, so wie jetzt noch, mit Mühe, mit aller Kraft. Ich werde die Situation dann nicht mehr ertragen.

Im Halbdunkel stand ein Mann, der ihr als einziger unbekannt war. Er trug einen schwarzen Trenchcoat und seine runde Brille reflektierte das Licht einer der Deckenlampen und verbarg seine Augen.

Vielleicht ein Kollege von einer der Tageszeitungen. Es gab ja etliche davon in Hamburg. Mit den meisten war sie gut bekannt oder gar befreundet. Die hatten über Toms Tod in Schlagzeilen berichtet: *Ein Reporter ... den Tod gefunden im Kampf um die Wahrheit ...* Oder so ähnlich und so weiter ... Das klang so positiv und sinnlos wie Heldentum und gefallen vor dem Feind, für Volk und Vaterland, Ruhm und Ehre, für den demokratischen Rechtsstaat, für Gott und die Welt.

Alles nicht mehr wichtig, dachte sie, alles nicht mehr wesentlich. Sie wischte sich mit dem Handrücken über die Augen.

„Man schafft sich Feinde, bei dieser Besessenheit . . ."

Die Trauerrede sickerte wieder in Evas Bewußtsein.

„. . . eine Besessenheit, die ja letzten Endes aus dem Glauben an das Gute kommt und aus der Hoffnung, daß man etwas bewirken kann mit dieser Form der Streitbarkeit. Tom Severin wußte das . . ."

Er wußte das, ja, logisch, aber Gefahren hatten ihn nie interessiert. Vielleicht hielt er sich auch für unverwundbar bei diesem Abenteuer der investigativen Ermittlungen, Nachforschungen in Sachen Korruption und Bestechlichkeit, ständig auf der Spur des sogenannten Bösen. Der erhoffte Triumph hatte ihn blind gemacht für seine Sterblichkeit.

Und jetzt? War es das wert?

68

Vor fünf Tagen erst – der Anruf: abends um halb elf. Sie kam gerade aus einem Konzert.

Deutsche Botschaft, Lissabon. Ein Botschaftssekretär mit einer gewissen Erfahrung in der delikaten, noblen Erledigung solcher Fälle und mit einem für Anlässe dieser Art geschulten Sprachschatz. Zuerst sehr formell: „Frau Sadowski persönlich?"

Wie denn? Sollte sie sich ausweisen, bevor sie autorisiert war, eine Schreckensmeldung entgegenzunehmen? Bereits der Ton machte sie stutzig.

Es täte ihm leid. Es sei bereits spät. Aber er hätte schon einige Male, den ganzen Abend bereits . . . Und in Lissabon sei es ja eine ganze Stunde früher.

Dann kam er zur Sache, und Eva spürte sofort, wie ihr das Blut gefror, obwohl von Tom noch gar nicht die Rede war: Ein feiges Attentat politischer Wirrköpfe . . . keinerlei Motiv . . . der Hintergrund der Tat unerklärlich . . . Zufall . . . Schicksal . . . man sei entsetzt und erschüttert.

Als dann schließlich Toms Name fiel, genügte für die Mitteilung des tragischen Vorfalls ein Nebensatz. Nein, es sei nicht nötig, nach Lissabon zu kommen. Die Botschaft hätte alles Notwendige bereits veranlaßt. Die sterblichen Überreste, der Begriff fiel hier zum erstenmal, würden innerhalb von 48 Stunden in einem versiegelten Sarg direkt nach Hamburg...

Aus Spanien und Portugal reisten viele Särge pro Saison zurück nach Deutschland, dachte Eva, per Luftfracht, versiegelt, verlötet, das ist Vorschrift, meist alte Rentner nach ihrer letzten Reise in die Sonne.

Das tiefste Mitgefühl... der Herr Botschafter läßt Ihnen persönlich... im Namen... im Auftrag."

Sie bedankte sich.

Von einem gewissen Kaltenbach war nicht die Rede.

Das war es. Aus, dachte sie. Aus und vorbei. Kein Wiedersehen, kein Abschied. Einfach nur: aus und vorbei. So simpel, so trivial konnte eine Beziehung enden, nach fünfzehn Jahren, elf davon verheiratet, mit Hochs und Tiefs, Glück und Eifersucht, Vernunft und Zorn, Harmonie und Streit. Und jetzt: aus und vorbei.

Da es unbegreiflich war, versuchte sie gar nicht erst zu begreifen. Sie verdrängte die Nachricht, trank etwas, nahm Tabletten, was nicht ihre Art war, legte sich hin, schlief tatsächlich ein, als sei nichts gewesen, um eine Stunde später wieder aufzuwachen: in Panik! Die Erkenntnis des Unabänderlichen hatte sie überfallen mit aller Macht.

Anrufe der Freunde nach einer durchwachten Nacht: Ja, es ist wahr. Nein, ich weiß nichts Näheres. Sie gab Antworten, als stünde sie neben sich, als ginge sie das Ganze nichts an.

In der Redaktion: Entsetzen, Beileid. Händeschütteln. Umarmungen.

Sie fuhr auch gleich wieder nach Hause.

Dann die Formalitäten: Unterschriften. Papiere. Stempel. Portugiesisch. Deutsch. Die Kostenfrage. Der Verlag versprach, alles zu erledigen: Tragisches Ende einer Dienstreise. Man war zwar auf schmerzliche Vorfälle wie diesen nicht direkt vorbereitet, aber indirekt durchaus in der Lage, Schicksalsschläge innerhalb des Mitarbeiterstamms großzügig zu regeln. Krisenmanagement.

Sie hatte keine Einwände gegen eine Feuerbestattung. Nein danke, keinen Priester, keine Orgel. Donnerstag vierzehn Uhr, ja, das ist in Ordnung.

Sie zwängte sich in ihr schwarzes Kostüm. Sie hatte es zuletzt bei der Beerdigung ihres Vaters getragen. Vor vier Jahren, und seither nicht zugenommen. Aber seit damals war sie Beengungen, gleich welcher Art, nicht mehr gewohnt.

Nun sah sie zerbrechlich aus. Schmal, wehrlos und verletzlich. Wo sie doch stark sein wollte und gefaßt.

69

Ich sollte zuhören, was er sagt, dachte sie. Die Rede näherte sich nämlich, zumindest dem Tenor nach, ihrem Ende. „Es fällt uns, die wir nun an seinem Sarg trauernd stehen, schwer, an Zufall, an Unfall, an tragische Verwechslung und Verkettung zu glauben!“

Ich werde es aufklären, schwor sie. Das bin ich ihm schuldig. Ihm und auch meinem Beruf. Ich werde dort weitermachen, weiterrecherchieren, wo er aufgehört hatte, wo er gehindert, wo er abgeschossen wurde. Denn es war kein Zufall. Es war ein Mord!

„Thomas Sadowski . . .“

Der Begründer des Blattes, alt, ein wenig gebeugt, aber von streitbarer Wachheit, hatte seinen Platz hinter dem Rednerpult verlassen, war vor den Sarg getreten: „Tom Severin, wie du dich nanntest . . .“ Er fuhr sich mit der Hand durch das weiße Haar. „Wir nehmen Abschied von dir . . .“

Die vier Musiker hoben den Blick, faßten ihre Instrumente fester, waren bereit.

„. . . und wir versprechen dir: wir wollen in deinem Sinn streitbar bleiben, engagiert, unnachgiebig, unbestechlich, bescheiden in der Arbeit und gerecht in der Sache!“

Er verneigte sich vor dem Sarg, dann trat er zur Seite, wandte sich um und erfaßte mit einem einzigen, raschen Blick die gesamte Trauergemeinde, die Kolleginnen und Kollegen, die alle seinen Blick erwiderten.

Es war, als wollte er sie einschwören auf das eben Gesagte.

Da setzte sich der Sarg in Bewegung, langsam, geräuschlos, fast unmerklich, und sank nach unten, mitsamt Blumenschmuck, Zierat und Kränzen.

Die vier Sargträger, die wie Todesraben in ihren dunkelgrauen Pelerinen bewegunglos seitlich des Katafalks Aufstellung genommen hatten, nahmen ihre mit Silberlitzen verzierten Zweispitze ab.

Das war wohl das Zeichen. Ein getragener, sehr zu Herzen gehender Blues setzte ein.

Zuviel, dachte Eva. Nein, bitte nicht! Das ist zuviel!

Sie ging nach vorn, die vier, fünf, sechs Schritte, jeder eine Unendlichkeit, jeder eine Überwindung, dorthin, wo der Sarg wie von Geisterhand bewegt nach unten sank. Sie warf die Rose hinterher, im letzten Augenblick, bevor die halbrunden, bronzenen Platten sich über ihm schlossen.

Die Rose, das war der Halt, an den sie sich geklammert hatte.

Nun hatte sie keinen mehr, stand ganz allein und würde es bleiben, preßte die Lippen zusammen, fühlte ein Zittern in ihrem Kinn, trotz aller Selbstbeherrschung. Sie schloß die Augen, aus denen die Tränen sickerten, die sie blind machten und die sie mit hastigen, unkontrollierten Bewegungen wegzuwischen versuchte.

Sie schlug die Hände vor ihr Gesicht.

„Asche zu Asche...“ flüsterte irgendwo im Hintergrund einer der Kollegen. „Verbrannt, verkohlt, von einer Bombe zerfetzt. Und jetzt ein zweites Mal ins Feuer.“

„Zynismus“, flüsterte die Kollegin zurück.

„Nein, der Wahnsinn eines Rituals.“

70

Der Sommer war längst vorbei hier im Norden. Ein kalter Wind wehte farblos verwelkte Blätter von den Ästen der tristen Allee. Die trübe Sonne war keine Verheißung mehr und ein goldfarbener Herbst die Illusion der Vergangenheit. Smog und Dunst lasteten auch um den byzantinischen Tempel des Krematoriums Hamburg-Ohlsdorf.

Man ging zum Parkplatz. In Gruppen. Eva zwischen Verlagschef, Chefredakteur und Herausgeber. Aber es wurde dabei nicht mehr viel gesprochen. Ein Ritus war zelebriert worden, wie sich das so gehört, das war nun erledigt, jetzt hing jeder seinen eigenen Gedanken nach oder rettete sich in unverbindliche Floskeln.

Die Gruppierungen lösten sich auf. Man hatte es wieder, wie üblich, sehr eilig: zurück in die Redaktion, in den Verlag. Jeder einzelne erinnerte sich an seine Verpflichtungen und verschwand.

Eva war beurlaubt.

So blieben schließlich um sie herum nur noch Freunde und engste Kollegen. Und jeder versuchte, diesen Augenblick auf seine ihm eigene, ganz persönliche Weise zu einem Augenblick der Begegnung zu machen: ein Wort nur, ein Satz, der ermutigen soll, ein tröstender Händedruck, eine liebevolle, stumme Umarmung, ein Wangenkuß.

So ging man schließlich – nach und nach – auseinander.

„Soll ich dich irgendwohin mitnehmen?" Eine Freundin hatte erfahren, daß Eva mit dem Taxi gekommen war. Ihr Wagen, der alte MG, stand noch irgendwo in Portugal. Tom hatte ihn sich ausgeliehen. Sie würde ihn suchen müssen.

Eva schüttelte den Kopf. „Nein, das ist lieb, aber ..." Aber was?

Es war eine herzliche, freundliche Ablehnung mit dem Versuch eines Lächelns ...

„Ich glaube ... ich laufe lieber ... irgendwohin ..."

Man scharte sich um sie. Sie war, wie es schien, wieder aufgewacht, aufgetaucht aus der Erstarrung, aus dem Schweigen. Nun kam ihr Redefluß in Gang, eben noch wie aufgestaut durch den sich lösenden Krampf: „Ja, ich weiß, das ist auch wieder falsch in so einem Zustand der Verzweiflung und der Trauer. Man darf sich nicht einfach treiben lassen. Gute Ratschläge kamen in den letzten Tagen ja von allen Seiten: Stürz dich in die Arbeit, damit du vergißt. Fahr in den Urlaub, damit du vergißt. Nur: Ich will nicht vergessen! Ich will wissen, was vorgefallen ist, wie es dazu kam, wer dahinter steckt, warum es ihn traf und niemand anderen. Ich bin Journalistin, und das bleibe ich auch in so einer Situation ..."

Sie machte eine Pause, hatte bereits während der letzten Sätze an den anderen vorbeigesehen, war abgelenkt worden von etwas, was ihr Interesse plötzlich gefangennahm: „Ich würde zum Beispiel auch gern erfahren, was dieser Mann dort drüben wollte, der gerade in seinen Wagen steigt. Er stand im Dunkel neben dem Eingang, die ganze Zeit über, ein Mann im schwarzen Trenchcoat mit runder, spiegelnder Brille, und er ging als erster. Er hat uns alle beobachtet, neugierig und stumm. Was hatte er dabei zu suchen? Kennt ihn einer von euch?"

Alle hatten sie sich umgesehen, dachten nach, zuckten die Schultern, sonst keine Antwort.

„Gut! Ich werde ihn fragen."

71

Eva verließ die Gruppe der Freunde ohne weiteren Abschiedsgruß, ging einfach davon, rasch, zielstrebig, nahm eine Abkürzung quer durch eine der schmalen Reihen zwischen den Gräbern, lief schneller und erreichte das große, eiserne Tor des Friedhofs zur rechten Zeit.

Sie hob die Hand, um den Wagen zu stoppen. Und er hielt tatsächlich neben ihr: ein Wagen mit Wiesbadener Nummer.

Der Fahrer kurbelte unschlüssig die Scheibe des Fensters herunter und sah Eva irritiert und abwartend an.

„Ich möchte mich auch von Ihnen verabschieden", sagte sie, „und mich bedanken, daß Sie gekommen sind. Und für die Anteilnahme." Das klang schlicht und ehrlich, und sie reichte diesem Fremden spontan die Hand.

Er ergriff sie zögernd. Er hatte keine andere Wahl.

Ohne seine Hand loszulassen, fragte sie ihn sehr direkt: „Bitte, wer sind Sie?"

Der Unbekannte war einen Augenblick lang peinlich verwirrt. Er versuchte, die Tür zu öffnen, auszusteigen, schon der Höflichkeit wegen. Aber Eva stand zu dicht am Wagen, und sie sah keine Veranlassung zurückzuweichen.

Die Situation begann, ihm unbehaglich zu werden. Er blickte sich nach Fluchtmöglichkeiten um, die es nicht gab und die er auch nicht wahrgenommen hätte. Schließlich murmelte er: „Ja, ich ... Verzeihen Sie, Frau Sadowski."

Da ließ sie seine Hand los und trat einen Schritt zurück.

Er quälte sich aus dem Wagen und wurde formell: „Doktor Gerhard Goetz, Bundeskriminalamt."

„Doktor Goetz?" Eva wurde nachdenklich. „Ja, ich habe von Ihnen gehört." In den Berichten von Tom war des öfteren dieser Name gefallen. Trotzdem hatte sie Vorbehalte: „Ein Beamter des BKA? Bei der Trauerfeier für meinen Mann? Das finde ich erstaunlich."

„Ich dachte mir, ich gehe so still, so unauffällig, wie ich gekommen bin."

„So unauffällig wie Sie dachten, war es nicht, Herr Doktor Goetz!" Evas Erwiderung klang sehr sachlich und äußerst kühl. „Und was war Ihr Auftrag? Darf ich das fragen?"

Goetz wand sich, überlegte Ausflüchte, Ausreden, überzeugend klingende Erklärungen. Hier draußen Rede und Antwort stehen zu müssen, das war nicht sein Fall.

„Ich konnte feststellen, die Anwesenden ... Alles nur Kollegen von Ihnen. Ausnahmslos. Von der Redaktion. Vom Verlag." Er dachte, das müßte als Information genügen.

„Wen hatten Sie sonst noch erwartet?“ fragte sie und beschloß, ihn zu provozieren? „Herrn Kaltenbach? Oder seine schöne Tochter?“

72

Goetz reagierte merkwürdig erstaunt: „Sie kennen Herrn Kaltenbach?“

„Nein! Nicht persönlich. Aber mein Mann hat mich über alles informiert.“

Goetz nickte. „Herr Sadowski deutete das mir gegenüber einmal an ...“

„Ja! Über alles!“ stellte Eva klar. „Und fast täglich!“

Nach einer nachdenklichen Pause fuhr sie leiser, aber nicht weniger inquisitorisch fort: „Wem galt dieses mysteriöse Attentat, dem er zum Opfer fiel? Ihm? Oder war es ein Zufall? Und wenn es keiner war: Wer steckt dahinter?“

„Wir ermitteln noch ...“ Goetz wirkte nicht sehr glücklich bei dieser Erklärung.

„Ich werde ebenfalls ermitteln. Stört Sie das?“

Natürlich störte es ihn, es störte ihn sogar ganz gewaltig! Aber nun zögerte er: Statt autoritär und Kraft seines Amtes Regeln zu setzen und Interessengebiete und etwaige Aktionen abzugrenzen, wurde er verbindlich und versuchte zu überzeugen: „Ich begreife durchaus Ihre Beweggründe, Frau Sadowski. Aber ich muß Sie warnen! Sie begeben sich, je näher Sie an die Wahrheit herankommen, in immer tödlichere Gefahren. Vermeiden Sie auch jeden Kontakt zu Herrn Kaltenbach. Wir können – im Notfall – nichts für Sie tun.“

„Sie könnten mich in die Stadt mitnehmen“, schlug sie vor. „Meine Freunde sind inzwischen alle gegangen.“

Konversation in einem fahrenden Wgen, im stockenden Verkehr, dachte Eva, das versprach zumindest eine Möglichkeit, beiläufig an gewisse Informationen zu glangen.

Goetz aber schien Evas Absicht zu durchschauen und bedauerte: „Ich bin auf dem direkten Weg zur Autobahn. Man erwartet mich dringend in Wiesbaden. Eine der zahllosen Krisensitzungen. Nein, nicht diesen Fall betreffend ..."

Er blickte sich hilfesuchend um. Auf der gegenüberliegenden Straßenseite parkten die Taxis in langer Reihe. „Ich werde Ihnen ein Taxi besorgen, Frau Sadowski."

„Nicht nötig. Das kann ich selbst." Sie nickte freundlich und wiederum sehr kühl und ging.

Goetz stieg ein. Durch das geöffnete Fenster rief er Eva noch nach: „Meine Warnung war ernst gemeint, Frau Sadowski!"

Aber Eva reagierte nicht darauf, sah sich auch nicht mehr um. Sie lief los, nicht etwa in Richtung der wartenden Taxis, nein: scheinbar ziellos in die andere, entgegengesetzte Richtung, an tempelartigen Mausoleen, an pompösen Grabstätten, segnenden Marmorengeln vorbei, und sie verschwand schließlich auf irgendwelchen Pfaden, gesäumt von den fast schon kahlen Bäumen, in diesem Gräbermeer.

73

„Herr Kaltenbach ..."

Er richtete sich auf, stand hinter seinem Wagen, neben dem offenen Kofferraum, in den dienstbare Geister gerade Kartons mit Wein stapelten. „Ja, bitte?"

„... könnten Sie mich freundlicherweise ein Stück mitnehmen?"

Die junge Frau, die so überraschend vor ihm stand, fragte mit einem bezwingenden Lächeln.

Anfang Dreißig, dachte er, tadellose Figur, enge weiße Hosen, eine stahlblaue Leinenjacke, ebenso stahlblaue Augen, die dunklen Haare zusammengebunden ...

„Mit Vergnügen!" antwortete er. Aber sein Blick, hinter der schwarzen Brille verborgen, war alles andere als entgegenkommend. Er preßte die Lippen schmal zusammen, blieb weiterhin mißtrauisch und fragte schließlich mit eiskaltem Unterton: „Wo wollen Sie hin?"

Die Frage klang so unpersönlich wie in einem Verhör.

Aber Eva war nicht einzuschüchtern oder abzuweisen. „In Ihre Richtung!" sagte sie. Das war präzis und doch sehr vage zugleich. Sie wirkte dabei so heiter, so unbeschwert und unternehmungslustig, daß es Kaltenbach schwergefallen wäre, unhöflich zu sein. Trotzdem: eine weitere Frage und keineswegs verbindlicher als die erste, im Gegenteil: „Wir kennen uns?"

„Aber ja!" Sie strahlte ihn dabei an. „Sicher!" Es klang absolut überzeugend, und Eva wechselte ihre lederne Umhängetasche von einer Schulter zur anderen.

Irgend etwas warnte Kaltenbacch in diesem Augenblick. Eine Frau wie diese trifft man nicht alle Tage. Wenn man sie aber trifft, vergißt man das nicht so schnell.

Dieser Form von aufgesetzter Selbstsicherheit war auch ein Kaltenbach nicht gewachsen, zumindest nicht, wenn sie von Frauen ausging. Seine Partner in den geschäftlichen Pokerrunden waren stets und ausnahmslos Männer gewesen. Da verstand er es, zwischen den Zeilen zu lesen, die Körpersprache zu entziffern. Er wußte genau, wann er auf der Hut zu sein hatte und wann nicht. Aber bei Frauen ...

Andererseits war es nicht nur fehlende Erfahrung, die Kaltenbachs Zweifel zerstreuten. Weibliche Signale, bewußt oder auch unbewußt eingesetzt, in Millionen Jahren menschlicher Evolution erfolgreich entwickelt, getestet und ständig verfeinert, taten ihre Wirkung, manipulierten ihr Opfer, bewußt oder unbewußt.

„Bitte, steigen Sie ein", Kaltenbach war um den Wagen herumgegangen, hatte die Tür auf der Beifahrerseite aufgeschlossen und für Eva geöffnet.

Während sie einstieg, sich in die nagelneuen, hellen Lederpolster dieses Wagens fallenließ, die Tasche von ihrer Schulter nahm und wie selbstverständlich hinter sich auf der Bank verstaute, betrachtete Kaltenbach den schmalen Nacken der

Frau, auf dem sich kleine Haarsträhnen zu winzigen Locken kräuselten. Und er dachte intensiv nach, wann und wo eine Begegnung je stattgefunden haben könnte, und, wenn nicht, wie groß das Risiko wäre, überrumpelt worden zu sein.

Er schloß die Tür, zahlte, immer noch in Gedanken, die Rechnung, die der Wirt dieser kleinen Bodega ihm präsentierte, schlug die Klappe des Kofferraums zu und stieg ein.

Kaltenbach nahm seinen weißen Leinenhut ab und warf ihn nach hinten. Wieder begegnete er dem strahlenden, unschuldigen Blick dieser Frau. Ein kurzer Blick, ein Augenblick nur. Da pfiff er auf sämtliche möglichen Konsequenzen, auf warnende Instinkte und Vorbehalte. Er startete den Wagen und fuhr zügig die schmale Gasse hinauf und über den Marktplatz des kleinen Ortes.

74

Sie war vor drei Tagen in Lissabon angekommen, hatte das Hotel aufgesucht, das in Toms Berichten eine gewisse Rolle spielte, ein altes Palais in der Oberstadt, ohne zu ahnen, daß es ein Liebesnest gewesen war.

Sie buchte ein Einzelzimmer zum Hof, ohne Blick über die Dächer, ohne Himmelbett, streunte durch die Gassen, die nach Knoblauch dufteten und nach gegrilltem Fisch, sah hinunter zur Unterstadt in der Stunde der Dämmerung von der Plattform des Lifts von Santa Justa aus und fand schließlich ihr kleines, rostiges Auto. Tom hatte es nur einige Ecken von ihrem Domizil entfernt auf dem Vorplatz einer Kirche geparkt.

Vier Strafzettel, bereits verblichen und vergilbt, steckten an der Windschutzscheibe.

Ihr Zweitschlüssel startete den Wagen ohne Probleme. Sie verließ die Stadt aber erst am nächsten Morgen und machte sich auf die Suche nach der legendären Villa Miguel, nach dem Wohnsitz von Kaltenbach.

Toms Beschreibungen waren stets detailliert und perfekt. Sie fand die enge Straße zwichen den hohen Mauern, das Schild aus blauen Kacheln, das eisenbeschlagene Tor. Ein Haus, dachte sie, wie eine Festung.

Die Schuhe in der Hand, die Hosen hochgekrempelt und ihre Reisetasche über der Schulter, wanderte sie den Flutsaum entlang. Eine milde Sonne stand tief über dem Meer, ein Traum nach den grauen Wochen in Hamburg.

Eva saß im warmen Sand und beobachtete die näherkommenden Schaumkronen, die sich überschlagenden Brecher des Atlantik, die Möwen über dem Riff. Sie kämpfte gegen anstürmende Gefühle grenzenloser Trauer.

Bizarr ausgehöhlte Felsen standen wie Wachttürme zwischen Strand und Meer, freigelegt von der Ebbe. Daß dies einst der Schauplatz heiterer Liebesspiele war, zwischen Sharon und Tom, kam Eva nicht in den Sinn. In diesem Punkt wiesen Toms Berichte, trotz aller Treue zum Detail, gewisse Lücken auf.

Der Wirt der Strandbodega hatte sein Mobiliar auf einen Handkarren geladen. Die Saison war vorüber. Für diese allerletzte einsame Touristin lud er aber einen der Stühle und die Korbflasche mit Rotwein noch einmal ab.

Privado stand auf dem rostigen Schild, angeschraubt an den Felsen, und dreihundertundfünfundsechzig Stufen führten steil nach oben.

Die Treppe hinauf zur Villa Miguel, hinauf zu Kaltenbach, war aber unpassierbar gemacht. Neue, glänzende Stacheldrahtrollen waren ausgelegt worden, waren zwischen dem Geländer verhakt und verklammert wie ein Spinnennetz.

Das Haus selbst war von unten, vom Strand her, nicht zu entdecken.

Kaltenbach bekam sie trotzdem zu Gesicht. Eine Stunde später. Als er das Haus verließ und sorgsam das Tor hinter sich verschloß. Sie folgte ihm, so unauffällig sie konnte.

Er fuhr in den nächsten Ort, nach Colares, kaufte dort Brot, und anschließend nach Sintra zur Post. Da reifte in ihr ein Plan.

Sie begann, Kaltenbach zu umkreisen, psychisch, physisch, belauernd, beobachtend, und ihre Runden wurden zu Schlingen, die enger und enger wurden, sich langsam zuzogen. Irgendwann würde sie ihn darin fangen. Irgendwo. In den nächsten Tagen bereits.

In Eva gärte mehr als nur ein vager, unbegründeter Verdacht.

75

Sie hatte sich in Lissabon ein Taxi gemietet und ihren Wagen in der Nähe der Villa Miguel abgestellt. An der Kreuzung zur Hauptstraße wartete sie, während die Zähluhr tickte und der Fahrer schlief. Er hielt sie für verrückt oder für eifersüchtig. Frauen tun so etwas nicht ohne tieferen Grund.

Sie wollte schon aufgeben, als nach vier Stunden endlich Kaltenbachs neues Mercedes-Coupé erschien, diesmal war es nachtblau mit Metallicglanz.

Mit dem Taxi folgte sie dem Wagen bis vor die Bodega in Colares. Und nun saß sie neben ihrem Gegner, diesem Kaltenbach, und sie hielt nur mit Mühe ihr Selbstvertrauen aufrecht.

„Sie wohnen auch hier draußen?" fragte er.

„Ich bin ein paar Stunden gelaufen", log sie. „Einfach nur so."

Eine entschuldigende Geste wegen dieser absurden Laune, wieder ein Lächeln. Kaltenbach aber hatte Verständnis: „Der Spätsommer . . ." Er ließ das Wort auf seiner Zunge zergehen wie edles Konfekt, wie einen Schluck teuren Weins.

„Es ist die schönste Zeit hier. Die Tage sind nicht mehr heiß, und die Masse der Touristen ist weg."

„Ihr Wagen hier . . ." Sie wechselte das Thema, sah sich um, war zum Schein beeindruckt, voller Bewunderung. „Er ist ganz neu?"

Sie dachte, er käme nun auf das Attentat zu sprechen, dem der alte Wagen zum Opfer fiel. Aber er ging nicht darauf ein.

„Ja!" Er nickte nur und schwankte zwischen Stolz und Understatement. „Ja, dieser hier ist ganz neu."

Dann schaltete er den Kassettenrecorder ein. Klassische Musik füllte quadrophonisch und dröhnend den Wagen und enthob so Fahrer wie Beifahrer von der Pflicht weiterer Konversation.

Sie erreichten die Villa. Kaltenbach hielt vor dem großen Tor, schaltete den Recorder aus und plötzlich umfing sie erstaunliche Stille.

Er öffnete die Tür. „Soll ich Sie irgendwohin ..." Rituelle Galanterie war nicht seine Stärke.

„Danke, nein!" Sie stieg aus. „Das war sehr liebenswürdig von Ihnen."

„Hoffentlich haben Sie nicht allzu weit."

Sie schüttelte den Kopf, zeigte nach weiter unten, wo der Weg zwischen den Mauern eine Ausbuchtung hatte. Da stand der alte, rote MG.

„Mein Wagen. Dort unten ..."

Kaltenbach reagierte belustigt, erstaunt: „Was für ein Zufall!"

„Nein, kein Zufall!" sagte sie ernst und kam auf ihn zu. Sie hatte die Tasche geschultert und wirkte wieder so aufreizend unternehmungslustig wie vor der Bodega, bei dieser scheinbar so zufälligen Begegnung, vor einer knappen halben Stunde. „Darf ich mitkommen?" fragte sie. Es klang so absichtslos, so selbstverständlich, und trotzdem verwirrte es ihn.

Er hatte seinen Hut aufgesetzt. Die breite Krempe warf Schatten auf seine Augen. Er nahm die Brille ab, kniff die Augen zusammen, zwang sich, nicht übervorsichtig, umsichtig, mißtrauisch zu erscheinen. Gab sich betont jovial, ebenfalls unschuldig, ohne Hintergedanken, und wußte trotzdem nicht, wie er seine Einladung formulieren sollte: „Ja ... kommen Sie mit ... Kommen Sie mit herein."

Er suchte seinen Schlüsselbund in der Jackentasche, begann die beiden Sicherheitsschlösser aufzuschließen.

„Es ist mir eine Freude ... unerwarteter Besuch ... Ein Glas Wein ... Der Sonnenuntergang über dem Atlantik ist immer ein Erlebnis!"

Er öffnete für Eva die kleine Pforte, die in das große Tor eingelassen war. Sie ging an Kaltenbach vorbei in den Hof, erwartungsvoll, neugierig, nicht frei von Skrupeln, und sah sich um.

Überrascht über das Abenteuer, das ihm so unerwartet in das Haus zu flattern schien, folgte er ihr.

Eva betrachtete die Zisterne in der Mitte des Hofes, die Kerben, die über die Jahrhunderte hinweg die Seile in den Stein gegraben hatten, an denen Eimer um Eimer nach oben gezogen worden war.

Sie bewunderte die Blütenpracht, die zugewucherten Arkaden im ersten Stock, den mächtigen Stamm der einsamen Palme, während Kaltenbach die Pforte wieder sorgfältig verschloß und die Riegel vorschob.

Eva fand es an der Zeit, das Versteckspiel zu beenden.

Sie reichte Kaltenbach die Hand, stellte sich vor, kühl, sachlich, keineswegs unfreundlich, aber ebenfalls voll gewisser Erwartungen, wenn auch von gänzlich anderer Art: „Ich bin Eva Sadowski. Die Frau von Tom Severin!"

76

Kaltenbach verharrte drei, vier Atemzüge lang reglos und starr, ließ sich die Verblüffung nicht anmerken. Ein Pokerface hinter schwarzer Pilotenbrille ...

Es gab auch nichts, was er zum Nachteil dieser Frau hätte sagen können, keine Lüge, keine Verstellung, kein Versuch von Betrug. Daß sie ihn mit Erfolg überrumpelt hatte, war einzig und allein sein Fehler gewesen.

Er faßte sich rasch. Schon nach wenigen Schrecksekunden wich die Erstarrung von ihm, belebte sich das versteinerte Gesicht wieder. Souverän wie eh und je ging er auf Eva zu, ernst, gefaßt, sozusagen ihren Witwenstand respektierend, nahm die Brille ab, steckte sie in die Brusttasche seines Jacketts, ergriff mit beiden Händen ihre Hand, hielt sie einige Augenblicke länger als üblich und blickte ihr mitfühlend in die Augen.

Stumm und mit einem leichten Kopfnicken drückte er auf diese Weise seine Anteilnahme aus. Das hatte Stil – auch wenn es keinesfalls der Stil von Eva war.

„Ich bin nur gekommen, um mit Ihnen zu reden, Herr Kaltenbach." Eva spürte, wie überflüssig diese Erklärung war. Andererseits hatte sie aber auch das Gefühl, daß irgend etwas gesagt werden mußte, bevor diese Pantomime in lastendes Schweigen ausartete.

„Natürlich ..." Kaltenbach ließ Evas Hände los und trat einen Schritt zurück. „Sie haben ein Recht darauf." Er nahm seinen Hut ab und wischte mit dem Handrücken leicht über seine schweißglänzende Stirn.

„Ich wußte, daß Tom Severin verheiratet ist – verzeihen Sie: verheiratet war. Ich hätte es meiner Tochter Sharon mitteilen müssen. Ich habe es nicht getan. Und ich bedauere das jetzt zutiefst. Ich bitte Sie, mir zu verzeihen."

Eva hob kurz die Schultern, nickte leicht und zustimmend, machte eine vage Geste: Nicht mehr wichtig, sollte das heißen, vorbei ...

Kaltenbach hatte verstanden und gab sich erleichtert.

„Ich finde es gut, daß wir uns nun kennenlernen", sagte er, und es klang fast überzeugend.

Mit einer einladenden Geste wies er zur Treppe, die nach oben führte. „Bitte!"

Er nahm Eva die Reisetasche ab, und sie überwand sich, ging voraus, stieg langsam und zögernd die Steintreppe hinauf und spürte mit Unbehagen seine Blicke hinter ihrem Rücken.

77

„Entführt? Sharon? Ihre Tochter?" Eva war erstaunt und erschüttert. „Wann?"

Sie saßen sich an dem großen Refektoriumstisch gegenüber. Die Distanz zwischen ihnen war wohltuend groß.

Wir essen nur eine Kleinigkeit, hatte Kaltenbach vorgeschlagen. Nun wurde aber ein formelles Abendessen zelebriert, mit Dona Isabel ganz in Schwarz, mit Schürze und Häubchen, mit Silberbesteck und brennenden Kerzen, die nur spärliches Licht auf dem edlen Gedeck und auf den Gesichtern verbreiteten. Der Rest der großen Halle blieb weitgehend im Dunkeln. Die Läden, an denen der Seewind rüttelte, der überraschend und plötzlich aufgefrischt hatte, waren geschlossen worden. Der Sonnenuntergang, der mit einem Glas Wein gefeiert werden sollte, war einer Gewitterfront zum Opfer gefallen. Nun heulte es durch alle Ritzen. Eine makabre Atmosphäre.

Und nun diese Mitteilung.

„Entführt, ja. Von Unbekannten."

Kaltenbach hatte seine Stimme gesenkt, sein volles Glas ergriffen, aber trank nicht.

„Natürlich, Sie können es ja nicht wissen. Es geschah wenige Minuten, ja Sekunden nach dem Attentat. Ich warte seither auf ein Lebenszeichen, auf eine Forderung der Entführer."

Er stellte das Glas wieder ab, ohne einen Schluck zu sich genommen zu haben, und fuhr stockend fort in seinem Bericht, gab aber nur Stichworte preis: „Es gab schon einmal... so einen Fall..."

Er machte eine Pause, schien nachzudenken, einen Einstieg zu suchen: „Mein einziger Sohn... Miguel... In Marokko. Vor fast dreißig Jahren."

Eva sah ihn unverwandt an, hatte das Besteck zur Seite gelegt und wartete nun gespannt auf Kaltenbachs Version einer Geschichte, die sie bereits kannte. Die zwei Sätze aber, die er diesem für sein Leben doch so einschneidenden Ereignis widmete, waren in ihrer Kürze enttäuschend: „Miguel war acht Jahre alt. Ich habe ihn lebend nie wiedergesehen!"

Eva hatte sich einen ausführlichen, sentimentalen Kommentar erhofft – gleichgültig, ob dieser nun der Wahrheit entsprach oder nicht. Aber dies war wohl nicht der Augenblick, und nach Einzelheiten fragen wollte sie nicht.

Kaltenbach fuhr bereits fort: „Ja... und jetzt... Die Entführung von Sharon!" Er wandte sich ab, sah zur Seite.

Eva folgte seinem spontanen Blick zu einer niederen chinesischen Kommode aus Kampferholz, die nicht weit vom Tisch entfernt stand. Im Halbdunkel erkannte sie darauf eine umfangreiche Sammlung von Fotografien unterschiedlicher Formate und Größen, nebeneinander aufgereiht, in hölzernen, silbernen und goldenen Rahmen. Die Ausstellung war nur einem Motiv gewidmet, nur einem Objekt: der Tochter Sharon!

„Sie ist der einzige Mensch, den ich noch habe ..." fuhr er fort, und seine Stimme erhielt einen wehmütigen, fast weinerlichen Klang, der absolut nicht zu dem harten Image paßte, das er üblicherweise zur Schau trug: „... und den ich liebe."

Im Schatten des Kerzenlichts, auf dieser Kommode, halb verdeckt hinter den Fotos, erkannte Eva eine Waffe: einen Trommelrevolver, zweifellos eine Smith & Wesson, Kaliber 3.57 magnum. Eva kannte sich aus. Ein Dutzend oder auch mehr Patronen, vermutlich zur Sicherheit aus dem Magazin genommen, lagen dicht daneben.

Da wechselte Kaltenbach bereits das Thema: „Meine Frau, Sharons Mutter, starb bei einem Flugzeugabsturz."

„Ja", sagte Eva. „Das ist bekannt."

„Ich bin sehr einsam!" gestand er, und er griff wieder nach seinem Glas. Lange und stumm betrachtete er den Inhalt, wiederum ohne zu trinken. Der Wein wirkte fast schwarz in diesem trüben Licht.

Ebenfalls stumm und nicht ohne Kritik im Blick beobachtete Eva diesen Mann, der nun auf eine für sie schwer erträgliche, sentimentale Weise versuchte, sich zu verteidigen, obwohl ihn in diesem Augenblick noch niemand angegriffen hatte.

„Ich habe die letzten zwanzig Jahre hart gearbeitet!" Er sah Eva nicht an, als er weitersprach, schaute nur scheu in sein Glas. „Und ich habe viel Geld verdient, aber auch viele Schläge unter die Gürtellinie einstecken müssen. Mein Gewerbe ist ja nicht unumstritten. Obwohl ich das gleiche mache – allerdings nur im kleinen und bescheidenen Rahmen – was angesehene Staaten wie die USA, Frankreich, Großbritannien, die Bundesrepublik Deutschland, Israel und die Sowjetunion im großen tun. Unangefochten, öffentlich und erhaben über jeden Tadel."

Er trank nun, leerte das Glas in einem Zug. Dann stellte er es ab, sah Eva provozierend an und war bereit, den Beweis für seine Behauptung anzutreten: „Wer lieferte denn die Waffen an die Contras in Nicaragua, an das Khomeni-Regime im Iran, an die afghanischen Rebellen, die von Pakistan aus gegen die kommunistische Regierung operierten, oder an Cuba und seine Söldner in Afrika?"

„Ja", sagte Eva, „und vor allem an den Irak! Für mehr als siebzig Milliarden Dollar. Und aus dieser gigantischen Summe, die den Hunger der Welt hätte lindern können für mehr als ein Jahrzehnt, wurde nichts weiter als Schrott!"

Kaltenbach lächelte: „Irak. Ein gutes Stichwort!" Er wartete und füllte sein Glas. „Der Golfkrieg. Der Sieg des Guten über das Böse. Angeblich, um Kuwait zu befreien und einen skrupellosen Diktator matt zu setzen. Aber bereits knappe drei Wochen nach dem Waffenstillstand ging in Singapur die größte Waffenschau aller Zeiten über die Bühne. Da klebte auf den besten und treffsichersten Stücken das Werbeetikett *Combat tested* – auf dem Schlachtfeld erprobt. Frankreich allein war mit 28 Austellern vertreten, gefolgt von England und den USA. Und wer waren die Kunden? Die Länder der Dritten Welt dieser Region, soweit sie als einigermaßen zahlungsfähig gelten: Indonesien, Thailand, Malaysia, die Philippinen. Vergessen waren alle Beschwörungen der Vereinten Nationen, Selbstbeschränkung zu üben im Export von Rüstungsgütern. Auch der Golfkrieg, glauben Sie mir, war letzten Endes nur ein Kampf um Öl, Einfluß und ein Test hochtechnologischer Waffen. Mit anderen Worten: Freiheit, Selbstbestimmung, Heimat, Vaterland und Demokratie – alles nur Phrasen. Es geht immer und überall nur um Macht und Milliarden!"

„Zynismus!" sagte Eva.

„O ja! Sie haben recht: purer, nackter Zynismus!"

Kaltenbach nickte und trank. „Nur Narren erwarten, wenn es um Milliarden-Profite geht, noch Vernunft und Moral anstelle von Korruption, Bestechung, Skrupellosigkeit und schließlich Massenmord. Erst wenn ein Wunder geschieht, und eines Tages keine Waffen mehr produziert werden, wird zwangsläufig auch der Handel damit verschwinden. Oder wenn der große, seit Jahrtausenden herbeigesehnte Traum vom Weltfrieden ausbricht! Und keinen Tag früher!"

78

„Sie waren dabei, von Ihrer Tochter zu sprechen", erinnerte in Eva, um das Thema zu wechseln. „Von Sharon."

Kaltenbach ließ sich von Dona Isabel das Glas neu füllen. Die Hausdame war wie ein Schatten, tauchte auf und verschwand, legte vor, räumte ab, stumm und geschäftig.

„Was immer ich tat..."

Er stockte, zögerte, bevor er eine neue Lebenslüge, wie Eva es empfand, mit großer Überzeugungskraft formulierte und dabei nochmals wiederholte: „Was immer ich tat ... es geschah im Hinblick auf Sharon."

Er bekam feuchte Augen, so ehrlich schien er das, was er sagte, zu empfinden: „Sie sollte es einmal gut haben und ohne Sorgen leben können ... weit weg von dieser brutalen, gewalttätigen Welt ... Die ich nicht ändern kann ... Die Sie nicht ändern können ... als engagierte Journalistin ... Die Tom Severin nicht ändern konnte ... Der dafür sogar sein Leben riskierte – und verlor ...! Opfer eines sinnlosen, heimtückischen Attentats, das mir gegolten hat."

„Kan ya makan!" sagte Eva.

„Bitte?"

„Arabisch. Ein Sprichwort, eine Floskel: Mag sein, so war es. Mag sein, vielleicht auch nicht. Mein Mann lernte das von einem Araber, der ihn auch sonst mit nützlichen Informationen versorgte. Kan ya makan."

Kaltenbach ging nicht darauf ein. Er erhob das volle Glas in Richtung von Eva und sagte, was sie befürchtete, und was sie nicht verhindern konnte: „Auf Ihren verstorbenen Mann: auf Tom Severin! Den ich trotz aller Vorbehalte, trotz aller Gegensätzlichkeit in der realistischen Sicht der Dinge, trotz aller Gegnerschaft in der Sache, letzten Endes schätzen lernte."

Sie zauderte und spürte mit einem Mal die Kälte dieses Raums. Hörte den Wind heulen. Warf einen kurzen, scheuen Blick auf die Waffe, die in Reichweite lag. Aber dann griff auch sie nach dem Glas, um das Ritual zu erwidern, höflich, ernst, stumm, als eine offenbar notwendige, unausweichliche Pflichtübung. Und sie trank, mit gesenktem Blick, einen kleinen Schluck.

79

Die Gewitterfront war über die Küste hinweggezogen. Die Sturmböen hatten nachgelassen, und die Terrasse, hoch über dem Meer, lag nun minutenlang im kalten Licht eines Mondes, den fliegende Wolkenfetzen hin und wieder überraschend freigaben.

Eva und Kaltenbach standen an dem schon etwas morschen hölzernen Geländer, hinter dem die Felswand steil, fast senkrecht, zum Atlantik hin abstürzte. Sie hielten ihre halbvollen Weingläser noch in der Hand und schwiegen.

Hinter ihnen, das große Haus, die Villa Miguel, die historische Quinta, hingeduckt zwischen bizarren Riesenbäumen, gelblich angestrahlt von versteckten Lampen, wirkte wie eine romantische Opernszenerie.

„Hören Sie ..." Kaltenbach lauschte hinaus in die Nacht, beugte sich weit über das Geländer.

Tief unten donnerten die Brecher gegen die Klippen: erst ein sich ständig steigerndes Rauschen, das rasch näherkam, die Küste hinauf und hinunter lief wie ein Echo, sich wieder entfernte und verebbte, dann das dumpfe Vibrieren der sich überschlagenden, zusammenstürzenden Wassermassen, das die ganze Felswand erbeben ließ.

„In der Sylvesternacht vor sechzehn Jahren", berichtete Kaltenbach, „während der großen Flut, stürzte sich der Vorbesitzer dieses Hauses, einer der Marquéses de Braganca, von diesem Felsplateau aus in die Tiefe."

„Und weshalb?“ fragte Eva, aber es klang nur mäßig interessiert.

„Die Revolution!“ In Kaltenbachs Stimme schwang so etwas wie Hochachtung vor diesem Mann und gleichzeitig Melancholie. „Er glaubte, er sei schuldig geworden, sah für sich keine Zukunft mehr, setzte seinem Leben vorzeitig und voreilig ein Ende. Ein Jahr später wurde er rehabilitiert. Die politische Szene beruhigte sich. Ich übernahm die Schulden seiner Familie und kam so zu diesem Haus.“

Eva ging nicht weiter auf diese Anekdote ein, auch nicht auf Kaltenbachs depressive, schwermütige Stimmung: „Lassen Sie uns von der Gegenwart sprechen, Herr Kaltenbach!“ Dann fragte sie ihn direkt: „Was für einen Beweis haben Sie?“

Kaltenbach blickte sie fragend an: „Beweis wofür?“

„Daß die drei Bomben, um die es ja letzten Endes geht, tatsächlich existieren? Tom hielt diese Atomsprengköpfe für ein Phantom. Taktisch erfunden, um gewisse politische Terrorgruppen, die an nuklearen Sprengsätzen interessiert sein könnten, aus ihren Schlupfwinkeln zu locken.“

„Ein Attentatsopfer und eine Entführung!“ Er schüttelte den Kopf über ihre Zweifel und lachte leise, fast tonlos: „Ist das nicht Beweis genug?“

Sie schaute ihn nicht an, als sie nun weiter fragte: „Fühlen Sie sich bedroht, Herr Kaltenbach?“

Als er darauf nicht antwortete, gab sie preis, was sie wußte: „Auf der chinesischen Kommode neben dem Eßtisch liegt griffbereit eine Smith & Wesson, Kaliber 3.57 magnum. Und die Treppe vom Strand herauf ist mit Stacheldraht unpassierbar gemacht. Wen fürchten Sie?“

„Das Attentat, die Bombe in meinem Wagen, die Entführung meiner Tochter ... Wem außer mir sollte das gelten?“

„Ich zweifle nicht daran, daß es Ihnen galt. Aber ich habe gefragt: Wen fürchten Sie? Sie haben doch sicher einen Verdacht.“

Er wich ihr aus: „Die Behörden ermitteln. Hier und in Deutschland.“

Das gleiche hatte ihr so oder zumindest so ähnlich dieser Doktor Goetz vom BKA auch schon gestanden.

„Ich weiß. Aber bisher ohne Erfolg!"

„Man hat mich in diese Aktion hineingelotst ... hineingepreßt!" Kaltenbach begann, sich mit bitterem Unterton zu beklagen. „Gut! Ja! Ich gebe es zu: Ich habe mich bereit erklärt und habe jetzt die Konsequenzen zu tragen. Aber ich habe beschlossen zu überleben!"

Eva konnte diesen zornigen Jammer nicht ertragen. „Ich möchte jetzt gehen!" Sie hatte wenig erfahren, aber es war fürs erste genug. Sie wandte sich ab, ging wirklich, schnell und entschlossen, und sie stellte im Vorbeigehen ihr leeres Glas auf einen Gartentisch.

Kaltenbach war ihr gefolgt, auf dem mit Klinkern gepflasterten Weg zurück zum Haus, und er versuchte einzulenken: „Wo wohnen Sie? Eva ...? Wo finde ich Sie morgen?"

Dieses Eva war eine spontane Vertraulichkeit, die sie nicht ohne weiteres akzeptierte: „In Estoril, Herr Kaltenbach. Vielleicht auch in Cascais. In irgendeinem dieser kleinen Hotels dort unten am Strand. Es ist Nachsaison. Ich werde ein Zimmer finden."

„Aber nicht nachts, nicht um diese Zeit. Es ist spät geworden."

Sie reagierte nicht, stieg die breite Treppe hinauf. In der Halle stand ihr Gepäck, ihre Reisetasche.

„Eva ..."

Sie sah sich nicht nach ihm um.

Da holte er sie ein, hatte endlich begriffen und korrigierte sich, wurde formell: „Frau Sadowski! Warten Sie! Bleiben Sie hier! Seien Sie mein Gast. Der Zustand der Straße hinunter zum Meer ist mehr als schlecht. Die meisten Hotels sind bereits geschlossen um diese Jahreszeit. Und das Zimmer von Sharon steht leer ..."

Eva blieb stehen. Von irgendwoher war ihr Interesse geweckt, und es schien ihr lohnenswert, über diese Gastfreundschaft, dieses Angebot, zumindest nachzudenken.

Sie blickte hinaus auf das Meer, zu diesem fernen, im Mondlicht glitzernden Horizont, sah über Kaltenbach hinweg, der einige Stufen unter ihr stand und auf ihre Entscheidung wartete.

Aber sie entschied sich nicht.

80

War es Neugier gewesen, Indiskretion? Möglich. Auch das, und vieles mehr . . .

Es war Eva durchaus bewußt, daß sie uralten Instinkten gefolgt war, spezifischen, weiblichen Impulsen.

Sharons Zimmer in der Quinta war überraschend klein, fast beengend für den, der darin lebte, verglichen mit der Großzügigkeit der übrigen Räume des Hauses.

Hier war aber der Platz, wo Eva die Witterung der Rivalin aufnehmen konnte, Sharon Kaltenbach, der anderen, obwohl diese in ihrem Leben keine Rolle mehr spielen würde.

Seit Eva dieses Jungmädchenzimmer betreten hatte, mit seinen zierlichen, antiken Möbeln, mit kindlicher Blumentapete und Frühlingsvorhängen, wunderte sie sich nicht mehr, daß sie geblieben war und die Einladung angenommen hatte.

Scheu und gehemmt, was sonst nicht ihre Art war, lehnte sie neben der offenen Tür, die Reisetasche immer noch umgehängt, und beobachtete Dona Isabel.

Die freundliche alte Dame in ihrem altmodischen schwarzen Domestikenkleid hatte mit routinierten Handgriffen das Bett frisch überzogen und deckte es anschließend mit hochgeschlagener Kante einladend auf.

Das liebenswerte Chaos, mit dem Sharon sich ständig umgab, war einer geradezu sterilen Ordnung gewichen. Unpersönlich und fast kahl präsentierte sich nun dieser Raum, dank Dona Isabels hastiger Aktivität.

„Boa noite", murmelte Dona Isabel, nachdem sie sich ein letztes Mal kritisch umgesehen hatte und sich nun anschickte, das Zimmer zu verlassen. Für Eva überraschend, fast belustigend deutete die Dona einen servilen Knicks an, bevor sie die Tür endgültig hinter sich schloß.

„Obrigado ... Danke!" rief Eva ihr hinerher, und sie vermutete, daß Kaltenbach zusammen mit Haus, Park und sämtlichem Inventar auch diese Dona als gute Seele der Quinta übernommen hatte.

Noch einige Zeit stand Eva reglos auf ihrem Platz, immer noch angelehnt an diese Wand neben der Tür, und sie versuchte, sich klarzumachen, daß sie, Eva Sadowski, hier in diesem Raum, nichts, aber auch gar nichts, zu suchen hatte. Dann überwältigte sie aber doch die bereits vermutete Neugier, die Indiskretion, der spezifisch weibliche Impuls und der uralte Instinkt, und sie machte sich auf, Sharons Identität zu ergründen.

Erst scheu ... Bilder an der Wand, auf dem Nachttisch: Sharon mit einer Frau, die tödlich verunglückte Mutter vermutlich, mit Freundinnen und einer Lehrerin auf den Stufen eines Colleges, noch ein weiteres Klassenbild, eindeutig aus den USA, schließlich Sharon mit Kaltenbach nach einem Tennismatch und Sharon mit einem Hund.

Dann zielstrebiger ... Ein antiker Schrank, die Tür, mit reichen Intarsien verziert, nur angelehnt, sterile Ordnung auch hier – Kleider, Blusen, Wäsche, Schuhe, säuberlich von den Händen einer alten Frau zusammengelegt und gestapelt, aufgehängt, in Reihe gestellt.

Auch der Duft eines Parfums entströmte diesem Schrank: leicht und verspielt, Blüten der Macchia, Seetang und der Wind des Atlantik. Eva machte sich nun ein Bild von dieser anderen, dieser Sharon Kaltenbach, von dieser Rivalin, die keine mehr war.

Erst jetzt, in diesem Augenblick, da ihre Witterung fündig geworden war, ließ Eva die Reisetasche von ihrer Schulter zu Boden gleiten, schlüpfte aus ihrer Jacke, ging zur Tür, drehte den Schlüssel zweimal leise im Schloß, kontrollierte, ob die Tür auch tatsächlich verschlossen war, sah sich um, sah den kleinen

Schreibtisch in der Ecke neben dem Fenster, zog einzeln die Schubladen heraus, warf kurze Blicke auf Briefe, Tagebücher und bunte papierene Wirrnis und ließ alles unberührt.

Sie löschte das grelle Deckenlicht, setzte sich auf das Bett, in den matten Schein einer Nachttischlampe, die lediglich die bunten, gerahmten Fotos beleuchtete und den übrigen Raum im Halbdunkel ließ.

Und sie sah sich in einem Spiegel.

Er hing ihr gegenüber an der Wand, war aus zwölf Segmenten mit schmalen Sprossen aus Blei kunstvoll zusammengesetzt und reichte bis auf den Boden. Er mußte sehr alt sein, die Silberschicht hatte graue Flecken und war in den Ecken bereits völlig abgeblättert.

In diesem Spiegel sah Eva ganz plötzlich nicht nur sich selbst.

Schemenhaft glaubte sie, neben sich auch diese Sharon Kaltenbach zu erkennen: Ein ernster Blick aus großen, dunklen Augen, die schwarzbraune, gelockte Mähne zu einem dicken Zopf gebändigt, in den sie gerade ein Seidenband flocht, den Mund mit den schneeweißen Zähnen leicht geöffnet.

Sie war jung, diese Sharon Kaltenbach. Sehr schmal und sehr jung: Zwanzig Jahre...

Da löschte Eva das Licht, schloß die Augen und legte sich zurück auf das Bett. Auf Sharons Bett.

81

Sie hatte ein Geräusch gehört, von draußen, vom Hof, von der Terrasse her, war orientierungslos, zeitlos, wußte nicht, ob sie bereits geschlafen hatte, und wenn ja, wie lange, und sie richtete sich auf. Da hörte sie es wieder: das unterdrückte, nervöse Hüsteln eines Mannes.

Durch die Lamellen der Fensterläden fiel nur ein schwacher Schimmer.

Eva stand auf, stieß gegen einen Stuhl, stolperte über ihre

Reisetasche, die ihr im Weg lag, und öffnete einen der Läden, langsam, vorsichtig . . .

Da sah sie Kaltenbach sitzen.

Direkt unter ihrem Fenster, auf dieser kleinen Terrasse.

Vor ihm, auf dem gußeisernen Tisch, flackerte ein Windlicht. Daneben lag griffberit der großkalibrige Revolver.

Kaltenbach goß aus einer Flasche dunkelrot schimmernden Wein in ein Glas, nur einen Schluck, mehr nicht, zögerte kurz, dann trank er ihn aus, goß nach, trank wieder . . . und das alles in großer Ruhe.

Da schloß sie den Laden wieder, nachdenklich, beunruhigt von dem, was sie sah, blieb neben dem Fenster stehen und lauschte durch die Lamellen hinaus in die Nacht.

Sie machte kein Licht. Schemenhaft, wie vorher die Erscheinung Sharons, sah Eva sich wieder im Spiegel stehen, ordnete ihre Haare, die Bluse, griff nach Jacke und Reisetasche, schloß auf und ging.

Sie tastete sich vor bis zur Treppe. Unten in der Halle brannte spärliches Licht. Vor den chinesischen Kommode blieb sie stehen. Auch hier: Sharon. Überall Sharon. Im Silberrahmen, im Goldrahmen, lächelnd, ernst – entführt und unauffindbar, wenn man dem Vater Glauben schenken durfte.

Eva griff nach einem kleineren Porträt, nahm es vorsichtig, zögernd aus dieser Kollektion von Fotos heraus, betrachtete es lange und ließ es schließlich in ihrer Reisetasche verschwinden.

Dona Isabel stand unbemerkt im Dunkel des Küchenganges und sah ihr zu.

Es schien Eva das aktuellste der Bilder zu sein, das sie da entwendet hatte, das neueste, das lebendigste: Eine unbeschwerte, lachende Sharon in einem viel zu großen Sportlerhemd mit dem Wappen einer Universität auf der Brust: *Princeton, New Jersey. In God We Trust.*

Der Platz, an dem während des Abendessens der Revolver gelegen hatte, dieser Smith & Wesson 3.57 magnum, halb verborgen hinter dieser Familienfoto-Ausstellung, war leer. Wie erwartet.

Nur drei der Patronen waren noch übrig, lagen einsam und scheinbar achtlos hingestreut zwischen den Rahmen der Fotos auf dem glänzend lackierten, hellbraunen Kampferholz der chinesischen Kommode.

82

„Schlaflosigkeit ...“ Kaltenbach hatte Eva bemerkt, die überraschend in der weit offenen Terrassentür aufgetaucht war, sich vom Licht der Halle abhob wie ein Scherenschnitt und ihn von dort beobachtete.

Er wußte nicht, wie lange schon, und er fand es auch nicht weiter verwunderlich.

Nun kommentierte er seinen Zustand und die Gesamtsituation, in die er auch Eva mit einbezog, mit leicht schwerer Zunge: „Zu viele Gedanken! Ein Martyrium. Und offenbar nicht nur für mich.“

Eva kam langsam näher und ließ dabei keinen Blick von diesem Revolver neben dem flackernden Windlicht.

„Kommen Sie, Eva!“ Kaltenbach winkte mit der zur Hälfte geleerten Flasche, eine kumpelhafte Geste. „Trinken Sie mit mir! Nehmen Sie das Glas. Ich nehme die Flasche. Teilen wir uns den Rest.“

Er goß das Glas voll bis zum Rand, was ihm mit Konzentration und einer gewissen Bemühung schließlich gelang.

Aber Eva lehnte ab, höflich, bestimmt: „Ich möchte nicht trinken. Danke. Ich möchte gehen.“

Da sah er sie an, mit einem fragenden, unsteten Blick. Und sie erklärte ihm warum, so gut sie konnte: „Ich kann hier nicht bleiben, nicht in diesem Haus, in diesem Bett, in diesem Zimmer. Ich weiß schon zu viel von ihr ...“

Kaltenbach blickte Eva verständnislos an.

Dabei hatte sie das, was sie bedrückte und beschäftigte, sehr sachlich gesagt, sehr leise und sehr klar.

„Gute Nacht, Herr Kaltenbach!“ Sie verabschiedete sich,

nahm den Tragegurt der Tasche auf die andere Schulter. „Und danke für Ihre Gastfreundschaft!“

„Eva!“ Er hob die Hand, nur ein wenig, um ihr Gehen zu verzögern oder zu verhindern: „Eva, bleiben Sie, bitte! Bleiben Sie, und ... und schlafen Sie mit mir!“ Er hatte sie dabei angesehen, aber dann wich er ihrem Blick aus, der ihn so unnahbar traf, so brüsk und abschätzig. Er senkte den Kopf, und es klang wie eine Entschuldigung: „Ja, ich weiß, es ist obszön, Ihnen das vorzuschlagen. Aber vielleicht bringt uns das beide auf andere Gedanken.“

„Andere Gedanken?“ fragte Eva befremdet. Bevor er aber diese anderen Gedanken kommentieren konnte, wechselte sie das Thema: „Was haben Sie mit dieser Waffe vor, Herr Kaltenbach?“

Er blickte nur kurz auf, dann griff er wie beiläufig nach diesem Revolver, hielt ihn flach in seiner Hand und betrachtete ihn lange.

„Was mich tötet – ist die Einsamkeit!“ sagte er düster.

Sie glaubte es ihm sogar, in diesem Augenblick zumindest.

„Eva ... retten Sie mich!“ Wieder so ein alkoholisierter, sentimentaler, hilfesuchender Blick.

Sie rührte sich nicht und schwieg, hatte Angst, diesen Mann, der die Waffe in seiner Hand wog wie ein zu leichtes Gewicht, in irgendeiner Weise zu provozieren.

Aber Kaltenbach blickte an Eva vorbei, hoch zum Himmel, hinauf in die Krone des Baumes über ihm, und er zitierte überraschend, unerwartet aus der Bibel, weil es ihm gerade so einfiel und seiner Meinung nach gut zu passen schien: „Denn der Herr hat nicht Lust am Tod des Sünders, sondern daß der Sünder lebe und sich bekehre ...“

„Ich werde jetzt losfahren, hinunter nach Lissabon.“ Eva wandte sich von ihm ab und ging.

„Möglicherweise ein Psalm“, erklärte er noch, aber sie hörte ihn nicht mehr.

An der Ecke zum Hof blieb sie stehen: „Ist das Tor offen?“ fragte sie, und: „Wo ist der Schlüssel?“

Aber dann sah sie Dona Isabel, die wie ein Schatten zur Pforte gelaufen war, um sie diensteifrig zu entriegeln.

„Wer aus dem Buch der Bücher zitiert, legt nicht Hand an sich!“ rief Kaltenbach ihr noch nach.

Er spannte den Hahn. Eva hörte das metallische Klicken und flüchtete nun endgültig, lief davon, grußlos, ohne ein weiteres Wort, zwischen purpurnen Bougainvilleen und verblühtem Ginster.

Er kniff die Augen zusammen und sah sie nicht mehr.

„Eva!“ schrie Kaltenbach. Und noch einmal: „Evaaa!“

Zorn schwang in seiner Stimme, Enttäuschung, Hilflosigkeit und Aggression.

Er hatte den Revolver schußbereit in seiner Hand, und er zielte nun in die Richtung, in der er die Frau in der Dunkelheit vermutete.

Eva war aber bereits durch die Pforte gehuscht, die hinter ihr wieder sorgsam verriegelt worden war.

Von jenseits der Mauer hörte Kaltenbach den Schlag einer Wagentür, das Aufheulen eines Motors.

Da hob er den Revolver hoch über seinen Kopf, schloß die Augen und feuerte einen Schuß in die sternenklare Nacht.

Das Echo rollte die Felsenküste entlang, kam gedämpft zurück.

Es brachte Kaltenbach wieder zur Besinnung.

83

Lissabon war erwacht.

Zu Dutzenden, zu Hunderten wanderten Fußgänger über den großen Platz, den Praça do Comércio, kamen von den Fähren, die den Tejo überquerten, von den Schlafstädten im Süden, strömten in Scharen in das Zentrum der Stadt, in die Geschäfte, die Büros, die Banken.

Eva irrte zwischen diesen Passanten kreuz und quer über die Weite des Platzes, scheinbar ziellos, denn die Informationen, die sie über das Unglück erhalten hatte, waren vage und ungenau. Nun war sie auf Spurensuche, hielt den Kopf gesenkt und ließ ihren Blick über das Pflaster wandern. Die tiefstehende Morgensonne warf Evas langen Schatten über das schwarzweiße Mosaik.

Die Tauben flatterten auf, flüchteten vor dem Gewimmel der dahinhastenden Menschen auf die Giebel und Gesimse der Arkadenbauten, auf den Triumphbogen mit seiner kolossalen Uhr und den majestätischen Gestalten aus Portugals glorreicher Vergangenheit und umkreisten in dichten Schwärmen das monumentale Denkmal des Königs José I.

Da blieb sie stehen, ganz plötzlich, wie versteinert, regungslos.

Vor ihren Füßen war der Boden über viele Meter hin schwarz verschmaucht, gelblich, ölig, rußig verbrannt.

Das Wrack und seine zerfetzten Einzelteile waren zwar säuberlich für weitere Untersuchungen eingesammelt und abtransportiert worden, aber dies war zweifellos der Platz des Attentats. Hier hatte ein Blitz einzelne Steine des Mosaiks aus dem Boden gerissen, klaffte immer noch eine Wunde im verspielten Muster der Arabesken. Hier starben Menschen, vor sieben Tagen erst. Und einer von ihnen war Thomas Sadowski, ihr Mann.

Das Leben strömte hier vorbei wie eh und je, geschäftig, betriebsam, desinteressiert am Schicksal der Opfer, am Schmerz der Überlebenden, gleichgültig und teilnahmslos, als sei nichts geschehen.

Nach langen Sekunden, während die Erschütterung in ihr aufstieg, führte Eva fassungslos eine Hand zum offenen Mund. Eine Geste der Hilflosigkeit.

Immer wieder ließ sie die Augen über den Boden schweifen, auf der sinnlosen Suche nach einem geheimen Zeichen, das noch nicht getilgt worden war, nach einer letzten Botschaft, die es doch irgendwo geben mußte, bis ihre Tränen sie nichts mehr erkennen ließen.

Da wandte sie sich ab, rasch, fast in Panik, weil es ihr

schmerzhaft ins Bewußtsein sickerte, daß hier an diesem Platz keine Tröstung zu erwarten war, sondern nur Qual.

Die Erkenntnis der Wahrheit, daß die Katastrophe tatsächlich stattgefunden haben mußte, hier, an dieser Stelle, auf diesem Platz, den sie gesucht und nun auch gefunden hatte, raubte ihr die letzte Illusion, daß alles nur ein böser Alptraum sei.

Sie hätte weiterträumen sollen, so wie jetzt, als sie wiederum ziellos über den Platz irrte und eine Stimme sie von weither anrief: „Eva!“

Der Ruf war trotz des unerträglichen, lauten Verkehrslärms unüberhörbar gewesen und deutlich. Eva nahm ihn jedoch nicht zur Kenntnis, weil das, was sie dachte und herauszuhören glaubte, nicht wahr sein konnte, und sie ging weiter.

„Eva!“

Es war eine Männerstimme. Und sie glich der Stimme von Tom. Aber der Ruf galt sicherlich nicht ihr.

„Eva!“

84

In den Augenblicken der Agonie sehen wir Wahngebilde, umgeben uns Phantome.

Eva hatte aber das Gefühl, wach zu sein und klar bei Sinnen.

„Eva! Hei!“

Sie blieb stehen, sah sich suchend um.

Auf der anderen Seite, unter einer der Arkaden, in einem dieser kleinen Straßencafés, hell angestrahlt von der Morgensonne, aber in diesem Augenblick wieder durch eine der uralten Straßenbahnen verdeckt, war eine Gestalt von einem der Tische aufgesprungen, hatte wild gestikulierend den Arm gehoben und ihren Namen gerufen.

„Eva!“

Eva wartete. Sie wartete darauf, daß dieser spukhafte Wachtraum wahr werden würde oder endlich verschwand.

Und sie wartete, daß die Straßenbahn weiterfahren und den Blick auf dieses Arkadencafé wieder freigeben würde.

„Hallo! Eva!"

Sie mußte nicht warten. Hinter der Straßenbahn, die im dichten Verkehr steckengeblieben war und nicht weichen wollte, war er wieder aufgetaucht.

Für Eva gab es keinen Zweifel: Dort drüben stand Tom!

Thomas Sadowski, Tom Severin, von einer Bombe zerfetzt und in den Flammen verkohlt, unter reger Anteilnahme von Verlag und Redaktion vor drei Tagen im Krematorium Hamburg-Ohlsdorf endgültig eingeäschert, lehnte sich nicht weit vom Ort seines gewaltsamen Todes entfernt höchst persönlich und überaus lebendig gegen eine der Säulen dieser Arkade und winkte ihr zu.

Sie konnte ihm nicht antworten. Ihre Kehle war wie zugeschnürt. Sie glaubte nicht, was sie sah, was sie hörte. Aber nun lief sie los, rannte mit weichen Knien, in denen der Schock noch saß, über den halben Platz, über die Straße, drängte sich durch haltende Fahrzeuge, die Stoßstange an Stoßstange im üblichen, morgendlichen Stau festsaßen, vorbei an Straßenbahn und Bussen ...

Dann stand sie vor ihm: Tom Severin!

Die Hände weiß und sehr professionell bis hoch zum Ellenbogen hinauf bandagiert, ein großes Pflaster seitlich der Stirn, die Haare kurzgeschnitten, teilweise abrasiert und überall rötlich-bräunliche Flecken von Jod.

„Hallo, Eva!" Er grinste bis zu beiden Ohren, wie ein Schuljunge, dem ein Streich gelungen ist. „Du hast von dem großen Knall gehört, der mich fast ausgepustet hätte, und kommst gleich angereist, um mich zu trösten. Das finde ich lieb!"

Er berührte sie leicht mit der bandagierten Hand an der Schulter.

Da fand sie ihre Stimme wieder, trotz Atemlosigkeit und Seitenstechen: „Tom ..." Erst nach einer langen Pause flüsterte sie: „Du lebst?"

„Ja, wie du siehst. Ich lebe! Bis auf ein paar Kratzer!" Er zeigte ihr seine Hände, wies auf die Wunde am Gesicht und lehnte dabei immer noch ein wenig kraftlos an der Säule. „Ich glaube, ich sollte mich wieder setzen."

Er humpelte voraus zu einem der kleinen runden Tische. Dort standen noch sein Kaffee und ein Korb mit frischen Croissants, daneben allerdings auch ein Glas mit einem mindestens dreistöckigen Cognac.

„Mein Frühstück", erklärte er. „Krankenhausfraß ist nicht mein Fall. Nicht mal hier in Portugal." Mit entschuldigendem Blick zu dem Cognac: „Ja, ich glaube, ich habe ausnahmsweise etwas Stärkung nötig – und verdient."

Er zog mit dem Schuh den weißen Plastikstuhl zur Seite, ohne seine Hände zu bemühen, und nahm umständlich Platz, offenbar unter Schmerzen, die er hinter einer Grimasse und einem verlegenen Lachen zu verstecken suchte.

Unternehmungslustig sah er sie an: „Also, erzähl! Wo kommst du her?"

Sie setzte sich langsam ihm gegenüber, konnte es immer noch nicht fassen, und sie wiederholte es, mehrmals sogar: „Du lebst ... Du lebst ... Du lebst ...!"

Er biß ein ein Croissant und berichtete mit vollem Mund: „Die Splitter flogen. Und der Feuersturm hat mich gegen das Denkmal geweht. Und als ich wieder klar denken konnte, da bin ich eben gerannt und gerannt und gerannt ..."

„Wir haben dich ..." Sie stockte, schwieg, dann begann sie von neuem: „Man hat dich eingeäschert. Krematorium Ohlsdorf. Große Trauerfeier. Blumen und Kränze auf deinem Sarg. Ein Nachruf vom alten Chef. Musik. Klaus spielte mit seiner Band. Und ich habe geheult wie noch nie ..."

Er hatte aufgehört zu kauen: „Wie? Wann?"

„Vor drei Tagen erst!" Dann fielen ihr die Konsequenzen ein: „Tom ... Du bist tot! Offiziell, amtlich. Ich habe alle Papiere zu Hause. Stempel der portugiesischen Behörden. Ein versiegelter Sarg per Luftfracht, deine sogenannten sterblichen Überreste, von Amtsärzten im Auftrag der Botschaft identifiziert als Thomas Sadowski und polizeilich freigegeben."

Sie begann mit einem Mal ihre Beherrschung zu verlieren, biß die Zähne zusammen, sah ihn an mit einem verschleierten Blick, fuhr sich mit ihrer zitternden Hand über die Augen, über das Gesicht.

„Du ... Tom ... Ich kann nicht mehr!“ Sie begann zu schluchzen und schloß die Augen.

Er schob ihr das Cognacglas hin: „Trink was!“

Sie schüttelte den Kopf. „Nein ... Ja!“ Sie griff nach dem Glas, aber irgendwie schaffte sie es nicht.

Sie stand auf, ganz überraschend, ging zu Tom, der vorgebeugt auf seinem Stuhl saß und sie mitleidsvoll ansah, blieb vor ihm stehen und umarmte ihn.

Vorsichtig, zärtlich nahm sie seinen Kopf in ihre Hände. Sie flüsterte wieder und immer wieder: „Du lebst ... Du lebst ... Du lebst ...“

Er hatte seine verbundenen Hände um ihre Hüfte gelegt und sie an sich gepreßt, ohne aufzustehen.

Eine Weile stand Eva so, bis sie die Wahrheit voll begriffen hatte. Dann sank sie wieder zurück auf ihren Stuhl, wischte sich über die Augen, ziemlich erfolglos, griff zu Toms Cognacglas und trank.

„Warum hast du dich nicht gemeldet nach dem Attentat, angerufen, bei mir oder in der Redaktion, wenigstens ein Telegramm?“ Sie bemühte sich sachlich zu fragen, dem Phänomen des vermeintlichen Todes auf den Grund zu gehen, schon um die eigene Verwirrung zu beenden.

„Ich stand unter Hausarrest. Bis heute morgen. Bis gerade eben.“ Er setzte sein Frühstück fort und hielt mit zwei verbundenen Händen die winzige Tasse, trank, kaute Croissants und berichtete weiter: „Ein verletzter Tourist ohne Namen. Ich hatte einfach vergessen, wer ich bin. Glaubhaft. Der Schock.“

Sie sah ihn zweifelnd an.

Da lachte er und bekannte die Wahrheit: „Nein, nicht wirklich. Ich wollte untertauchen. Verschwinden. Das Sprengkommando des Herrn Kaltenbach nicht noch zu einem weiteren Mordversuch an mir provozieren.

Die weißen Engel in dieser Klinik waren sehr diskret. Sie haben nicht weiter gefragt."

Dann wurde er nachdenklich: „Weiß der Himmel, wessen Überreste jetzt in meiner Urne schlummern ... Wenn ich abergläubisch wäre ..."

„Ich wollte, du wärst es", entgegnete sie, „und vorsichtiger, und furchtsamer, und würdest dich wieder verstecken." Sie blickte mißtrauisch hinüber zum Platz und die Arkade hinunter.

„Ich wollte nur sehen, was los ist", entschuldigte er sich. „Ich fühlte mich heute morgen plötzlich ganz sicher und fürchterlich stark. Ich war bereit zurückzuschlagen!"

Er sah sich nun ebenfalls um. „Ich war überzeugt, hier, an dieser Stelle, am Platz des großen Knalls kommt irgendwann irgendjemand vorbei, der mich liebt! Ich wußte es. Ich war da ganz sicher." Er lachte verschmitzt.

Da wußte Eva plötzlich intuitiv, was er hier gesucht und auf wen er gewartet hatte. Sie sprach es aus, obwohl es sie schmerzte: „Sharon?"

Er widersprach ihr nicht. Da fuhr sie fort: „Du hast auf sie hier gewartet. Hast gehofft, daß sie auftaucht, am Tatort. Nach dir sucht: Sharon Kaltenbach. Ja?"

Er schwieg weiterhin und schaute hinaus auf den Platz, auf das Denkmal, die Tauben, und die Andeutung seines Lächelns gab ihr recht.

„Sie wird nicht kommen!" sagte Eva. Es klang sehr bestimmt, sehr überzeugt, und sie erklärte ihm auch warum: „Man hat sie entführt."

Als Tom sie ungläubig ansah, fügte sie hinzu: „Gleich nach dem Attentat."

„Entführt? Sharon? Warum, wieso? Woher weißt du es?"

„Kaltenbach hat es mir erzählt."

„Du hast ihn getroffen? Persönlich?"

„In seinem Haus. In der Villa am Meer, ja. Er hat mir kondoliert. Zu deinem Tod. Wir haben zusammen gegessen. Und er hat gefragt, ob ich mit ihm schlafe."

Tom fragte nicht weiter. Er sah Eva nur erwartungsvoll an.

„Ich habe mir einen Augenblick lang überlegt, ob ich es tun soll." Und nach einer Pause: „Er hätte diese Nacht nicht überlebt!"

„Was denn? Du wolltest Kaltenbach . . .?" Tom stockte. Dann reagierte er überraschend heftig: „Nein, nicht du, Eva . . . Nicht du! Ich . . ."

Das klang nach Rivalität, nach Eifersucht. Und mit einer gewissen Schärfe in der Stimme fuhr er fort: „Ich knüpfe die Schlinge für ihn . . . Es ist meine Story! Ich werde ihn fangen. Und unschädlich machen. Einen Kaltenbach aus dem Verkehr zu ziehen, endgültig, so etwas funktioniert nur noch mit Selbstjustiz. Den Gesetzen dieser Welt geht ein Kerl wie Kaltenbach immer wieder durch die Maschen. Das Netz ist für solche Typen einfach zu grob."

Eva versuchte abzuwiegeln, einzulenken: „Du hast einmal überlebt, Tom! Das war Glück . . . und Zufall . . . Das nächste Mal trifft es dich!"

Sie wartete ab. Als er aber nicht antwortete, ihr weder zustimmte noch Einwände vorbrachte, sagte sie ihm noch etwas: „Ich habe Angst!"

Er sah Eva nicht mehr an, trank seine Tasse aus, stellte sie ab mit einer fahrigen, nervösen Geste. Er wirkte wie abwesend, streitsüchtig, wie Eva empfand, und wie ein Raubtier, zum Angriff bereit. Aus dieser Stimmung heraus entwickelte er die erste Andeutung einer Strategie: „Ich habe eine ungeheuerliche Chance: Ich bin tot! Amtlich und offiziell! Ich existiere nicht mehr! Auch nicht für Kaltenbach." Er leerte das Glas mit dem Cognac. In einem Zug. Dann legte er Münzen auf den Tisch, blickte sich sichernd um und stand auf.

„Eva!" Er war zu ihr getreten, hatte seine verletzte Hand wiederum auf ihre Schulter gelegt, aber er sah sie nicht an. Er sah hinaus auf den Platz. „Du kannst mir helfen!"

Er war nicht bereit zu teilen, aber er brauchte eine Komplizin.

„Suche mir das Mädchen. Sharon wird für Kaltenbach der Köder sein."

Wofür, hätte sie fragen müssen: Köder wofür?

Sie wäre dann auf die Katastrophe, die Tom provozierte, vorbereitet gewesen.

Sie fragte aber nur: „Wo?"

Er war immer noch in Gedanken und antwortete ihr nicht.

„Suchen, wo?" wiederholte sie.

Er sah sie endlich wieder an: „Ich glaube, ich weiß, wo sie ist..."

85

Die *Al-Bukra* lag nach wie vor auf der anderen Seite des Tejo vor Anker. Weithin sichtbar, der Altstadt gegenüber.

In einer gemieteten Hafenbarkasse mit einem alten, verknitterten Bootsmann am Ruder, der routiniert zwischen Fähren und Küstenfrachtern hindurch manövrierte, überquerte Eva gegen Abend den Fluß.

Als sie sich der Jacht näherten, wirkte diese verlassen, hing verwaist, wie ausgestorben an der Ankerkette. Kein Mensch war an Deck zu sehen, weder Mannschaft noch Gäste. Die Gangway war hochgezogen, und nur das Ankerlicht brannte bereits an Mast und vorderem Steven.

Langsam umrundeten sie mit ihrer Barkasse die Jacht. Der Bootsmann gab mehrere Signale mit dem Horn seines Bootes, hielt jedoch stets einen gewissen Abstand.

Eva hatte sich angemeldet, über Telefon und Küstenfunk, was trotz der Erfahrungen von Tom nicht unproblematisch gewesen war, hatte Herrn Farghani ihren Besuch ankündigen lassen und um Rückruf gebeten. Da sie keine Antwort erhielt, war sie auf gut Glück und kurz vor Sonnenuntergang zum Ankerplatz der Jacht hinausgefahren.

Die Exkursion schien aber erfolglos zu sein. Wenn Toms Verdacht zutreffen würde, hatte die Besatzung auch allen Grund, sich vor ungebetenen Besuchern zu schützen.

Eva war fast erleichtert, als der Bootsmann auf ihr Zeichen

hin abdrehte, denn sie witterte instinktiv bei dieser Unternehmung eine unbekannte, schwer einzuschätzende Gefahr.

Sie wandte sich noch ein letztes Mal um. Die Jacht lag nun goldschimmernd, vom warmen Abendlicht theatralisch angestrahlt, im schwarzen Wasser des Flusses. Oben auf der Brücke stand eine helle Gestalt.

Ein Mann in langer nordafrikanischer Djellabah, den Rand der Kapuze halb über die Stirn gezogen, beobachtete durch ein Fernglas mißtrauisch und reglos die sich entfernende Barkasse.

Sie änderten daraufhin den Kurs und fuhren zurück.

Eva winkte hinauf zur Brücke, rief einige Sätze auf französisch, auf englisch, gab sich zu erkennen, fragte nach Monsieur Farghani. Da hob der Mann stumm die Hand, ein Zeichen des Verstehens, und er signalisierte ihnen durch entsprechende Gesten, näherzukommen und an Backbord anzulegen.

Es mußte Farghani persönlich sein, der nun rasch über Niedergänge und Achterdeck herunter kam und eigenhändig das Fallreep zu Wasser ließ. Offensichtlich war er allein an Bord. Verbindlich lächelnd kam er Eva auf der Treppe entgegen, als sie, ihre Reisetasche geschultert, von der Barkasse herüberkletterte.

„Madame Sadowski?“ Er schlug seine Kapuze zurück.

Sie nickte nur und fragte zur Sicherheit, obwohl kaum ein Zweifel bestand: „Monsieur Farghani?“

Dieser ältere, sich so souverän gebende Araber entsprach genau Toms Schilderung: „Ich bin der, den Sie suchen. Ja.“ Er sprach langsam und mit hartem Akzent. „Aber wir kennen uns bereits!“ Er führte drei Finger seiner rechten Hand zum Mund, zur Brust, verneigte sich leicht und sagte nach diesem Ritual einer Begrüßung leise und mit großem Ernst: „Madame, ich freue mich, Sie wiederzusehen, auch wenn der Anlaß ...“ Er stutzte, bevor er seine Kondolation zu Ende formulierte, schwieg nachdenklich, trat näher, betrachtete Eva sehr eingehend, sehr lange, mißtraute dem Zwielicht der einbrechenden Dämmerung, und dann fragte er zur Vorsicht noch einmal: „Sie sind Madame Sadowski?“

„Eva Sadowski, ja", bestätigte sie.

Sie ahnte die Verwechslung und versuchte, ihm die Zusammenhänge möglichst beiläufig und undramatisch zu erklären: „Sie kannten meinen Mann, Thomas Sadowski. Er hat sie hier an Bord besucht. Vor knapp zwei Wochen. Zusammen mit einer Kollegin."

„Mit einer Kollegin? Ah, ja!" Farghani nickte, er begann zu begreifen. „Ich glaube, ich verstehe ..." Der Trugschluß dämmerte ihm, und das Mißverständnis, dem er zum Opfer gefallen war.

„Als Sie mir über das Telefon mitteilen ließen, Sie würden kommen, Madame, war ich natürlich der Ansicht ..." Wieder schwieg er und lächelte scheinbar arglos über seinen Irrtum. „Aber nun sehe ich, wir sind uns nie begegnet, was ich bedauere." Er war von Evas Erklärung überzeugt und schien sich damit zufrieden zu geben.

Sie waren inzwischen langsam bis zum Achterdeck gewandert. Vollbesetzte Fähren fuhren dicht an ihnen vorbei und ließen die Jacht in den Heckwellen tanzen. Die Lichter der Stadt leuchteten herüber, spiegelten sich im Fluß.

Hier an Bord herrschte Dunkelheit und eine eigenartige, lastende Stille. Nur irgendwo unter Deck summte leise ein Aggregat.

Farghani war wieder stehengeblieben: „Madame, ich habe von dem entsetzlichen Unglück gehört. Mein tiefstes Beileid!" Er machte eine Pause, die als Anteilnahme zu verstehen war.

Eva nickte nur und ging nicht weiter darauf ein.

Farghani respektierte ihr Schweigen: „Nun kommen Sie sicherlich mit Fragen. Und ich weiß keine Antwort."

Eva schüttelte leicht den Kopf. „Ich wollte Sie kennenlernen. Mein Mann hat mir von Ihnen erzählt; er hatte mit Ihnen ein gutes Gespräch."

Die Journalistin Eva Sadowski hatte beschlossen, nun endlich ohne weitere Umschweife zur Sache zu kommen: „Ihr Bruder, Monsieur Farghani, wurde das Opfer eines Anschlags?"

Sie hatte ihre Frage sehr respektvoll, aber auch sehr nüchtern formuliert. Farghani entgegnete ihr darauf ebenso klar und unmißverständlich, und er senkte dabei nur unwesentlich die Stimme: „Mein Bruder starb in Kaltenbachs Flugzeug. Ihr Gatte starb in Kaltenbachs Wagen. Beide Male wurden die Opfer zerfetzt von einer Bombe. Und beide Male behauptete Kaltenbach, das Attentat hätte ihm gegolten."

Er formulierte seinen Zweifel mit einem Unterton von Bitterkeit: „Kaltenbach betreibt umstrittene Geschäfte seit über dreißig Jahren. Er hat zahllose Feinde. Trotzdem wurde nur zweimal ein Anschlag auf sein Leben gewagt. Aber in beiden Fällen starben andere an seiner Stelle. Menschen, die ihm gefährlich wurden."

In Farghanis Hand rotierte eine grünlich schimmernde Perlenkette. Nach einer Pause, die das eben gehörte unterstreichen sollte, gab er Eva gegenüber eine vertrauliche Erkenntnis preis: „Ich habe erfahren, Madame, Ihr Gatte war keineswegs der Agent, für den er sich ausgab, war nicht nur Makler für ein umstrittenes Geschäft. Er war Journalist. Ein engagierter Reporter, der einen heißen Fall recherchiert! Ist das richtig?"

86

Eva reagierte nicht. Eine Falle, dachte sie. Ich sitze in einer Falle! Tom war also längst enttarnt, und nun erwartete sie für sich selbst die übelsten Konsequenzen.

Farghani fragte aber bereits weiter: „Könnte es sein, Madame, daß Ihr Gatte zuviel wußte?"

„Sie glauben nicht an Zufall?" fragte Eva dagegen, als sich ihr Herzschlag auf diesen Schock hin wieder beruhigte.

„Ich bin Muslim", entgegnete Farghani ausweichend. „Nur Allah weiß, was geschehen wird." Er lehnte sich über die Reling und sah in die Nacht. „Wir Menschen, wir haben bisweilen Ahnungen, aber wir wissen nicht! Ich habe Ihren Gatten und seine Kollegin gewarnt. Weil ich eine gewisse Ahnung hatte. Eine Befürchtung ..."

Er schwieg, wandte sich langsam um, sah Eva prüfend an, und er hatte plötzlich sehr viel Intensität und einen zornigen Unterton in seiner Stimme: „Ja, ich glaube an Zufall. Und ich glaube an Schicksal. Aber nicht in bezug auf diese Affäre."

Er hatte offenbar Vertrauen zu Eva gefaßt: „Ich weiß, warum ich das sage! Bitte, kommen Sie mit!"

87

Er ging voraus, durch ein offenstehendes Eisenschott, hinein in das dunkle, unbeleuchtete Schiff. Eva folgte ihm widerstrebend, zögernd, halb blind. Sie tastete sich eine Treppe nach oben, ging einen schmalen Gang entlang, bis hinauf zur Brücke.

Dort machte Farghani Licht.

Es war ein trübes, abgedunkeltes Licht, das nur den Kartentisch beleuchtete. *Ansteuerung Casablanca* las sie auf einer bereitliegenden Seekarte, darauf lagen Zirkel und Dreiecke.

Farghani schob die Mahagoni-Wandverkleidung über dem Kartentisch zur Seite und öffnete mit dem Zahlencode einen dahinter liegenden Tresor, dem er zwei unterschiedlich farbige Plastiktaschen entnahm. Sorgfältig schloß er wieder ab, schob die Wandverkleidung davor und begann, in den Mappen zu blättern. Es dauerte eine Weile, bis er Eva wieder zur Kenntnis nahm.

„Oh, pardon, Madame!" Er deutet auf den drehbaren Sitz neben dem Ruder: „Bitte, nehmen sie Platz."

Erst als Eva Platz genommen hatte, breitete er den Inhalt der beiden Mappen auf der Seekarte aus. Es waren Schriftsätze, amtliche Briefe, eng bedruckte Formulare, Computeranalysen, alles auf unterschiedlichem Papier, in unterschiedlichem Format. Dazwischen eingestreut lagen auch Fotos irgendwelcher technischer Details.

„Fingerabdrücke sind ein Beweis für eine Tat", begann Farghani. „Sie sind nur einem einzigen Menschen absolut individuell und sicher zuzuordnen. Aber nicht nur Menschen, auch Bomben haben singuläre Merkmale."

Eva blickte Farghani zweifelnd an: „Fingerabdrücke? Bei Bomben?"

„Nennen wir es einmal so." Er blätterte in den Computeranalysen. „Die chemische Zusammensetzung des Sprengmaterials, die exakte Mischung der Stoffe, die stets variiert, nachzuweisen in verbrannten Rückständen, in Spuren von Rauch und Ruß, an Wrackteilen, an Fundstücken, Teil eines Zünders, Metallreste, Splitter, ein Kabel, geschwärzter Asphalt . . ."

Er hatte ein Blatt herausgesucht und es prüfend näher an die Lampe gehalten. „Hier! Das alles sind Indizien, die man vergleichen kann. Ich habe verglichen. Bitte", er reichte Eva das Blatt. „Der Bericht der Behörden, man hat so seine Beziehung: die Bombe vom Praça do Comércio, der tragische Unfall Ihres Gatten, im Wagen des Herrn Kaltenbach."

Er legte Eva einen mehrseitigen Bericht vor und blätterte anschließend in einem zweiten, der aus dem andersfarbigen Plastikumschlag stammte.

„Und hier: Absturz des Kaltenbachjet, die Untersuchung der Schweizer Behörden."

Auch diesen Schriftsatz übergab er Eva, die allerdings in dieser Dunkelheit nur wenig entziffern konnte.

„Für mich war das keine Überraschung", betonte Farghani, „aber die Fingerabdrücke der beiden Bomben sind absolut gleich!"

Er nahm Eva die beiden Schriftsätze wieder ab, den portugiesischen und auch den aus der Schweiz, und legte sie beide nebeneinander in das Licht des Kartentisches.

„Die Bombe, der Ihr Mann zum Opfer fiel – und die Bombe, die Kaltenbachs Jet zerriß, die seiner Frau und meinem Bruder den Tod brachte, das war der gleiche Fabrikationstyp: eine Landmine, *Code SL-4305/B.*"

Er legte ein entsprechendes Foto daneben. Das metallisch glänzende Objekt war flach und rund, mehr war auf der Abbildung nicht zu erkennen. Da existierte aber noch ein edler Hochglanzprospekt von dieser Waffe in Farghanis Sammlung, den er für Eva nun vorsichtig aufblätterte: Konstruktionsskizzen und Soldaten bei der leichten und sicheren Handhabung dieser Mine.

„Kaltenbach hat dieses Modell aus Israel importiert und in großer Stückzahl nach Südafrika weiterverkauft."

Eva, die sich weit vorgebeugt hatte, um die Berichte der amtlichen Untersuchungen und den makabren Verkaufsprospekt zu lesen, blickte erstaunt auf: „Aber die eine detonierte in der Luft, und die andere..."

„Die Zünder waren verschieden", erklärte Farghani. „Der eine reagierte auf 3300 Meter Höhe, der andere auf die Uhr des Wagens."

„Wenn mein Mann also nicht eingestiegen wäre?"

„Der Wagen wäre explodiert, so oder so. Punkt zwölf, als dieser geheimnisvolle Anruf erwartet wurde, als Beweis, daß Kaltenbach bedroht wird, auf der richtigen Spur ist, verfolgt von Gegnern ... die es nicht gibt!"

„Ein bestelltes Attentat?"

„Fingiert!" korrigierte Farghani. „Wie die Entführung der eigenen Tochter."

88

Kan ya makan, dachte Eva. Vielleicht. Vielleicht auch nicht. Aber endlich kommen wir zum eigentlichen Thema, zum ursprünglichen Grund ihres Besuches auf dem Schiff, das sich so still, so tot, so unheimlich verlassen, von Passagieren wie von Mannschaft, im Wasser des Tejo wiegte.

Wo war nun das Mädchen? Hier an Bord? Oder wo sonst? War Toms Verdacht überhaupt noch begründet?

Es hatte nicht den Anschein, denn Farghani entwickelte bereits das nächte Kapitel seiner Theorie, die er so überraschend freimütig, so verdächtig rückhaltlos Eva gegenüber offenbarte: „Ich denke mir, es gibt keine nuklearen Sprengsätze. Das Millionengeschäft ist ein Betrug, eine Erfindung. Kaltenbachs Erfindung. Meine algerischen Freunde haben mitgespielt, ich habe mitgespielt, um behilflich zu sein, diesen Kaltenbach zu überführen. Aber nun hat er eine Bombe gezündet – zünden lassen – und dabei Menschen geopfert: unbeteiligte Passanten, Touristen, einen Verkehrspolizisten. Ja, und einen, der ihm im Weg war. Der ihn durchschaute. Damit ist er dieser Aktion entwischt."

Eva dachte nach, fand, daß diese Theorie zwar Toms Ideen nahekam, aber nicht stimmen konnte: Das BKA hatte die Bombenstory, dieses mutmaßliche Gerücht, zuerst auf den Plan gebracht, nicht Kaltenbach. Aber diese Einwände erwähnte sie nicht. Sie kam vielmehr auf den Grund ihres Besuches zurück und griff in ihre Reisetasche: „Sie sagten vorhin, Herr Farghani . . . Sie glauben, daß Kaltenbach seine eigene Tochter . . .?"

„Entführen ließ, wie damals seinen eigenen Sohn Miguel. Aus taktischen Gründen. Ja!"

„Sie kennen seine Tochter persönlich?"

„Ich glaube nicht. Ich habe sie nie gesehen."

„Ich glaube schon!"

Sie hatte gefunden, was sie suchte, und nun brachte sie ein Foto im Silberrahmen zum Vorschein: das strahlende, unbelastete Porträt eines jungen Mädchens, lachend, vergnügt, in einem viel zu weiten Sportlerhemd der Universität von Princeton. Sie legte das Bild vor Farghani kommentarlos auf den Kartentisch, auf die Seekarte und all die anderen sicher nicht unumstrittenen Indizienbeweise für Kaltenbachs grauenvolle Taten.

Farghani warf nur einen kurzen interessierten Bilck auf das Foto, dann sah er Eva fragend an.

Sie meinte, eine Erklärung geben zu müssen: „Die Kollegin, die meinen Mann begleitet hat." Dann fragte sie ihn: „Erinnern Sie sich nicht?"

Farghani reagierte mit einem Lächeln, natürlich erinnerte er sich: „Die Kollegin Ihres Mannes, ja, gewiß! Ich erkenne sie wieder. Ich bitte Sie . . . Ein so schönes Mädchen. Wie sollte ich das vergessen?"

Er griff zögernd nach dem Bild, hielt es ins Licht, betrachtete es lange und genau, blickte wieder zu Eva, um nochmals zustimmend zu nicken. Eigentlich wußte er nicht so recht, was Eva in diesem Augenblick und in diesem Zusammenhang mit dem Foto und seiner Bestätigung bezwecken wollte.

Sie löste das Rätsel: „Das ist Sharon. Kaltenbachs Tochter."

Er nahm das Foto, das er bereits weggelegt hatte, noch einmal zur Hand.

„Ich war wohl etwas unvorsichtig damals und habe zuviel geredet!" Farghani wirkte mit einem Mal in hohem Maße beunruhigt.

„Mein Mann war mit Sharon befreundet", kommentierte Eva die aus Farghanis Sicht doch sehr fragwürdige Situation von damals. „Sehr befreundet sogar." Sie gab es offen und ohne Hemmungen zu. „Sie hat ihm geholfen. Bei seinen Recherchen. Gegen ihren eigenen Vater. Sie können beruhigt sein, Monsieur Farghani: Sharon ist zuverlässig."

Mag sein, daß sie Farghanis Zweifel zerstreute, aber auch sie selbst wollte nun Gewißheit: „Und nun hält Kaltenbach seine Tochter irgendwo versteckt, gefangen, wie Sie ja selbst vermuten?" Sie sah Farghani provozierend an: „Nicht zufällig hier? Auf Ihrem Schiff, Monsieur Farghani? Ich hatte das eigentlich erwartet."

Farghani reagierte eher belustigt und gab Eva das Bild zurück. „Ich bitte Sie, Madame, was für einen Grund sollte es geben, diesem Kaltenbach bei seinen üblen Aktionen behilflich zu sein?"

Da drang Lärm herauf zu ihnen, Schrammen und Poltern eines großen Bootes gegen die Bordwand, Stimmengewirr, kehlige Laute von Männern, arabische Rufe, französische Antworten, darüber das laute Tuckern eines alten Bootsmotors.

Farghani eilte nach draußen, schaute kurz über die Reling. Dann kam er zurück.

„Meine Crew, die Mannschaft des Schiffes. Sie hatten Landgang bis Sonnenuntergang. Jetzt kommen sie zurück. Wir lichten den Anker, in wenigen Minuten schon. Wir verlassen Lissabon. Die *Al-Bukra* läuft aus." Unruhe hatte ihn erfaßt.

Eva stand auf. Sie ließ Sharons Foto wieder in ihre Reisetasche gleiten, während Farghani seine Beweise gegen Kaltenbach im Tresor verschloß.

„Ich danke Ihnen für Ihren Besuch, Madame", er komplementierte sie hinaus, „und betrachten Sie unser Gespräch – schon im eigenen Interesse – als vertraulich. Ich bitte Sie darum! Au revoir, Madame!"

Eva verstand, daß diese für sie so informative Begegnung aus den angegebenen, gewichtigen Gründen nun überraschend zu Ende war. Sie hängte sich die Tasche um und reichte Farghani zum Abschied stumm die Hand.

Er nahm sie zögernd, etwas verwirrt über den europäischen Gruß, dann führte er wieder die drei Finger der rechten Hand zum Mund und zum Herzen.

Sie kannte den Weg. Er war nicht zu verfehlen, denn überall flammten nun die Lampen auf. Die spukhafte Atmosphäre, die dieses Schiff eben noch auszustrahlen schien, verflog in der Geschäftigkeit des Aufbruchs.

Matrosen eilten durch die Gänge, Stewards, Köche, und nahmen von Eva kaum Notiz, was verwunderlich war.

Sie erreichte das untere Deck, balancierte vorsichtig das Fallreep hinunter. Unten startete der alte Bootsmann, der verabredungsgemäß gewartet hatte, wieder den Motor der Barkasse. Ein größeres Boot, mit dem die Crew zurückgekehrt war, hatte bereits wieder abgelegt und verschwand in der Dunkelheit.

Da erschien Farghani nochmals oben auf der Brücke und beugte sich über die Reling. Er rief Eva noch eine letzte Frage nach, und er übertönte dabei den Lärm des Bootsmotors: „Was ist Ihr nächstes Ziel, Madame?"

„Ich habe keines . . ."

„Ich denke, Sie suchen das Mädchen? Es ist nicht auf diesem Schiff! Bei Allah!" Er hob die rechte Hand zum Schwur und legte die linke gleichzeitig auf seine Brust.

Neben ihm erschien die Hosteß der Jacht in ihrer afrikanischen Landestracht mit tausend Perlen im Haar und betrachtete Eva mit neugierigem Interesse.

Scheinbar spontan machte Farghani einen für Eva überraschenden Vorschlag: „Bleiben Sie an Bord, Madame“, rief er. „Bleiben Sie hier. Wir lichten den Anker in fünfzehn Minuten. Wir nehmen Kurs auf Casablanca.“

„Was soll ich in Marokko?“

Farghani wußte anscheinend die Antwort, aber er schwieg in Gegenwart so vieler Zeugen. Er bedeutete Eva zu warten und eilte den Niedergang zum Achterdeck herunter. Auf dem Fallreep kam er ihr entgegen und berichtete ihr mit gedämpfter Stimme: „Es war in der Nacht nach dem Attentat. Eine Jacht legte ab. Ohne Ankündigung. Sehr überraschend. Sehr leise.“

Farghani sah sich um, warf einen mißtrauischen Blick auf den alten Bootsmann, dann trat er noch näher zu Eva: „Das Schiff lag drei Tage lang hier neben uns. Man kennt sich, man grüßt sich, man ist behilflich. Der Kapitän fragte nach einer Karte: *Ansteuerung Essaouira.*“

„Wo liegt das?“

„Westküste Marokko. Eine kleine Hafenstadt. Zweihundert Meilen südlich von Casablanca. Das ehemalige portugiesische Mogador.“

Eva sah immer noch keine Veranlassung, auf dieser Jacht eine dubiose Reise mitzumachen. Es gab für sie zahlreiche Gründe, skeptisch zu sein und eine Falle zu wittern.

Bis Farghani ihr noch eine Mitteilung machte, die sie aufhorchen ließ: „Mogador ... Kaltenbach besitzt dort ein Haus!“

89

Gegen zwei Uhr früh hatte die Jacht *Al Bukra* die südwestliche Spitze Portugals, das Cabo de Sao Vicente, an Backbord passiert und nahm nun südsüdöstlichen Kurs direkt auf Casablanca.

Die große Bucht von Cadiz, die Einfahrt zur zweihundert Kilometer weiter östlich gelegenen Straße von Gibraltar, zwischen Europa und Afrika, die die *Al Bukra* überqueren mußte, wurde zum unerquicklichsten Teil der Reise. Ein Tiefausläufer jagte steife Böen über das aufgewühlte Wasser mit seinem meterhohen Schwall, und tiefhängende, rasch dahinziehende Wolkenfetzen gaben nur für kurze Augenblicke den Sternenhimmel frei.

Die Jacht pflügte mit ihren fünfundzwanzig Knoten Reisegeschwindigkeit durch diese rauhe See, rollte, stampfte und nahm hin und wieder einen Schwall grünen Wassers über das Vordeck.

Eva war aus ihrer Kabine geflüchtet, fühlte sich dort unten beengt und eingesperrt. Sie lag nun in einem der Liegestühle in frischer Luft und unter freiem Himmel auf dem Achterdeck; von Gischt und Fahrtwind weitgehend geschützt und mit einem Plaid zugedeckt, versuchte sie zu schlafen.

Sie hielt zumindest die Augen geschlossen, lauschte auf das Heulen des Windes in den Wanten und Aufbauten des Schiffes, auf die Brecher, die gegen die Bordwand klatschten und das gleichmäßige Dröhnen der beiden Maschinen. Ihr Körper schwankte im Takt des rollenden Schiffes, und sie kalkulierte das Risiko, ihren möglicherweise hohen Einsatz, den Preis dieses Abenteuers, das sie freiwillig und ohne Zwang, vielleicht auch allzu leichtfertig eingegangen war.

Da berührte sie eine Hand an der Schulter, und sie schrak zusammen: Farghani stand neben ihr in der Dunkelheit. Er trug eine schwarzglänzende Seglerjacke, hielt sich am Holzgestänge des Liegestuhls fest und balancierte so die Rollbewegung des Schiffes aus.

„Madame, verzeihen Sie mir, aber ich mußte Sie wecken. Wir haben Sturmwarnung erhalten. Sie sollten wieder nach unten gehen.“

„Sie sind sehr besorgt um das Wohl Ihrer Passagiere, Monsieur Farghani.“ Eva schlug das Plaid zurück und erhob sich.

„Das gehört zu meinem Gewerbe.“ Er reichte ihr die Hand, fing sie auf, als das Schiff sich zur Seite neigte und sie sich schwankend an ihn klammerte.

„Ich habe ein Dutzend Charterjachten laufen“, verriet er ihr.

„Das Vergnügen meiner Gäste darf durch nichts getrübt werden."

„Vergnügen?" Sie lachte. „Ist eine Seereise immer so ungemütlich?"

„Es kommt mitunter vor..." Er faßte nach ihrem Arm. „Kommen Sie, ich bin Ihnen behilflich."

So führte er Eva über das schwankende Deck auf eines der beiden Eisenschotts zu, das nach unten führte und das er für sie entriegelte. Der warme Dunst, der ihr entgegenschlug, roch nach Kaffee und heißem Maschinenöl.

Geblendet vom grellen Licht unter Deck blieb sie stehen, hielt sich mit beiden Händen am Geländer der steilen Treppe fest und sah sich noch einmal um.

Leuchtend gelbe Gestalten in Plastikoveralls waren hinter ihr aufgetaucht, Matrosen des Schiffs, die nun über das Achterdeck huschten. Sie klappten die Liegestühle zusammen und schleppten die Bänke mit den Rettungswesten zur Seite, die an der Reling standen.

Das sah nach Vorbereitungen für eine Naturkatastrophe aus, und die Geschichte mit der Sturmwarnung, dachte Eva, könnte demnach stimmen.

Unter Deck war die Bewegung des Schiffes noch stärker zu spüren. Trotz Farghanis Hilfestellung taumelte Eva von einer Seite des schmalen Ganges zur anderen.

Schließlich erreichten sie ihre Kabine, und Farghani öffnete ihr die Tür und machte Licht.

„Wo sind eigentlich alle Ihre Passagiere?" fragte Eva. „Außer Ihnen und der Crew scheine ich der einzige Gast an Bord zu sein."

„Meine Fahrgäste steigen in Casablanca zu. Morgen, gegen Mittag." Das klang überzeugend. Auch Farghanis guter Rat, der nun folgte, beunruhigte Eva nicht weiter: „Bleiben Sie in Ihrer Kabine, Madame. Und verriegeln sie gut die Tür. Hier!"

Er reichte ihr ein Röhrchen mit Tabletten.

„Gegen Seekrankheit. Nehmen Sie zwei. Sie werden gut schlafen. Die Tabletten machen müde. Aber bevor wir

Casablanca erreichen, lasse ich Sie wecken. Au revoir, Madame."

Er verabschiedete sich von ihr mit einer etwas altväterlichen, muselmanischen Geste und einer Phrase: „Möge Allah Sie behüten!"

Vorsichtig und leise schloß er von außen die Kabinentür, die Eva nun von innen weisungsgemäß mit Schlüssel und Sperrkette verriegelte.

Sie lehnte sich gegen die Tür, betrachtete das Tablettenröhrchen in ihrer Hand nicht ohne eine gewisse Skepsis und legte es schließlich zur Seite, auf das schmale Bord mit Wasserglas und Karaffe über dem Waschtisch.

Sie schwankte, als das Schiff sich überraschend hob und rasch wieder senkte, taumelte zurück gegen die Tür, gegen den Schrank, stemmte sich gegen den Tisch und klammerte sich an den festgeschraubten Stuhl.

Als die Bewegung des Schiffes es wieder zuließ, löschte sie das Licht und kroch auf die obere Koje.

Sie lag auf dem Rücken, starrte in die Dunkelheit, versuchte, ohne größere Verrenkungen aus ihren weißen Jeans zu schlüpfen und war bemüht, dem ständigen, unregelmäßigen Auf und Ab, dem Hin und Her positive Gefühle abzugewinnen.

Sie hatte dabei jedes Empfinden für Raum und Zeit verloren.

90

Über den flackernden runden Lichtfleck, der plötzlich über ihr an der Decke erschien, wunderte sie sich nicht. Nicht sofort, zumindest. Erst als er rasch weiter wanderte, geisterhaft über Wände, Schrank und Tür hinweg glitt, aufblinkte und wieder verschwand, wurde sie aufmerksam und suchte die Quelle dieser Erscheinung.

Das Bullauge in der Mitte der Koje, fest verglast und hermetisch verschraubt, konnte sie mit ausgestrecktem Arm gerade erreichen.

Ein Brecher klatschte hin und wieder dagegen, eine Welle wischte darüber hinweg.

Eva wälzte sich zur Seite, kroch zu diesem winzigen Fenster, das sie von Nacht und Meer und Wogen trennte, und starrte in ein grelles, blendendes Licht.

Ein Schweinwerfer huschte über die Wellen hin, im gleichen Rhythmus wie vorher der Lichtfleck auf der Wand.

Eine weitere Lampe flammte auf, mit gelbem Licht und nahe der ersten. Sie sandte Morsesignale aus, kurze und lange Impulse in rascher Folge.

Die beiden Maschinen der Jacht drosselten plötzlich ihre Umdrehung, und das Schiff reduzierte augenblicklich seine Fahrt. Dieses permanente, gleichmäßige Dröhnen der Schiffsdiesel, an das sich Eva anfangs nur schwer gewöhnen konnte, erstarb so überraschend und so unmittelbar, daß die nachfolgende Stille schmerzhaft und erschreckend von ihr wahrgenommen wurde. Es blieb nur ein intensives dumpfes Summen, das die Jacht erzittern und vibrieren ließ.

Da erschien aus der absoluten Schwärze dieser Nacht, auf und ab tanzend im Schwell der bewegten See, ein anderes Boot. Es hielt Kurs auf die Jacht, war in seinen Umrissen nur schemenhaft zu erahnen, kam langsam, sehr langsam näher, verschwand in abgelegenen Wellentälern, tauchte auf dem Kamm einer anderen Woge wieder auf und drehte schließlich breitseitig bei.

Es war ein niederer Fischtrawler mit einem Steuerhaus auf dem Vorschiff, einem kleinen, niederen Mast und der typischen Takelage für das Fanggeschirr. Die Bordscheinwerfer der Jacht strahlten ihn an und ließen auch die Besatzung erkennen: Männer in schwarzem Ölzeug, Wollmützen auf dem Kopf, die mit Leinen und roten Fendern in der Hand bereitstanden und erwartungsvoll herüberschauten.

Der Fischtrawler hielt Schritt mit der Jacht, die kaum noch Fahrt machte und zu schlingern begann.

Eva verlor das andere Boot aus dem Blick, der durch das Bullauge nur begrenzt war, hörte Rufe, das Knirschen von Holz gegen Metall, das Reiben von Bordwand an Bordwand, schweres Poltern und Schläge von Metall.

Da begannen die beiden Maschinen wieder mit ihrem singenden Dröhnen. Dieses Geräusch und die damit verbundenen Vibrationen änderten sich nun ständig: Die Jacht manövrierte vor und zurück, bis das andere Boot anscheinend fest vertäut in dieser schweren See im Windschatten der Jacht längsseits lag.

91

Eva war wieder in ihre Jeans geschlüpft, die sie im Dunkeln irgendwo auf dem Fußboden fand, verließ ihren Beobachtungsplatz und tastete sich vorsichtig, ohne das Licht einzuschalten, zur Tür der Kabine.

Sie horchte nach draußen, aber die Stimmen, die Rufe, die Signale einer Trillerpfeife, das Gepolter der Schritte direkt über ihr kamen von oben, vom Deck.

Sie schloß auf, hakte die Sperrkette aus, öffnete vorsichtig Zentimeter um Zentimeter die Tür und spähte hinaus.

Geblendet trat sie aus dem Dunkel der Kabine in den hellerleuchteten Gang, lauschte erneut, dann schloß sie die Tür hinter sich.

Der Gang vor ihr schwankte, und sie taumelte wieder von einer Seite zur anderen. So erreichte sie schließlich die steile eiserne Treppe, die nach oben führte, zum Schott, zum Achterdeck.

Sie stieg hinauf, erreichte die hermetisch verschlossene Metalltür und entriegelte sie mit den beiden langen Hebeln. Sie brauchte dazu ihre ganze Kraft.

Das vorher so sorgsam leergeräumte Achterdeck, das nun im Schein greller Bordscheinwerfer vor ihr lag, war der Schauplatz hektischer Aktivitäten. Von dem längsseits vertäuten Trawler schwebte gerade eine silberspiegelnde Kiste herüber zur Jacht. Sie hing am Auslegerbaum des Fanggeschirrs, pendelte an dicken Tauen, in die sie sorgsam eingesponnen war.

Die Crew der Jacht zerrte verbissen an Leinen, bis dieser offenbar tonnenschwere, längliche Metallbehälter auf den Decksplanken der schwankenden Jacht sanft gelandet war. Erst als die Menschen ihn umstanden und die Knoten der Leinen lösten, konnte Eva die Größe dieses Containers ermessen: Gut zwei Meter lang und einen knappen Meter im Quadrat von Höhe und Breite.

Die Kiste bestand aus sorgfältig verschraubten, glänzenden Aluminiumplatten, die das Licht der Deckslampen reflektierten. Die Längskanten waren mit Holzplanken geschützt, die durch zahlreiche umlaufende Stahlbänder gesichert waren.

In großer Eile hatte die Crew nun auch die Taue gelöst, und der Ausleger schwang zurück zum Fischerboot für den nächsten Transport.

Da bemerkte einer der Matrosen Eva. Sie stand immer noch im Schatten des offenen Schotts, das hinunter führte ins Innere des Schiffes, und beobachtete fasziniert diese konspirative Szene.

Der Mann trat zur Seite und gab ein Zeichen hinauf zur Brücke, wo Farghani persönlich, die afrikanische Hosteß an seiner Seite, zusammen mit dem Kapitän der Jacht das riskante Manöver überwachte. Die beiden Schiffe, durch zahllose Leinen miteinander verbunden und durch ballonartige Fender voreinander geschützt, vollführten nämlich auf der rauhen See einen für beide gefährlichen Tanz.

Farghani hatte offensichtlich das Zeichen verstanden und verschwand von der Brücke, um eine halbe Minute später stumm hinter Eva aufzutauchen, gerade als die zweite Kiste über die Bordwand schwebte.

„Ich hatte Sie doch sehr freundlich ersucht, Madame, in Ihrer Kabine zu bleiben." Farghani war von ausgesuchter Verbindlichkeit.

Eva erstarrte trotzdem. Schreck und Überraschung lähmten sie für Sekunden. Das Geschehen an Deck, das sich nur wenige Schritte vor ihr abspielte, hatte ihre Aufmerksamkeit voll in Anspruch genommen. Sie hatte hinter sich niemand erwartet.

„Was ist das?" fragte sie Farghani. „Was passiert hier gerade? Darf ich das fragen?"

Farghani bemühte sich immer noch um vorbildliche Höflichkeit, obwohl eine gewisse Schärfe in seinen Worten nicht zu überhören war: „Aber natürlich dürfen Sie fragen, Madame, warum auch nicht. Wir übernehmen Proviant!" Es kam ihm sehr überzeugend von den Lippen, aber Eva lachte nur schallend: „Bei Nacht und Nebel und bei Sturm auf hoher See?"

Auch Farghani lachte nun, als hätte er sich einen guten Witz erlaubt, der auch entsprechend verstanden wurde.

„Sie haben recht, Madame, ich bin unglaubwürdig!" Ebenso überzeugend lieferte er nun seine zweite Version: „Ehrlich gesagt, es handelt sich um Schmuggelgut für Marokko. Zigaretten und Whisky . . ."

Wieder hatte er dabei vielsagend gelächelt und seine Stimme konspirativ gesenkt.

Eva fand, daß es nun genug sei mit den Scherzen dieser Art, und sprach ihre Vermutung laut und deutlich aus: „Waffen?"

Als Farghani darauf nicht reagierte, ging sie noch mehr ins Detail: „Die drei nuklearen Sprengsätze?"

Farghani war aber nicht bereit, auf diese Art von Provokation einzugehen oder irgendeinen Kommentar auf Evas Vermutungen abzugeben.

Daher präzisierte sie ihren Verdacht: „Für Algerien? Für die PLO? Für Libyen? Marokko?"

Farghani ließ seine Perlenkette kreisen, schwieg beharrlich und beobachtete aufmerksam die Arbeit seiner Mannschaft und die Kommunikation mit den offenbar französisch sprechenden Fischern auf dem anderen Boot.

Eva deutete Farghanis Schweigen auf ihre Weise: „Das also sind sie: die Atomsprengköpfe, für die mein Mann sterben mußte?"

92

Farghani hatte längst aufgehört zu lächeln. „Ich bewundere Ihren Scharfsinn, Madame... oder Ihren Sinn für makabren Humor! Glauben Sie im Ernst, ich hätte Sie zu dieser Reise eingeladen, wenn ich die Absicht gehabt..."

„Als Alibi vielleicht?" unterbrach sie ihn.

„Gut!" nickte Farghani und ergänzte: „Oder weil ich der Meinung bin, daß es nur wir beide als Komlizen gemeinsam schaffen werden, Kaltenbach das Handwerk zu legen?"

„Eigentlich sollte ich diese Aktion ja verschlafen", erinnerte sich Eva. „Pillen gegen Seekrankheit machen müde..."

Farghani nickte zustimmend und mit großem Ernst: „So ist es, Madame, denn wer zu viel weiß, lebt gefährlich..."

„... und vielleicht nicht mehr lange?" Eva sah ihn herausfordernd an. Sie zuckte zusammen, schrie leise auf, als hinter ihr die zweite Kiste hart auf dem schwankenden Deck aufsetzte.

Farghani beruhigte sie mit einer Handbewegung und erklärte ihr mit doppelbödigem Humor: „Wenn es, wie Sie vermuten, Madame, Bomben wären, würde man sie ohne Zünder transportieren. Die Lieferung der Zünder würde dann später erfolgen, gegen Zahlung der letzten Rate. Ihr Schreck war also überflüssig, Madame!"

„Also Bomben!", sagte sie triumphierend. „Sie geben es zu, und ich hatte recht!"

„Ich fürchte, Madame, ich muß Sie bereits wieder enttäuschen. Es sind lediglich Pumpen. Bewässerungspumpen. So steht es zumindest in den Papieren."

„Ja, wenn es so in den Papieren steht..." Scheinbar ernsthaft ging Eva darauf ein: „... dann ist das also jetzt die volle Wahrheit! Oder nicht, Monsieur Farghani?"

Farghani antwortete nicht. Nicht auf Evas Frage. Im Gegenteil. Nach einer gewissen Pause fragte er selbst: „Wie einigen wir uns jetzt? Was schlagen Sie vor, Madame?"

„Ich habe nichts gesehen und Sie verraten mir den Lieferanten dieser... Bewässerungspumpen!"

Da hob er die Hand wie zum Schwur. „Allah stehe mir bei! Ich bin nur der Transporteur! Ich weiß nur das Ziel, nicht die Herkunft der Ware."

Eva spielte das Spiel noch eine Runde weiter, trotz aller Zweifel am Erfolg: „Und was, bitte, ist nun das Ziel?"

„Sie kennen es bereits, Madame: Casablanca!"

Mehr war anscheinend nicht zu erfahren, zumindest nicht in dieser Nacht, auf diesem schlingernden Schiff, in dieser nicht ungefährlichen Situation.

„Ich werde jetzt Ihren Rat befolgen und die Kabinentür verriegeln, Monsieur Farghani", sagte sie kühl. „Ich vertraue darauf, daß Ihnen als Muslim ein Gast heilig ist."

„Wenn der Gast keine Fragen mehr stellt..." schränkte er ein, „wird Allah ihn behüten!" Er hob wieder einmal die Hand zu einer Art Abschieds- oder Segensgruß.

Eva empfand dies inzwischen als Farce, wandte sich kommentarlos, grußlos ab und ging. Sie kletterte die steile Eisentreppe wieder hinunter zum Kabinengang. Auf halber Höhe blieb sie stehen und sah sich noch einmal kurz um. Farghani stand noch immer dort oben, wo sie ihn verlassen hatte. Er war nicht von der Stelle gewichen, und er beobachtete sie mit einem eigentümlich forschenden Blick.

„Vergessen Sie bitte nicht", erinnerte sie ihn, „mich rechtzeitig wecken zu lassen, bevor wir Casablanca erreichen! Sie haben es mir versprochen."

„Ruhen Sie angenehm, Madame!" rief er zurück, „trotz des möglicherweise noch zu erwartenden Sturms."

Eva ging schwankend den langen Gang hinunter und verschwand schließlich im Inneren ihrer Kabine.

Farghani blickte ihr mit gemischten Gefühlen nach, bis sich die Tür hinter ihr geschlossen hatte, dann wandte er sich wieder dem dramatischen Manöver auf dem Achterdeck zu. Die dritte und letzte der schweren Metallkisten schwebte gerade von Bord zu Bord, über die zwischen den beiden Schiffen hochstiebenden Brecher und die aufgepeitschten Wellen hinweg, und landete an Deck der *Al Bukra*.

93

Eva wischte sich die vom Sturm zerblasenen Haare aus dem Gesicht, die salzigen Tropfen der Gischt.

Sie hatte die Kette vorgelegt, die Kabinentür wieder verriegelt und sich erschöpft dagegengelehnt, dagegengestemmt, mit ganzer Kraft, um Halt zu finden. Sie hatte Angst, ohne jeden Zweifel.

Das Schiff rollte und schlingerte. Von oben, vom Deck, tönten gedämpft immer noch Rufe, Befehle, das Poltern von Schritten.

Der Trawler scheuerte ächzend an der Bordwand der Jacht. Aber dann, nach kurzen Augenblicken der Stille, begann erneut das gleichmäßige Dröhnen der Maschinen. Die *Al Bukra* machte wieder Fahrt, stampfte durch schwere Dünung Kurs Südsüdost, der nächtliche Spuk war vorüber.

Eva schlüpfte aus ihren Schuhen, stolperte, ohne Licht zu machen, zu ihrer Koje und ließ sich fallen.

Sie starrte zur Decke und lauschte auf das Geräusch der Brecher gegen die Bordwand.

Vielleicht hatte Farghani recht, und es wäre klüger gewesen, diese Episode der Reise zu verschlafen.

Ruhe fand sie keine mehr in dieser Nacht und wartete so das versprochene und von ihr geforderte Wecken vor der Ankunft in Casablanca nicht ab.

Bereits im Morgengrauen war sie wieder an Deck, ging vor zum Bug, ließ sich den Fahrtwind durch die Haare wehen. Es war ein warmer, milder Wind. Die Dünung des Altantik hatte sich beruhigt, und an Backbord tauchte aus dem Dunst die marokkanische Küste auf: Afrika.

Beim Frühstück im Salon saß Eva allein an der langen, schmalen Tafel. Farghani ließ sich nicht blicken. Die afrikanische Schönheit servierte die für eine Luxusjacht angemessenen Delikatessen. Ihr Gesicht an diesem Morgen glich einer Ebenholzmaske, abweisend und starr. Das weite, mit bunten folkloristischen Motiven bedruckte Baumwollkleid, das ihre schmale

Gestalt wie ein aufgeplusterter Ballon umgab, raschelte bei jeder Bewegung wie Taft, und die Perlenschnüre in ihrem krausen Haar klingelten leise. Stumm, ohne ein einziges, einladendes Wort stellte sie Champagner auf Eis und Austern bereit, Langusten, Lachs und ein Dutzend Käsesorten, dazu Papayas, Mangos und andere exotische Früchte. Eva war aber nicht in der Stimmung für solche Genüsse. Sie trank zwei Tassen Kaffee und überlegte sich, wie sie diesem Alptraum aus Luxus und Bedrohung wieder heil entrinnen könnte.

Die Jacht hatte bereits ihre Fahrt reduziert und glitt zwischen Hunderten von Ruderbooten mit einsamen Anglern, zwischen Fischkuttern, Schleppern und den Fahrzeugen von Polizei und Marine in ein weites, häßliches Hafenareal. Es war umgrenzt von den verwinkelten Gassen einer niedrigen arabischen Altstadt mit ihren Dutzenden von Minaretts, der Medina von Casablanca, überragt von der weißen Skyline einer modernen Millionenstadt.

Das graue Boot der Zollverwaltung folgte der *Al Bukra*. Die Gruppe der Schwarzuniformierten blickte neugierig herüber.

Mag sein, daß dieses freundliche Interesse Eva galt, die an der Reling des Achterdecks stand, vielleicht aber auch den drei länglichen Behältern hinter ihr – mit Leinen festgezurrt, gegen schweren Seegang gesichert und mit einer grünen Persenning sorgfältig abgedeckt.

„Sie haben gut geruht, Madame?"

Farghani stand plötzlich hinter ihr, und Eva versuchte, sich ihre Überraschung, ihre Unruhe und Furcht nicht anmerken zu lassen.

Sie ging auf Farghanis Begrüßungsfloskel nicht näher ein, auf die er auch keine detaillierte Antwort zu erwarten schien.

„Wir haben in wenigen Minuten unser Ziel erreicht", teilte er mit.

„Casablanca ..." Es schwangen in Evas Stimme romantische Vorstellungen mit, die sie in ihrer Phantasie mit dem Namen der Stadt verband, aber auch die Erleichterung, daß das Abenteuer dieser Reise fast überstanden war.

„Casablanca!“ bestätigte er.

„Casablanca oder Lissabon ...“ zitierte Eva, und Farghani sah sie fragend an.

Also zitierte sie weiter: „Traditionsgemäß werden Geschäfte dieser Art über Lissabon oder Casablanca abgewickelt. Das war schon im Zweiten Weltkrieg nicht anders.“

„Das klingt wie eine von Kaltenbachs Behauptungen“, vermutete Farghani.

„Es ist ein Zitat von Kaltenbach. Ja. Sie haben recht. Ein Ausspruch gegenüber meinem Mann!“

Mitglieder der Crew erschienen an Deck und legten die Leinen für das Anlegemanöver bereit.

Sie hatten sich einer der kleineren Molen in einem Seitenbecken des Hafens genähert. Obskure Gestalten, barfuß und in zerschlissenen europäischen Jacketts, warteten bereits an Land darauf, die Leinen aufzufangen und die Jacht zu vertäuen.

„Wer übernimmt nun die Bewässerungspumpen?“ fragte Eva. Aber Farghani erinnerte sie an eine Abmachung: „Sie wollten keine Fragen mehr stellen, Madame!“ Das klang unmißverständlich und endgültig.

„Wir legen nun an“, stellte er fest. „Es ist nicht notwendig, daß Sie anwesend sind, wenn die Ware von Bord geht.“ Farghanis höflicher Hinweis klang wie eine Warnung. Etwas verbindlicher, weniger autoritär und vor allem wesentlich leiser fuhr er fort: „Ich habe die Ware transportiert. Das war meine Aufgabe. Sie werden bezeugen, daß ich diesen Auftrag erledigt habe, falls jemand daran zweifeln sollte.“

Wer sollte daran zweifeln, dachte sie. Der Auftraggeber? Der anonyme Hersteller und Händler? Oder das BKA?

Aber Farghani ergänzte bereits: „Das wäre dann Ihre Aufgabe, Madame!“ Er wandte sich lächelnd ab, ging zum Heck der Jacht und beobachtete von dort den Zollkreuzer, der ihnen auf den Fersen geblieben war.

Eva hatte also eine Funktion zugeteilt bekommen, eine Rolle in einem undurchsichtigen Spiel. Rechnete Farghani wirklich damit, daß die Ware ihren Empfänger nicht erreicht, beschlagnahmt wird oder von dritter Seite in einem Handstreich erbeutet? Und sie sollte dann als Zeugin fungieren? Um den schmutzigen Deal zu retten? Absurd!

Sie schickte sich an, wieder hinunter in ihre Kabine zu gehen und dort zu warten. Irgendwann würde sie unbemerkt von Bord verschwinden, sich ein Taxi zum Flughafen nehmen, einen Flug nach Lissabon buchen – und sei es auf einem Umweg über zwölf Zwischenstopps. Und sie würde Tom über alles berichten. Er war die nächsten zwei Wochen bestimmt noch im Krankenhaus zu erreichen, wo man immer noch auf der Suche nach versteckten, unentdeckten Metallsplittern war, die sich tief in sein Gewebe eingegraben hatten.

Die Kabinentür hatte sie fast erreicht, als sie bemerkte, daß Farghani ihr leise gefolgt war.

Weniger erschrocken als vor allem neugierig wandte sie sich um, weil sie erfahren wollte, wie sich der Abschied nun gestalten würde.

Aber Farghani machte ihr lediglich eine vertrauliche Mitteilung: „Wir verlassen das Schiff getrennt, Madame, Sie und ich. Wir treffen uns wieder in einer Stunde im Zentrum der Stadt, neben dem Portal der Mulai-Jusef-Moschee."

94

Ich glaube kaum, dachte Eva. Ich bin sogar sicher, Monsieur Farghani, wir treffen uns niemals wieder! Es ist Schluß jetzt, endgültig Schluß, Monsieur, mit jeglicher Form der Konspiration, mit jeder Art der unfreiwilligen Zusammenarbeit. Ich bin keine Zeugin, keine Komplizin beim Schmuggel von Waffen, keine Gefährtin im Kampf gegen einen Rivalen wie Kaltenbach! Und auch keine Geliebte! Ja, Sie haben richtig gehört, Monsieur, und als Frau habe ich so meine Antennen und Instinkte! Sie haben es zwar nicht ausdrücklich gesagt, Monsieur Farghani, was Sie sonst noch mit mir vorhaben und wozu ich nicht einmal abgeneigt wäre bei einem Mann wie Ihnen, mit Ihrem exotischen Charme und trotz Ihres schon etwas vorgerückten Alters. Es wäre für mich ja durchaus vorstellbar und hätte – in diesem Augenblick – sogar einen prickelnden Reiz. Sie gaben sich zwar distanziert und voller Respekt. Vermutlich weil Sie – die ersten vierundzwanzig Stunden wenigstens – meinen Witwenstand respektierten. Herzlichen Dank dafür, Monsieur! Trotzdem: nein! Tut mir leid. Und wirklich zu dumm, Monsieur, daß ich gerade beschlossen habe, daß wir es bleiben lassen, dieses erwägenswerte, überaus hübsche und aufregende Spiel, nicht wegen Tom, der wird gerade von den Nonnen im Hospital der Barmherzigen Schwestern in Lissabon bestens und liebevoll versorgt, und auch nicht aus Rache wegen der Affäre mit Sharon, diesem Kind! Geschenkt! Wenn auch mit einem gewissen Zorn. Es ist nur, weil ich möglicherweise, vielleicht, vermutlich ... nicht weiß, wo diese Geschichte enden wird, die Affäre, das Abenteuer, und ab wo die Gefahr beginnt, die lebensbedrohend, die tödlich sein könnte. Wenn ich an Ihr Schmuggelgut denke.

Aber bevor Eva Farghani das alles wirklich sagen oder ihn wenigstens höflicherweise fragen konnte, wie und wo sie diesen Treffpunkt, diese eine Moschee unter Hunderten in dieser für sie völlig fremden Stadt finden sollte, zeigte Farghani auf die hinter ihm auftauchende afrikanische Hosteß. Sie trug nun ein enges, schwarzes, sehr elegantes Kostüm, eine Brille mit verspiegelten Gläsern und umgehängt, an einem auffallend breiten Lederriemen, eine kleine und offenbar sehr schwere Tasche, die sie mit ihrer linken Hand fest umklammert hielt. Wie üblich verzog sie keine Miene.

„Fatima wird Sie begleiten, Madame. Sie wird Sie nicht aus den Augen lassen. Zu Ihrer eigenen Sicherheit natürlich. Casablanca ist nicht ungefährlich."

Er schien in Eile zu sein. Bevor er sich abwandte und ging, teilte er Eva ebenso sachlich wie beiläufig bei: „Ich bringe Sie heute noch nach Mogador ... Zu Kaltenbachs Haus!"

95

Sie trafen sich an der Mulai-Jusef-Moschee. Farghani kam mit einem Taxi, einem nicht allzu vertrauenerweckenden Fahrzeug, das allerdings den Vorteil hatte, geräumig zu sein. Eva stieg zu, und die schwarze Schönheit verschwand in der Menge, genauso wortlos wie sie mit Eva, auf den Steinstufen der Moschee sitzend, gewartet hatte.

„Sie spricht kein Englisch", erklärte Farghani. „Kaum Französisch, und sie versteht, was immer man sagt."

„Woher stammt sie?" Eva hatte sich durch diese schweigsame Frau zwar nicht direkt bedroht gefühlt, obwohl sie den Auftrag ahnte, jeden ihrer Fluchtversuche zu verhindern, und sei es mit Waffengewalt. Die Anwesenheit allein hatte sie beunruhigt.

„Sie spricht leidlich Djolof, den Dialekt der Stämme aus dem Sudan. Geboren wurde sie in Rufisque, einem kleinen Ort östlich von Dakar im westafrikanischen Senegal. Aufgewachsen ist sie in den Slums von Haiti. Aber auch mit Kreolisch oder Pidgin-Englisch ist nicht sehr viel Staat zu machen, wenn man als Fotomodell Karriere machen will. Daher schweigt sie lieber."

„Fotomodell?"

„Ich habe sie von einer Agentur in Cannes geerbt. Im Gegensatz zu den Leuten aus Mode und Werbung halte ich Schweigsamkeit für eine Tugend."

Eva dachte in diesem Zusammenhang an gewisse vertrauliche Transportgeschäfte, die sich mit einer Luxusjacht leichter bewerkstelligen ließen, wenn man darüber schwieg. Sie fragte daher auch nicht nach dem Verbleib der drei Bewässerungspumpen und ob die schöne Afrikanerin Farghanis Gespielin sei.

Eingedenk der von ihm propagierten Tugend der Schweigsamkeit fuhr sie dicht an seiner Seite vier lange Stunden wortlos durch dieses spätsommerlich verbrannte Land.

Sie folgten den Spuren der Portugiesen, die vor knapp

fünfhundert Jahren diese Küste eroberten und die kleinen Hafenstädte der Berber, deren Gründung zurückreichte bis in karthagische Zeit, mit ihren mächtigen Bollwerken, mit Mauern und Zitadellen befestigten und uneinnehmbar machten: Azemmour, El-Jadida, Safi.

Sie hielten nur ein einziges Mal. Der Fahrer bestand darauf: Es war Mittagszeit. Der Rauch, der sie umwehte, roch nach verbranntem Hammelfett, das auf glühende Holzkohle tropfte. Sie saßen auf primitiven Plastikhockern im Schatten eines Vordachs aus Stroh vor einem der zahllosen Cafés, die dieses endlose Straßendorf säumten. Brochettes wurden gereicht, stark gewürzte Lammfleischspieße, und frisches Fladenbrot. Dazu tranken sie schweigend süßen Tee. Stark duftende Pfefferminzstauden, Blätter mitsamt den Stielen, schwammen zusammengerollt in den hohen Gläsern, die zu heiß waren, um sie zu berühren.

Aus einem winzigen Radio plärrte vom Nebentisch her eine kehlige Frauenstimme einhundert Strophen eines nicht enden wollenden Liedes. Die sich ständig wiederholende Melodie schallte krächzend über die staubige Straße und vermischte sich dort mit anderen orientalischen Gesängen aus den benachbarten Cafés, unterbrochen nur vom Geknatter uralter Lastwagen und Busse, die mit größtmöglichem Tempo den Ort auf ihrem Weg nach Süden durchquerten.

In diesem akustischen Chaos wurde das selbstverordnete Schweigen zwischen Eva und Farghani erträglich und weniger belastend.

Schweigend fuhren sie weiter. Es war nicht nur die Müdigkeit, die Anstrengung einer weitgehend durchwachten, dramatischen Nacht, die jeglich Konversation zum Erliegen brachte. Es war auch nicht der Mangel an Themen und Interessen, der sowohl Evas als auch Farghanis Bereitschaft zu irgendeiner Form der Kommunikation zu lähmen schien. Small talk ist immer und überall möglich. Es war wohl, von beiden Seiten ausgehend, die uneingestandene Scheu, den Möglichkeiten und Unmöglichkeiten, den Risiken und Konsequenzen einer sich vorsichtig anbahnenden Beziehung unvoreingenommen und gelassen ins Auge zu sehen. Es war daher kein Zufall, daß Evas Reisetasche und Farghanis schwarzer Aktenkoffer trennend zwischen ihnen auf der durchgesessenen Rückbank des Taxis standen.

Erst als sie sich erneut einer gewaltigen Stadtmauer näherten, einem gigantischen roten Tor, von kolossalen halbrunden Türmen flankiert und überragt, ergriff Farghani Evas Hand, beugte sich zu ihr und flüsterte: „Wir sind angekommen. Wir haben es geschafft: Mogador!"

96

Auf dem weiten Platz vor dem Tor hielt das Taxi zwischen Pferdedroschken, Handkarren und Lasteseln, die allesamt auf Kundschaft und Transportgut warteten.

„Die Gassen sind eng", erklärte Farghani, während er mit unendlich vielen abgegriffenen Scheinen den Fahrer bezahlte. „Wir müssen laufen."

Im Nu waren sie umringt von Händlern und selbsternannten Fremdenführern, die den vermeintlichen Touristen marokkanische Souvenirs und vielsprachig ihre Dienste anboten. Einige kurze arabische Bemerkungen Farghanis genügten, um sie in die Flucht zu treiben.

Respektvoll wich auch die nächste Gruppe zurück, lange bevor sie diese erreichten.

„Was haben Sie gesagt?" fragte Eva.

„Zu den Händlern? Sirh qlab! Geh nach draußen spielen, mein Freund!" Farghani lächelte. „Wir Araber sind höfliche Leute, und es gibt viele blumige Möglichkeiten, einem, der stört, den Weg zu weisen."

Eine einzige schnurgerade Straße führte durch das Tor und mitten hinein in die Altstadt. Farghani warf den blinden und verkrüppelten Bettlern, die den Durchgang säumten, Münzen in die blechernen Schalen. Den uralten Sänger, der sie auf groteske Weise mit einer Art Bänkelsang aus weit aufgerissenem, zahnlosen Mund und krächzenden Gefiedel durch das Tor und in die Stadt hinein begleitete, entlohnte er mit einem größeren Geldschein.

„Fragen Sie mich nicht, was er gesungen hat, Madame", bat Farghani.

„Sie haben es nicht verstanden?"

„Oh doch, aber einer Dame werde ich es nicht übersetzen."

„Dann war es obszön?"

„Mehr als das! Und es galt uns beiden." Er lachte.

Jenseits des Tores hatten Teppichhändler ihre Waren ausgebreitet, schimmerten goldgelb die ziselierten Messingwaren in der Sonne. Diesmal genügte ein entsprechender Wink von Farghani, und sie blieben unbehelligt.

„Ich bin hier geboren", sagte Farghani. Als Eva ihn erstaunt ansah, wiederholte er es: „Ja, tatsächlich, hier in der Altstadt, in der Medina von Mogador." Er blieb nicht stehen, sah Eva während dieser doch sehr überraschenden Information nur kurz und beiläufig an.

Sie fand das ein wenig verblüffend und hatte, während sie weiterliefen, Mühe, mit ihm Schritt zu halten.

„Ja, hier in Mogador. In dieser kleinen, reichen Stadt."

Er drängte sich mit Eva durch die Menge der Passanten, die diese einzige breite und gerade Straße bevölkerten, die ein französischer Architekt Mitte des achtzehnten Jahrhunderts als Schneise durch das verwinkelte Araberviertel geschlagen hatte. Weißverschleierte Frauen kamen ihnen entgegen und solche in Schwarz, alte bärtige Männer in edlen, langen, silberdurchwirkten Djellabahs und Jugendliche in verwaschenen Jeans, vollgepackte Lastesel und rostige Mopeds, umfunktioniert zum Transport von Waren.

„Mehr als zwanzigtausend Jahre ist er alt, dieser historische Platz", erklärte Farghani. „Die Phönizier waren hier, die Karthager, die Griechen, die Araber, und jeder siedelte sich auf den hinterlassenen Ruinen des anderen an, baute mit den Steinen des Vorgängers jeweils eine neue Stadt. Die Portugiesen errichteten um das Jahr eintausendfünfhundert die Festung, das Fort und die gigantischen Mauern um den Hafen, der einst der wichtigste von ganz Marokko war. Einhundertfünfzig Jahre lang waren das Land und die Stadt zuletzt durch die Franzosen besetzt. Von den Kolonialmächten schließlich befreit, also erst seit knapp vierzig Jahren, heißt Mogador nun Essaouira, das Silbertäßchen! An den neuen Namen habe ich mich aber nie so recht gewöhnen können. Ich war damals zu jung und zu lange weg, war viele, viele Jahre nicht mehr hier. Aber ich sehe, verändert hat sich nichts!"

Farghani bog rasch und intuitiv, ohne lange nachzudenken, ohne sich groß orientieren zu müssen, in eine der schmalen Seitengassen ein – und sie landeten in einem Irrgarten sich ständig kreuzender, teilender, schiefwinkeliger Gassen. Sicher und zielstrebig durchschritt Farghani dieses Labyrinth, als sei ihm jeder Schritt, jedes Tor, jeder Durchgang vertraut und altbekannt.

Eva folgte ihm, lief hinter ihm her, wegen der Enge dieser Gassen, wegen der zahllosen Menschen, die ihnen geschäftig und eilig entgegenkamen, und wegen der hochbepackten Esel, die oft nur wenig Platz zum Ausweichen ließen. Sie hatte längst jede Orientierung, jeden Überblick über Richtung und Entfernung verloren.

Kleine verträumte Höfe öffneten sich hinter düsteren, tunnelartigen Durchgängen, und die sich kreuzenden Gassen erweiterten sich bisweilen zu größeren Plätzen. Kinder spielten dort, und die Frauen sortierten Gemüse und Obst, Garn und buntgefärbte Wolle. Esel dösten angebunden vor Hauseingängen, und Mechaniker reparierten unter freiem Himmel schrottreife Fahrräder und lackierten sie neu.

Exotische Düfte hüllten sie ein, wechselten mit fast jedem Schritt: Aromatisches Holz wurde gesägt, geschnitzt und gedreht. Aus knorrigen Stämmen und Wurzeln von Olivenbäumen und Arganien entstanden Schüsseln, Skulpturen und riesige buntgemusterte Wintzerkugeln. Fladenbrote wurden gebacken. Im Halbdunkel der Gewölbe, halb unter der Erde, loderten offene Feuer. Darüber, in den zur Straße hin offenen Läden, stapelten sich in kleinen Pyramiden sämtliche Gewürze, die der Orient zu bieten hat.

Winzige Fensteröffnungen blickten aus hohen weißgekalkten Mauern hinunter in die schmalen Gassen. Die Portale und Türen waren dagegen überraschend breit, reich verziert und ausnahmslos in leuchtend blauer Farbe gestrichen.

Das also war Essaouira, das alte Mogador, und Blau und Weiß, blaues Holz und weiße Mauern, das waren die dominierenden Farben dieser Stadt.

Eva und Farghani hatten die innere Stadtmauer erreicht. Die Nachmittagssonne warf die Schatten der Zinnen als regelmäßiges Zickzackmuster vor ihnen auf das Pflaster.

Hier war die Stadt zu Ende, und die schmale Gasse, die nun halb im Schatten dieser Stadtmauer lag, wirkte wie augestorben. Alle Läden waren geschlossen, alle Türen, alle Tore, kein Mensch war zu sehen und keine Stimme zu hören.

Farghani war abrupt stehengeblieben, wich sogar noch einen Schritt zurück. Eva sah ihn erstaunt an.

Vorsichtig beugte er sich vor, blickte erneut um die Ecke, nahm die Perlenkette aus seiner Tasche, deutete die Gasse hinunter und erklärte Eva leise und geheimnisvoll: „Dort unten, das letzte Portal. Mein Elternhaus!"

97

Eine hohe, breite, wuchtige Fassade mit nur einem einzigen, viel zu kleinen Fenster in großer Höhe begrenzte das Ende der Gasse, die nun rechtwinklig abbog.

Das blaue Tor des Hauses war breiter als alle anderen. Drei steinerne Stufen führten dort hinauf. Allein der Eingang verriet Wohlstand und Tradition.

„Als wir nach Algerien übersiedelten, es waren politische, aber auch persönliche Gründe, hat Kaltenbach das Haus übernommen. Damals waren wir noch Freunde und Partner."

Farghani lehnte sich, während er das erzählte, gegen die Mauer. Die Eile, die Hektik, die er auf seinem Weg zu diesem Haus an den Tag gelegt hatte, war plötzlich von ihm gewichen und hatte einer geradezu stoischen Ruhe Platz gemacht.

„Kaltenbach hat nie hier gewohnt", erklärte er weiter. „Das Haus diente ihm immer nur als Unterschlupf für seine Leute, die untertauchen mußten, und als Versteck für seine Waren."

„Also für Waffen ..." korrigierte ihn Eva.

„Auch für Waffen, ja!" räumte er ein. „Und einmal war es auch Schauplatz einer Tragödie."

Eva sah Farghani abwartend an, aber er winkte ab: „Nicht jetzt! Vielleicht ein andermal."

Nach einem erneuten heimlichen Blick in Richtung des Hauses wandte er sich mit einem Mal sehr bestimmt, sehr entschieden an Eva: „Da Sie den nötigen Mut haben, Frau Sadowski, gehen Sie jetzt dorthin, zu Kaltenbachs Haus! Gehen Sie hinein. Vielleicht ist das Tor sogar offen!"

„Ich? Wieso ich?" Sie war über diese waghalsige Idee entsetzt.

„Ja! Gehen Sie hinein in dieses Haus", schlug er erneut vor. „Es ist zwar nur eine Vermutung. Aber vielleicht finden Sie dort das Mädchen, Kaltenbachs Tochter, diese Sharon."

„Ja, zusammen mit ihren Bewachern!" Eva nahm diese Herausforderung nicht ohne weiteres an. „Gut! Kommen Sie mit. Wir gehen zu zweit. Aber ich und allein? Nein. Niemals!"

„Ich komme nicht mit." Es klang wie eine Entschuldigung. „Kaltenbachs Leuten zu begegnen, einem Killerkommando in die Hände zu fallen, das wäre keine sehr gute Idee. Ein vermeidbares Risiko!"

„Auch für mich", wandte Eva ein.

„Wieso?" entgegnete er. „Niemand kennt Sie hier in Mogador! Eine Touristin, neugierig, geht in ein Haus, weil die Tür nicht verschlossen ist. Weil sie wissen will, wie Marokkaner in ihren Häusern leben. Wenn sie angesprochen wird: Oh, Pardon! Eine Verwechslung! – und sie verläßt es wieder. Was soll Ihnen passieren?"

„Wir lassen uns Zeit", schlug sie vor, „warten ab, bis jemand herauskommt oder hineingeht..."

„Das sagt uns wenig. Nur daß Leute darin leben." Farghani bemühte seine Überredungskünste erneut: „Madame Sadowski... Es ist in Ihrem Interesse genauso wie in meinem: Gehen Sie dorthin. Gehen Sie zu diesem Haus. Gehen Sie wenigstens daran vorbei. Oder bleiben Sie davor stehen, einige Augenblicke, ein paar Sekunden nur, dicht am Portal. Und horchen Sie. Vielleicht hören Sie Stimmen. Die Stimme von diesem Mädchen."

„Ich kenne sie nicht, die Stimme von Sharon!"

Es klang abweisend und endgültig.

Aber dann lief sie los, kurzentschlossen, für Farghani völlig überraschend.

Sie ging die Gasse hinunter, die Mauer entlang, auf das blaue Portal zu, ohne mit Farghani irgendwelche Worte gewechselt zu haben.

Der Araber ließ die bläulich-grünlich schimmernden Perlen der Gebetskette durch seine Finger gleiten.

Ein Hund kreuzte Evas Weg. Scheu und mit eingekniffenem Schwanz. Sie wich ihm aus und nahm ihre Tasche auf die andere Schulter.

Hinter einem Gitterfenster erschien ein greisenhaftes Gesicht, blickte ihr mit weit aufgerissenen Augen und offenem, zahnlosem Mund lange nach.

Irritiert sah sie sich um. Sie spürte den intensiven Blick. Aber niemand war mehr zu sehen.

Der Wind wehte ein vergilbtes Zeitungsblatt an ihr vorbei und trieb es in Richtung des Hauses.

Sie schlenderte weiter, gab sich harmlos, ohne jede Absicht.

Eine junge unverschleierte Frau hockte hinter einem halb offenstehenden blauen Laden. Die Blicke der beiden begegneten sich für Bruchteile einer Sekunde.

Eva erreichte das Portal und blieb stehen.

Ein alter Mann, die Kapuze weit ins Gesicht gezogen, kam aus einer Seitengasse heraus und nahm sie im Vorbeigehen mit stechendem Blick zur Kenntnis.

Sie sah weg, sah zu Boden und horchte angestrengt in Richtung des Tors.

Die fernen Rufe eines Muezzin, seine Aufforderung zum Gebet, elektronisch verstärkt und verfremdet, hallten von der Spitze eines nahen Minaretts herunter durch die Stille dieser Gasse, kamen von allen Seiten als Echo zurück.

Eva setzte sich auf die Treppe, auf die unterste der drei Stufen.

Der Stein war kalt.

Sie suchte etwas in ihrer Tasche, nahm ihre Sonnenbrille heraus, putzte in aller Ruhe die Gläser...

Aber drinnen im Haus blieb alles totenstill.

Sie wartete.

Der Wind wehte das Papier der Zeitung hin und her und drehte weiter unten in der Gasse den Staub zu einer Spirale.

Sie schüttelte den Sand aus ihrem Schuh und band die Schleife neu.

Eine völlig in Schwarz gehüllte massige Frau schleppte prall gefüllte Plastiktüten vorbei, sah mit glitzernden dunklen Augen über ihren Schleier hinweg neugierig in Richtung von Eva, schloß umständlich eine Tür auf und verschwand in einem der nahen Häuser dieser Gasse.

Eva hatte die Frau beobachtet, hatte sie wahrgenommen, unbewußt, ohne jegliches Interesse.

Tauben segelten die Stadtmauer entlang und landeten über ihr in der Fassade des Hauses.

Sie blickte nach oben.

Das einzige Fenster hoch über dem Portal war blind, zum Teil mit Holz vernagelt, und eine der Scheiben war zerbrochen. Dort flogen die Tauben ein und aus.

Eva war bereit, wieder aufzustehen und zu gehen.

Da öffnete sich hinter ihr die Tür des Portals langsam und mit knarrendem Geräusch.

98

Eva war auf diese Art von Überraschung vorbereitet. Irgend jemand stand nun hinter ihr, bewegungslos, stumm, und blickte feindlich in ihren Rücken.

Es war nicht ein plötzlicher, lähmender Schrecken, der sie durchzuckte, es war die Bedrohlichkeit einer unbekannten, unwägbaren Situation. Sie fühlte sich eingeschüchtert, und eine namenlose Angst stieg in ihr auf.

Nur keine Panik, redete sie sich ein, ganz ruhig bleiben, uninteressiert wirken, unauffällig – und vor allem: nicht umsehen!

Da wehte ein weiterer Windstoß das Zeitungsblatt gegen das Haus. Es flatterte langsam an der Fassade hoch, tanzte wie ein Vogel auf und ab. Eva folgte mit dem Blick, konnte arabische Schriftzeichen erkennen, plakative Werbung. Sie wandte sich ruckartig um.

Niemand stand hinter ihr. Sie war allein. Das Tor fiel gerade wieder knirschend in ein zerbrochenes Schloß.

Nur eine einzige Sekunde lang hatte Eva Zeit, durch den so zufällig geöffneten Türspalt in das Innere des Hauses zu sehen.

Ein buntgekachelter Boden. Kahle weiße Wände. Ein dunkler Gang. Und überall Schutt, Scherben, Unrat und Müll.

Wieder wirbelte eine Windböe Staub durch die Gasse. Die junge unverschleierte Frau trat aus dem Haus und schloß den Laden. Erneut begegneten sich die Blicke. Die Zeitung flatterte über die Zinnen der Mauer, verschwand endgültig im Nirgendwo. Knarrend drehte sich wieder das Tor in den Angeln, öffnete sich langsam und fiel polternd wieder zu.

Eva stand auf, die Reisetasche pendelte locker in ihrer Hand, stieg die letzten beiden Stufen nach oben, drückte die Tür weiter auf, sah hinter Vorraum und dunklem Gang einen hellen, besonnten Innenhof liegen und ging hinein.

Sie betrat das Haus zögernd, zaudernd, angespannt, voller Beklemmung und Bangigkeit, obwohl ganz offensichtlich nicht der geringste Anlaß bestand, furchtsam zu sei. Das Haus war im fortgeschrittenen Stadium des Verfalls.

Es war unbewohnt, verlassen. Außer dem Gurren wilder Tauben, die sich im verwitterten Gebälk eingenistet hatten, außer dem Klappern von Läden und Türen und losem Blech im Wind, der über die hohen Dachterrassen herunterwehte in den Hof, gab es keine Geräusche, vor allem keinerlei menschlichen Laute.

Eva war stehengeblieben und hatte sekundenlang mit angehaltenem Atem in das Halbdunkel der Gänge und Räume hineingelauscht. Dann war sie weitergegangen. Der Schutt knirschte unter ihren Sohlen, Glasscherben zersplitterten. Eine verrottete Treppe führte nach oben. Sie wagte sich nicht hinauf.

Geschnitzte Balken, in Jahrzehnten verwittert, ehemals reicher Stuck an den Zimmerdecken, jetzt nur noch Rudimente, kunstvolle Holzgitter zwischen den Räumen, nun morsch und zerbrochen, bemalte Wände, die Farbe verblichen und abgeblättert.

Reste von verschlissenen Polstersitzen umstanden einen runden, niedrigen Tisch, weiß überpudert von zerfallenem Mörtel. Zerfetzte Vorhänge bewegten sich in der staubigen Zugluft, die das Haus ständig durchwehte.

Eva ging hinaus in den weiträumigen Hof, um den das zweistöckige Gebäude errichtet worden war: ursprünglich ein Paradies, eine schattige Oase mit Palmen, Fruchtbäumen und Kaskaden von hängenden und kletternden Blütenpflanzen rund um einen Brunnen, der alles bewässerte. Jetzt ein verstepptes, vertrocknetes Dickicht, denn der Brunnen war geborsten, war ohne Wasser, und in den Ritzen zwischen den gesprungenen Marmorplatten wuchsen dürres Unkraut und hüfthohes Gras.

99

„Es ist leer, das Haus!“ berichtete Eva. „Unbewohnt, verfallen und schmutzig. Da hat kein Mensch gelebt, seit Jahren.“

Farghani nickte. Er hatte hinter der Mauer geduldig auf Evas Rückkehr gewartet, die ihm nun etwas atemlos gegenüber stand.

„Ich habe das fast erwartet“, sagte er nur, steckte seine Perlenkette ein, ergriff seinen Aktenkoffer und ging nun voraus zu dem blauen Portal am Ende der Straße, sehr zielstrebig, sehr eilig. Eva folgte ihm.

Sie war enttäuscht. Farghanis Vermutung, Sharon Kaltenbach und ihre Entführer in diesem Haus anzutreffen, war falsch gewesen. Nun hatte sie kein neues Ziel und auch keine neue Motivation mehr, ihre Recherchen fortzusetzen.

Während Farghani, ohne zu zögern, das Haus betrat, war Eva stehengeblieben, hielt sich am Türstock fest und blickte zurück, vorsichtig und mißtrauisch, bevor sie ebenfalls hinter dem blauen Tor verschwand.

Weiter unten in der Gasse hatte die junge unverschleierte Frau den Laden ihrer Tür wieder geöffnet, um Eva lange und neugierig nachzusehen.

Auch das völlig in Schwarz gehüllte alte Weib von nebenan war erneut auf der Straße erschienen. Es ließ das leerstehende Haus, in dem die beiden Europäer gerade verschwunden waren, nicht aus den Augen. Sie ahnte Unheil. Das Haus des Chalid'n-Baq, des Kaltenbach, war nämlich seit den Tagen der zahlreichen Morde verrufen und berüchtigt. Es wurde von allen gemieden, und kein Mensch in dieser Stadt hätte es freiwillig je wieder betreten.

Farghani hatte sich nur flüchtig in einigen der umliegenden Räume im unteren Stockwerk umgesehen. Er kannte sich aus, und er schien eine ganz bestimmte Absicht zu verfolgen. Er hatte auch keine Bedenken, die baufällige Treppe, die nach oben führte, zu betreten.

Eva war unten geblieben. „Wie geht es weiter?“ rief sie Farghani zu.

„Wir warten“, rief er zurück und blieb stehen. „Der Transport trifft frühestens in einer Stunde hier ein.“

„Transport?“

„Kaltenbach vermutet die Bewässerungspumpen kaum in seinem eigenen Haus!“

Ein Spiel, dachte Eva. Ein übles, dummes, raffgieriges Spiel mit dem Tod. Ein Spiel zwischen Rivalen. Und ich Idiotin spiele da mit, durchschaue es nicht, riskiere mein Leben, werde mißbraucht als Alibi oder Gefährtin oder Kundschafterin. Oder alles zusammen.

„Wir sind hierhergekommen, Monsieur Farghani, um Sharon Kaltenbach zu suchen!“

Er zuckte entschuldigend mit den Schultern: „Sie ist nicht hier, wie sie sehen.“ Und er stieg weiter nach oben über einen heruntergestürzten Balken hinweg.

Ja, danke. Sie hatte es nun gesehen.

Da kam er bereits mit einer neuen Idee: „Erfoud, vielleicht, ja!“ Er war die letzten zwei Stufen wieder zurückgekommen.

„Erfoud?“ Sie hatte ihn nicht richtig verstanden.

„Ja, Erfoud, das ist denkbar.“

„Bitte: Wer oder was oder wo ist Erfoud?“

„Eine Oasenstadt. Am Rand der Wüste. Das ist aber auch nur eine Vermutung!“

Er verschwand nun endgültig aus Evas Blickfeld, stieg die Stufen weiter nach oben, ohne sich noch einmal nach ihr umzusehen.

Als sie über sich seine Schritte hörte, überwand sie ihre Furcht und folgte ihm auf dieser schuttübersäten Treppe.

Ein Stockwerk höher, am Ende eines langen Ganges, traf sie ihn wieder. Er war in Gedanken versunken und blickte durch ein reich verziertes eisernes Gitter in einen kleinen, intimen Raum. Einige alte Möbel standen noch dort, europäische Möbel, Schreibtisch, Hocker, Stühle, und alles war mit Mörtelstaub, Taubenkot und Federn bedeckt.

„Mein früheres Studierzimmer ...“ Das klang merkwürdig sentimental. Farghani war plötzlich in Erinnerungen gefangen, und aus dieser Stimmung heraus berichtete er nun eine Episode zu einem ganz anderen Thema: „Kaltenbachs Bruder war Offizier in der Fremdenlegion. Als die Zeit seiner Verpflichtung um war, nahm er das Geld, seinen Sold, und ging nicht etwa zurück nach Europa, nach Deutschland. Nein: Er ist in seiner alten Garnison, in Erfoud geblieben. Er nannte sich nun Chalid'n-Baq, und er betrieb dort illegale Geschäfte. Mit dem Schmuggel von Waffen hat er sehr viel Geld verdient. Von Erfoud aus ist die Grenze zu Algerien nah und nicht streng bewacht – aber doch wieder streng genug, da ihn die algerische Polizei bei der Rückkehr von einer seiner Reisen erschoß. Aus dem Hinterhalt. Kurz vor der marokkanischen Grenze. Jeder Beruf hat eben sein Risiko!"

Farghani blickte nach dieser etwas makabren Pointe Eva fast belustigt an. Sie hatte die Geschichte, die neu für sie war, mit einer gewissen Faszination verfolgt, und sie fand auch den nun folgenden Schlußsatz Farghanis äußerst informativ und von großem Interesse. „Seine drei Söhne haben die Geschäfte des Vaters, zumeist im Dienst seines Bruders Istvan Kaltenbach, mit großem Erfolg weitergeführt. Soviel ich weiß, sind sie alle noch am Leben."

Das revolutionäre Libyen, kombinierte Eva, Trainingscamp für internationalen Terrorismus und derzeit eines der Hauptquartiere der PLO, ist vom Süden Marokkos, wenn man die Wüstenpisten durch Algerien kennt, auf dem Landweg zu erreichen.

Abwägend und nachdenklich wiederholte Farghani noch einmal: „Erfoud. Ja ... Es wäre zumindest eine Möglichkeit."

„Ist es weit?" wollte Eva wissen.

„Erfoud? O ja, sehr weit." Farghani versuchte es mit einer ausladenden Geste möglichst anschaulich darzustellen: „Über den Atlas, das Gebirge hinweg. Der Paß ist fast dreitausend Meter hoch. Es sind viele, viele Stunden!"

Eva resignierte, und sie hatte das ungute Gefühl, sie wäre nun am Ende dieser ganzen Geschichte angekommen. Sinnlos, erfolglos, ohne eine weitere greifbare Idee, außer einem mehr oder weniger fiktiven Wüstenkaff an der algerischen Grenze.

Sie fragte aber dann doch noch etwas, weil eine Bemerkung Farghanis sie verfolgte, und sie trat hinter ihm hinaus auf die breite Galerie: „Sie sprachen von einem tragischen Vorfall, Monsieur Farghani. Hier in diesem Haus."

Farghani zögerte nur kurz, dann begann er in Stichworten seinen Bericht: „Eine Entführung: Miguel Kaltenbach, der achtjährige Sohn. Um die marokkanischen Behörden zu erpressen, denn es ging wie üblich um ein Millionengeschäft, und um zu beweisen, wie bedroht er dadurch war und wie machtvoll die Konkurrenz, die es nicht gab, ließ Kaltenbach sein eigenes Kind entführen. Von seinen eigenen Leuten."

Farghani lehnte sich vorsichtig auf das morsche Geländer der Galerie und blickte hinunter in den Hof, in die verdorrte Wildnis unter ihm.

„Bei der Polizeiaktion, mit der er nicht gerechnet hatte, starben die Entführer. Darunter war die Frau seines Bruders, der die Entführung organisiert hatte. Ja: und das Kind!"

„Kan ya makan!"

Farghani sah Eva verdutzt an. „Das ist arabisch!"

„Ich weiß."

„So beginnen unsere Märchen. Nicht mit: Es war einmal . . ., sondern mit: Es war so – es war nicht so . . . Vielleicht . . . Wer weiß . . . Sie glauben mir nicht?"

„Ich kannte einen Teil dieser Geschichte", bekannte Eva. „Aber nur als Gerücht!"

„Ich kann sie beeiden. Es geschah hier, in meinem Haus! Ich habe es anschließend an Kaltenbach verkauft. Und ging nach Algerien."

Eva blieb stumm. Sie wartete auf weitere Informationen. Sie erhielt aber keine mehr.

Nach einer Weile gab Farghani lediglich noch einen sehr allgemeinen und doch sehr speziellen Kommentar: „Kaltenbach wird alt. Er wiederholt sich. Das Bombenattentat. Die Entführung der eigenen Kinder. Aber es war sicher falsch, hier in Mogador in diesem Haus zu suchen. So sehr wiederholt er sich nicht.“

Das Tor schlug wieder im Wind, unten am Eingang des Hauses, auf der anderen Seite des Innenhofes. Eva trat an die Balustrade und blickte hinunter. Es war ihr, als hätte sie einen Ruf, eine Stimme gehört . . .

100

Auch Farghani richtete sich auf, war ebenfalls aufmerksam geworden und horchte gespannt nach unten.

„Ich glaube, sie kommen.“ Er sah kurz auf seine Uhr. „Sie sind mehr als pünktlich!“ Erwartungsvoll rief er hinunter in den Hof: „Eh, mes amis . . .!“ Und nach einer Pause noch einmal: „Hé, là-bas!“

Er erhielt keine Antwort.

Da kamen ihm Zweifel. Wiederum blickte er auf die Uhr. „Sie müßten geflogen sein . . .“ Er lachte nervös.

Ein Taubenschwarm flatterte auf und Farghani entgegen, schwirrte in Panik um ihn herum und hinaus in den Hof. Er war rasch auf die andere Seite der Galerie gegangen und dort über die beiden aus den Angeln gebrochenen, morschen Türen hinweg in einen düsteren Nebenraum geklettert. Als Eva wie ein Schatten gegen den hellen Hof hinter ihm im Rahmen der Tür erschien, stand er am Fenster. Es war das einzige Fenster des Hauses zur Gasse hin, die eine Hälfte war mit Brettern vernagelt, die andere blind von Schmutz und Staub und mit zerbrochenen Scheiben.

Argwöhnisch blickte er hinunter, versuchte anfangs, sich zu verbergen. Seitlich hinter der dicken Mauer stellte er sich auf die Zehenspitzen, entriegelte schließlich einen der Fensterflügel, riß ihn auf, mit aller Kraft, weil er klemmte, sich kaum noch bewegte, und beugte sich weit hinaus. Er schien nichts zu erkennen, was seine plötzliche Anspannung gerechtfertigt hätte.

„Ich habe mich getäuscht." Er kam zurück, gab sich gelassen, aber Eva spürte seine Unruhe. Er hatte seine Perlenkette aus der Tasche genommen und ließ sie an einem seiner Finger langsam rotieren.

Wieder schlug das Tor. Das Poltern hallte durch den ganzen Hof. Und wieder hörte Eva einen Ruf.

Einbildung, sagte sie sich, Hysterie.

Farghani blickte sie an.

Da versuchte sie eine harmlose Erklärung: „Das Tor ... Es war das Tor ... In den Angeln ... Und der Wind!"

Farghani schüttelte den Kopf. Er hatte den Ruf offenbar auch gehört: „Irgend jemand hat das Haus betreten", flüsterte er, „steht nun dort unten in der Halle und wartet. Ich bin mir sicher. Aber es sind nicht meine Leute. Bleiben Sie hier!"

Er ging zurück, die Galerie entlang. Die Perlenkette rotierte immer noch in seiner erhobenen Hand. Er verschwand im Halbdunkel des oberen Flurs und rief von dort in die Halle hinunter: „Qui est là?" Nach einer Pause wiederholte er seinen Ruf auf arabisch.

Eva lauschte gespannt, ob Farghani eine Antwort erhalten würde. Aber alles blieb still in diesem verfallenen Haus, nur der Wind heulte über klapperndes Blech, und die Tauben gurrten.

Sie hörte Schritte, doch waren es wohl die Schritte Farghanis, die auf Schutt und Marmor knirschten und sich entfernten. Sie stellte sich vor, wie er den langen Flur zu der halbverfallenen Treppe durchschritt, wie er zögerte, horchte, und dann langsam Stufe für Stufe nach unten ging.

Er mußte gerade unten in der Halle angekommen sein, da hörte sie wieder seine Stimme. Mit dem Ausdruck höchster Verwunderung, mit gespielt freudiger Überraschung begrüßte er laut einen offenbar unerwarteten Freund: „Oh, mon ami! Quelle surprise!"

Seine Worte hallten durch das ganze Haus.

Wie der Schuß, der daraufhin fiel.

Der war wie eine Antwort.

Es fiel ein zweiter Schuß! Eine knappe Sekunde später ...

Es waren harte, trockene Schläge.

Die Tauben waren aufgeflattert, waren angstvoll geflüchtet und verstummt.

Eva war zusammengezuckt, hatte sich instinktiv mit dem Rücken gegen eine der schmalen Säulen geworfen, ein schlechtes Versteck, wie sie merkte. Sie preßte das Gesicht an den Stein, schloß die Augen wie ein Kind, das nichts sehen will, um nicht gesehen zu werden, war gelähmt vor Schreck...

Da fiel ein dritter Schuß und versetzte sie in Panik.

Sie öffnete die Augen wieder und halb den Mund, hielt den Atem an, um besser hören zu können, erwartete die sich nähernden Schritte, Stimmen, irgendwelche Laute, Menschen, das Mordkommando. Nun auf der Suche nach ihr.

Aber es blieb ruhig.

Gespenstisch ruhig!

Da begannen die Tauben wieder zu gurren.

Und das große Tor des Hauses schlug wieder im Wind.

Gegen das zerbrochene Schloß.

101

Langsam kam Eva aus ihrem so ungeeigneten Versteck, beugte sich vor, um mehr zu sehen, ohne selbst gesehen zu werden, klammerte sich an das Geländer, wagte einen Blick hinunter in den Hof, hob ihre Hand zum Gesicht, zu ihren Augen, die Fingerspitzen berührten ihre Lippen. So stand sie unbeweglich, versteinert, wartete und horchte. Noch immer blieb alles still. Totenstill!

Nach Sekunden, Minuten oder waren es Stunden der Angst, begann sie schließlich leise ihre Flucht.

Sie lief die Galerie entlang, im Schatten, dicht an der Wand, Schritt für Schritt, den gleichen Weg, den Farghani gegangen war. Es gab keinen anderen.

Immer wieder blieb sie stehen, horchte in diese noch lastende Stille, tastete sich über den knirschenden Schutt des oberen Flurs bis vor zur Treppe und blickte nach unten.

Da sah sie Farghani liegen, leblos, auf den untersten Stufen.

Sie hatte das erwartet. So oder so ähnlich. Trotzdem dehnte sich in ihrem Verstand die Schrecksekunde des Begreifens zu einem unerträglich langen Augenblick.

Sie sah sich vorsichtig um, voller Furcht, vermutete den Attentäter noch irgendwo in der Nähe, in der Halle, im Vorraum, sie lauerte, lauschte und hörte viel zu laut und röchelnd nur ihren eigenen Atem.

Sie kannte keinen anderen Fluchtweg als nur den einen, über die Treppe hinunter, durch das hin und wieder im Wind auf und zu schwingende Tor, vorbei an dem so verrenkt und bizarr daliegenden Körper.

Sie flüstert es fast, als sie sich über ihn beugte: „Monsieur Farghani . . . Monsieur . . ."

Monsieur Farghani lag mit weit aufgerissenen Augen und offenem Mund, kopfunter, auf diesen schmalen Stufen, die Stirn aufgeschlagen gegen die unterste der abgetretenen Eichenschwellen, das Gesicht flach auf dem bunten Keramikmosaik, zwischen Mörtelstaub und Glassplittern. Aus seiner Brust, aus seinem Hinterkopf sickerte helles Blut.

Mit der weißen, verkrampften rechten Hand umklammerte er noch die Perlenkette. Ein flacher goldener Siegelring schimmerte im spärlichen Licht.

Eva stieg vorsichtig, ungelenk und geschockt über den Toten hinweg, wagte nicht, ihn zu berühren und hatte nur noch einen einzigen Gedanken: Flucht!

Sie stolperte über Unrat und Steine und lief zum Tor. Sie fiel fast dagegen, öffnete es zögernd, Zentimeter um Zentimeter, sicherte nach allen Seiten, sah vor sich die menschenleere, schmale Gasse im Schatten der zinnenbewehrten hohen Mauer und schob sich langsam hinaus.

Flucht aus einem Labyrinth.

Es war ein Augenblick der Kopflosigkeit und der Panik. Eva rannte davon, weg von diesem Haus, weg von diesem Toten, von diesem Mord, von dieser Bedrohung. Sie ahnte, daß ihr ein Dutzend Augenpaare folgten.

Es gab Zeugen dafür, daß sie in Begleitung eines Mannes das leerstehende Haus betreten hatte. Nun würde es Zeugen dafür geben, daß sie es fluchtartig wieder verließ. Allein! Man würde einen Toten finden, und der Verdacht des Mordes fiele zuerst auf sie.

Sie hatte das Ende der Gasse erreicht, den Platz, an dem Farghani auf sie gewartet hatte, da blieb sie atemlos stehen, wechselte die schwere Tasche auf die andere Schulter und sah sich um.

Niemand folgte ihr, aber die Gasse, eben noch leer und verlassen, war nun plötzlich belebt. Kinder strömten aus einem Haus, eine Lehrerin begleitete sie, zwei Männer zerrten an einem Strick ein Schaf aus dem Tor eines Hofes, und die Frau in Schwarz stand in der Mitte der Gasse, kehrte das Pflaster und sah ihr nach.

Eva beschloß, langsamer zu gehen, unauffälliger, unverdächtiger. Nur: in welche Richtung?

Die Straße vor ihr teilte sich in drei mehr oder weniger gleiche, gewundene Gassen, die sich schon nach wenigen Schritten wieder teilten. Für den Fall aber, daß es ihr gelingen sollte, diesem Irrgarten jemals wieder zu entkommen, die Hauptstraße und das Stadttor zu erreichen, wohin dann?

Den Weg, den sie mit Farghani gegangen war, hatte sie vergessen. Sie hatte auf Einzelheiten, auf Besonderheiten und Merkmale nicht geachtet. Jetzt eilte sie einfach weiter und weiter, lief die jeweils nächstliegende Gasse hinunter, ohne groß nachzudenken, ohne zu überlegen, ohne zu fragen. Sie verließ sich nur noch auf ihren Instinkt.

Durchgänge, Kreuzungen, Höfe, kleine Plätze. Sie sah in diesem schiefwinkligen Gewirr kleiner Gassen und niedriger Häuserzeilen keinerlei Unterschiede mehr. Hier ein Laden, dort eine kleine Moschee. Nach etlichen Ecken, Einmündungen und Gabelungen beschlich sie das beklemmende Gefühl, hier, genau an dieser Stelle, schon einmal gewesen zu sein, gerade eben erst, vor wenigen Minuten, im Kreis zu laufen, und diese Menschen, die ihr vermummt und verschleiert begegneten, alle bereits schon einmal getroffen zu haben.

Sie hatte ihr Tempo wieder beschleunigt, aus der Unruhe heraus und der Furcht, jegliche Orientierung zu verlieren.

Dabei hatte sie niemals eine besessen!

Ein Arkadengeviert – Getreidepyramiden waren auf Segeltuch aufgehäuft, lebende Hühner zu Dutzenden an den Füßen gebündelt.

Ein anderer Markt – silberne Fische, meterlange flache Lanzetten, lagen nach Größe sortiert auf dem Pflaster im Schatten.

Körbe voller Obst. Gläser gefüllt mit Gewürzen. Die Köpfe geschlachteter Lämmer. Rostige Einzelteile alter Maschinen. Für Eva waren diese unzähligen Märkte nur Punkte in einem Stadtdiagramm voller Verwirrung.

Da traf sie überraschend und unvermutet in einem Augenblick der absoluten Hoffnungslosigkeit auf die Hauptstraße, die breit und schnurgerade die Altstadt durchschnitt und die Tor mit Tor verband.

Sie mußte sich nun entscheiden, wählte spontan eine der beiden Richtungen, in der sie den Platz mit den Pferdedroschken vermutete, und lief los. Das wuchtige rote Tor, von Wehrtürmen flankiert und überragt, war nun ein nicht mehr zu verfehlendes Ziel.

Trotz des dichten und bunten Menschengewimmels, das sich an ihr vorüberschob, atmete sie nun freier. Sie fühlte sich erleichtert, einem Alptraum entronnen, wußte nicht, was jenseits des Tores geschehen würde, wie sich ihre Flucht zurück nach Europa weiterhin gestalten würde.

Plötzlich prallte sie zurück.

102

In Begleitung von fünf, sechs oder noch mehr uniformierten, schwerbewaffneten marokkanischen Polizisten, die Maschinenpistolen im Anschlag, und in Gesellschaft von einigen europäisch gekleideten Herren in dunklem Zivil kam Eva der deutsche BKA-Beamte, Doktor Gerhard Goetz, sehr forsch und sehr eilig entgegen.

Er war mit seinen so eindeutig marokkanisch und offiziell wirkenden Begleitern in ein intensives Gespräch verstrickt, was Eva die Gelegenheit gab, im letzten Augenblick einer Begegnung auszuweichen und sich in einem offenen Torbogen zu verstecken.

Sie blieb unbemerkt und beobachtete den Trupp, der rasch und gefährlich nah an ihr vorüberhastete, gefolgt von Neugierigen, von Jugendlichen und Kindern.

Dann sah sie Tom.

Er folgte betont diskret, unauffällig und scheinbar unbeteiligt, mit zwei schußbereit umgehängten Kameras der Gruppe um Goetz. Er war als Tourist getarnt, aber als Journalist sofort einsatzbereit und schien es ebenfalls extrem eilig zu haben.

„Tom!"

Er reagierte nicht auf Evas Ruf, hatte ihn nicht gehört und auch nichts dergleichen erwartet.

Die offenen Ärmel seines Freizeithemdes verdeckten nur teilweise die bandagierten Arme, und auch die Spuren seiner Gesichtsverletzungen waren noch nicht verschwunden, waren noch lange nicht verheilt. Der rasche Gang verursachte ihm sichtlich Schmerzen.

„Tom!" Eva wagte sich nicht aus ihrem Versteck. Nun versuchte sie aber, sich mit mehr Lautstärke bemerkbar zu machen: „Tom ... Tom!"

Wiederum kein Erfolg. Der Trubel auf der Straße, das tausendfache Stimmengewirr, besonders die Verkäufer von Musikkassetten mit ihren plärrenden Lautsprechern schienen eine glückliche Begegnung, ein zufälliges Treffen der beiden in den Straßen von Essaouira zu vereiteln.

Tom war längst vorbei, war vorübergehastet, würde in wenigen Sekunden im Trubel verschwunden sein.

Eva rannte los, verließ ihr Versteck, gegen jede Vorsicht und Vernunft, holte ihn ein und packte ihn am Arm.

„Tom!"

Er zuckte schmerzhaft zusammen.

„Oh, entschuldige ..."

Aber die Verletzung hatte er schnell vergessen, die Verblüffung war stärker: „Eva? Du hier in Mogador?"

Tom reagierte keineswegs freudig überrascht, eher überrumpelt und verwirrt. Er war in Eile, und er zeigte es auch, schien nervös zu sein, voller Unruhe und Befürchtungen.

Eva sprudelte ihm ihre Informationen entgegen, zu leise, zu rasch, zu hektisch, um bei ihm Interesse für ihre Panik zu wecken: „Farghani ist tot! Erschossen! Erst vor ein paar Minuten! Ich hab ihn hierher begleitet. Er hat drei Metallkisten übernommen. Letzte Nacht. Auf See. Ich bin sicher, daß es die Bomben sind ..."

Tom nahm Evas Mitteilungen nur mit halbem Ohr entgegen: „Ja, ist gut. Ich muß weiter! Ich darf die Gruppe nicht verlieren. In diesem Gewirr von Gassen!" Und dann als sensationelle Neuigkeit für Eva: „Kaltenbach hat hier irgendwo ein Haus."

„Ja, ja! Ich weiß. Ich war schließlich dort!" Ihre Entgegnung klang schroff und brüsk. Dann wich ihre Hektik aber einer inneren Spannung, die an Verzweiflung grenzte: „Tom, hast du überhaupt begriffen, was ich eben ..."

Er hatte es nicht begriffen, nicht im geringsten. Er unterbrach sie mit einer weiteren Neuigkeit: „Man vermutet, daß Sharon zusammen mit ihren Entführern in diesem Haus ...!"

Sie war einfach entsetzt: „Und ihr rückt an mit schußbereiten Maschinenpistolen! Wie damals bei Miguel! Das gleiche Haus! Das ist doch Wahnsinn!"

„Die Aktion der Marokkaner war nicht mehr zu stoppen!" Er entschuldigte sich für andere. „Und ich brauche die Fotos!"

Sein Ehrgeiz, der Erfolg! Das also war der Grund seiner Unruhe, seiner Hektik. Er hatte Beute gewittert.

Da klärte sie ihn auf und empfand dabei einen gewissen Triumph: „Vergiß es, Tom. Das Haus ist leer! Eine Ruine. Nur Farghani liegt erschossen im Flur, auf der Treppe."

Das schien das Stichwort zu sein. Die Nachricht drang ein in sein Gehirn und zündete endlich sein Interesse. „Du bist dabei gewesen, als er starb?"

„Ein Stockwerk höher. Auf der Galerie zum Hof."

„Aber du hast den Mörder gesehen?"

„Nein!"

„Nein?"

Sie schüttelte den Kopf. „Ich habe nur die Schüsse gehört. Vorher Stimmen: Farghani begrüßte jemanden wie einen alten Freund."

„Kaltenbach?" Ein Wort nur, ein Name.

Eva hatte keinen Einwand, keinen anderen Verdacht. Trotzdem schränkte sie ein: „Ja. Vielleicht ... Vielleicht Kaltenbach!"

Da zischte Tom ihr zu, und es klang wie eine Warnung: „Eva! Tauch unter! Verschwinde hier so schnell du kannst!"

„Ich habe keine Angst vor ihm!" entgegnete sie trotzig. „Aber dich darf er nicht treffen, Tom! Du bist für Kaltenbach tot ..."

„Es geht jetzt um dich, Eva! Nimm dir ein Taxi! Fahr irgendwo hin. Nur: weg von hier! Raus aus dem Land! Du bist in einen Mord verwickelt."

Da sie offenbar nicht kapierte oder kapieren wollte, da sie das alles selbst und nur allzu gut wußte, wurde er deutlicher: „Sie werden dich festnehmen, die verstehen da keinen Spaß, und es kann Wochen dauern, Monate ... Du bist verdächtig ... Täterin ... bestenfalls: Mit-Täterin ... Und die brauchen Fahndungserfolge! Eva!"

Sie reagierte nicht.

„Tu meinetwegen, was du willst! Ich habe dich gewarnt!"

Er wandte sich ab und war im Begriff, der Gruppe um Goetz, die bereits in einer der Nebengassen verschwunden war, zu folgen.

„Tom, warte ...! Bleib!“

Sie packte ihn am Arm, hielt ihn fest, und er reagierte mit Schmerz.

„Verzeih ... Aber laß uns beide ... Gemeinsam ...!“

Er mißverstand sie. „Ich bin hier sicher! Kümmere dich nicht um mich. Die Story, glaub mir, wird unheimlich heiß! Aber Schluß jetzt! Bitte! Ich hab zu tun.“

Er ging einfach los, folgte dem verschwundenen Polizeitrupp und machte seine Kameras bereit.

Eva war aber nicht abzuschütteln, rannte neben ihm her: „Jetzt weiß bereits Goetz vom BKA, daß du noch lebst!“

„Er wußte es von Anfang an! Er hat mich schließlich aufgelesen auf der Straße, leicht angesengt und gespickt mit Splittern, gleich nach dem Attentat!“

„Goetz ...?“ Sie fand das unglaublich. „Er war doch bei deiner Trauerfeier! In Hamburg! Im Krematorium. Er hat mir kondoliert.“

„Hat er mir erzählt.“ Tom schien belustigt. „Ja, unfair, ich gebe es zu! Es war aber ein Teil seiner Strategie! Mein Tod mußte amtlich abgesegnet werden.“

„Du steckst mit ihm unter einer Decke?“

„Ich helfe ihm, so gut ich kann. Auch wenn ihm das nicht paßt! Wir haben beide das gleiche Ziel! Letzten Endes!“

Er wurde deutlich: „Wir schaffen es auch, Eva, verlaß dich darauf! Aber wir schaffen es nur ohne dich!“

Er war wieder kurz stehengeblieben, um Eva unmißverständlich zuzuzischen: „Eva! Das hier wird die Reportage meines Lebens! Und ich bin bereit, viel, sehr viel dafür zu riskieren! Aber ich kann nicht gegen einen Kaltenbach kämpfen – und gleichzeitig dich beschützen!“

Er packte sie überraschend und für sie erschreckend mit beiden Fäusten am Revers ihrer Bluse.

„Du hast die Bomben gesehen. Den toten Farghani! Du kennst jetzt die Zusammenhänge und bist eine Zielscheibe für Kaltenbach und seine Leute. Zisch ab! Jetzt. So schnell du kannst! Taxi nach Casablanca! Flieg nach Hause! Wir sehen uns in Hamburg. Wenn alles vorbei ist. Okay?“

Er ging einfach davon.

Da wagte Eva einen letzten Versuch, rief ihm nach: „Tom, bitte . . .!“

Er kam tatsächlich noch einmal zurück und fragte sie übertrieben liebenswürdig und mit einem sarkastischen Unterton: „Was gibt es noch . . .?“

„Ist eine heiße Story ein Leben wert?“ fragte sie ihn. „Dein Leben?“

Tom ließ sie kaum mehr zu Wort kommen, kaum zu Ende sprechen, er wurde laut und massiv: „Ja! Und es ist meine Story! Meine! Hörst du? Und du störst hier! Kapiert? Also: Verschwinde!“

Damit lief er davon, endgültig, grußlos, und so schnell er es unauffällig schaffte. Es bereitete ihm Mühe und Schmerzen. Er hatte keinen einzigen Blick mehr für Eva und verschwand in der Menge der Menschen.

Eva sah ihm lange nach. Dann rannte sie los, in der entgegengesetzten Richtung, dorthin, wo die Polizeitruppe, wo Goetz und Tom hergekommen waren: zum Platz vor dem großen roten Tor.

103

Flirrendes Abendlicht lag über dem heißen Asphalt einer schmalen, schnurgeraden Straße. Sie führte ins Nirgendwo.

Die Erde war dunkelrot, und zwei Kamele zogen den hölzernen Pflug, der sie aufbrach. Der Bauer hob eine Hand zum Gruß.

Mitten auf dem Feld stand ein Marabout, ein kleines weißes, kuppelförmiges Mausoleum für einen heiligen Mann, einen Derwisch. Langbeinige Vögel hockten auf dem Gesims.

Kleine Kinder trieben mit langen Stöcken ihre Ziegen in das knorrige Geäst gedrungener Bäume und winkten begeistert herüber.

Markt in einem Straßendorf, Versammlungsplatz der Landbewohner. Vor den niedrigen, ockerfarbigen Häusern standen inmitten ausgebreiteter Waren die Männer in dunklen Gruppen zusammen und berieten den Tag.

Der Wind spielte in den silbriggrünen Blättern gewaltiger Olivenbäume. Drei Frauen in wehenden Gewändern, blau, grün und türkis, standen darunter und warteten auf den Bus. Der Bus hielt aber nicht an, fuhr weiter durch eine archaische Landschaft voll satter Farben. Eva war auf dem Weg in das Innere des Landes. Sie fuhr einem unerwarteten Ziel entgegen, und die Bilder dieser fremden Welt flogen an ihr vorüber.

Als sie Mogador durch das rote Stadttor verlassen hatte und dem zahnlosen Bänkelsänger, der sie wiedererkannte und mit seinem Gefiedel verfolgte, glücklich und ohne Bakschisch zu geben entkommen war, gab es auf dem Platz vor der Mauer keine Taxis, nur Pferdekutschen und Eselsgespanne. Auf dem freien Gelände jenseits des Sardinenhafens, wo mit Schrott gehandelt wurde und mit lebenden Schafen und ein buntlakkiertes, primitives Blechkarussell von Kinderhorden umlagert war, hatte sich ein uralter, fast schon antiker Bus langsam in Bewegung gesetzt.

Eine schwarze Rußwolke hinter sich herziehend und mit ohrenbetäubendem Geknatter war er gestartet, hatte mit seiner heiseren Hupe ein Rudel Kinder und etliche Eselskarren verscheucht und war schließlich in die Landstraße eingebogen, die vor dem roten Tor ihren Anfang nahm. Er war hochbeladen mit Körben und Kisten und vollbesetzt bis auf den letzten Platz. Eva lief dem anfahrenden Bus entgegen, versuchte den Fahrer wieder zu stoppen, gab verzweifelt gestikulierend entsprechende Zeichen und schlug, als er an ihr vorüberfuhr, mit der flachen Hand gegen das Blech.

Der Fahrer hielt an, und Eva stieg ein, ohne zu zögern, ohne groß zu fragen. Noch bevor sie die Tür hinter sich geschlossen hatte, setzte sich der Bus bereits wieder in Bewegung.

Im schmalen Gang hinter dem Fahrersitz war Eva stehengeblieben und klammerte sich mit beiden Händen an eine blankgewetzte Haltestange. Der Bus rüttelte und schwankte über die ausgefahrene Straße entlang der hohen roten Mauer.

Durch die niedrigen, verschmutzten Straßen hielt Eva nach möglichen Verfolgern Ausschau. Noch folgte niemand dem Bus.

„A Casablanca?" rief sie dem Fahrer zu.

Der Fahrer schüttelte aber den Kopf und nannte ein anderes Ziel, murmelte den Namen eines Ortes, den sie nicht verstand.

Sie fragte erneut, und er wiederholte es noch einmal. Diesmal langsam, deutlich und verständlich: „Mar-ra-kesch!"

„Marrakesch?" Sie war ratlos und einen Augenblick lang entschlossen, wieder auszusteigen, einfach abzuspringen. Der Bus hatte bereits Tempo gewonnen, und einen internationalen Flughafen würde es in Marrakesch vermutlich auch geben.

Sie besaß genügend Bargeld in ihrer Tasche, allerdings nur amerikanische Dollars und portugiesische Escudos, die sie nun bereitwillig offerierte.

Der Fahrer warf nur einen kurzen Blick auf die fremden Banknoten und winkte ab.

Sie versuchte zu erklären: ihre Situation, den Wert dieses Geldes, ihre Bereitschaft, in diese Reise, wenn es nötig sei, auch mehr als üblich zu investieren. Der Fahrer wandte sich nicht einmal mehr nach ihr um, schaute nach vorn auf die Straße, die sich durch eine moderne Vorstadt schlängelte, und schwieg.

Ein korpulenter Mann in der ersten Reihe mit einem gewaltigen Schnurrbart in einem schweißnassen, runden Gesicht hatte den Handel, der da nicht zustande kam, mit breitem Grinsen beobachtet. Er verständigte sich laut mit dem Fahrer über den Preis, klopfte Eva freundschaftlich auf den Arm, nahm ihr einen Zehn-Dollar-Schein aus der Hand und reichte dem Fahrer dafür marokkanisches Geld, das er aus seiner Jackentasche gezogen und gewissenhaft abgezählt hatte.

Eva bedankte sich, erwiderte das Lächeln, ging weiter nach hinten durch den schwankenden Bus, an den vollbesetzten Sitzreihen entlang bis zur letzten Bank. Die Passagiere musterten sie mit freundlichem Interesse. Das war kein Bus für europäische Touristen, so reisten die Einheimischen kreuz und quer durch das Land.

Ein Greis mit grauem Bart, dessen sonnengegerbtes Gesicht unter der Kapuze seiner Djellabah fast verschwand, rückte etwas zur Seite. Eine junge verschleierte Mutter, die ihr Kind gerade stillte, machte ebenfalls etwas Platz. So fand Eva schließlich einen schmalen Sitzplatz in diesem unerträglich heißen, ratternden, schaukelnden Gefährt.

Hin und wieder sah sie sich um, beobachtete mit einer gewissen Unruhe die in eine Staubwolke gehüllte Straße hinter dem Bus. Weder Polizei noch andere Verfolger waren zu entdecken.

Nach einer gewissen Zeit und mit wachsendem Abstand zu dieser Stadt und zu dem erlebten Mord fühlte sie sich freier. Ihre Nervosität und ihre Erregung begannen zu schwinden. Sie hatte wieder einen Blick für ihre Umgebung, für die Menschen in diesem Bus, für die Landschaft, die rechts und links vorüberzog, bis ihr die Augen zufielen vor Müdigkeit, vor Erschöpfung und weil die Anspannung der letzten zwei Tage sich langsam löste.

Sie schwamm zwischen hohen, sich überschlagenden Wellen und konnte doch das Schiff nicht erreichen. Die Wellen warfen sie hin und her, und all ihre Anstrengung war vergeblich. Da sah sie den toten Farghani vor sich im Wasser treiben. Seine leblosen Augen starrten sie an. Sie hatte ihn getötet. Und Kaltenbach stand am Ufer und applaudierte ihr zu dieser Tat.

Da schreckte sie auf und konnte sekundenlang Traum und Realität nicht unterscheiden. Dicht vor ihr hatte eine ältere, schwitzende Frau damit begonnen, mit hocherhobenen Händen rhythmisch zu klatschen. Sie stand auf dabei, und während sie mit kehliger Stimme ein Lied anstimmte, sah sie sich zu den anderen Mitreisenden herausfordernd um. Ihr Gesichtsschleier war nach unten gerutscht und gab zwei Reihen glänzender Goldzähne frei.

Es schien ein sehr bekanntes Lied zu sein, denn andere Fahrgäste fielen in den sich ständig wiederholenden Refrain mit ein, sangen mit, Strophe um Strophe. Das Klatschen steckte an, steigerte sich im Tempo, pflanzte sich fort von Reihe zu Reihe. Elektrisiert von diesem Gesang und diesem Rhythmus war schließlich aus träge vor sich hindösenden Passagieren ein einziger fröhlicher Folklorechor geworden.

Menschen, die sich vorher nicht kannten, sprangen begeistert auf, berührten gegenseitig ihre Handflächen und tanzten im schmalen Mittelgang auf und ab.

„Verstehen Sie das Lied, den Text?“ fragte die neben Eva sitzende junge Mutter in fließendem Französisch, zog den Schleier von ihrem Gesicht und sah sie listig lächelnd an.

„Natürlich nicht. Es ist vermutlich arabisch.“

„Nein, eine Sprache der Berber. Es ist ein Lied der unendlichen Freude und ein Dank an Allah, daß er uns einen so guten Chauffeur gegeben hat, der uns so schnell und so sicher bis hierher nach Marrakesch fuhr.“

Sie hatten nach zweieinhalb Stunden Fahrt die Vororte und das Industrieviertel von Marrakesch erreicht. Wenige Minuten später kam das Minarett der Koutoubia-Moschee in Sicht, das Wahrzeichen der rosafarbenen, tausendjährigen Königsstadt.

104

Der Bus quälte sich auf seiner allerletzten Etappe mühsam und ohne Unterlaß hupend durch die Menschenmenge, die sich täglich um diese Stunde auf dem weiten Platz im Zentrum der Altstadt, dem Djemna el-Fna, versammelte. Im letzten roten Abendlicht hielt er schießlich zwischen dampfenden, rauchenden Garküchen, zwischen Artisten, Feuerschluckern, Tanzgruppen und Märchenerzählern am Eingang des großen Souk, dem Markt- und Handwerkerviertel zwischen zahlreichen anderen Bussen.

Der Gesang der unendlichen Freude und des Dankes war erstorben, hatte plötzlich geendet, so überraschend wie er begonnen hatte. Fremd und stumm, als seien sie sich nie begegnet, verließen die Reisenden ihren vor Hitze fast berstenden Bus und verstreuten sich in der Menge, wurden aufgesogen vom hektischen Treiben dieses Platzes.

Eva fühlte sich hier sicher. Es war unwahrscheinlich, daß irgend jemand sie hier in Marrakesch vermuten und in diesem Gewimmel aufspüren würde. Wenn die Behörden Anlaß hatten, nach ihr zu suchen, dann bei der Paßabfertigung auf den internationalen Flughäfen des Landes. Daher änderte sie ihr Ziel und ihre Pläne. Sie erinnerte sich an den Bericht Farghanis, an Kaltenbachs toten Bruder, diesen Chalid'n-Baq, an seine Neffen, die Waffenschmuggler, und an die Stadt nahe der algerischen Grenze.

Sie lief an der Reihe der wartenden Busse entlang. Mit Kreide waren die Bestimmungsorte auf kleinen Tafeln neben dem Einstieg angeschrieben: Fes, Meknes, Rabat, Beni Mellal, Kasba Tadla, Safi, Agadir. Es waren Nachtfahrten, und die Passagiere nahmen theatralisch Abschied von den Zurückbleibenden, kämpften um die besten Plätze und banden auf dem Dach ihr Gepäck und die mitgeführten Waren fest.

Erfoud war nicht unter den Zielen dieses Abends. Auf ihre Frage hin stieß Eva nur auf Unverständnis, auf Kopfschütteln, oder sie erhielt die Antwort: Demain matin – morgen früh, peut-être – vielleicht.

Sie überquerte den Djemna el-Fna, den Ort-der-Geköpften, der früher eine öffentliche Hinrichtungsstätte gewesen war, schüttelte mit Erfolg die Schlepper und selbsternannten Fremdenführer ab: Sirh qlab! Sie wechselte Geld bei einem Händler preiswerter Lederjacken, der diesen inoffiziellen Service bereitwillig anbot, und sie versprach ihm, morgen früh als Kundin wiederzukommen.

Als die Sonne unterging, saß sie hoch über dem Platz in einem kleinen marokkanischen Restaurant, trank Pfefferminztee, aß Couscous, Hirse mit Hammelfleisch und Gemüse, und betrachtete mit erträglichem Abstand das Schauspiel der Gaukler und Artisten. In großen Kreisen scharten sich die Zuschauer um die Akteure, bewunderten die Flickflacks, die

Menschenpyramiden und Saltos, lauschten den Geschichten der Erzähler, drängten sich neugierig um die Zahnausreißer, die sich gern Dentiste nannten, und begafften schadenfroh deren leidende Opfer. Zwischen all diesen Darbietungen, die seit undenklichen Zeiten zur Unterhaltung der Menge hier stattfanden, wenn nicht gerade einer der Herrscher die Köpfe der Hingerichteten im Zentrum des Platzes aufstellen ließ, wurden herdenweise die ständig fotografierenden und filmenden Touristenscharen hindurchgetrieben und von den buntkostümierten Wasserverkäufern zur Kasse gebeten.

Die Bongos dröhnten bis herauf zu ihr, die monotonen Flötentöne der Schlangenbeschwörer und die Hörner und Fiedeln der Musikanten. Der Rauch der unzähligen Öfen und Herde legte sich im letzten Dämmerlicht des Tages als weißer Schleier über den Platz. Da flammten überall die Azetylenlampen auf und beleuchteten die umlagerten Verkaufsstände der fliegenden Händler und die dichtbesetzten Klapptische der Küchen und Restaurants mit blaugrellem Licht.

Eva hatte beschlossen, die internationalen Touristenhotels draußen in der modernen Vorstadt mit ihrem polizeilichen Meldesystem besser zu meiden. Sie blieb lieber anonym in der Medina, in einem Hotel für Einheimische, einer besseren Herberge, die vertrauenserweckend auf sie wirkte.

Auch dort studierte man als erstes ihren Paß und machte Eintragungen in ein dickes Buch.

Der Lärm, das Tosen dieser Stadt brandete herauf zu ihrem Zimmer im zweiten Stock. Dabei lag es mit seinem schmalen Fenster nach hinten zu einem Vorhof der nahen Moschee. Es war ein hoher, kubischer, tiefrot gestrichener Raum mit einem breiten, spartanischen Bett in der Mitte. Fließendes Wasser und die Toilette im nordafrikanischen Stil gab es irgendwo draußen auf dem Gang.

Trotz dieses fehlenden Luxus schlief Eva in ihrem geblümt bezogenen Bett tief und traumlos, bis dicht an ihrem Ohr eine melodische Männerstimme arabische Texte deklamierte, deutlich jedes Wort, jede Silbe betonend und jeden Satz langsam wiederholend.

Von der Galerie des Minaretts ragten Lautsprecher in jede Himmelsrichtung. Einer hing dicht über ihrem Fenster.

Der Muezzin rezitierte eine lange Sure aus dem Koran, feierliche Verse der Fatiha, und er rief zum Morgengebet: „Bismillahi ar-rahamana ar-rahim, al hamdu lillah ...“

„Herr aller Welten, König am Tag des Gerichts, weise uns den rechten Weg, laß uns nicht in die Irre gehen ...“

Eva machte Licht. Es war kurz nach vier und noch dunkelste Nacht. Außer der alles beherrschenden Stimme hing über der Stadt eine geradezu bleierne Stille.

105

Der Platz war abgeräumt, Garküchen und Gaukler verschwunden. Morgens gehörte der Djemna el-Fna den Bauern und ihren Früchten.

Am Busbahnhof vor den Souks inspizierte Eva die zahlreichen Tafeln: Tanger und Tetuan waren unter den Zielen, auch Laayoune und Ad-Dakhla an der Atlantikküste, im ehemaligen Gebiet von Spanisch-West-Sahara, beim legendären Grünen Marsch der Vierhunderttausend vom marokkanischen König seinem Reich triumphal einverleibt.

Erfoud war nicht darunter: Ce-soir, sagte man ihr, peut-être, vielleicht heute abend.

Frühstück hoch über dem Platz. Es gab Fladenbrot mit Sesamkörnern, Dattelmarmelade und einen unglaublich schwarzen, bitteren Kaffee.

Der Lederjackenverkäufer hatte Eva bereits erwartet. Er begrüßte sie mit Handschlag, stellte sich als Abdullah vor und zählte sie nun fast zu seiner Familie. Leider hatte er nichts Passendes für sie auf Lager, aber sein Bruder vielleicht, sein Schwager, sein Freund ... Die Sippe besaß, nicht weit von hier in den Souks, ein halbes Dutzend ähnlicher Läden.

Und Erfoud? Warum Erfoud, wenn man in Marrakesch ist?

Erfoud ist weit, o ja, sehr weit. Über dem Atlas schon fast in der Wüste. Und in Erfoud gibt es nichts, absolut nichts, nur Sand und Datteln. Der Bus dorthin geht jeden Tag. Fast jeden Tag! Fast jeden Morgen. Eine Stunde vor Sonnenaufgang. Gleich nach dem Morgengebet. Um rechtzeitig zum Abendgebet in Erfoud zu sein. Zu spät also für heute, er ist fort, längst unterwegs, c'est dommage, wirklich schade. Also dann – vielleicht – eben morgen ...

Aber Abdullahs Bruder, sein Schwager, sein Freund, die kennen einen Mann aus Erfoud, einen Homme bleu, einen Blauen Mann, einen Tuareg, einen Transporteur. Der heißt Ibrahim, und der bringt Waren aus dem Süden nach Marrakesch. Nein, keine Datteln! Er bringt Tapis Hambel und Kelim, Teppiche der Sahara-Nomaden, Potterie, Antiquitäten. Der ist vielleicht gerade in der Stadt. Vielleicht fährt er heute noch zurück.

Mit fünf Männern in Begleitung, mit Abdullahs Bruder, Schwager und deren Freunden, machte Eva sich auf die Suche nach diesem legendären Ibrahim.

Sie wurden nach kurzer Zeit fündig. Ein paar Fragen hier, ein Schwätzchen dort. Die Altstadt ist ein Dorf. Der Gesuchte saß unter einer der rosa Arkaden am Rand des Platzes und trank seinen Tee. Von dort aus machte er seine Geschäfte und nahm Aufträge entgegen.

Der Mann trug eine edle blaue Gandora, das reichbestickte Übergewand der Stämme aus dem Süden, dazu einen blauen, schalartigen Turban locker um den Kopf geschlungen. Die Haut seines Gesichtes und seiner Hände hatte einen merkwürdigen blauen Schimmer angenommen, denn Indigo, der Farbstoff der Kleidung dieser Wüstenregion, färbt ab.

Dieser Blaue Mann also, dieser Ibrahim, war wie alle Tuaregs eine imponierende Persönlichkeit mit kurzgestutztem Bart und freundlichen, pechschwarzen Augen.

Er war im Begriff, jetzt, unmittelbar nach seinem Tee, nach Erfoud zurückzufahren. Er war auch bereit, Eva auf dieser Reise mitzunehmen. Das war dem minutenlangen Palaver von

Evas Begleitern, Abdullahs Bruder, Schwager und Freunden, schließlich zu entnehmen.

Eva versprach, auf dem Rückweg für sich, ihren eigenen Bruder, ihren Schwager und ihre Freunde in Abdullahs Laden zahllose Lederjacken einzukaufen. Dann ließ man sie allein mit Ibrahim, der bisher kaum einen Blick an sie verschwendet hatte.

Aus großer Höhe goß er dampfenden Pfefferminztee aus einer silbernen Kanne perlend, schäumend, in ein neues Glas und schob es kommentarlos Eva hin. Erst nach einer Weile sprach er sie an, mit einer sonoren Stimme – und überraschend auf deutsch, mit einem undefinierbaren, gemischt bayerisch-badischen Akzent: „So, Fräulein, Mädle, bisch deutsch und willsch nach Erfoud, ja?"

106

Eva hatte sich daran gewöhnt, auf marokkanischen Märkten nicht nur auf französisch oder englisch, sondern auch auf deutsch angesprochen zu werden. Dieses Händlervolk war sprachbegabt, und deutsche Touristen stellten zur Zeit die Mehrheit.

Im Falle dieses Tuareg, eines Vertreters jener stolzen, aufrechten Krieger der Wüste, war ein Satz wie dieser und noch dazu in einem eigenwilligen süddeutschen Tonfall zumindest erstaunlich.

„Sie fahren heute noch nach Erfoud?" fragte sie nicht ohne ein gewisses Mißtrauen, und sprach nun ebenfalls deutsch.

„Ja, Mädle. Kansch mitkomma. Ich fahr heim!"

„Wo haben Sie Deutsch gelernt?"

„Hab Autos baut. Laschtwage. Erscht in München, dann Karlsruh. Drei Jahr lang. Aber des war mir z'kalt dort oba. Und z'viel Leut. Ich g'hör in die Wüschte!"

Er trank seinen Tee aus, warf einen Blick auf seine goldene Rolexuhr und stand auf. Er überragte Eva um mehr als nur um

Haupteslänge. „Los komm. Mir fahren!" Er lief los, ging rasch voraus, ohne sich nach Eva umzusehen.

Sie ließ ihren Tee stehen und lief hinterher.

An den Gemüseverkäuferinnen vorbei, die entlang der Arkaden auf dem Boden hockten und ihre Waren auf Tüchern ausgebreitet hatten, lief Ibrahim quer über den weitgehend leeren Platz zu einem der fliegenden Dentisten. Der hatte seine Praxis unter einem zerschlissenen weißen Sonnenschirm aufgeschlagen. Für die Patienten stand ein Hocker bereit, für das Instrumentarium ein Tisch: zwei alte, hochkant gestellte Obstkisten und darüber ein Brett. Die museumsreifen Zangen verschiedenen Kalibers lagen einladend und säuberlich nach Größe aufgereiht auf einem frisch gebügelten, leicht durchlöcherten Handtuch. Daneben war der Erfolg seiner langjährigen zahnärztlichen Bemühungen zu besichtigen: ein großes Bonbonglas bereits zu Dreivierteln gefüllt mit gezogenen Zähnen – schwärzliche Ruinen, angefault, kariös und vermutlich ausnahmslos ohne Betäubung entfernt.

Der Dentist, ein älterer, rundlicher Mann im weißen Kaftan, mit dicker Brille und weißem Turban, erhob sich von seinem Bürodrehsessel, als Ibrahim sich der Praxis näherte. Er holte ein kleines, gut verschnürtes Päckchen unter einer der Kisten hervor und überreichte es Ibrahim mit einem begeisterten Wortschwall und weitausladenden Gesten.

Ibrahim bedankte sich ebenso überschwenglich und mit einer Umarmung, zahlte einen größeren Betrag aus einem Lederbeutel, den er unter seiner Gandora an einem Gürtel trug. Er zeigte Eva mit triumphierendem Lächeln das Päckchen vor: „Zähne . . . Ganz neu!"

Er ließ die seinen blitzen, damit kein Irrtum entstand. Für alle Fälle ergänzte er seine Information noch mit dem Hinweis: „Zähne – für mein Vater!"

Dann lief er wieder los, eilig wie bisher, mit raschen Schritten, mitten hinein in das Dämmerlicht der Souks mit ihrem Gewimmel an Menschen sämtlicher Farben und Rassen Nordafrikas.

Eva folgte ihm, so gut sie konnte.

Ich habe es langsam satt, dachte sie, hinter irgendwelchen Männern herzurennen. Gestern Farghani, heute dieser Tuareg. Wenn sie zurückgeblieben wäre, verschwunden in der hin und her flutenden Menschenmenge oder ihn aus den Augen verloren hätte in diesem Irrgarten von Werkstätten und Läden, er hätte es nicht weiter bemerkt.

Im Viertel der Silberschmiede, unter einem hohen Dach aus Stroh, das die Sonne in schmalen Streifen auf die Gesichter und die blinkenden, blitzenden Waren, die Kerzenleuchter, Tabletts, Kannen und Karaffen fallen ließ, blieb dieser Blaue Mann plötzlich stehen und reichte Eva überraschend die Hand: „Heiß Ibrahim!"

Sie wußte das bereits, nahm seine Hand, schüttelte sie ebenfalls und nickte.

„Aber du sagst Ibi zu mir, ja! Alle sagen Ibi. Ich bin Ibi-der-Ober-Schmuggler!" Er legte seine Hand bekräftigend flach auf sein Herz. „Und wer bisch du?"

„Eva. Eva Sadowski."

„Eva?" Er schien darüber geradezu kindlich erfreut zu sein: „Schöner Name für ein schönes Fräulein." Er nahm ihr die Reisetasche ab, ganz europäischer Kavalier schwäbisch-bayerischer Schule. Um sie nicht zu verlieren, packte er sie am Arm und schob sie vor sich her durch die restlichen Viertel der Souks, die sie noch durchqueren mußten: unter den buntgefärbten Wollbündeln hindurch, die im Souk der Färber über ihnen auf Stangen zum Trocknen hingen, an den funkensprühenden Werkstätten der Schmiede vorbei und leider auch ziemlich nahe dem Souk der Gerber, wo Felle, Klauen und Köpfe gestapelt waren und ein überaus strenger Geruch ausländische Touristen und einheimische Passanten aus den benachbarten Gassen erfolgreich vertrieb.

Gegenüber dem gewaltigsten aller Tore dieser Stadt, dem Bab Agnaou, hinter dem sich die berühmte El-Mansur-Moschee erhob, umlagert und eingekreist von Dutzenden von Touristenbussen, lagen angeklebt an die Stadtmauer die Magazine der Großhändler.

Dort wurde gerade ein kleiner, etwas altersschwacher Lastwagen, der seine besten Jahre schon längst hinter sich hatte, von einer flinken Truppe hoch und immer noch höher mit Waren aller Art bepackt und beladen.

Säcke, Kartons, Kisten und Stapel bunter Matratzen überragten das schmalbrüstige Führerhaus und wurden mit Seilen und Leinen festgezurrt, die wie ein Spinnennetz mit Hunderten von Knoten die Ladung überspannten.

Ibrahim trat dazu und gab mit autoritäter Stimme seine letzten Anweisungen, zog hier ein Seil nach, kontrollierte dort einen Knoten und trieb seine wie Ameisen auf dem überladenen Gefährt herumkletternden Helfer zur Eile an.

„Ist das Ihr Wagen?“ In Evas Stimme schwang ein gewisses Maß an Besorgnis.

„Motor isch fascht wie neu!“ Ibrahim war erfüllt von Stolz und begann, sich den blauen Turban vom Kopf zu wickeln. Dann schüttelte er sein krauses, öliges Haar und warf den Schal in den Wagen.

„Und damit wollen Sie bis nach Erfoud? Über das Gebirge?“ Eva hatte die dramatischen Beschreibungen diese Fahrt betreffend bereits verinnerlicht und gab sich skeptisch.

Ibrahim ging auf Evas möglicherweise berechtigte Frage nicht ein. „Schteig ei! Los!“ Er warf Evas Reisetasche in das Cockpit des Wagens und zog sich die edle Gandora über den Kopf. Darunter kam über blauer, haariger Brust ein verwaschenes, nicht mehr ganz sauberes, nicht mehr ganz intaktes, ebenfalls blaues Unterhemd zum Vorschein. Die Jeans, die er dazu trug, waren zerschlissen und ölig ebenso wie seine Turnschuhe.

Kleider machen Leute, auch in der Wüste. Und ein stolzer Tuareg hatte sich mit nur wenigen Handgriffen in einen ganz normalen, überraschend gutgenährten nordafrikanischen Lastwagenfahrer verwandelt.

Während Ibrahim die Gandora gewissenhaft und geradezu mit Ehrfurcht zusammenlegte und hinter seinem Sitz verstaute, kalkulierte Eva ihr Risiko, die Überlebenschance dieser Reise bei der Verfolgung eines fiktiven Ziels und die möglichen Unkosten: „Wieviel?“ fragte sie. „Was kostet das?“

Ibrahim blickte sie erstaunt aus seinen treuen schwarzen Augen an, als hätte ihn das Leben mit Fragen dieser Art noch niemals konfrontiert.

„Die Reise nach Erfoud“, erklärte sie ihm. „Für mich, für meine Mitfahrt. Was verlangst du dafür?“

„Mir werdet einig!“ behauptete er.

Sie kannte das. Zwischen freien Journalisten und ihren Verlegern war man sich nach einer solchen Formulierung noch niemals einig geworden.

„Ich möchte es vorher wissen!“ Ihre Stimme ließ keinen Zweifel an ihrer Entschlossenheit. „Fünfzig US-Dollar?“ Sie zeigte sie vor. „Ist das genug?“

Ibrahims Geste war weltmännisch, großzügig und einem Wüstenkrieger durchaus angemessen: „Geld für Ibi nix Problem!“ Das war eine absolut unzutreffende Behauptung, aber Ibis Tonfall erlaubte keinen Widerspruch.

Eva kletterte nach kurzem Zögern über drei hohe, rostige Tritte hinauf in den Wagen und setzte sich auf den zerschlissenen Beifahrersitz.

Das Armaturenbrett war eine Ruine, allerdings geschmückt mit Plastikblumen und Souvenirs aller Art. Die Fenster waren beklebt mit arabischen Werbesprüchen und marokkanischen Flaggen, dem grünen fünfzackigen Stern, dem Pentagramm, auf rotem Grund. Lose Teile waren mit Draht und Leukoplast geflickt, sämtliche Schalter abgebrochen, der Ganghebel durch eine zufällig passende Eisenstange ersetzt; und auch einen Gurt gab es nicht für sie.

Die Galerie nackter Playmates hinter dem abgewetzten Plüschvorhang an der Rückwand des Cockpits flößten ihr kein allzu großes Vertrauen ein. Die Reise mit diesem Blauen Mann ging schließlich über viele Stunden, und, wie sie vermutete, nicht nur über gefährliche Pässe, sondern auch durch ziemlich einsame Täler.

Sie beobachtete Ibrahim, wie er die Helfer, die vom Wagen

und seiner Ladung heruntergeklettert kamen, mit Geldbündeln, die er aus seiner Ledertasche zog, anscheinend großzügig entlohnte. Ein älterer Mann küßte ihm die Hand. Dann stieg Ibrahim ein und schwang sich mit routiniertem Schwung herauf ins Cockpit.

Er startete, indem er zwei funkensprühende Drähte miteinander verband. Überraschenderweise sprang der Motor daraufhin sofort an. Mit einem heiseren Hupsignal verabschiedete er sich und fuhr los. Langsam schob sich der überladene, schwankende Wagen durch das hohe, enge Tor und die noch engeren Gassen.

Als sie die Stadt schließlich verließen, stand das Atlasgebirge mit seinen schneebedeckten Viertausendern vor ihnen wie eine unüberwindbare Mauer.

107

Die Serpentinen nahmen kein Ende.

Langsam und mit dröhnendem Geräusch, eine blauschwarze Rauchfahne hinter sich herschleppend, kroch Ibrahims kleiner Lastwagen dem Tizi'n-Tichka Paß entgegen.

Er quälte sich entlang bizarrer Schluchten, gesäumt von leuchtend roten oder ockergelben Felsen. Eva blickte mit Schaudern hinunter in die schwindelerregenden Abgründe der Klamm, wo das Schmelzwasser der Gipfel in schmalen Wildbächen glitzernd zu Tal schoß, in die fruchtbaren Ebenen um Marrakesch.

In halsbrecherischen Manövern wich Ibrahim großen Felsbrocken aus, die mitten in den Weg gerollt worden waren. Sie dienten als Warnung, denn während der sintflutartigen Regenfälle der letzten Wochen waren Teile der Straße in die Tiefe abgerutscht. In solchen Momenten lehnte Eva sich zurück und schloß die Augen.

An kahlen Berghängen klebten Hütten, grasten einsame Ziegen. Kinder standen in den schmalen, spitzen Kurven, boten wild gestikulierend in ihren hocherhobenen Händen den Vorüberfahrenden bunte Bergkristalle an, liebevoll handkoloriert mit roter Tinte.

In Taddert, einem winzigen Dorf, das nur aus zwei Reihen rotgetünchter Häuser bestand, eingezwängt zwischen Felswand, Straße und Schlucht, hielt Ibrahim vor einer der Garküchen an. Man kannte ihn und rief ihm Freundlichkeiten zu, die er lachend erwiderte. Er setzte sich am Rand der Straße auf eine Bank aus rohen Balken hinter einen primitiven Tisch und winkte Eva zu sich her. Sie war von Händlern umringt, die Halbedelsteine verkauften.

Unaufgefordert stellte ein kleiner Junge einen schweren, heißen Keramiktopf vor die beiden hin, der mit einem spitzen, buntglasierten Hut abgedeckt war. Ähnliche Töpfe in verschiedenen Größen standen auf der rauchenden Feuerstelle über den glühenden Kohlen und kochten dort vor sich hin.

Ibrahim hob den Deckel und schnupperte genüßlich an dem darunter verborgenen, dampfenden Inhalt: „Tajin“, erklärte er. „Is gut! Los, iß!“

Eva betrachtete das bunte Durcheinander von Hammelfleisch, Kartoffeln und Gemüse mit gemischten Gefühlen. Dann brach sie aber wie Ibrahim Stücke aus dem Brotfladen und benutzte sie nach Sitte des Landes als Löffel.

Sie nahm den Faden eines Gesprächs wieder auf, das sie im Wagen vorsichtig begonnen hatte: „Lohnt sich das wirklich? Waren über die Grenze zu schmuggeln? Über diese weite Entfernung? Durch die Wüste?“

„Logisch!“ bekannte Ibrahim aufrichtig und kaute mit vollem Mund. „Es gibt nur drei Pisten. Von Erfoud durch Wüste nach Algerien. Und weiter nach Libyen. Und nur Ibi kennt. Und Police kennt Ibi. Fast nix Kontrolle. Und wenn doch, dann Bakschisch und alles okay.“

„Und was schmuggelst du?“

Er deutete hinter sich auf den hochbeladenen Wagen, dessen Motor im Schatten abkühlen sollte.

„Schnaps, Whisky, Brandy. Aber auch Kühlschränk, Stromgenerator, Televisionapparat, Videorecorder, Pornokassetten und Playboy-Zeitung – alles, was der Prophet hat verboten ..."

108

Nach dem Paß ging es in weitgeschwungenen Kurven hinunter in ein weites grünes Tal, vorbei an Dörfern aus niederen Hütten, die Mauern locker aufgeschichtet aus flachen Steinen, bewohnt von buntgekleideten Berbern.

Die ersten Lehmburgen tauchten auf, die Kasbahs Südmarokkos. Die standen hoch über dem Ufer eines breiten, reißenden Flusses, der die Straße begleitete, die nun hinunter in die Ebene führte.

Ibrahim lächelte Eva zu. Sie hatten das Schlimmste geschafft. Eva lächelte befreit zurück.

Sie fuhren durch wild zerklüftete Einsamkeit, vorbei an bizarr aus der Ebene herauswachsenden Felsenplateaus, ohne ein Zeichen menschlicher Ansiedlung, so weit der Blick reichte.

Da lächelte Ibrahim wieder und trat auf die Bremse.

Er verließ die Straße und steuerte sein schwankendes Gefährt über Sand und betonharten Lehm hinter eine Gruppe schütterer Palmen. Dort blieb er stehen, stellte den Motor ab, gähnte, streckte sich und lächelte erneut: „So ... Und jetzt wir zwei machen Liebe!"

Eva traf diese freundliche Ankündigung unvorbereitet. Die Befürchtungen zu Beginn der Fahrt hatte das atemberaubende Abenteuer der Bergstrecke weitgehend zerstreut. Der kameradschaftliche, kumpelhafte Ton in der kargen Konversation zwischen den beiden ließ sie ganz elementare Ängste vergessen. Nun war es anscheinend soweit.

„Nein ... Bitte nicht!" rief sie und wich mit Entsetzen zurück.

Ibrahim gab sich erstaunt und betrachtete sie mit einem geradezu kindlichen Blick aus seinen schwarzen Augen: „Du, Fräulein, du glauben, alles nix kosten? Alles umsonst?"

„Ich hab dich gefragt ... habe Sie gefragt ... habe Ihnen Geld angeboten. Fünfzig Dollar. Sie können auch mehr verlangen!"

„Geld nix wichtig!" Ibrahim war angeekelt und enttäuscht.

„Nein!" rief sie erneut. „Ich steige aus. Ich laufe!"

„Wohin?" fragte er, und es klang besorgt, fast lieb.

„In Erfoud", erkärte er ehrlich und sehr überzeugend, „Ibi hat Frau und Kinder, und nix geht mehr mit uns zwei!" Er appellierte an ihre Einsicht. Allerdings ohne rechten Erfolg.

„Hören Sie, Ibrahim ... Ibi ..." Sie machte eine Pause, atmete schwer, sah einen Augenblick verzweifelt hinaus in diese so malerisch trostlose Einsamkeit, hinüber zu dem reißenden Fluß, bevor sie die Geschichte, die sie bereits schon einmal als Schock verinnerlicht hatte, nun als Argument mißbrauchte: „Vor zwei Wochen ist mein Mann verunglückt. In einem Wagen. Er ist eingestiegen, und ..." Sie sprach nicht weiter.

„Tot?" wollte Ibrahim wissen.

Sie senkte nur den Kopf und schwieg. Ibrahim nickte, er hatte verstanden, auch ohne daß man ihm die ganze komplizierte Geschichte erzählen mußte.

Seine Miene verdüsterte sich mitfühlend. Er reduzierte seine Neugierde auf eine einzige simple Frage: „Autounfall?"

„Nein", sagte sie, und dann doch wieder: „Ja!"

Die falsche, aber einfachere Erklärung erschien ihr überzeugender. Leise verriet sie Ibrahim noch: „Ibi ... Ich kann das jetzt nicht!"

„Logisch!" Er hatte Verständnis und blickte sie treuherzig an, dann reichte er ihr noch seine leicht ölverschmierte, bläulich schimmernde Hand: „Mein Beileid!"

Sie erwiderte seinen Händedruck. „Danke!"

Er nickte ihr noch ein weiteres Mal mitfühlend zu. Dann wandte er sich ab, rollte sich auf seinem Sitz zusammen, um zu schlafen, und wickelte seinen blauen Schal um sein Gesicht.

„Nur halbe Stund!" flüsterte er.

Eva betrachtete ihn mit einem merkwürdigen, erleichterten Blick.

109

Sie fuhren ostwärts, Stunde um Stunde.

Von Ouarzazate aus, einem Ort von einhunderttausend Einwohnern, der erst 1928 als Militärstützpunkt der Franzosen rund um eine alte Kasbah entstand, folgten sie dem Oued Dadès, dem Fluß der unzähligen Burgen, der unzähligen Dattelpalmen, die sein Ufer säumten, und der das Atlasgebirge von den Ausläufern der Sahara trennt.

Über die Steinwüste zogen Nomaden mit ihren Kamelen. Ihre schwarzen Zelte hatten sie im Schatten gigantischer Felsen errichtet. Frauen standen bis zur Hüfte im Fluß und schlugen die Wäsche gegen die glattgeschliffenen Steine. Esel, zu je einem halben Dutzend zusammengebunden, trabten im Kreis und droschen mit ihren Hufen das Korn. Kleine Mädchen in bunten Röcken schleppten auf ihren Köpfen riesige Bündel Reisig und Brennholz von den Bergen hinunter in die Dörfer aus gestampftem Lehm.

Szenen wie aus biblischen Zeiten. Und aus Ibrahims Kassettenrecorder plärrte Beatmusik.

Die Straße gabelte sich, führte wieder nach Norden, über die Pässe des Mittleren Atlas, und weiter nach Süden in die Wüstenregionen: 250 Kilometer bis Erfoud. Und die Sonne stand schon tief.

Bis zum Abendgebet, meinte Ibrahim, würden sie es schaffen. Und falls nicht: Den Gebetsteppich hatte er immer dabei, für alle Fälle, und die Richtung von Mekka war ihm bekannt.

Ein weiterer Fluß kreuzte ihren Weg. Der Oued Ziz, wasserreich wie alle Flüsse, die hoch oben im Atlasgebirge entspringen. Als der kleine Lastwagen ihn schwankend durchquerte, führte die Furt nur durch ein felsiges und plötzlich wasserloses Wadi. Hier versickerte der Fluß vor ihren Augen und floß unterirdisch weiter.

Die Dattelpalmen, die von diesem Fluß, von diesem Wasser lebten, füllten das ganze weite, kilometerlange Tal: Sie hatten das Tafilalet erreicht, die größte und reichste Oase Nordafrikas.

Die Kasbahs wurden zahlreicher und stattlicher, ihre klobigen Ecktürme wuchtiger und höher. Sie waren mit Ornamenten geschmückt, und die Dattelpalmen wuchsen geschützt hinter ihren Mauern.

Pünktlich, bevor die Dämmerung über das Land hereinbrach, steuerte Ibrahim seinen Wagen durch ein mit Fahnen und Wimpeln geschmücktes Tor, mitten hinein in die Altstadt von Erfoud.

„Irgendein Hotel, Ibi, ja?"

„In Altstadt – es gibt nur eines!"

Er hielt davor an: Hotel Oasis, ein erdigrot getünchtes, dreistöckiges Haus, mit allen ähnlichen Gebäuden rings um den großen Platz durch eine Arkade verbunden. Das war keine arabische Architektur, das war mediterran. Die Altstadt war eine neue Stadt, von den Franzosen als Garnison für ihre Fremdenlegion mitten im Ersten Weltkrieg gegründet worden. Keine zwanzig Kilometer entfernt lagen in der Wüste die Ruinen von Sijilmassa, vor über tausend Jahren einmal die größte Stadt Marokkos. Von dort stammt die Dynastie der Alauiten, die heute noch das Land regiert.

„Dank dir, Ibi! Für alles!"

Eva hielt ihm einen Geldschein hin. „Fünfzig Dollar!

Nein: Hundert!" Sie legte einen zweiten Schein dazu.

Aber Ibrahim zierte sich, schüttelte den Kopf und sah weg: „Nein! Net von dir! Kein Geld von junge Witwe!"

„Nimm's, Ibi! Ich verdiene ganz gut! Und es war so ausgemacht!" Sie legte ihm die Scheine auf das Armaturenbrett, und nur damit sie nicht fortflogen im Wind, steckte er sie in den Lederbeutel an seinem Gürtel.

Da fiel Eva noch etwas ein: „Du hast gesagt, Ibi, du kennst alle Leute in Erfoud."

Sie hatte Sharons Bild aus ihrer Reisetasche genommen, das lebensfrohe, lachende Porträt des Mädchens im Silberrahmen. Sie hielt es ihm hin. „Hier."

Er warf einen kurzen Blick auf die Fotografie, dann sah er Eva fragend an.

„Eine Freundin von mir", erklärte sie ihm. „Sie ist verschwunden. Vor zwei Wochen. Sie soll hier in Erfoud sein. Deswegen bin ich hier!"

„Schönes Mädle!" Er griff nach dem Bild. „Und was glaubst? Kassiert, kidnappt von ein Scheich?" Seine Hand beschrieb dazu die ungewisse Geste des Wegfangens.

„Ich weiß es nicht. Aber es ist denkbar. Und möglich!"

„Ibi find raus. Ibi alles find raus!" Er wollte ihr das Bild zurückgeben, aber sie winkte ab: „Behalt es erst einmal, Ibi. Und sei vorsichtig!"

Er grinste nur: „Logisch!" Dann legte er das Bild vorsichtig in das deckellose Handschuhfach neben die neuen Zähne des Vaters.

Eva stieg aus, kletterte die steilen, halb durchgerosteten Tritte nach unten, hing sich die Reisetasche über die Schulter und hob sehr diskret die Hand zu einem Gruß. Dann wandte sie sich ab und ging auf das Hotel, auf die Arkade zu.

Ibrahim startete den Motor auf die bewährte Weise mit den funkensprühenden Drähten, fuhr langsam los und hupte zum Abschied noch ein heiseres, mißtönendes Signal.

Er kam nicht sehr weit.

Drei Blaue Männer in Gandoras kamen aus der Arkade des Hotels gelaufen, riefen ihn an, schlugen gegen die Tür des Wagens, um ihn zu stoppen. „Ibrahim!"

Er blieb stehen und kam heraus, sprang herunter auf die Straße und begrüßte die drei mit freundschaftlicher Umarmung. Sie wechselten nur wenige Worte, dann blickten sie sich erwartungsvoll um.

Zwei jüngere Männer kamen über die Straße geschlendert, ein dritter trat später dazu. Es waren Leute, die Ibi allesamt kannte: Die Söhne des Chalid'n-Baq, für die er schon viele Fahrten unternommen hatte. Heute wirkten die drei etwas formell in ihren schwarzen Anzügen und ihren dunklen Krawatten.

Der Dritte, auf den sie schweigend warteten, kam zusammen mit einem Europäer: ein Mann so um die Sechzig mit kurzem grauem Bart, im weißen Leinenanzug und mit einem breitrandigen, hellen Hut. Er war gerade in einem eleganten Mercedes eingetroffen. Den schloß er nun ab. In Ruhe und mit großer Sorgfalt. Dann erst war er bereit, diesen Ibrahim, den man empfohlen hatte, zu besichtigen. Seine dunkle Pilotenbrille nahm er dabei nicht ab.

Es ging um ein Geschäft, um eine Fahrt über die Grenze. Nichts weiter. Alles andere hatte noch Zeit, bis nach dem Abendgebet.

110

Man hatte Zeit hier im Süden.

Die Rezeptionist, ein älterer, würdiger Herr im schwarzgestreiften Kaftan, den Fez tief in die Stirn gedrückt und mit dem Mal des strenggläubigen Muslim gesegnet – der großen dunklen Warze zwischen den Brauen, mit der er ein Leben lang beim Gebet den Boden berührte – studierte eingehend Evas Paß. Erst als er alle Seiten im Schein einer grellen Schreibtischlampe einzeln und in Ruhe betrachtet hatte und weder einen Stempel aus Israel noch einen aus Südafrika entdecken konnte, legte er Eva das übliche Meldeformular vor, dazu einen Stift, der nicht funktionierte.

„Pardon, Madame ...“

Danke, sie hatte selbst.

Eva füllte aus, woher, wohin, wann eingereist und wie lange noch hier ... Obwohl: Wer konnte das wissen.

Der Finger des Rezeptionisten fuhr währenddessen langsam über den Belegungsplan des Hotels, über die Liste der Zimmer.

„Vingt-trois, Madame ...“ Die Zahl 23 stand in zierlicher Handschrift auf einem abgegriffenen Stück Karton, mit Bindfaden an einem altmodischen Schlüssel befestigt.

„Merci, Monsieur.“ Sie schob das ausgefüllte Formular unter einer Art Schalter hindurch. Die Ausstattung dieses Kolonialhotels war eigenwillig und ein wenig antik.

Als sie nach ihrer abgestellten Reisetasche griff, öffnete sich die Pendeltür zur Halle. Drei jüngere dunkelhäutige Herren in schwarzen Anzügen kamen herein. Sie waren in bester Stimmung, lachten laut und parlierten angeregt auf französisch.

In ihrer Mitte ging schweigend ein Europäer im hellen Anzug: Kaltenbach!

Eva hatte eine Begegnung mit diesem Mann hier und in diesem Augenblick nicht erwartet. Dabei folgte sie den Spuren seiner Aktivitäten und hätte mit einer Konfrontation zu jeder Zeit und an jedem Ort rechnen müssen.

Nun wandte sie sich ab, rasch und in Panik, suchte etwas in ihrer Tasche, verstaute den zurückerhaltenen Paß und hoffte verzweifelt, nicht entdeckt, nicht erkannt worden zu sein. Wenn es ausnahmsweise Gebete gewesen sein sollten, die sie zu sämtlichen Göttern schickte, die aufgeklärte Journalistinnen anrufen durften, sie wurden erhört.

Nur wenige Schritte hinter ihrem Rücken ging Kaltenbach mit seinen Begleitern vorbei und nahm keine Notiz von ihr.

Als sie schließlich aufblickte, waren die vier Herren in dem schmalen, unbeleuchteten Gang, der zu dem kleinen Innenhof des Hauses führte, bereits verschwunden. Evas tödlicher Schrecken legte sich wieder, und dieses fatale Beinahe-Zusammentreffen war auch zu kurz gewesen, um ihren Puls nachhaltig zu erhöhen. Aber auf ihrem Weg hinauf in den zweiten Stock spürte sie, wie ihre Knie zitterten.

Auf der obersten Galerie angekommen, die vor den Türen zu den einzelnen Zimmern und rund um den Innenhof verlief, blieb sie stehen.

Vorsichtig trat sie an das Geländer und spähte neugierig und im Schutz einer Säule hinunter in den Hof.

Kaltenbach und seine drei Begleiter hatten auf abgewetzten und verschossenen Polstersesseln unter den Zweigen riesiger Topfpalmen Platz genommen. Ein Kellner goß bereits den Tee in die Gläser, ein anderer dienstbarer Geist stellte eine Petroleumlampe auf den Tisch, denn das Licht der nackten Glühbirnen, die überall an Kabeln von den Decken hingen, war äußerst schwach.

Eva sah gerade noch, wie eine Landkarte zwischen den dampfenden Teegläsern auf dem kleinen Tisch entfaltet und ausgebreitet wurde, als zwei Hände sie an der Schulter packten und sie zurück und in das Dunkel der Treppe zogen.

111

Fast hätte sie laut aufgeschrien.

Ihr neuerlicher Schock ließ erst nach, als sie Doktor Goetz vom BKA erkannte. Der raunte ihr ärgerlich zu: „Seien Sie doch vorsichtig, Frau Sadowski! Es gab bei dieser Aktion schon Tote genug!"

Er hielt sie am Arm fest, als könnte sie ihm entkommen, und sie wehrte sich nicht, war immer noch wie gelähmt.

„Herr Doktor Goetz ..." stammelte sie nur, aber der ging auf ihr Entsetzen nicht weiter ein. Ebenso leise wie er begonnen hatte, fuhr er fort: „Bei unserer Begegnung in Hamburg hatten wir beide vereinbart, daß Sie sich aus dieser Sache heraushalten!"

„Sie hatten es mir lediglich empfohlen", flüsterte sie zurück, „weiter nichts!"

„Ich hatte Sie gewarnt, Frau Sadowski! Eindringlich! Purer Zufall, daß wir Sie gestern nicht tot neben der Leiche des Herrn Farghani fanden. In Essaouira. In Kaltenbachs Haus. Ihr Gatte hat Sie ebenfalls beschworen abzureisen ..."

Da unterbrach sie ihn, und eine gewisse Schärfe lag in ihrem Ton: „Vor zehn Tagen haben Sie mir noch kondoliert, zum Tod meines Mannes, Herr Doktor Goetz, obwohl Sie wußten, daß er noch lebt! Der Gipfel an Zynismus, finden Sie nicht?"

„Kondoliert habe ich Ihnen nicht, Frau Sadowski!" stellte er richtig. „Ich war bei dieser Trauerfeier lediglich anwesend! Es tut mir leid, daß ich den schmerzlichen Irrtum nicht rechtzeitig aufklären konnte." Nach einer gedanklichen Pause verbesserte er sich: „Nicht aufklären durfte!"

Er ließ ihren Arm endlich los, da er sicher sein konnte, daß sie die Situation richtig einschätzen würde. „Mein Verhalten mag aus Ihrer Sicht zwar unentschuldbar erscheinen", gab er zu. „Aber es geht bei dieser Aktion um mehr als um Ihre persönliche Tragik."

Sie drängte sich vorsichtig wieder weiter nach vorn und deutete nach unten in den Hof: „Kaltenbach sitzt dort unten. Verhaften Sie ihn. Dann ist diese Aktion endlich erledigt, und Sie können aufatmen. Und brauchen auch nicht mehr um mich zu zittern!"

„Wir haben nichts gegen diesen Mann in der Hand."

„Die Bombe, die Tom fast getötet hat?"

„Eine unbewiesene Vermutung . . ."

„Der Flugzeugabsturz mit Farghanis Bruder. Und mit Kaltenbachs eigener Frau an Bord?"

„Mutmaßungen. Zwar aufgrund von Indizien . . ."

„Die Entführung seines Sohns Miguel, der dabei starb?"

„Ein Gerücht. Außerdem längst verjährt . . ."

„Die Entführung seiner Tochter Sharon?"

„Die Behörden in Portugal tappen im dunkeln . . ."

„Und gestern mußte also dieser Freund und Partner aus alten Tagen sterben: Farghani. Weil er zu viel wußte?"

„Weil er vermutlich den Deal mit den drei Sprengsätzen allein machen wollte."

„Und das alles genügt nicht?"

Goetz schüttelte resignierend den Kopf: „Daß Kaltenbach eine Waffe gleichen Kalibers und gleicher Fabrikation wie der Mörder Farghanis besitzt und daß wir ihn bis Essaouira verfolgen konnten, wo er uns im Gewirr der Gassen leider entwischte, ist im Augenblick noch kein Beweis. Außerdem ist er Bürger der Schweiz, und wir sind hier in Marokko. Solange Interpol nicht tätig wird, haben wir keine Chance. Und Interpol hält die Atombomben-Story für ein Gerücht."

„Die Bomben existieren! Ich habe sie selbst gesehen. Sie wurden auf See verladen!" Sie war laut geworden, und Goetz versuchte, ihre Stimme mit einer beruhigenden Geste etwas zu dämpfen.

„Sie haben drei längliche Kisten gesehen, Frau Sadowski. Mehr nicht!“ Als sie erneut ihre Einwände vorbringen wollte, stoppte er sie: „Woher wollen Sie wissen, daß es keine Attrappen waren?“

Sie reagierte aggressiv: „Wieso sind Sie so sicher, daß es Attrappen sind?“

„Wirklich sicher sind wir erst“, gab er zu, „wenn wir sie haben und zerlegen. Sie wurden ganz offiziell, zollfrei und mit Importlizenz eingeführt, deklariert als Bewässerungspumpen für die Landwirtschaft, im Rahmen eines staatlich geförderten Entwicklungsprogramms. Sie sind im Augenblick nach hierher, nach Erfoud, unterwegs. Nach den uns vorliegenden aktuellen Meldungen treffen sie noch heute nacht hier ein.“

Eva fand diese brisante Mitteilung hochinteressant: „Die umstrittenen Kisten, die Pumpen oder was es auch immer sein mag, heute nacht hier in Erfoud? Hervorragend! Dann sehen wir sie uns bei dieser Gelegenheit doch einmal etwas genauer an!“

Da formulierte Goetz für Eva unmißverständlich und konkret das Problem, das ihn und jede Behörde dieser Welt gleichermaßen in jeglicher Handlungsfreiheit beschränkt: „Können Sie mir sagen, wie man ohne entsprechende Vollmachten und trotzdem legal an das Eigentum anderer Leute herankommt, um es zu kontrollieren und zu zerlegen? Die marokkanische Polizei ist uns gegenüber außerordentlich hilfsbereit. Wir arbeiten seit Jahren bestens zusammen. Nur in einem solchen Fall . . .“

Er unterbrach mitten im Satz, wurde unruhig, trat an die Brüstung der Galerie und beugte sich vor. Es war nur Instinkt gewesen, sechster Sinn: Die angeregte Konversation, die von dort unten in der Halle, zwei Stockwerke tiefer, bis zu ihnen heraufdrang, war plötzlich verstummt. Der Platz von Kaltenbach und seinen Begleitern war plötzlich verlassen.

Goetz eilte zum Treppenhaus und lauschte nach unten. Es war ihm, als käme diese Gruppe nun mit lautem, unbekümmertem Palaver die Treppe zur Galerie herauf.

„Weg von hier! Schnell!“ zischte er Eva zu.

Goetz orientierte sich kurz, dann drängte er sie vom Treppenhaus fort und auf die andere Seite der Galerie. „Dort drüben!“

Er zog Eva mit sich zu einer der zahlreichen schmalen, doppelflügeligen Zimmertüren, versuchte, sie zu öffnen, aber sie war von innen verschlossen.

Goetz klopfte hektisch und nervös ein bestimmtes Signal, aber niemand öffnete.

Wieder klopfte Goetz, wieder ohne Erfolg. Die mutmaßlichen Zimmerbewohner reagierten nicht.

Da stellte sich Goetz quer hinter Eva, mit dem Rücken zum Hof, um sie gegen Kaltenbachs Blick abzudecken, der in diesem Augenblick mit seinen Begleitern das Treppenhaus verließ und die Galerie erreichte.

„Kaltenbach und seine drei Neffen“, flüsterte er Eva ins Ohr. „Die Söhne seines erschossenen Bruders. Sie wohnen zur Zeit hier oben. Haben die Zimmer gegenüber gemietet.“

Eva hatte verstanden und versuchte, einen Blick auf die vier zu erhaschen.

Die strebten, laut diskutierend, auf eine der Türen zu, die auf der anderen Seite des Innenhofs lagen, schlossen umständlich auf und verschwanden einer nach dem anderen im Dunkel eines unbeleuchteten Raums.

Da öffnete sich endlich vor ihnen, auf das dritte und drängendste Klopfsignal hin, vorsichtig, zaghaft die Tür.

112

In der halboffenen Tür stand Tom.

Noch bevor Eva überrascht reagieren konnte, schob Goetz sie an Tom vorbei in das Zimmer hinein und schlug die beiden Türflügel hinter sich zu. Dann horchte er angespannt nach draußen auf die Stimme von Kaltenbach und auf die seiner Begleiter, auf die Schritte, das Schlagen von Türen.

„Tom!“ Sie wagte nur zu flüstern und sah ihn unverwandt an.

Aber Tom schien nicht allzu begeistert über Evas Anwesenheit zu sein, andererseits auch nicht sehr erstaunt, ihr hier in Erfoud, in diesem Hotel zu begegnen: „Eva ... Oh, ja ... Ich habe es geahnt!“

Er humpelte mühsam zurück zum Bett, wo er offensichtlich gelegen hatte, als Goetz an die Tür klopfte.

Er hob den Arm zu einer verzweifelten, resignierenden Geste: „Sie gibt nicht auf! Mein Gott, sie gibt nicht auf! Ich weiß, wie ein Hund, der einen Knochen riecht: Verbissen und ehrgeizig ...“ Er lachte, hustete und hatte Schmerzen. „Eva, ich bewundere dich: Wir waren uns schon immer ebenbürtig.“

Er ließ sich auf das Bett fallen, auf die zerknüllten Laken, die schwindsüchtige Nackenrolle, die durchgelegene Matratze in diesem breiten französischen Eisengestell. Wieder verzog er schmerzhaft sein Gesicht: „O shit! Verzeih, aber ich dachte schon mal, mir gehe es besser.“

Es war ein relativ großes, düsteres, fensterloses Zimmer, erleuchtet nur von der üblichen nackten Glühbirne hinter dem Bett und einem Oberlicht über der schmalen, zweiflügeligen Tür, wo der letzte bläuliche Schimmer von Tageslicht noch zu spüren war.

Die kahlen Wände waren fleckig, Putz und Farbe abgeblättert, und außer diesem Bett, einem Stuhl und einem Plastikeimer gab es keinerlei Mobiliar in diesem Raum.

Über der Lehne des Stuhls hing Toms Lederjacke. Davor, auf dem ramponierten Sitz aus Strohgeflecht, lagen seine beiden schußbereiten Kameras.

Goetz lehnte immer noch an der Tür und horchte nach draußen. Aber außer entfernter arabischer Musik und einer noch ferneren, schrillen Frauenstimme, die in unregelmäßigen Abständen irgendwo in einem der anderen Stockwerke keifte, herrschte Ruhe im Hotel Oasis.

Mit betont leiser Stimme gab Goetz nun seinen Kommentar zu dieser Situation, lockerte allerdings vorher leicht den Knoten seiner Krawatte: „Wie wenig Hemmungen Kaltenbach bei

Journalisten Ihrer Qualität, Frau Sadowski, und Ihrer professionellen Neugierde hat, das können Sie sich denken."

Er horchte wieder nach draußen auf das Schlagen einer Tür, auf Schritte, und er senkte seine Stimme noch weiter: „Ich kann meine Warnung nur noch einmal und in Gegenwart Ihres Gatten wiederholen ..."

Aber Tom fand das, was nun zwangsläufig kommen mußte, höchst überflüssig und wenig erfolgversprechend, und er unterbrach ihn: „Geben Sie's auf, Doktor Goetz. Erzählen Sie Eva lieber, was Sie bereits alles wissen, aber Kaltenbach leider nicht nachweisen können: Daß er selbst den Bau der Sprengsätze in Auftrag gab. In Toulouse. Und vorher, in Deutschland, den Diebstahl des dafür notwendigen Plutoniums organisiert und bezahlt hat."

Das war nun eine elementare Information, von Tom lässig und geradezu sträflich beiläufig serviert, für Eva allerdings nicht so sensationell, wie es erwartet wurde. Sie hatte es geahnt.

„Ja, es gibt da gewisse eindeutige Indizien", bestätigte Goetz, schien aber ansonsten wenig gesprächsbereit, wenig freigiebig zu sein, was weitere zusätzliche Informationen betraf.

„Eindeutige Indizien sind natürlich wesentlich mehr wert als nur ein vager Verdacht oder eine bloße Ahnung!" Tom versuchte, Eva den Wert seiner Offenbarung vor Augen zu führen, um anschließend Goetz zu weiteren Auskünften zu provozieren: „Na, los: Fahren Sie fort, Doktor Goetz, weitere Nachrichten, bitte! Wollen Sie - oder soll ich ...?"

Goetz übernahm den Part des Berichterstatters lieber selbst: „In einem Werk in der Nähe von Frankfurt, das abgebranntes Material aus Kernkraftwerken recycelt, wurden systematisch und über einen längeren Zeitraum hinweg etwa sechzig bis achtzig Kilogramm Plutonium abgezweigt."

„Genügend Stoff für sechs oder acht nukleare Sprengsätze", ergänzte Tom.

„Auch wieder einmal nur so ein Gerücht?" Eva blieb skeptisch.

„Die offizielle Erklärung lautet", Goetz zitierte aus dem Gedächtnis, „das in der Bilanz der Spaltstoff-Flußkontrolle vermißte Plutonium sei lediglich rein rechnerisch verschwunden."

Wiederum ergänzte Tom: „Im viertausend Meter langen Rohr- und Betriebssystem."

„Ja, und man hoffe nun", wußte Goetz aus der gleichen und offenbar sicheren Quelle zu berichten, „es bei der nächsten Inspektion aufzufinden und dem Spaltstoffinventar wieder zuzuführen."

Tom schränkte gleich wieder ein: „Die Atomenergiebehörde in Wien, die IAEA, die alle Nuklearanlagen der westlichen Welt kontrolliert, geht allerdings davon aus, daß es weg ist! Eindeutig, endgültig und für alle Zeiten!"

„Diese Informationen sind natürlich absolut vertraulich."

Goetz versuchte sich abzusichern. „Und ich muß Sie daher höflichst bitten ..."

Eva unterbrach ihn, ganz und gar nicht höflich und in einem für sie überraschend herausfordernden Ton: „Was, bitte, ist daran jetzt noch vertraulich, Herr Doktor Goetz? Sie haben es mir erzählt und Tom, zwei Journalisten ..."

Goetz lächelte milde und verständnisvoll und war nicht aus der Fassung zu bringen: „Was ich Ihnen beiden persönlich und im Vertrauen erzähle, hat keinerlei Aussagewert. Sie können es weder als Faktum noch als Mutmaßung veröffentlichen. Bestenfalls als Zitat von mir – und ich werde dementieren. Sie können mir das jetzt ruhig glauben, Frau Sadowski: Ich bin Jurist!"

Tom nickte bestätigend und fügte dem noch hinzu: „Ja, und auch Interpol will als Beweis Dokumente! Dokumente rücken aber weder die Bundesregierung noch die IAEA heraus. Um jeden Skandal zu vermeiden."

„Es war schließlich Ihr Magazin", tadelte Goetz, „das diese deutschen Nuklearfirmen jahrelang als Atom-Mafia denunzierte."

„Ja ja, und nun ist das Image kaputt für alle Zeiten!" Tom

grinste unverschämt. „Wieder einmal sind ausschließlich wir Nestbeschmutzer daran schuld!"

„Die Bundesregierung erhielt international schon genügend Rüffel für ihre vernachlässigte Aufsichtspflicht. Außerdem befürchtet man Panik und ..." Goetz sprach nicht weiter, horchte wieder nach draußen. Aber es schien, als hätte er sich getäuscht. Alles blieb still.

Da zog Tom das Resümee: „Daher ist alles, was diesen Fall Kaltenbach betrifft, im Augenblick zumindest, streng geheim und streng vertraulich! So lange, bis es in unserer Zeitung steht!" Gleichzeitig hob er beruhigend die Hand: „Keine Angst, Herr Doktor Goetz, ich habe Zeit und noch viele Fragen ..."

„Ja, sehr richtig, Herr Sadowski: Wir alle haben noch viele Fragen ..." Goetz stimmte dem bei. „Viele Fragen und wenig Möglichkeiten, zuzupacken und einzugreifen. Kaltenbach kennt leider unser Problem."

„Er fiel auch nicht auf die Finte des BKA herein", verriet Tom so ganz nebenbei die Pointe der Geschichte, „ihn selbst nach den Anbietern der Bomben fahnden zu lassen."

Goetz wandte sich nun direkt an Eva, die weitgehend stumm der Diskussion zugehört hatte: „Machen wir's kurz, Frau Sadowski! Bei aller Höflichkeit, bei allem Respekt vor Ihrer journalistischen Besessenheit, reisen Sie ab von hier, bevor es zu spät ist!"

Tom schloß sich diesem weisen Rat offiziell an: „Er hat recht, Eva! Verschwinde! Fahr zurück! Flieg nach Hause! Ich bitte dich!"

Eva reagierte nicht. Sie stand da, an die Wand gelehnt, die Reisetasche immer noch umgehängt, als gingen sie diese so überzeugend vorgebrachten Ratschläge nichts an.

Goetz gab noch nicht auf, fuhr in seiner Bekehrung fort: „Was Sie wissen wollten, Frau Sadowski, das wissen Sie jetzt. Wollen wir es doch im Augenblick dabei bewenden lassen. Auch Sie sind nicht clever genug, die Welt von diesem Kaltenbach zu befreien."

„Ich würde es gern versuchen!" sagte sie schlicht.

„Nein. Nicht Sie!“ warnte Goetz. „Wenn Sie ihm hier über den Weg laufen . . .“ Er brach seine Überredungskünste mit einer eindeutigen Handbewegung ab.

„Das Risiko ist kalkulierbar!“ entgegnete sie. „Alles hat seinen Preis!“

„Spielen Sie doch bitte nicht die Heldin, die Heilige Johanna des Atomzeitalters!“ Goetz wurde zynisch. „Auch Sie haben nur ein einziges Leben zu verlieren! Und das hier ist Kaltenbachs Territorium. Hier herrscht er! Wenn wir Glück haben, jagen wir ihm die drei Sprengsätze ab, und die Welt kann wieder etwas ruhiger schlafen.“

Er zog den Knoten seiner Krawatte wieder etwas fester und öffnete vorsichtig den einen Flügel der Tür, einen Spalt nur, und horchte gespannt hinaus. Dann schloß er sie wieder, für die letzten Anweisungen an Eva. Zwischendurch blickt er kurz auf seine Uhr: „Sie werden dieses Zimmer hier heute nacht nicht mehr verlassen, Frau Sadowski! Morgen früh um sieben Uhr dreißig geht auf der anderen Seite des Platzes ein Bus ab, direkt zum Flughafen Casablanca. Ein Touristenbus. Ich buche Ihnen einen Flug zurück nach Hamburg oder London oder Paris, was immer möglich sein wird. Nur: weg von hier! Auf dem schnellsten und kürzesten Weg. Ich nehme an, daß Sie beide Hunger haben, und schicke Ihnen den Boy, den Roomservice des Hauses, die Auswahl ist gering, es gibt entweder Tajin oder Couscous, beides ist in Ordnung. Flug, Bus und Verpflegung gehen vorläufig auf Rechnung des BKA. Wir haben für Auslagen in Fällen von Not einen entsprechenden Etat. Wie auch das Auswärtige Amt und die deutschen Vertretungen. Ihre Redaktion erhält anschließend die Rechnung. Ich nehme an, Sie sind beide damit einverstanden.“

Er ging. Aber in der Tür blickte er sich noch einmal kurz um: „Feiern Sie beide Ihr Wiedersehen – und Ihren Abschied – wenn Ihnen unter den gegebenen Umständen danach ist.“ Er verkniff sich ein Lächeln und sprach sehr leise. „Ich werde Sie heute nicht mehr weiter stören.“

Er zog den Schlüssel ab, der innen an der Tür steckte.

Eva rief ihm noch ebenso leise zu: „Danke, Herr Doktor Goetz ... Für die nette Aufforderung ..."

Nun lächelte Goetz tatsächlich zurück, bevor er endgültig verschwand und die Tür von außen verschloß.

113

Eva stand eine Weile unentschlossen neben dem Bett und betrachtet Tom mit einem sehr merkwürdigen, gewisse Wünsche signalisierenden Blick. Dann fragte sie ihn leise und sehr direkt: „Tom ... Ist dir eigentlich unter-den-gegebenen-Umständen ... danach?"

Tom schien sehr lange und sehr intensiv darüber nachzudenken, dann anwortete er ihr scheinbar ebenso ernst und mit dem ihm eigenen hinterhältigen Grinsen: „Mit dir, Eva? Unter allen-nur-denkbaren-Umständen ... Immer!"

Er rückte ein wenig aus der Mitte des Bettes, was einer Einladung gleichkam, und legte seinen bandagierten Arm erwartungsvoll zur Seite.

Eva nahm die Einladung an. Vorsichtig, mit Rücksicht auf seine Verletzungen, legte sie sich neben ihn und begann mit großer Zärtlichkeit das alte, wunderbare Spiel.

Sie schickte als erstes ihre Finger auf Wanderschaft, um das Terrain zu erkunden.

Sie hatte es schließlich mit einem überaus geliebten Invaliden zu tun. Diese Situation war neu und erforderte ein gewisses Maß an Rücksichtnahme.

Die Kundschafter meldeten allerdings, daß wichtige und sensible Regionen nicht allzusehr gelitten hatten und in ihren Aktivitäten sichtlich und spürbar nicht beeinträchtigt seien. Daher landeten umgehend ein paar weiße und ein paar blaue Jeans und anderes Überflüssiges mehr auf den blankgescheuerten, bunten Fußbodenfliesen mit ihren so obskur verschlungenen Rankenornamenten.

Als das Spiel irgendwann und viel später bereits weit fortgeschritten war und eine geordnete Konversation kaum noch erlaubte, flüsterte Tom Eva zu, die Lippen dicht an ihrem Ohr: „Manchmal glaub ich ... es gibt Wichtigeres ... als Kopf und Kragen zu riskieren ... um die Welt zu retten! ... und diesen Kaltenbach zu fangen."

Eva flüsterte zurück: „Und seine schöne Tochter zu finden?"

Auf diese indiskrete Frage wußte Tom keine Antwort mehr.

„Wenn sie dir nicht mehr wichtig ist ..."

Eva zögerte einen Augenblick, bevor sie weiter fragte: „Fährst du dann mit mir zurück?"

Das Ende des Spiels war bereits in Sicht, er schloß die Augen und schien einverstanden zu sein.

Vielleicht hatte Eva aber Toms Reaktion auch mißverstanden ...

114

Sie verließ das Hotel sehr früh am nächsten Morgen. Floh im Schatten der Arkaden. Und Goetz sicherte ihre Flucht.

Sie war allein. Tom war geblieben.

Als sie den Platz rasch überquerte, in der Hoffnung, nicht gesehen, nicht erkannt zu werden, stand der Bus nach Casablanca schon zur Abfahrt bereit. Er war ausschließlich wegen ihr vom Stadtrand, vom moderneren Teil Erfouds, in die Altstadt gekommen, von einem der dort neu erichteten Touristenhotels, und er war knapp zur Hälfte gefüllt mit noch morgenmüden, braungebrannten Passagieren.

Sie setzte sich irgendwohin, auf einen freien Platz direkt am Gang, neben eine junge Urlauberin und verstaute ihre Tasche unter dem Sitz. Die Fensterplätze waren fast alle besetzt. Sie hätte weiter hinten vielleicht noch einen finden können, aber es war ihr in diesem Augenblick nicht wichtig.

Sie machte sich Sorgen um Tom, und sie war enttäuscht: Nichts hatte sie erreicht, und nun wurde sie auf üble, kleinliche Weise abgeschoben. Sie blickte nicht zurück, als der Bus sich in

Bewegung setzte, und bemerkte daher auch nicht, daß in dieser Minute ein kleiner, alter, viel zu hoch beladener Lastwagen mit heiserem Hupen vor dem Hotel Oasis vorgefahren war.

Im Licht des frühen Morgens fuhr sie nun den Weg zurück, den sie im Abendlicht gekommen war. Die Kasbahs und Mauern leuchteten fast weiß in der noch tiefstehenden Sonne, aber die fünfhunderttausend Dattelpalmen des Tifilalet wiegten sich bereits im heißen Wind.

Als sie das fruchtbare Oasental verließen, lag die Wüste flimmernd vor ihr und flach wie ein Brett. Schwarze Berge begrenzten den Blick nach Süden, glänzten silbern am Horizont, und die Sandwolken der kleinen lokalen Wirbelwinde drehten sich spiralig, mal hier, mal dort, und schraubten sich hoch hinauf in den stahlblauen Himmel.

Das heisere Hupen, das sie schon eine ganze Weile verfolgte, hatte Eva überhört. Auch der Busfahrer ignorierte es. Erst als die Straße sich verbreiterte und die schwindelerregend hoch aufgetürmte Ladung eines kleinen Lastwagens an den Fenstern des Busses langsam vorüber zog, wußte sie augenblicklich Bescheid.

Eva sprang auf, ergriff ihre Tasche, lief den Gang nach vorn und rief dem Fahrer zu: „Stop! Arrêtez, s'il vous plait!"

Dem Busfahrer blieb ohnehin nichts anders übrig, als anzuhalten, da Ibrahims Lastwagen ihm den Weg abgeschnitten hatte und nun stehenblieb.

Eva sprang aus dem Bus, rannte nach vorn, wo sich Ibrahim grinsend aus dem Fenster seines Cockpits lehnte, ihr das Foto, das Porträt von Sharon entgegenhielt und stolz verkündete: „Ibi hat Fräulein gefunden!"

115

Ohne auch nur einen Augenblick zu zögern, lief Eva um den Lastwagen herum, kletterte die rostigen Tritte hinauf, öffnete mit Mühe die stets klemmende Tür und stieg ein.

Ibrahim startete, fuhr sofort wieder los und wendete im harten Sand der Wüste neben der Straße. So rasch er konnte, fuhr er zurück, nahm er wieder Kurs auf Erfoud.

Der Touristenbus nach Casablanca stand mit offener Tür noch eine ganze Weile einsam in der Landschaft.

Es gab nicht viel zu berichten. Freunde von Freunden kannten Leute, und die hatten Freunde, und die wohnten in einer Kasbah. Die wußten Bescheid. Und eine halbe Stunde später, kurz nachdem sie das Zentrum von Erfoud durchquert hatten, verließ Ibrahim die asphaltierte Straße und folgte einem schmalen, kurvenreichen Weg durch einen Palmenhain. Die Straße verlief als Damm zwischen tiefen, zur Zeit trocken gefallenen Bewässerungsgräben.

Sie waren am äußersten Rand der Oase gelandet. Dahinter begann unmittelbar die ockerfarbene Steinwüste mit niederen Dünen aus Flugsand und einsamen, bizarren Gruppen schütterer Palmen.

Da ragte eine Kasbah vor ihnen auf. Mit ihren hohen, fensterlosen Mauern aus gestampftem Lehm und den vier gewaltigen, vorspringenden Ecktürme, wirkte diese Wohnburg wie eine wehrhafte Festung.

Im Vorhof hielt Ibrahim an.

„Dort drin!" sagte er nur und zeigte auf ein breites, offenstehendes Tor, das mitten hinein in die Finsternis führte. Es war von unzähligen Kindern umlagert. Sie hatten ihre Spiele unterbrochen, standen nun ernst und etwas verunsichert herum und betrachteten neugierig und mit großen Augen den hochbeladenen Wagen.

Eva war hilflos. „Und jetzt?"

„Du mußt da hinein und suchen. Sie ist irgendwo." Ibrahim war offenbar nicht bereit auszusteigen.

„Da leben Menschen drin?"

„Vierzig Familien, hundert, ich weiß net . . ."

„Und ist sie bewacht?"

Ibrahim zuckte die Schultern.

Zögernd stieg Eva aus. Sie ließ die Tasche im Wagen und

hielt sich noch einige Augenblicke lang an der Tür des Lasters fest. Dann ging sie langsam zum Tor und blickte hinein. Die Kinder betrachteten sie mißtrauisch und waren ängstlich zurückgewichen.

Eva hatte berechtigte Bedenken, dieses geheimnisvolle, unheimliche Gemäuer zu betreten. Aber schließlich ging sie hinein, vorsichtig, unentschlossen, und auch nur einige wenige Schritte. Sie blickte sich scheu in dieser Düsternis um, wo sich zahlreiche lichtlose, tunnelartige Gänge gleich nach dem Tor in verschiedene Richtungen verzweigten.

Nur allmählich gewöhnten sich ihre Augen an die Dunkelheit.

In einem halboffenen Raum, gleich hinter dem Eingang, stand ein rundgemauerter Brunnen. Eine junge Frau zog einen Eimer nach oben und füllte ihren Krug. Sie spürte offenbar, daß sie beobachtet wurde, drehte sich erschrocken um und schaute sekundenlang mit verblüfftem Erstaunen auf Eva. Mit einer reflexartigen Geste hielt sie eine Hand schützend vor das unverschleierte Gesicht. Mit der anderen ergriff sie den schweren Krug, hob ihn auf ihren Kopf, schlug rasch noch eine Ecke ihres Schultertuches vor ihre Augen, huschte davon und verschwand in der Finsternis eines Ganges.

116

„Ibi, bitte, komm mit!"

Verzweifelt war Eva zurück zum Wagen gekommen. Ibrahim schüttelte den Kopf und zeigte auf seine Ladung, die er nicht im Stich lassen durfte.

Da kam ein uralter Mann den schmalen, ausgetretenen Fußweg herunter, der am Fuß der Mauer entlang zum Tor der Kasbah führte. Mit seinem Stock, einem knorrigen Ast, trieb er ein Rudel Ziegen vor sich her. Eine dunkelbraune Djellabah verhüllte seine magere Gestalt, und nur ein weißer Bart, gegerbte Hände und nackte, dürre Beine ragten heraus.

Ibrahim rief dem Alten etwas zu, sprang aus dem Wagen,

zeigte ihm Sharons Bild, das Foto im Silberrahmen, deutete auf Eva und redete leise auf ihn ein.

Der alte Mann hatte verstanden, winkte Eva zu, ihm zu folgen, grinste freundlich mit seinem fast zahnlosen Mund und versuchte, seine Ziegen wieder einzuholen, die in der Kasbah bereits verschwunden waren.

„Ich warten!“ rief Ibrahim Eva nach. „Aber machen schnell!“

Sie nickte und folgte zaghaft und mit einer gewissen uneingestandenen Beklommenheit dem alten Mann und seinen Ziegen in die unheimliche Düsternis dieser Kasbah.

Die Kinder, die sie eben noch neugierig umlagert und angestarrt hatten, waren plötzlich verschwunden, waren weggelaufen, geflüchtet. Wie eine Zeitreisende war Eva, um mindestens tausend Jahre zurückversetzt, in ein archaisches Mittelalter eingedrungen.

Leichtfüßig und mit unerwartetem Elan führte der alte Mann inmitten seines Rudels meckernder Ziegen Eva durch das nahezu stockfinstere Labyrinth, ohne sich auch nur ein einziges Mal nach ihr umzusehen.

Eva tappte im Dunkeln hinterher, stolperte über den unebenen Boden der Gänge, tastete sich an den Wänden entlang und war kaum in der Lage, dem alten Mann so rasch zu folgen. Sie war bereits vom ersten Augenblick an absolut desorientiert, und sie zweifelte daran, aus diesem nachtschwarzen Irrgarten allein, ohne Hilfe, jemals wieder herauszufinden.

Nur hin und wieder fielen Lichtstrahlen in kleine Innenhöfe, in denen Esel dösten oder Schafe und Ziegenherden blökten.

Eva hatte Angst vor Überraschendem, Unerwartetem, scheute vor jeder Ecke zurück, hinter der Gestalten rasch verschwanden, vor jeder Treppe, vor jedem Eingang, aus dem Schattengesichter sie erstaunt anzustarren schienen, und blickte sich immer wieder ängstlich um. Da war aber niemand zu sehen, der ihr folgte. Alles war nur Vermutung, Panik, Hysterie. Kein einziger Bewohner dieser so unendlich verwirrenden Behausung, in der mehrere hundert Menschen wohnen mußten, ließ sich blicken.

Unterhalb einer schmalen, steilen Treppe mit ausgewaschenen, abgetretenen Stufen aus Lehm, die hinauf in helles, grelles Tageslicht führte, blieb der alte Mann schließlich stehen und zeigte mit seinem Stock stumm nach oben.

„Merci ..." Eva bedankte sich. „Très gentil ..." Der Alte verschwand, lief wieder zurück, wurde von der Finsternis verschluckt und entfernte sich zusammen mit dem Getrappel seiner Ziegen.

Eva war nun allein. Sie wartete und wußte nicht worauf. Ihre Unruhe wuchs und ihre Angst. Schließlich stieg sie zögernd Stufe um Stufe nach oben.

117

In der Mitte einer kleinen Dachterrasse, umgeben von mannshohen Mauern, die keinen Blick in die Umgebung zuließen, qualmte unter einem eisernen Kessel ein Holzkohlenfeuer.

In schwarze Tücher gehüllt und auf einer Strohmatte hokkend versuchte eine unförmige Frau, mit einem aus Palmfasern geflochtenen Fächer die Glut weiter anzufachen.

Ihr olivbraunes, faltiges Gesicht war tätowiert.

Sie blickte erschrocken auf, als Eva plötzlich vor ihr stand.

„Bonjour Madame." Eva war von zurückhaltender Höflichkeit und sah sich suchend um.

Die Frau wich zurück, rutschte in einer geradezu panischen Reaktion auf den Knien in den entferntesten Winkel der Terrasse, direkt vor eine geschlossene, grünlackierte Tür aus groben Brettern. Sie hielt sich dabei ein schwarzes Tuch vor das Gesicht, das nur eines ihrer Augen freiließ.

Es war die einzige Tür. Es gab keine andere auf dieser Terrasse. Und die Frau schien diesen Eingang, der zu einem fensterlosen Raum führen mußte, zu bewachen.

Als Eva langsam näherkam, Schritt um Schritt, schrie die Frau ihr etwas entgegen und floh schließlich abermals. Immer wieder reckte sie ihren nackten Arm mit gespreizten Fingern

Eva entgegen. Ihre Handflächen waren mit Henna leuchtend rot gefärbt.

Eva brauchte, als sie schließlich vor der geschlossenen Tür stand, ihren ganzen Mut. Drei-, viermal atmete sie tief und langsam durch, dann öffnete sie behutsam. Die Tür war unverschlossen und knarrte leise in ihren Angeln. Eva war geblendet, und innen herrschte Dämmerlicht.

Es war ein kleiner Raum.

Die Wände waren glänzend grün gestrichen, bis hoch zur Decke, so grün wie die Tür.

Hinter niederen Polstern war ein grünroter Teppich gespannt. Darüber hing ein Bild des Königs: ein lächelnder, gütiger Monarch.

In einer seitlichen Nische stand ein breites Bett. Die Matratze war zugedeckt mit einer bunten, handgewobenen Decke.

Auf diesem Bett saß eine junge Frau, eingehüllt in eine weite, reichbestickte blaue Gandora. Ihre dunklen Haare trug sie wirr und offen. Sie wirkte apathisch, hatte ein Bein untergeschlagen, hockte so im halben Schneidersitz, und sie sah die fremde Frau überrascht und ungläubig an.

Eva war in der offenen Tür stehengeblieben und hatte nicht die Absicht, näherzutreten.

Erst nach einer merkwürdig langen, quälenden Pause, in der sie die andere betrachtete und taxierte, fragte Eva, und es war mehr Teil eines Rituals, da keinerlei Zweifel für sie bestanden: „Sie sind Sharon Kaltenbach, ja?“

Sharon antwortete nicht.

Sie wartete ab, mißtrauisch, skeptisch und auf alles gefaßt. Nur auf das eine nicht, was Eva ihr jetzt fast beiläufig sagte: „Ich bin Eva Sadowski. Die Frau von Tom.“

118

Wiederum eine Pause. Einfach um der anderen Zeit zu geben, das Unglaubliche, Unerwartete zu begreifen.

„Ich bin gekommen ..." sagte Eva schließlich, „um Sie hier herauszuholen."

„Die Frau von Tom?" Sharon versuchte, die Informationen der Reihe nach zu verarbeiten.

„Ja."

„Er war verheiratet? Mit Ihnen?"

Er hatte es ihr also nicht einmal gesagt. Das war bitter. Eva nickte nur.

„Ich habe das nicht gewußt!" Sharon senkte den Kopf.

Eva wischte diese Entschuldigung der anderen als überflüssig zur Seite: „Das ist jetzt nicht mehr wichtig!"

„Sie kommen wegen mir?" Diese Tatsache war für Sharon immer noch unfaßbar. Ungläubig blickte sie auf Eva.

„Ja. Und wegen Tom."

„Tom ist tot!" sagte sie leise und zögernd, aber erst nach einer gewissen Pause. Wußte seine Frau es nicht? „Ich war dabei, als es passierte", berichtete Sharon weiter. „Als der Wagen mit ihm ..."

Sie schwieg, konnte nicht mehr weiterreden, sah wieder zu Boden, zur Seite.

Aber es war auch nicht nötig, viel zu erklären. Eva nickte, deutete damit an, daß sie alles wußte, und verschwieg der anderen die Tatsache, daß Tom noch lebte.

Nicht absichtlich, nicht vorsätzlich, eigentlich nur, weil für diese Wahrheit, in diesem Augenblick zumindest, kein Platz war im Ablauf des Geschehens. Weil sie beide jetzt besser fliehen sollten. So schnell wie möglich. Um aus dieser gefährlich verwirrenden, dunklen Kasbah wieder herauszufinden und zu entkommen.

Möglicherweise aber auch, weil sie die Nachricht seines Überlebens für sich behalten wollte – wie diesen Mann, um den es ging. Ganz für sich allein!

„Ich bin hier", sagte sie, „um herauszufinden, warum er sterben sollte. Und durch wen."

Da schien bei Sharon der Bann gebrochen zu sein, der sie paralysiert auf diesem Bett sitzen ließ, bewegungslos, steif und wie gelähmt.

Sie begann aufzustehen, langsam, unsicher, schwankend, dann ging sie auf Eva zu, auf diese Silhouette im schmalen Türrahmen, auf diesen Schatten, vor dem blendend hellen Himmel, vor den überstrahlten Mauern.

Es waren nur wenige Schritte, dann stand sie Eva gegenüber, sah sie an, sah ihr in die Augen – und fiel ihr überraschend um den Hals. Sie klammerte sich an diese Frau, und es waren tausend Gründe, die sie alle nicht verstand und nicht begriff.

Die Verbindung zu Tom, sein Tod, da kommt ein Mensch zu ihr in diese Verbannung, ist offenbar bereit zu verzeihen, winkt mit der Hoffnung auf Freiheit ...

Zögernd schloß Eva ihre Arme um dieses Mädchen, um diese schmalen Schultern unter der viel zu weiten Gandora, eigentlich ein Umhang für einen Mann, für einen Krieger der Wüste.

Sharon begann zu zittern, heulte einfach los, unbeherrscht und dann doch wieder gehemmt, und sie versteckte ihr Gesicht an Evas Schulter, wie damals an der Schulter des Vaters, als sie ihm verzieh, weil sie allein nicht weiterkam mit der schrecklichen Wahrheit.

Die Frau in Schwarz hatte endgültig ihren Platz verlassen und ließ nun auch das Feuer im Stich. Sie versuchte zu verstehen, was da vor sich ging. Die Umarmung der beiden Frauen? Die Mutter konnte es nicht sein. Die Schwester vielleicht. Anweisungen fehlten. Die Männer waren nicht da.

Also schleppte sie einen alten Hocker an die Mauer, stieg hinauf und rief einen Namen über die Zinnen hinweg, immerzu, immer wieder diesen einen Namen, wie einen Hilferuf: „Mustàfa ... Mustàfa ... Mustàfa ...!"

Eva erkannte die Gefahr und versuchte, sich von Sharons Klammergriff zu lösen. „Laß uns gehen, Sharon, Schnell!"

Sharon tauchte aus dieser Umarmung wieder auf, die für Sekunden wenigstens Sicherheit bedeutet hatte und Geborgenheit. Sie war verheult, verschämt, und sie war unfähig, die Situation richtig einzuschätzen.

„Nein! Nein!" flüsterte sie. „Ich bleibe hier!"

Angstvoll wich sie zurück, in diesen düsteren Raum, der immer noch mehr Sicherheit zu bieten schien als jede Flucht, jedes Abenteuer. „Ich darf hier nicht weg! Sie sind überall versteckt. Und sie beobachten mich. Sie schießen!"

„Wenn sie schießen, dann auf mich! Kaltenbach tötet nicht die eigene Tochter! Sharon, bitte, komm!"

Sharon reagierte auf den Namen des Vaters verwundert: „Was hat mein Vater ... Was hat Daddy damit zu tun? Hat er dich hergeschickt?"

Als Eva darauf nicht antwortete, zog sie ihre eigenen Schlüsse: „Daddy, ja! Du bringst mich zu Daddy, nach Portugal!"

Eva sah ganz plötzlich eine Chance, Sharons Widerstand zu unterlaufen: „Er ist hier! Ganz in der Nähe! Los, komm!"

119

Sie packte das Mädchen am Arm, schleppte sie zur Treppe hin und die steilen Stufen nach unten.

In den düsteren Gängen der Kasbah mußten sie jeden Augenblick mit dem plötzlichen Auftauchen von Bewachern rechnen, von Angreifern und Verfolgern. Oben auf der Terrasse gellten immer noch diese stereotypen Rufe nach „Mustàfa ... Mustàfa ... Mustàfa ..."

Wenn dieser Mustàfa tatsächlich in der Nähe war, dann hatte die Jagd auf sie beide bereits begonnen. Hier unten in diesem Labyrinth aber, in Dunkelheit und Dämmerlicht, blieb vorläufig alles still.

Eva gab sich ganz gelassen und zwang sich zur Ruhe. Sie hatte anscheinend nicht die geringsten Probleme, sich in diesem verwirrenden Tunnelsystem zurechtzufinden. Zielstrebig tastete sie sich durch einen dieser Gänge, in der Hoffnung, er würde zum Ausgang führen.

Sie hatte Sharon immer noch am Handgelenk gepackt, ließ sie nicht los, zerrte sie hinter sich her, und Sharon folgte ihr blind, tappte durch dieses Zwielicht, strauchelte über Abflußrinnen und Steine, klammerte sich an Eva fest, um nicht zu stürzen, redete dabei zu viel und zu laut. Sharons Stimme hallte verräterisch durch die Grabesstille dieser Kasbah: „Wir finden hier nicht heraus, du wirst sehen! Niemand findet hier heraus. Ich weiß es! Man hat es mir gesagt, man hat mich gewarnt: Niemand findet herein, und niemand wieder hinaus!"

Eva schwieg und änderte überraschend ihre Richtung, lief zur letzten Abzweigung zurück.

Sharon reagierte kleinmütig und verzweifelt: „Siehst du, wir haben uns verlaufen! Wir haben keine Chance!"

„Ich bin hier hereingekommen, und ich komme hier heraus!" Eva gab sich selbstsicher, auch wenn es nur die halbe Wahrheit war, weil sie den hilfreichen Ziegenhirten verschwieg.

„Die Männer hier, die Entführer, die warten auf Lösegeld", berichtete Sharon atemlos. „Wenn mein Vater bezahlt, bin ich frei, sagen sie! Aber er bezahlt nicht!"

„Nein, er bezahlt nicht! Ich weiß!" Jetzt, da sie unterwegs waren, sah sie keinen Grund mehr, das Mädchen zu belügen. „Er wickelt hier gerade eines seiner ganz großen widerwärtigen Geschäfte ab. Das scheint ihm wichtiger zu sein."

Sharon war hellhörig geworden, wollte weiterfragen, aber da sah sie ebenfalls das Licht.

Eva lief nun schneller, erleichtert und mit einem triumphierenden Gefühl. Der helle Schimmer war aber nicht der Ausgang: Ein Sonnenstrahl fiel durch das eingestürzte Dach eines Innenhofes und brach sich an den Wänden. Auf den Trümmern, zwischen zerborstenen, knorrigen Balken und zerstampftem Lehm stand angepflockt ein Kamel neben einem Bündel Stroh, käute langsam und unbeirrt wieder und betrachtete die beiden mit arrogantem Blick.

„Wo sind wir hier?" Sharon geriet in Panik. Sie war stehengeblieben und hielt sich an Eva fest. „Keiner sagt mir, wo ich bin! Keiner spricht mit mir. Ist es Marokko?"

„Ja, Erfoud. Eine Oase in der Wüste."

„Erfoud?" Sharon dachte nach. In ihrem Gedächtnis zündete das Stichwort: „In Erfoud lebte ein Bruder von Daddy, ein Colonel. Er hatte drei Söhne. Die könnten uns helfen."

„Du kennst sie?"

„Nein!"

„Hast sie früher nie gesehen?"

„Nein, nie ... Warum fragst du?"

„Sie waren es vermutlich, die dich entführt haben."

„Was? Wie? Und wozu? Das ist doch Unsinn? Wenn Daddy erfährt, daß es seine eigenen Neffen waren ..."

„Er weiß es!"

Sharon wollte weiterfragen, dieser unglaublichen Anschuldigung auf den Grund gehen. Aber da standen in einer offenen Tür, die in eine dieser zahllosen, unscheinbaren, fast unauffindbaren Behausungen der Kasbah führte, zwei junge, unverschleierte Frauen. Hochschwanger und in einer Djellabah die eine, die andere in einer bunten, halboffenen Bluse, ein buntes Tuch auf dem Kopf, eine bunte Schürze über bunten Pluderhosen. Von einem Hof, einem Ziegenstall gegenüber, fiel zufällig Licht auf die beiden. Die Schwangere hatte ein Kind im Arm, die andere eines säugend an ihrer Brust, acht oder neun weitere umstanden angstvoll die beiden Mütter, suchten Schutz bei ihnen, hielten sich an ihnen fest. Alle blickten sie ernst und neugierig hinaus auf den Gang, auf Eva und Sharon.

Das war der Augenblick, in dem Sharon in ein geradezu kindliches Verhalten geriet: „Wieso vertrau ich dir eigentlich?" fragte sie. „Und wieso laufe ich hinter dir her?" Sie war in Zweifel und riß Eva am Arm zu sich herum. „Du bringst mich zu Daddy! Du bringst mich zu meinem Vater! Du hast es versprochen!"

Eva schwieg, machte sich frei von diesem Zugriff und ging weiter.

Sharon folgte ihr und versuchte es nun in einem weinerlichen, flehenden Ton: „Bitte! Bring mich zu meinem Vater! Hörst du? Bitte!"

Das ist nicht mehr dieses Mädchen, dachte Eva, von der Tom einmal geträumt hatte: selbstbewußt, energisch, voller Stolz. Die haben sie kaputtgemacht, dachte Eva. Ihre Willenskraft gebrochen, ihre Persönlichkeit zerstört. Und wenn Kaltenbach das tatsächlich zu verantworten hat, und nichts spricht dagegen, daß er es war und kein anderer, dann sollte er dafür hängen.

„Warum sagst du nichts?" jammerte Sharon erneut hinter ihr. „Warum sprichst du nicht mehr mit mir? Du bringst mich doch zu meinem Vater, ja?"

„Ich bringe dich in Sicherheit!"

120

Eva blieb abrupt stehen. Drei der tunnelartigen Gänge trafen direkt vor ihnen fast rechtwinklig zusammen.

Sie lauschte und blickte vorsichtig, sichernd um eine der Ecken. Dumpfes, fernes Stimmengewirr drang ihr aus einer der Richtungen entgegen und das Geschrei unzähliger Kinder. Am Ende eines langen, breiten Ganges fiel wieder Licht in die Finsternis, helles, grelles Tageslicht!

Menschen liefen dort herum, standen als dunkle Schatten im hellen Ausschnitt eines Tors.

Eva und Sharon witterten beide die Gefahr, aber sie hatten keine andere Wahl. Sie rannten los. Dies war der Ausgang der Kasbah!

Als sie den Vorhof erreichten, prallten sie verstört zurück. Sämtliche Bewohner der Kasbah schienen sich vollzählig auf dem Platz vor dem Tor versammelt zu haben. Dutzende von Frauen, alte und junge, Mütter mit Säuglingen und zahllose Schwangere standen angelehnt im Schatten der Mauer, und Hunderte von Kindern umringten den Lastwagen.

Männer waren so gut wie keine zu sehen.

Ibrahim beugte sich weit aus dem Fenster seines Wagens, und als er die beiden Frauen entdeckte, rief er ihnen entgegen: „Vite, vite ...! Fräulein. Ibi haben eilig!"

Augenblicklich erstarb das heitere Geschwätz, dieses vielfältige, bunte Stimmengewirr der Menge. Schweigen breitete sich aus, eine überraschende, erstaunlich gespannte Stille.

Die Kinder wichen zurück, als Eva und Sharon sich zum Wagen drängten. Ibrahim öffnet die Tür zur Beifahrerseite von innen, und Eva schob Sharon stumm in den Wagen und kletterte hinterher.

Sharon wehrte sich nicht.

Ibrahim fuhr los. Mit lautem Hupen schaffte er sich Platz, wendete in einer gewaltigen Wolke aus Staub und Ruß und verließ den Vorhof. Die Kinder rannten kreischend hinterher.

Dicht und eng aneinandergedrängt hockten die drei in dem kleinen stickig-heißen Führerhaus des Lastwagens. Sharon reagierte auf die Flucht und ihre neuerliche Entführung, Befreiung seltsam teilnahmslos und wie abwesend.

Eva versuchte, sich nach Verfolgern umzublicken, aber der Spiegel außen am Wagen war zerbrochen, und das Fenster öffnete sich nur einen Spalt, zu eng, um sich hinauszulehnen.

Die Kinder hatten wohl aufgegeben. Das Geschrei war verstummt. Ibrahim fuhr, schneller als es dem hochbeladenen, schwankenden Wagen zuträglich war, auf diesem gewundenen Weg, auf diesem schmalen, steinigen Damm durch den Palmenhain.

„Das hier ist Ibrahim." Sie stellte ihn Sharon vor. „Ibi hat dich gefunden."

Ibrahim grinste und reichte Sharon die Hand. Das Mädchen nickte nur, erwiderte kurz seinen Händedruck, sah ihn aber kaum dabei an.

„Ibi alles finden! Ibi alles kennen in Erfoud: alle Häuser, alle Kasbah, alle Menschen, alle Pisten durch Wüste ..." Er war stolz und berichtete weiter, erläuterte seine Pläne und seine Strategie: „Wir fahren nach Rissani, letzte Stadt vor Grenze. Ibi-Oberschmuggler soll fahren Maschinen. Heut nacht. Neue

Job für viel Geld: Nach Algerien, nach Libyen. Aber nach Libyen Ibi fährt allein, ohne euch zwei schöne Fräulein!"

Sharon war aufmerksam geworden, blickte Ibrahim nun doch noch äußerst überrascht an. Dann fragte sie ihn: „Was ist los? Was sagen Sie? Wo fahren Sie uns hin?"

„Ihr zwei, ihr mitfahret über Grenz!" erklärte er begeistert. „Heut nacht! Algerien! Durch Wüste ..."

„Mit mir?"

„Logisch!"

„Wieso?"

„Dann weg von Scheich und ganz sicher und frei!"

„Nach Algerien?" Sharon war entsetzt. „Durch die Wüste? Und über die Grenze?" Sie begann zu protestieren: „Ich will nicht nach Algerien und über die Grenze! Ich will zu meinem Vater!" Sie wandte sich an Eva: „Du hast gesagt, er sei hier! Wo ist er? In einem Hotel?"

Ihr Mißtrauen und ihre Angst steigerten sich zu einer hysterischen Reaktion, der keiner der beiden, weder Eva noch Ibrahim, gewachsen waren.

„Halt an!" schrie sie und griff Ibrahim ins Steuer. „Halten Sie an! Sofort! Ich weiß nicht, was Ihr beide von mir wollt! Ich kenne Euch nicht! Ich will zu meinem Vater. Ich will raus hier! Raus ... Laßt mich raus!" Sie begann zu toben, besonders, als Eva sie zu beruhigen versuchte und sie an den Schultern packte, um sie von Ibrahim und dem Steuerrad wegzuziehen.

Bereits nach der ersten Aufforderung, sofort anzuhalten, war Ibrahim auf die Bremse getreten. Der Wagen hielt nun abrupt und mit blockierenden Rädern, rutschte in einer aufgewirbelten Staubwolke über Sand und Steine.

Ibrahims Kommentar war knapp: „Wenn sie raus will, zu Vater! Laß raus! Laß laufen!"

Eva war anderer Meinung und hielt Sharon fest mit beiden Händen: „Bleib hier!" Aber das Mädchen kämpfte sich frei, mit einer Kraft, die Eva nicht erwartet hatte.

Sie klettert über Eva hinweg zur Tür, öffnete und sprang hinaus.

„Sharon, nein! Bleib!"

Aber Sharon flüchtete bereits, rannte davon, ohne sich noch einmal umzusehen.

Sie hatte die Tür hinter sich zugeworfen, war den steilen Damm hinuntergerutscht, im trockenen Bewässerungsgraben ein Stück zurückgerannt und lief, als Eva endlich wieder geöffnet hatte und hinterhergesprungen war, bereits mitten durch den Palmenhain.

„Sharon ... Bleib stehen! Sharon ...!"

Sharon lief weiter, verfing sich einem dornigen Gebüsch, riß sich los, kletterte über eine niedere Mauer aus Lehm hinweg, rannte an einer Ruine vorbei, an den Resten einer verfallenen, vom Winterregen zerstörten Kasbah und hinaus in die weiße Unendlichkeit der Wüste.

Eine Palmengruppe stand dort, einsam und windzerzaust, ein paar hundert Meter entfernt eine zweite, dazwischen das Wrack eines Lastwagens, eine Reihe nutzlos gewordener Telegrafenmasten. Sonst nichts, bis zum Horizont.

Sharon versuchte, sich zu orientieren, erkannte die Sinnlosigkeit ihrer panischen Flucht, blieb kurz stehen, lief wieder weiter und stolperte mitten hinein in die flache Verwehung angetriebenen Flugsands.

Dort hatte Eva sie schließlich eingeholt, packte sie an der blauen Gandora und riß sie zurück. Sie stürzten beide zwischen dornigen Büschen, einzelnen hohen, dürren Distelblüten und hingewehtem Plastikmüll auf die heiße, sandige Erde.

„Sharon!" Trotz ihrer Atemlosigkeit unternahm Eva wenigstens den Versuch einer Überredung: „Hör mir zu ... Bitte ... Ich erklär dir alles!"

„Ich will nichts erklärt bekommen!" schrie Sharon und rang nach Luft. „Tom ist tot! Ich habe nur noch meinen Vater!"

Sie lag auf dem Boden, das Gesicht im glühenden Sand, wehrte sich nicht mehr, war nur noch verzweifelt.

Jetzt wäre der Augenblick gewesen, Sharon zu trösten, ihr vorsichtig über das Haar zu streichen, ihr die Tränen aus dem Gesicht zu wischen. Aber Eva sagte nur: „Nein! Du hast ihn nicht mehr. Du mußt dir neue Freunde suchen!" Es klang sehr bestimmt und sehr kalt.

121

Verletzt und verständnislos blickte Sharon sie an.

Da beschloß Eva, ihr ihre Vermutungen mitzuteilen. Nein, nicht jetzt und nicht alle auf einmal. Sie hatten ja Zeit. Die Fahrt nach Rissani, und dort zwei lange Stunden in einem Teppichbazar: Dort lebten Freunde von Ibrahim. Sie mußten warten. Er kümmerte sich inzwischen um seine Geschäfte, um seine Waren, um irgendeinen neuen, legendären und einträglichen Job.

Eva und Sharon saßen auf niederen Polstern aus grüngefärbtem Ziegenleder und warteten auf den angebotenen heißen, süßen Tee. Die Steinböden dieses Gewölbes waren ausgelegt mit Berberteppichen aus der Wüste in leuchtenden Farben. Sie hingen an den Wänden, waren aufgeschichtet zu meterhohen Stapeln, waren gerollt, in Ballen verpackt.

Einer dieser freundlichen, gastfreien Teppichhändler, wie Ibrahim ein Tuareg in blauem Turban und mit blauer Gandora, zelebrierte das Teeritual auf einem reich ziselierten Messingtablett.

Eva berichtete von den Bomben, ihrem Abenteuer auf See und von Farghanis Tod.

„Vermutungen", sagte Sharon.

Der kochendheiße, dampfende Tee floß in hohem Strahl in eines der Gläser.

Eine Bombe im Flugzeug, der Tod der Mutter, eine Bombe im Wagen auf dem großen Platz in Lissabon. Beides Mal der gleiche Fabrikationstyp.

„Eine Behauptung!"

Der Tee floß zurück in die Kanne.

Die Entführung von Miguel, damals, vor dreißig Jahren. Jetzt ihre eigene Entführung als Teil der gleichen Strategie.

„Anschuldigungen!"

Wieder floß Tee in eine der Tassen. Der Gastgeber nahm einen Probeschluck. Der Tee floß zurück.

Und die Beteiligung an der Pestizidfabrik im Irak. Nervengas. Tausende von Toten.

„Gerüchte!" Sharon war nicht zu überzeugen. „Zeitungsgerüchte! Aber keine Beweise gegen meinen Vater."

Der Tee war nun servierbereit, wurde in die Gläser gegossen.

„Doch", sagte Eva. „Es scheint Beweise zu geben. Geheime Papiere. Vertraulich. Doktor Goetz vom Bundeskriminalamt scheint mehr zu wissen. Aber er schweigt, gibt die Papiere, die Kaltenbach Papiere, nicht heraus."

„Ich werde ihn danach fragen . . ."

„Wen? Doktor Goetz?"

„Meinen Vater."

„Wonach?"

„Nach all diesen Vermutungen, Behauptungen, Anschuldigungen, Gerüchten. Nach diesen Papieren. Nach den Beweisen. Nach der Wahrheit!

„Und er wird sie dir sagen?"

„Ja. Er war immer ehrlich zu mir. Hat sich mir gegenüber zu seinen Geschäften bekannt."

Wie zur eigenen Bestätigung wiederholte sie: „Ja . . . Ich werde ihn fragen! Er wird mich nicht belügen!" Sie nickte dazu, griff nach ihrem Tee, trank und schwieg.

Der Adler kreiste über ihr. Der Adler aus einem fast vergessenen Traum. Nun war er zurückgekehrt, um sie zu beschützen.

Kinderglauben, dachte Eva. Schweigend nahm auch sie ihren Tee entgegen. Mit dem Daumen am Glasrand, dem Zeigefinger am Boden hielt sie das heiße Glas, wie es der Gastgeber demonstrierte.

Sie hatten sich mit Sharon nach langen, mühsamen Diskussionen schließlich auf eine gemeinsame Flucht geeinigt, eine Flucht durch die Wüste und über Algier nach Lissabon. Kaltenbach wieder in Portugal anzusiedeln, seine Anwesenheit in Marokko als fromme Lüge abzutun, war zwar nicht ehrlich gegenüber dem Mädchen, aber taktisch vertretbar.

Die Botschaften der USA und der Bundesrepublik Deutschland würden zwei jungen Frauen ohne Visum, im Falle von Sharon auch ohne Paß, bei der Ausreise aus Algerien in üblicher Weise behilflich sein. Notfalls wäre die Dienststelle von Goetz beim Bundeskriminalamt einzuschalten.

Diesen Kaltenbach zur Strecke zu bringen, die nuklearen Bomben aufzuspüren, die letzte Nacht bereits in Erfoud eingetroffen sein sollen, das mußte Eva nun endgültig anderen überlassen.

Sie zog sich aus dieser Geschichte unwiderruflich zurück.

Da kam ein kleiner Junge in das Gewölbe gerannt und flüsterte dem Gastgeber etwas ins Ohr.

Der gab die Nachricht weiter: „Demoiselles ... Le camion ... votre ami Ibi est arrivé!"

Eva nippte ungerührt weiter an ihrem dampfenden Teeglas.

„Wir sollten austrinken und gehen. Ibi ist abfahrbereit."

122

Es war Markttag in Rissani. Männer aller Hautfarben Nordafrikas, Berber, Araber, Mauretanier, schwarze Sudanesen und die Blauen Tuareg der Sahara, bevölkerten zu Hunderten einen von Arkaden umschlossenen, exotischen Markt aus Tausendundeiner Nacht.

Natürlich hatten sich auch Frauen zu diesem wichtigen Ereignis eingefunden, zu dem sich nicht nur die Stadtbewohner, sondern die Stämme der ganzen Region in dieser Oase versammelt hatten. Die Frauen blieben allerdings in der Minderheit. Und die Frage ihrer Hautfarbe war in der Regel ungewiß und schwer zu entscheiden. Denn völlig eingehüllt in schwarze Tücher huschten sie von Stand zu Stand und kauften ein. Ein zusätzlicher schwarzer Tschador war über Kopf und das halbe Gesicht gezogen und ließ nur eines der Augen frei. Eine mit dem schwarzen Tuch umwickelte Hand war stets bereit, auch dieses noch zu verdecken.

Nur die negroiden Sudanesinnen, die tätowierten Frauen der Berber und die blaugesichtigen der Tuareg waren unverschleiert und schauten den wenigen Europäern, die sich auf diesen Markt verirrten, selbstbewußt und abweisend ins Gesicht.

Umlagert von Neugierigen stand Ibrahims Lastwagen mit laufendem Motor in einer Nische am Rande des Marktes vor dem Teppichbazar. Er selbst saß würdevoll in seiner blauen Gandora am Steuer und ließ seine nackten Füße aus der offenen Wagentür hängen. Offensichtlich war er nicht bereit, sein Cockpit zu verlassen. Er winkte lediglich Eva und Sharon zu, sich zu beeilen, als diese das Teppichgewölbe verließen.

„Ibi?" Eva betrachtete erstaunt den alten Wagen. „Was ist mit deiner Ware?"

Die schwindelerregend hoch aufgetürmte Fracht war verschwunden. Statt dessen deckte eine nagelneue grüne Persenning die Ladefläche ab.

„Verkauft", rief Ibi stolz. „Alles verkauft und versteckt bei Freund. Bis nächste Fahrt über Grenz."

Er deutete mit dem Daumen nach hinten und gab sich geheimnisvoll: „Das da ist neue Job: Fünftausend Dirham bar auf Hand. Wenn ich abliefer Kisten in Libyen."

„Kisten?" Eva kletterte hinter Sharon in das Fahrerhaus, schlug die Wagentür zu und sah Ibrahim fragend an.

„Drei Kisten, ja. Über Grenz nach Algerien. Heut nacht", er war sich der wichtigen und ehrenvollen Aufgabe voll bewußt. „Und dann weiter: Libyen! Und nur Ibi kennt Pisten und Wadi und Police..."

Letzteres war Eva längst bekannt. Was sie interessierte, was sie hellhörig werden ließ, im Augenblick zwar noch ohne den Hintergrund eines bösen Verdachts, was aber letzten Endes doch ihr Unterbewußtsein alarmierte, das war die Formulierung *drei Kisten*, die in ihren Ohren so absolut nicht harmlos oder unverdächtig klang.

„Drei Kisten?" fragte sie daher erneut. „Was ist drin in den drei Kisten?"

„Maschinen, Pumpen." Ibrahim legte mit der krummen Eisenstange krachend den ersten Gang ein, um loszufahren. „Große Pumpen aus Europa."

Ruckend fuhr er an und vertrieb mit ständigem und ausdauerndem Hupen die sich nur träge in Bewegung setzende Menschenmenge vor dem Wagen.

„Pumpen?" fragte Eva erneut. „Große Pumpen aus Europa?"

Ein Eselskarren, hoch beladen mit bunten Töpfen, kreuzte ihren Weg.

„Ja, für Wasser." Ibrahim steuerte den Laster durch eine der dicht bevölkerten, schmalen Ladenstraßen, fuhr unter aufgespannten weißen Segeln hindurch, zwischen den offenen Ständen für Silberschmuck und Porzellan.

„Bewässerungspumpen?" Eva überkam nicht erst jetzt eine böse Ahnung, aber in diesem Augenblick wurde der Zufall für sie zur Gewißheit. „In drei Kisten? Nach Algerien? Nach Libyen? – Nein!"

Ihr Nein! war mehr als ein Aufschrei: Es war das Entsetzen über das Unmögliche und ihr Wille, es zu verhindern.

Ibrahim sah sie verständnislos an.

„Nein!" schrie sie noch einmal. „Ibi, bleib stehen! Halt an! Laß mich raus!"

Er trat auf die Bremse, obwohl er absolut nicht kapierte, warum und wieso. „Was ist los? He?"

Eva war bereits abgesprungen, bevor der Wagen mit abgewürgtem Motor zum Stehen kam. Sie lief um die Ladefläche herum, stieg auf die hintere Stoßstange, hob die fachmännisch verzurrte Persenning ein wenig an, warf einen Blick darunter und erstarrte.

123

Es gibt Alpträume, die plötzlich wahr werden.

Es gibt zufällige Verkettungen, denen man nicht entrinnt.

Sie hatten sich einem stadtbekannten Schmuggler anvertraut. Der weitere Ablauf der Ereignisse war nur allzu logisch und unvermeidlich.

Eva schaute sich um, sah in die Gesichter von zahllosen Zuschauern, von Zeugen also, die den Wagen bereits wieder umlagert hatten. Sie blickte die Landstraße hinunter, in dieses bunte Menschengewühl, schaute über den Marktplatz hinweg, über die flatternden Segel, die schattenspendenden Strohmatten über den Verkaufsständen, sah nichts Verdächtiges weit und breit – und witterte trotzdem Gefahr.

Sie ließ die Persenning wieder fallen und lief nach vorn.

Sharon, die ebenfalls gerade aussteigen und herunterklettern wollte, zischte sie zu: „Bleib sitzen, bleib drin!" Und Ibrahim, der mißmutig wegen des unerklärlichen Aufenthalts auf der anderen Seite des Wagens aufgetaucht war und der nun eine Erklärung verlangte, raunte sie zu: „Nicht hier, Ibi! Nicht jetzt! Steig ein, bitte, und fahr weiter!"

Sie kletterte wieder nach oben, drängte sich neben Sharon auf den Beifahrersitz, schlug die Tür zu, nachdem sie sich erneut und ein letztes Mal nach Verfolgern umgesehen hatte, und redete nun intensiv auf Ibrahim ein, der sich wieder hinter sein Steuer klemmte und nichts begriff: „Ibi, fahr los! Fahr schnell! Fahr weiter! Fahr irgendwohin, wo man uns nicht findet. Aber fahr endlich los!"

Funken sprühten von Drahtenden, der Motor sprang nach etlichen Fehlversuchen endlich an, und die Rußwolke vertrieb die Neugierigen hinter dem Wagen.

Ibrahim faßte sich an den Kopf, blickte erwartungsvoll und skeptisch immer wieder kurz zu Eva hinüber und bekannte verzweifelt: „Ich versteh nix! Ich versteht nix! Was ist los?"

Auch wenn er nichts verstand, war er trotzdem wie gewünscht wieder losgefahren, fuhr immer noch laut und auffällig hupend mitten durch das Marktgewühl und wählte den überdachten Weg an den Fleischerläden vorbei. Dort hingen die geschlachteten Hammel, von Fliegen umschwirrt, in langer Reihe an den Haken, und auf den Ladentheken stapelten sich zu hübschen Pyramiden aufgetürmt die skalpierten, großäugigen Köpfe dieser Tiere.

Schließlich erreichten sie das Tor des Souk.

Ibrahim fuhr hinaus in die Altstadt, am Markt der Tausend Esel vorbei, deren jammervolles Geschrei das ganze Viertel erfüllte, und im Zickzack weiter durch das Gewirr der Gassen.

Mit panischem, fast hysterischem Unterton in der Stimme versuchte Eva, ihm und Sharon auf diesem Weg, der sie aus der Stadt herausführen sollte, die Gefährlichkeit von Ladung und Transport vor Augen zu führen, auch wenn sie kaum auf völliges Verständnis hoffen konnte.

„Ibrahim! Das sind keine Bewässerungspumpen!"

„Ich Papiere gesehen!"

„Sie sind gefälscht! Es sind Bomben! Atomsprengköpfe! Illegal hergestellt mit gestohlenem Plutonium. Weißt du, was das ist?"

„Logisch! Bin ja nicht blöd!"

„In jeder dieser drei Kisten steckt millionenfacher Mord ... politische Erpressung ... und Terror!"

Sie sprach atemlos, wirkte hilflos, da Ibrahim nicht wie erwartet reagierte. Er grinste sie nur ungläubig an.

Da packte Eva aus: „Sharons Vater, ihr lieber Daddy, hat die Bomben bauen lassen und verkauft sie jetzt für zweiundzwanzigeinhalb Millionen Dollar! Siebeneinhalb Millionen pro Kiste! An Algerien ... oder Libyen ... oder die PLO ... oder die Roten Brigaden, was weiß ich."

Sharon mischte sich ein, war nach wie vor skeptisch, und sie gab sich sachlich und kühl: „Er macht Geschäfte mit Waffen. Aber der Bombenhandel ist fingiert. Ich weiß es! Er tut das im Auftrag von Evas Regierung, die ihn erpreßt. In den Kisten sind nur Attrappen."

„Alles ist möglich!" gab Eva zu. „Aber wenn es die echten Sprengsätze sind, dann dürfen sie nicht in falsche Hände kommen! Ibi! Du darfst sie nicht transportieren!"

„Wieso soll ich glauben?"

Eva war ratlos. Sie hatte keinerlei Beweise, lediglich die drei riesigen, silberglänzenden Kisten, die sie nur allzu gut kannte, einen knappen halben Meter hinter ihrem Rücken.

„Fahr in irgendein Versteck, Ibi, oder weit weg in die Wüste. Wir machen eine der Kisten auf. Wenn Bewässerungspumpen drin sind oder nur Schrott, dann fahren wir weiter."

„Und wenn Bombe drin ist, es explodiert!"

„Nein! Die Zünder fehlen."

Ibrahim dachte nach, sehr intensiv, sehr langsam. Scheinbar ruhig und gelassen fuhr er weiter seinen Weg. Plötzlich schlug er aber wütend mit der Faust auf sein Steuerrad ein: „O nein, o nein, o nein! Eine so schöne Job ... Eine so schöne Job ...!"

Er schüttelte den Kopf und verließ ganz überraschend das Gassengewirr der Altstadt durch ein schmales Tor, das seitlich hinausführte in die Wüste.

Hätte der Lastwagen einen Rückspiegel besessen, sie hätten jederzeit feststellen können, ob sie verfolgt wurden oder nicht, ob man Ibrahim mißtraute, ihn heimlich eskortierte auf seinem Weg zur Grenze oder mitsamt der Ladung sich selbst überließ, was unwahrscheinlich war.

Gleich nach dem Stadttor wendete Ibrahim den Wagen und blieb stehen. Minutenlang beobachtete er das Tor. Anscheinend war ihnen niemand gefolgt.

Nur Eselskarren fuhren ein und aus, hochbeladen mit Waren. Und Gruppen schwarzumhüllter Frauen schleppten Lasten auf ihren Köpfen, und das mit einem geradezu majestätisch-aufrechten Gang.

Einen Blick hoch zum Himmel zu werfen, unterließ Ibrahim. Aus Nachlässigkeit. Aus Unkenntnis der Möglichkeiten, vermutlich. Er setzte seinen Weg fort. Nun allerdings so schnell er konnte.

Das Poltern des Wagens, das Dröhnen des alten Motors verschluckte das verräterische Knattern von Rotorblättern, das ihn in großer Höhe auf seinem Weg begleitete.

124

Schon nach wenigen Kilometern bog Ibrahim von der breiten Straße ab und fuhr in einen staubigen, schmalen Weg hinein, eine Nebenstraße, die sich zwischen ausgewaschenen, trockengefallenen Wadis und einzelnen bizarren Palmengruppen verlor.

Eine Staubwolke hüllte den kleinen Lastwagen ein und verbarg ihn, wie sie hofften, vor jeglichen Blicken.

Mit viel zu großem Tempo schwankte er über schmale Steinbrücken hinweg, rumpelte gefährlich durch tiefe Schlaglöcher und Rinnen, fuhr an verlassenen, vom Regen niedergewaschenen Kasbahruinen vorbei, mitten durch eine dorfähnliche Ansammlung dieser bewohnten Lehmburgen, wo Wäsche auf Dachterrassen flatterte und Kinder vor den Toren spielten, plötzlich aufmerksam wurden und im aufgewirbelten Staub schreiend und lachend hinter dem Wagen herliefen.

Ibrahim fuhr konzentriert und mit dem Ehrgeiz seiner Zunft. Er war dabei, seinen Ruf zu verlieren.

Ständig war er am Überlegen, am Kalkulieren, am Kombinieren und Grübeln, und er wog Risiko und Gewinn gegeneinander ab: „Sie wollen bezahlen für Transport bis Libyen Ibi-Oberschmuggler fünftausend Dirham!"

Eva wußte nicht, wieviel das ist, und sie fragte ihn.

„Sechshundertundfünfzig Dollar, glaube ich!"

„Ich zahle dir achthundert Dollar, wenn du tust, was ich sage! Ich habe das Geld bei mir!"

Sie suchte hektisch das Heft mit den Reiseschecks in ihrer Umhängetasche, fand es schließlich und zeigte es vor.

„Fahr so schnell du kannst! Schüttle Verfolger ab, wenn es welche gibt", riet sie ihm. „Such uns ein Versteck, wo wir ungestört sind. Dann sehen wir nach, in einer dieser Kisten!"

Ibrahim hatte nur einen kurzen Blick auf das Heft mit den Reiseschecks geworfen. Dann riß er plötzlich das Steuer herum, schaltete hektisch und gab Gas. Der Wagen schwankte und schlingerte in eine in der steinigen Wüste kaum wahrnehmbare Spur einer Piste hinein.

Eva und Sharon hielten sich an Türgriffen und Armaturenleisten fest, stemmten sich mit den Füßen gegen das Blech zum Motorraum. Sie wurden trotzdem wild durcheinander geschüttelt.

Sharon lehnte sich an Eva, und wegen des lauten Dröhnens und Polterns schrie sie ihr ins Ohr: „Wenn du recht hast ... und wenn uns jemand beobachtet hat ... und folgt ... Wenn man mich ... und dich ... erkannt hat ...“ Sie beendete den Satz nicht, schwieg ahnungsvoll und klammerte sich in einem urplötzlichen Anfall von Angst an Eva. Die legte ihren Arm schützend, besänftigend um Sharon und hielt sie fest.

Dabei wußte sie es selbst und nur zu genau: Ihre Flucht wäre rasch zu Ende, und es würde kaum ein Entkommen geben, wenn irgendwelche Verfolger sich bereits auf ihre Spur geheftet hätten. Die Staubwolke ihres Wagens war meilenweit zu sehen. Daß die Jagd nicht ihnen gelten würde, sondern lediglich der Kontrolle des Transports einer hochbrisanten Ware, der drei Metallkisten hinter ihnen, das wäre dann gewissermaßen Ironie des Schicksals, die makabre Pointe eines üblen Spiels.

„Wo ist die Grenze, Ibi?“ Eva wollte es wissen, als ob es in der Wüste genau definierte Demarkationslinien, Anfang und Ende eines Staates, Niemandsland und jenseits davon Sicherheit geben würde.

„Irgendwo dort hinter Berge.“

Leuchtend rote Felsenhügel waren nähergekommen. Die Erde war rot, der Sand war rot, die Steine. Und rote Mauern wuchsen aus dem Boden.

Ein gewaltiges Bauwerk war hier vor Zeiten errichtet worden und nun im Zustand des unaufhaltsamen Verfalls.

„Palast von Sultan.“ Ibrahim fuhr dicht an dem mächtigen Tor der Ruine vorbei.

Für kurze Augenblicke sahen sie hinein in einen weiträumigen Hof, umgeben von hohen, zweistöckigen Lehmfassaden. Sie waren mit reichen Ornamenten verziert und von geschwungenen, säulenbewehrten Fensteröffnungen unterbrochen.

Einer plötzlichen Idee folgend hatte Ibrahim den Wagen im Schatten der noch gut erhaltenen, gigantischen Außenmauer zum Stehen brachte.

Er öffnete die Tür, blickte zurück auf die Piste. Aber niemand schien ihnen zu folgen, keine Sandwolke war zu sehen, kein anderes Fahrzeug, kein einziger Mensch, weder zu Fuß noch zu Pferd, bis hin zum Horizont, den die rote Hügelkette begrenzte.

Und es herrschte Totenstille ringsumher! Nichts war zu hören. Nicht einmal das Knattern eines Hubschraubers. Sie waren absolut allein!

Da wendete Ibi den Wagen, fuhr ein Stück zurück und durch das Tor mitten hinein in den Innenhof der Palastruine.

„Wir haben geschafft", rief er. „Hier wir sind sicher."

Am äußersten Ende des Hofes, dem Tor entgegengesetzt, blieb er schließlich stehen, zog sich die Gandora über den Kopf, den Turban, und suchte passendes Werkzeug unter seinem Sitz.

Eva und Sharon waren aus dem Wagen gesprungen und sahen sich um.

Welcher Sultan von welcher Dynastie es auch immer gewesen sein mochte, der diesen Palast weit ab von jeder Ansiedlung zwischen die roten Hügel in dieser unwirtlichen Wüste errichten ließ: das Bauwerk war selbst als Ruine noch ein Zeichen von großartigem Wahnwitz.

Die Zinnen der Mauerkrone waren zwar verschwunden, zerstört vom Wind und den heftigen Winterregen, und die Dächer waren eingestürzt. Aber die hohen Räume, die sich zum Hof hin öffneten, mit ihren geschnitzten Säulen, den Marmorböden, den mit Majolika gefliesten Wänden zeugten von immensem Reichtum.

Eva und Sharon hatten nur kurze Blicke für diese Pracht.

Ibrahim hatte die Persenning zurückgeschlagen und war auf die Ladefläche geklettert. Mit seinen rostigen, antiken Zangen machte er sich daran, die oberste der drei Kisten zu öffnen. Als erstes schnitt er die massiven Stahlbänder durch, dann versuchte er, den Metalldeckel abzuschrauben, was ohne Spezialgerät allerdings nicht möglich war.

Also versuchte er es mit Gewalt und trieb mit gezielten Hammerschlägen ein Stemmeisen unter den Deckel, um einzelne Schrauben aus dem Gewinde zu hebeln.

Plötzlich hielt er inne und richtete sich auf, horchte intensiv in eine bestimmte Richtung.

Auch Eva und Sharon, die Ibrahims Arbeit gespannt verfolgt hatten, wandten sich irritiert um, lauschten nun ebenfalls zum Tor, zum Ausgang des Hofes, zu den Hügeln hin. Aber außer dem Pfeifen des Windes, der heiß aus der Wüste kam, ständig stärker wurde und feinen roten Sand durch die leeren Fensterhöhlen der Ruine fegte, war nichts zu hören.

Es war die erdrückende Stille absoluter Einsamkeit.

„Wir müssen zurück nach Erfoud." Eva war in einer übertrieben siegessicheren Stimmung. „Goetz ist sicher noch im Hotel. Er muß Interpol verständigen. Wir haben jetzt den Beweis."

„Noch nicht!" Sharon blickte wieder auf Ibrahim, der immer noch unbeweglich oben auf einer der Kisten stand, das Werkzeug in der Hand, und irgendeine Gefahr zu wittern schien.

„Ibi, was ist?" Eva stieg auf die Stoßstange des Wagens.

Er hob die Hand, winkte ihr zu, still zu sein, dann, nach langen Sekunden konzentrierter Aufmerksamkeit, flüsterte er den beiden Frauen zu: „Ibi glauben, es kommt jemand. Ein Auto."

Das Ohr eines Wüstenbewohners, eines Tuareg, war offenbar feiner. Vielleicht waren es auch nur Instinkte und Ahnungen.

Sie folgten Ibrahims Blick zum Tor und warteten.

Es dauerte eine ganze Weile.

Dann schob sich langsam und fast ohne Geräusch ein vollbesetzter dunkler Mercedes draußen vor dem Tor vorbei.

125

Kaltenbach erschien als erster im Tor: eine weißgekleidete Gestalt, die Augen hinter einer schwarzen Brille verborgen. Trotz der flimmernden Hitze trug er eine Krawatte, und das zweireihige Jackett seines Leinenanzugs war korrekt zugeknöpft. Den breitkrempigen, hellen Hut zog er tiefer in die Stirn, denn eine Windbö wirbelte an ihm vorbei in den Hof, zusammen mit einer Wolke aus rotem Sand und Staub.

Seine drei Neffen folgten als bedrohliche dunkle Gestalten und postierten sich hinter ihm strategisch neben dem gewaltigen Tor, dem vermutlich einzigen Zugang – dem einzigen Ausgang – der Palastruine.

Eingesperrt in eine zerfallende Festung. Umgeben von haushohen Mauern. Kein anderer Weg nach draußen. Keinerlei Fluchtmöglichkeit. Und keine Chance, einem nun schicksalhaft heraufziehenden Unheil zu entkommen.

Ibrahim ließ sein Werkzeug sinken. Eva schwieg in der Vorahnung einer gefährlichen Konfrontation. Und Sharon hatte panische Angst vor einer Begegnung mit ihren Entführern.

Als der schwarze Wagen langsam vorbeigefahren und aus dem Blick verschwunden war, hatten sie Bescheid gewußt. Sie hatten gehört, wie er bremste und hielt, das Schlagen von Türen, gedämpfte Stimmen.

Sie hatten auf das offene Tor gestarrt und auf das unabwendbare Ereignis gewartet. Lange Minuten. Kaltenbach und seine Begleiter hatten sich Zeit gelassen.

Nun stand er also im Tor, sah sich um, faßte nervös an das Gestell seiner Pilotenbrille, sah den Lastwagen, dessen Ladung ihm bestens bekannt war, in der entferntesten Ecke des Hofes stehen, daneben zwei Frauen.

Auf der Ladefläche erkannte er seinen Transporteur, diesen deutschsprechenden Tuareg im öligen Unterhemd und mit blauem Turban.

Kaltenbach hüstelte. Er tastete über sein Jackett, spürte die darunter befindliche Waffe, dann ging er los: langsam und zielstrebig, Schritt für Schritt.

Sharon sah ihn kommen und hatte ihn längst erkannt.

„Daddy!" Der erste Ruf war leise, eher fragend und unsicher.

Dann gab es aber keinen Zweifel mehr für sie. Sie rannte los, lief auf ihn zu: „Daddy!" Es klang laut, glücklich, voller Rührung und Überschwang. Er war tatsächlich in Marokko, kein Gerücht, keine Vermutung, er war hier, und er kam ihr entgegen.

Kaltenbach war verdutzt, überrascht, überrumpelt. Er hatte nicht mit Sharon gerechnet, nicht jetzt, nicht hier. Trotzdem blieb er nicht stehen, ging energisch und zu allem entschlossen weiter und stapfte mit schmalen Augen und zusammengepreßten Lippen durch den losen Sand dieses Hofes auf den Lastwagen zu.

Dann reagierte er auf eine für Sharon absolut unverständliche Weise: Als sie sich ihm in geradezu kindlicher Naivität an den Hals warf, eine Begrüßung nach langer, unfreiwilliger Trennung, stieß er sie zurück, schüttelte sie ab mit einem unsanften, energischen Griff und zischte ihr zu: „Was hast du hier zu suchen, Sharon? Verschwinde hier! Sofort!"

Das klang so unpersönlich, so autoritär und abweisend, daß Sharon es nicht auf sich beziehen konnte, nicht glauben wollte, es einfach nicht zur Kenntnis nahm.

Sie verstand nicht die Warnung, begriff nicht die tödliche Gefahr, in die sie sich begab, als sie sich ihrem Vater mit der arglosen, einfältigen Erklärung in den Weg stellte: „Daddy! Ich bin wieder frei!"

Er unterbrach sie barsch und wiederholte seine Drohung: „Du sollst hier verschwinden, hast du nicht kapiert?"

Sie kapierte schnell.

Kaltenbach hatte, bevor er die Tochter erneut brutal zur Seite stieß, sein Jackett aufgeknöpft und aus dem Schulterhalfter den großkalibrigen Revolver gezogen, die Smith & Wesson 3.57 magnum, und entsichert.

Die Waffe im Anschlag ging er an Sharon vorbei, nahm sie

nicht mehr zur Kenntnis, lief zielbewußt auf den Lastwagen zu, auf Ibrahim, auf Eva.

„Ich habe es geahnt!" Die Waffe zielte auf Eva. „Die Illustriertenschnüfflerin! Der Tod Ihres Mannes war Ihnen offenbar als Warnung nicht genug!"

Sharon hatte nach dem Schock dieser ersten alptraumhaften Begegnung mit ihrem Vater, dem ersten Zusammentreffen nach langer Zeit, wie in Trance verharrt und ihm nachgeblickt. Als aber jetzt Tod und Bedrohung ins Spiel kamen, war sie in Bruchteilen von Sekunden wach. Sie rannte los und hinter ihm her.

„Daddy! Nein!" Sie schrie es heraus, fiel ihm in den Arm und ignorierte dabei die entsicherte Waffe in seiner Hand: „Geh mir aus dem Weg!" raunte er, und es klang gefährlich.

Sie ging nicht.

Da schlug er zu. Schlug sie ins Gesicht. Zweimal. Mit der Rückseite seiner freien Hand. Mit aller Kraft.

Sharon taumelte zur Seite, starrte ihrem Vater nach, der einfach weiterging, schließlich stehenblieb, nur einige wenige Schritte von Eva entfernt, die zu keiner Bewegung mehr fähig an dem Lastwagen lehnte.

Sharon begann langsam zu begreifen. Sie begann, an das zu glauben, was Eva ihr alles erzählt hatte, diese Gerüchte, Verleumdungen, Behauptungen ...

Sie sah sich um.

Die Begleiter ihres Vaters, seine drei mutmaßlichen Neffen, standen immer noch im Tor und beobachteten sie stumm. Es waren ihre Entführer. Sie erkannte sie wieder. Jeden einzelnen.

Da wußte sie endgültig Bescheid.

126

„Runter vom Wagen!" Der Befehl galt Ibrahim, der ebenfalls wie erstarrt auf der Ladefläche zwischen den Metallkisten stand. Die Waffe war nun auf ihn gerichtet.

„Die Plane drüber, und runter vom Wagen!"

Der blaue Turbanschal auf Ibrahims Kopf hatte sich gelöst, und das Ende flatterte im Wind, ihm vors Gesicht, vor die Augen, aber er rührte sich nicht.

„Hören Sie nicht? Runter vom Wagen!"

Das klang ultimativ, und Ibrahim erwachte aus seiner Erstarrung, allerdings nur, um das wehende Turbanende wieder zu verknoten.

„Ibrahim!" Kaltenbach nannte ihn beim Namen und trat einen Schritt näher an den Wagen heran. „In drei Minuten sitzen Sie wieder am Steuer und sind auf dem Weg zur Grenze. Haben Sie verstanden?"

Ibrahim hatte verstanden. Aber Tuareg, freie Söhne der Wüste, sind es nicht gewohnt, Befehle dieser Art entgegenzunehmen oder ein Ultimatum zu respektieren.

Er schaute vom Wagen herunter zu Eva, wollte wohl wissen, wie sie reagieren würde. Eva nahm den Blick auf, fühlte sich zu einer mutigen, aber nicht allzu klugen Haltung provoziert und teilte Kaltenbach entschlossen mit: „Ihre Kisten bleiben hier, Herr Kaltenbach, bis Interpol sie gesehen und untersucht hat!"

Todesmut steckt anscheinend an, auch wenn er weltfremd und fahrlässig ist, denn Ibrahim protestierte nun ebenfalls: „Was ist drin? Was ist in Kisten?" fragte er. „Sind das Pumpen oder Bomben oder was? Sag mir, was drin ist, oder ich mach auf!"

„Runter vom Wagen!" Es war Kaltenbachs letzte Aufforderung.

Ibrahim ignorierte auch diese: „Du, ich sag dir: Ibi schmuggeln nur, was Ibi kennt!"

„Ich zähle bis drei!" Die alte Drohung der Pokerspieler. Kaltenbach zählte nicht.

Mag sein, daß es daran lag, daß Ibrahim nicht reagierte. Vielleicht aber ist Wüstenkriegern, die jahrelang Lastwagen bauten, inzwischen der Sinn für Gefahr einfach verlorengegangen. Ibrahim leistete jedenfalls weiterhin Widerstand, hatte zu allem Überfluß nach seinem Werkzeug gegriffen und war bereit, seine Arbeit fortzusetzen und eine der Kisten aufzubrechen: „Ich wollen wissen, was drin ist! Jetzt wollen ich wissen! Sofort. Oder kein Fahrt über Grenz!“ Er schlug mit dem Hammer das Brecheisen wieder in die Kerbe unter dem Deckel.

Da drückte Kaltenbach ab.

Der trockene Knall des Schusses peitschte durch das kahle Mauergeviert der Palastruine und kam vielfältig zurück.

Wie von einer unsichtbaren Faust getroffen, riß es Ibrahim nach hinten. Kopfüber stürzte er rückwärts von der Ladefläche herunter, verschwand mit einem gurgelnden Laut zwischen der Rückseite des Wagens und der Mauer.

„Ibrahim! Ibi!“ Eva schrie auf, warf sich hinter den Wagen und neben Ibi in den Sand.

Ein zweiter Schuß peitschte durch die Ruine. Die Kugel war gegen die Mauer geprallt und hatte aufstäubend ein Stück harten roten Lehm aus der Wand gerissen.

Kaltenbach ließ die Waffe sinken. Er hatte Eva nur um eine Zehntelsekunde verfehlt.

Nun kniete sie nebem Ibrahim, der sich stöhnend auf dem Boden wälzte, mit verrenkten Gliedern, schmerzverzerrtem Gesicht und blutender Schulter.

„Ibi! Ibi!“ flüsterte sie und berührte vorsichtig seine Stirn.

Er versuchte ein Lächeln, aber es gelang ihm nur eine verzerrte Grimasse. Dann schaute er hoch, an ihr vorbei, und Eva folgte seinem schreckhaften Blick.

Hinter ihr stand Kaltenbach und schob zwei neue Patronen in die Trommel.

„Los. Stehen Sie auf!“ Er zielte wieder auf sie.

Sie reagierte nicht. Sie hatte keine Kraft dazu.

Da schrie er sie an: „Sie sollen aufstehen! Hören Sie nicht! Aufstehen! Hände hoch und dorthin an die Wand!“

Er zeigte mit dem Lauf seiner Waffe auf einen Platz an der Mauer, dorthin, wo bereits die andere Kugel steckte.

Eva hob die Hände.

Langsam richtete sie sich auf.

Sie kniete zuerst mit gesenktem Kopf und atmete schwer, dann begann sie, sich aufzurichten, immer noch kraftlos, stützte sich ab gegen den Wagen, war vor Angst wie gelähmt.

Schließlich taumelte sie hoch und lehnte sich mit der Schulter gegen die Mauer.

Der Lauf von Kaltenbachs Revolver war dabei stets auf ihre Stirn gerichtet.

Das also ist der Augenblick, dachte sie ...

127

„Nein!" Sharon warf sich dazwischen. Mit weit ausgebreiteten Armen stellte sie sich vor Eva, ging langsam rückwärts, lehnte sich gegen diese am ganzen Körper zitternde Frau und stützte sie mit ihrer letzten Kraft. Sie bekam Evas Hand zu fassen und hielt sie fest.

Wieder schrie sie: „Nein!"

Zum zweiten Mal hatte sie Kaltenbach überrumpelt.

„Geh zur Seite, Sharon!" Es klang leise und kalt und ohne jedes Gefühl. Er zielte weiter auf die beiden Frauen, die wie miteinanderverschweißt nun an dieser Mauer lehnten, die Körper aneinander gepreßt, Sharon mit dem Rücken gegen Eva, und beide mit fliegendem Atem.

Und dann antwortete Sharon ihrem Vater, ebenso leise, ebenso kalt und schonungslos wie er:

„Ich weiß alles über dich ...

Und jetzt glaube ich es auch ...

Du hast Mami auf dem Gewissen ...!

Und Miguel ...!

Und Farghani ...!

Und seinen Bruder ...!

Du hast Tom getötet ...!

Und auf Ibrahim geschossen ...!

Du wirst mich töten müssen ...

Bevor du Eva erschießt!"

128

Kaltenbach war verunsichert. Er blickte kurz zum Tor. Aber seine Begleiter, seine drei Neffen, waren verschwunden. Plötzlich und spurlos.

Er hörte die Geräusche abfahrender oder ankommender Fahrzeuge, hörte gedämpfte Rufe, kurze unverständliche Befehle und dann mit blechernem Hall eine Lautsprecherstimme, schneidend, durchdringend, schrill, mit Echo, das sich zwischen den Mauern der Palastruine brach, in den Sälen und Gängen, erst auf arabisch, dann auf französisch: die ultimative Anweisung an Kaltenbach, die Waffe niederzulegen und mit erhobenen Händen zum Tor zu kommen.

Kaltenbach vereiste zusehends. Er bemühte sich, diesen üblen Spuk, den er zumindest als solchen empfand, nicht zur Kenntnis zu nehmen.

Seine Waffe blieb weiterhin auf die beiden Frauen gerichtet, die ohne ihre Position zu verändern, lediglich mit einem Zucken der Augenwinkel, mit einer kurzen Blickwendung der Pupille, mit der Verständigung durch einen Händedruck auf die veränderte Situation reagierten.

Die Ansage wurde wiederholt. Überlaut und schrill wie das erste Mal. Aber nun gab der Sprecher die zusätzliche Information: Ein Kommando marokkanischer Grenztruppen habe die Palastruine umstellt.

129

Schließlich meldete sich Doktor Goetz. Er unterbrach die unerträglich lange, spannungsvolle Pause absoluter Stille, in der Kaltenbach nicht reagierte, sich nicht bewegte, seine Position der Bedrohung nicht aufgab, die beiden Frauen durch seine schwarze Pilotenbrille fixierte und nur der Wind jaulend in den Hof einfiel und Sand in die Gesichter, in die Augen wirbelte.

Nun gellte die Stimme von Goetz, plötzlich und erschrekkend, deutsch, scharf und preußisch, durch das Tor und über die Mauerreste hinweg durch die Palastruine.

Goetz war zusammen mit einem Polizeioffizier in Zivil als letzter im Konvoi eingetroffen, von einem Hubschrauber der Armee dirigiert. Er sah nun die zahlreichen sandfarbenen Jeeps und Landrover im Schatten der Mauer stehen und Soldaten mit kugelsicheren Westen und schußbereiten Waffen in der Deckung des Tores lehnen. Sie alle zielten hinein in den Hof, auf Kaltenbach, aber gleichzeitig auch auf die beiden Frauen. Es galt jetzt, ein Massaker zu verhindern.

Nach endlosem, enervierend langem, leisem Palaver zwischen dem diensthabenden Offizier dieser Grenztruppeneinheit und dem Dolmetscher der Staatspolizei übernahm Goetz schließlich das Mikrofon und sprach über den Lautsprecher, der auf dem Dach eines der Jeeps montiert und in den Hof der Palastruine gerichtet war: „Herr Kaltenbach! Hier spricht Goetz vom Bundeskriminalamt. Bitte handeln Sie nicht unüberlegt. Bisher ist nichts geschehen, was für Sie Konsequenzen hätte: Sie haben zweimal geschossen, und der Mann ist offensichtlich verletzt. Man wird Ihnen das vermutlich als Notwehr konzidieren. Schließlich haben Sie hier Freunde! Und für den versuchten Schmuggel von drei Bewässerungspumpen über die Grenze nach Algerien erhalten Sie, sofern Ihnen das überhaupt nachgewiesen werden kann, bestenfalls eine Geldstrafe von einigen hundert Dirham. Wozu also diese Panik?"

Kaltenbach antwortete sofort. Laut und deutlich rief er hinüber zum Tor: „Ich verlange freies Geleit!"

Ohne die Waffe zu senken, wartete er auf Antwort, die erst nach längerer Beratung zwischen Goetz und den Verantwortlichen und wiederum über den Lautsprecher kam: „Wir haben hier verstanden, Herr Kaltenbach! Freies Geleit wird Ihnen hiermit zugesichert! Sofern Sie jetzt, sofort, die Waffe wegwerfen und mit erhobenen Händen zum Tor kommen!"

„Ich verlange freies Geleit", rief Kaltenbach zurück, „zusammen mit diesem Wagen hier und der darauf befindlichen Ware, außerdem einen Fahrer, der mich verläßlich und auf dem kürzesten Weg über die Grenze nach Algerien bringt. Mein Fahrer hier ist schließlich verletzt."

Diesmal meldete Goetz sich sofort, ohne erst mit seinen marokkanischen Kollegen zu verhandeln und ohne das Ungeheuerliche in Kaltenbachs Forderung zu diskutieren.

„Tut mir leid, Herr Kaltenbach, aber Sie verlangen wirklich zu viel. Das Schmuggelgut, die Bewässerungspumpen, bleibt natürlich hier, das müssen Sie doch verstehen! Das freie Geleit gilt nur für Sie allein!"

Da sprang Kaltenbach überraschend nach vorn und auf die beiden Frauen zu. Die hatten bewegungslos in ihrer Stellung an der Mauer verharrt, immer im Angesicht der auf sie gerichteten Waffe.

Sharon schrie auf, als Kaltenbach sie an den Haaren brutal zur Seite riß. Sie wehrte sich mit aller Kraft, leistete verbissen Widerstand, entfesselte trotz der entsicherten Waffe ein Handgemenge und schlug Kaltenbach dabei den Hut vom Kopf und die Brille aus dem Gesicht.

Sie warf sich auf Eva, umarmte sie verzweifelt und krallte sich an ihr fest.

Aber Kaltenbach hatte Eva bereits die Mündung des Revolvers an die Schläfe gesetzt und seinen freien Arm von rückwärts um ihren Hals gelegt. Er strangulierte sie dabei fast und schleppte sie einige Meter zur Seite, aus den Blicken der Soldaten, aus den Mündungen ihrer Waffen, hinter den Lastwagen, in eine relative Sicherheit.

Atemlos, triumphierend rief er zum Tor: „Herr Doktor Goetz! Ich habe eine Geisel. Wenn Sie das Leben dieser Frau retten wollen, dann organisieren Sie – und zwar innerhalb einer Stunde! – einen Fahrer für diesen Wagen, für meine Fahrt über die Grenze, zusammen mit der Ladung und gemeinsam mit dieser Geisel. Wenn ich mit meiner Ware in Sicherheit bin, kommt diese Frau wieder frei! Es ist jetzt . . ."

Er blickte, ohne die Stellung der Waffe an Evas Schläfe zu verändern, ohne den Griff seines Arms um ihren Hals zu lockern, auf seine Armbanduhr.

„Es ist jetzt sechzehn Uhr zwölf. Um siebzehn Uhr zwölf beginnt meine Fahrt! Oder die Geisel stirbt!"

130

Eingehüllt in eine hochwirbelnde Sandwolke tauchte ein buntbemalter Touristenjeep zwischen den roten Hügeln auf und kam mit großer Geschwindigkeit die steinige Piste herunter.

Ein einzelner Mann saß am Steuer dieses offenen Wagens: Thomas Sadowski, rot überstäubt und schweißverkrustet.

Mit schleifenden Rädern hielt er abrupt neben dem Jeep der Polizei und traf auf eine Situation völliger Ratlosigkeit.

„Sie hätten mir ruhig Bescheid sagen können", beschwerte Tom sich bei Goetz, zog seine staubige Lederjacke aus, warf sie auf den Sitz und hing sich seine Kameras um.

„Ich halte Ihre Anwesenheit hier für problematisch!" Goetz reagierte äußerst mißmutig auf Toms Ankunft. „Wie haben Sie überhaupt diesen Platz hier gefunden?"

„Die Polizei, die die Grenzstraße sperrt, war so freundlich. Und ein Dutzend Militärjeeps hinterlassen unübersehbare Spuren im Sand. Wo ist Kaltenbach? Wo sind die Bomben? Dort drin?" Er zeigte auf das Tor zum Hof.

Goetz nickte.

Mit schußbereiten Kameras pirschte Tom sich an das Tor heran, um über die Soldaten hinweg in kurzer Folge eine Reihe von Fotos zu schießen. Aber bereits nach wenigen Bildern ließ er verstört die Kamera sinken. Dann lief er los, spontan und blind für jede Gefahr, an den Soldaten vorbei, durch das Tor, in den Hof hinein, wurde aber von einem der jungen Offiziere zurückgerissen und anschließend höflich zur Seite gedrängt.

Ein kurzer Blick durch sein Teleobjektiv hatte Tom genügt, die Situation im Hof zu erkennen und in Panik zu geraten: „Was denn? Eva und Sharon sind hier? Von Kaltenbach bedroht? Wie ist das passiert?" Fassungslos und bestürzt wandte er sich an Goetz.

Der Mann vom BKA zuckte die Schultern: „Daß dieser Schmuggler ausgerechnet die beiden Frauen mit im Wagen hatte.“ Zu einem weiteren Kommentar war er nicht bereit.

„Und jetzt?“ fragte Tom.

Goetz antwortete nicht. Er wirkte verzweifelt und ratlos, und er griff wieder zum Mikrofon: „Herr Kaltenbach! Wir arbeiten seit vielen Jahren gut zusammen. Das wird sich auch in Zukunft kaum ändern. Warum setzen Sie das aufs Spiel? Können Sie nicht auch einmal verlieren?“

Goetz und Tom lauschten gespannt und warteten auf irgendeine Reaktion.

Kaltenbach schwieg.

Da fuhr Goetz mit seiner bisher so erfolglosen Überredungskunst per Lautsprecher fort: „Vergessen Sie die Ware, die Sie da auf dem Lastwagen haben, Herr Kaltenbach. Der Einsatz war diesmal zu hoch, es hat eben einmal nicht so geklappt. Sie werden es verschmerzen. Nur: die Ladung, die Sie da über die Grenze schmuggeln wollen, ist in letzter Konsequenz, gleichgültig wer sie anwendet, einfach zu brisant! Es geht da um Hunderttausende von Menschenleben. Nicht nur um eines! Nicht nur um das Leben einer einzigen Geisel! Es tut mir leid. Aber der Wagen mit den Metallkisten bleibt vorläufig hier!“

Wieder ließ Goetz das Mikrofon sinken und horchte hinein in den Hof.

Es kam keine Antwort.

„Wie war das eben, Doktor Goetz?“ Tom trat zu ihm und war entsetzt. „Sie wollen die Geiseln opfern? Meine Frau? Sharon?“

Goetz hätte nun sagen können, ja, tut mir leid, wir haben keine andere Wahl. Er sagte es nicht. Er stellte lediglich richtig: „Es geht nicht um Sharon Kaltenbach. Die ist nur zufällig mit im Spiel. Kaltenbach hat nur eine einzige Geisel in seiner Gewalt: Ihre Frau.“

Damit wandte er sich ab und beobachtete überrascht und höchst irritiert, wie zwei Scharfschützen in Helm und kugelsicheren Westen, die Waffe mit dem Zielfernrohr umgehängt, vom hinteren Teil der Ruine her an Strickleitern die Mauer erkletterten.

Goetz machte ein Zeichen mit der Hand, um den Einsatz dieser beiden zu verhindern.

Der Offizier, der diesen Einsatz leitete, reagierte aber nicht auf dieses Zeichen, kontrollierte nur interessiert die Kletterkünste seiner beiden Schützen, die anschließend in der Ruine verschwanden.

„Den Wahnsinn mit den Scharfschützen muß man doch stoppen!“ Tom wußte, daß seine Meinung unwillkommen war. So unwillkommen wie er selbst. „Das hat doch bei einer Geiselnahme noch nie etwas gebracht, außer den Tod der Geisel!“

Goetz fuhr sich nervös über das Gesicht, sah auf seine Uhr, blickte vorsichtig an den Soldaten vorbei in den Hof und schwieg.

„Sie warten also? Worauf?“ fragte Tom.

„Ich weiß es nicht!“

„Auf den Ablauf des Ultimatums? Auf eine Katastrophe?“ Tom versuchte, Goetz zu provozieren.

Aber er blieb scheinbar ruhig und gab sich souverän: „Wir sind nicht bereit, uns von diesem Mann, in dieser Situation, mit diesen Bomben an Bord seines Lastwagens erpressen zu lassen.“ Er rief rasch und ohne eine weitere Erklärung hinüber zu dem zivil gekleideten Polizeioffizier, der mit verschränkten Armen an der Mauer lehnte, flüsterte ihm etwas zu, ging mit ihm anschließend zu dessen Wagen und stieg ein.

Die Soldaten hockten wie Puppen, unbeweglich, auf den ihnen zugewiesenen Plätzen.

Tom wurde vom Tor ein weiteres Mal zurückgedrängt, nachdem er erneut eine Serie von Bildern geschossen hatte. Von Eva: weit aufgerissene Augen, den Lauf des Revolvers an der Schläfe, Kaltenbachs Faust unter ihrem hochgepreßten Kinn. Von Sharon: gesenkter Kopf, den Blick auf den Boden gerichtet, beide Hände umklammern Evas Arm. Von Kaltenbach: halbgeöffnete Lippen, die Zähne aufeinander gepreßt, die Lider nur noch schmale Schlitze.

Tom war zur Passivität verdammt, litt unter dieser absoluten Hilflosigkeit, stand im Schatten und stützte sich mit beiden Händen verzweifelt gegen die Mauer.

Sie war immer noch glühend heiß.

Er spürte schmerzhaft das Verrinnen der Zeit.

Der Wind hatte zugenommen.

Ein Gluthauch fegte herab von den blutroten Hügeln.

Der Himmel überzog sich mit milchigem Dunst.

Tom blickte hoch zum Zenit.

Sand, Staub und Licht brannten in seinen Augen.

Die Minuten vergingen wie Stunden.

Und die Schatten wurden unmerklich länger.

Mit der Eile tropischer Breiten senkte sich die Sonne.

Eine matte, blaßgelbe Scheibe.

Immer noch hoch über dem Horizont.

Er schloß die Augen.

Die Hitze war unerträglich.

131

Zwischen den roten Hügeln erschien eine lange Reihe hochbeladener Kamele, geführt von zwei uralten Berbern mit krummen Rücken. Träge kamen sie näher. Die großen Tiere wiegten sich im Paßgang, und der Sand, den sie lostraten, wirbelte hoch und wehte wie ein roter Teppich in Richtung des Tors.

Als sie die Kamele dicht unterhalb der Mauer, zwischen der Palastruine und dem geparkten Jeepkonvoi, vorübertrieben, nahmen die beiden alten Männer von der Militäraktion nicht die geringste Notiz. Die Karawane zog weiter, und Tom sah ihr nach.

Ich hätte das fotografieren müssen, dachte er. Zu spät. Vorbei.

Er schlich sich wieder an das Tor heran und beobachtete, verborgen hinter der Schulter eines Soldaten, durch das Teleobjektiv die Vorgänge im Hof.

Diesmal ließ ihn der Offizier gewähren.

Es war viel Zeit verstrichen. Aber nichts hatte sich verändert: Die drei Menschen im Hof standen immer noch reglos wie Skulpturen.

Kaltenbach, scheinbar unbeeindruckt sowohl von der Hitze als auch von der Ignoranz des Herrn Doktor Goetz und seinen Angeboten, preßte immer noch seine Faust gegen Evas Hals und den Lauf des Revolvers an ihre Schläfe. Die Sonne brannte auf seinen grauen, schütteren Schädel, und der Schweiß rann in Strömen über sein Gesicht.

Wie lange hält der das durch, dachte Tom. Er schoß ein Bild von ihm und von Eva, ein zweites, ein drittes.

Vielleicht das letzte, das allerletzte Bild der beiden.

Sharon krallte sich immer noch wie in einem Krampf an Eva fest. Beide Hände an deren Arm, den Kopf gesenkt, die Augen geschlossen. Und Tom fotografierte sie so.

Dann sah er die blaue Gestalt am Boden. Er hatte sie bisher nicht bemerkt: Ibrahim war unter dem Wagen hindurchgerobbt, war nach vorn gekrochen, lag nun entkräftet und bewegungslos im blutgetränkten Sand und nur wenige Schritte von Kaltenbach entfernt, atmete schwer und preßte eine Hand auf seine Wunde. In der anderen hielt er einen Hammer, wie eine Waffe, und er schien bereit zuzuschlagen. Aber zu kämpfen, sich zur Wehr zu setzen, Kaltenbach auszuschalten – dazu war er längst zu schwach.

Tom stellte scharf und drückte mehrmals ab.

In diesem Augenblick lockerte Kaltenbach den Griff um Evas Hals, nur für Sekunden, und wischte sich den Schweiß von der Stirn.

Toms Kameras war dieses Zeichen von Erschöpfung nicht entgangen.

Kaltenbachs Hand schien zu zittern, als er auf seine Uhr sah. Ein kurzer Blick nur, dann preßte er wieder seine Faust unter Evas Kinn.

Tom hielt den Vorgang in einer Serie von Großaufnahmen fest. Dann legte er neue Filme ein, in beide Kameras.

Wie um sich selbst Mut zu machen, rief Kaltenbach hinüber zum Tor: „Lassen Sie sich Zeit, Doktor Goetz! Sie haben noch zwölf Minuten!"

Goetz hörte es nicht. Er saß mit dem Polizeioffizier im klimatisierten Wagen und war, wie mehrfach und deutlich gesagt und wie beschlossen, nicht mehr erpreßbar.

Noch elf Minuten. Die Kameras waren wieder schußbereit, und Tom legte sich erneut auf die Lauer. Er war bereit, sah alles. Es entging im nichts: die heiße Story, die Katastrophe, die Tragödie später als Bildband?

Und Tom hörte auch alles. Kaltenbach raunte Sharon leise zu: „Lauf los, Sharon! Sharon, lauf los! Lauf weg! Geh! Geh zum Teufel! Aber geh jetzt!"

Sharon schüttelte nur leicht den gesenkten Kopf, sah Kaltenbach nicht an und blieb.

Wenn er Eva erschießt, dachte Tom, wenn diese letzten zehn, neun, acht Minuten dieser unendlichen Stunde demnächst um sein werden, das Ultimatum abgelaufen ... Was dann?

Wenn er tötet, dachte Tom, nur um recht zu behalten, um seine Drohung wahr zu machen ...

Gibt er dann auf?

Was hätte er mit einem feigen Mord gewonnen?

Kommt er damit näher an sein Ziel?

Oder erpreßt er erneut?

Und tötet als nächstes die Tochter?

Schließlich sich selbst?

Hat dieser Mann, dieser Spieler, dieser Kaltenbach, das Spiel, das er begonnen hat, überhaupt bis zu Ende gedacht?

132

Tom sah hinauf zu den Scharfschützen dort oben in der Ruine. War es ihre Aufgabe, die fällige Hinrichtung zu übernehmen? Hier galt doch das archaische Gesetz der Wüste.

Die Männer waren längst in Stellung gegangen, knieten seitlich hinter einer dieser Fensteröffnungen, die Waffe mit dem Zielfernrohr auf das zerfallene Mauerwerk der Brüstung aufgelegt, visierten in großer Ruhe unten im Hof ihr gemeinsames Opfer an und schauten in kurzen Abständen herunter zu dem jungen Offizier. Sie warteten auf das verabredete Zeichen.

Sobald sie es erhalten würden, wäre das ein Todesurteil für zwei Menschen, für Kaltenbach und für Eva. Denn um die Waffe an ihrer Schläfe abzudrücken, so viel Zeit blieb selbst einem tödlich getroffenen Geiselnehmer noch.

Auch Goetz blickte irritiert hinauf zu der geborstenen Fassade, aus der unbeweglich die beiden schwarzglänzenden Läufe mit dem Zielfernrohr ragten. Er hatte den Wagen verlassen, war wieder neben das Tor getreten, stand nun dicht hinter Tom, nervös, beunruhigt, und blickte in kurzen Abständen auf seine Uhr. Er hatte seltsamerweise seinen schwarzen Aktenkoffer in der Hand.

Da entschloß sich Tom, das Spiel zu beenden und selbst einzugreifen. Er stand auf, wechselte die Objektive und hängte sich die Kameras schußbereit um.

Goetz hatte wohl Toms Gedanken erraten, seine Absicht durchschaut. Er hielt ihn fest.

„Sie bleiben hier!"

„Ich habe schließlich die beiden Frauen in diese beschissene Situation gebracht", argumentierte Tom ohne rechte Logik. „Ich habe das alles zu verantworten. Und ich werde jetzt dort hineingehen!"

„Ich sagte bereits: Sie bleiben hier!"

Er nahm dem Polizeioffizier das Mikrofon aus der Hand und unternahm einen letzten Versuch: „Herr Kaltenbach! Erinnern Sie sich an die Papiere im Tresor des BKA? Das Memorandum? Die Kaltenbach Papiere? Ihre Pestizidfabrik im Irak betreffend? Die Giftgas produziert statt Pflanzenschutzmittel? Was Tausende von Iranis und Kurden das Leben kostete? Ich habe die Originalpapiere hier in meinem Aktenkoffer. Es existiert keine weitere Kopie."

Er schwieg und wartete ab.

Kaltenbach war aufmerksam geworden. Er wischte sich wieder den Schweiß von der Stirn und versuchte nun, Geisel und Tor gleichzeitig in den Blick zu bekommen.

Wieder hallte diese blecherne, schrille Lautsprecherstimme durch die Ruine. Goetz sprach diesmal auffallend langsam, und er betonte Satz für Satz: „Ich mache Ihnen ein letztes Angebot, Herr Kaltenbach!

Wir tauschen!

Das Memorandum ...

die Kaltenbach Papiere

gegen die Bewässerungspumpen.

Werfen Sie die Waffe weg ...

Kommen Sie zum Tor ...

Es ist eine Chance!

Die einzige, die Sie noch haben.

Werfen Sie die Waffe weg!

Kommen Sie heraus!

Die Papiere sind hier ...

Ich übergebe sie Ihnen sofort!

Sie haben freies Geleit!

Werfen Sie die Waffe weg!“

133

Kaltenbach lockerte den Griff um Evas Hals und ließ die Waffe langsam sinken.

Der Köder begann sein Interesse zu erregen.

Er dachte nach, schien Preis und Ware, Angebot und Tauschwert gegeneinander abzuwägen, seine Chancen für Sieg und Kapitulation neu zu kalkulieren.

Aber dann wurde er wieder aufmerksam, abgelenkt, aufs äußerste angespannt und hellwach. Er blickte zum Tor, denn von dort her drangen lauter Wortwechsel, Streit, Rufe, Befehle und das Geräusch eines Handgemenges.

Tom war nahe daran, endgültig durchzudrehen.

Er stand bereits mitten im Tor, mit dem Rücken zum Hof, von drei der Soldaten zurückgehalten, und rief Goetz nach draußen zu: „Er ist weich! Sie sehen doch, er ist weichgekocht. Der Mann ist am Ende. Und ich gebe ihm jetzt den Rest!"

Damit befreite er sich rücksichtslos aus dem Zugriff der Soldaten, die ihn mit Gewalt aufzuhalten versuchten, riß sich los und lief, die schußbereiten Kameras in der Hand, hinein in den Hof.

Mit ausgebreiteten Armen, um zu demonstrieren, daß er unbewaffnet war, stapfte er durch die Sandverwehungen direkt auf Kaltenbach zu.

Kaltenbach erkannte ihn nicht. Weshalb sollte er an wiederauferstandene Tote glauben? Irritiert drückte er die Mündung der Waffe wieder gegen Evas Kopf.

„Herr Kaltenbach", rief Tom, als er den halben Weg hinter sich hatte. „Es ist jetzt genug!" Unbeirrt ging er weiter: „Sie sehen, ich bin unbewaffnet!"

Sharon hatte den Kopf gehoben, die Augen geöffnet, nur auf die bekannte Stimme hin. Ungläubig, zutiefst verunsichert sah sie ihm entgegen, ein Zustand zwischen Traum und Wachen, und sie flüsterte: „Tom?"

Er hatte es nicht gehört, nur geahnt, von ihren Lippen abgelesen, und er antwortete ihr mit seinem unwiderstehlichen Lächeln: „Hallo Sharon!"

Da gab es für Kaltenbach keinen Zweifel mehr. Er reagierte fassungslos: „Die Toten stehen auf!"

„Ja! Um Ihnen zu sagen, daß es jetzt reicht! Werfen Sie die Waffe auf den Boden! Jetzt!"

Tom kam näher – rasch, zielstrebig.

„Bleiben Sie stehen! Oder Ihre Frau stirbt!" Kaltenbach preßte seinen Arm noch enger um Evas Hals. Sie rang nach Luft. Der Lauf der Waffe bohrte sich schmerzhaft gegen ihre Schläfe.

Tom verlangsamte aber nicht einmal sein Tempo.

„Das werden Sie nicht wagen, Kaltenbach! Das wäre doch nicht Ihr Stil!"

Damit blieb er stehen, ganz unvermittelt, herausfordernd, breitbeinig, durch nichts umzuwerfen.

Mit einer raschen, routinierten Handbewegung brachte er gleichzeitig eine seiner beiden Kameras in Anschlag, wie eine Waffe. Er drückte ab. Schnellschuß: drei Bilder pro Sekunde.

Eva ahnte Kaltenbachs Reaktion voraus: „Tom! Nein!"

„Nein!" bekräftigte Kaltenbach. „Das wär nicht mein Stil! Eher das ..."

Er riß seine Waffe herum, zielt mit dieser Smith & Wesson 3.57 magnum, die eben noch auf Evas Schläfe gerichtet war, auf Tom und drückte ab.

Zweimal. Ganz kurz hinereinander.

Wieder brach sich der Knall der Schüsse mit vielfältigem Echo in den Gängen und Winkeln der Ruine.

Tom wurde zurückgeschleudert und stürzte stumm, leblos und seltsam verkrümmt in den Sand.

Eva schrie auf.

Und Sharon prallte zurück – unfähig zu denken, zu empfinden, zu reagieren.

Da fiel mit einem Mal von Kaltenbach jede Anspannung ab.

Er ließ die Waffe fallen und hob die Hände.

Nach kurzem Zögern ging er los, aufrecht und zur Übergabe bereit, an Toms leblosem Körper achtlos vorbei, auf das große Tor, auf den Ausgang dieser Palastruine zu.

Die Scharfschützen hoch oben in der Ruine nahmen ihre Gewehre hoch und standen auf.

Im Tor versammelten sich Goetz, die Offiziere, die Soldaten, um den kapitulierenden Kaltenbach in Empfang zu nehmen.

In diesem Augenblick sprang Sharon vor, bückte sich nach der Waffe, brachte sie in Anschlag. Richtete sie auf ihren Vater, der bereits fünf Schritte von ihr entfernt war ...

Sechs Schritte ...

Sieben ...

Sie spannte den Hahn, dilettantisch zwar, aber zu allem entschlossen.

Acht ...

Da war Eva neben ihr und nahm ihr die Waffe aus der Hand: „Nein! Nicht du!"

Neun Schritte . . .

Sie brachte die Waffe in Anschlag, zielte mit beiden Händen . . .

. . .und drückte ab!

Kaltenbach, nun zehn Schritte entfernt, traf es wie einen Hieb, der ihn straucheln ließ.

Sharon warf sich gegen die Mauer, das Gesicht abgewandt. Sie preßte ihre Hände gegen den glutheißen, roten, gestampften Lehm, wollte nicht sehen, was nun geschehen würde: Eva Sadowski schießt . . . schießt . . . schießt . . . schießt!

Sie verschoß jede einzelne der noch vorhandenen vier Patronen aus dieser Smith & Wesson, Kaliber 3.57 magnum.

Schuß um Schuß!

Jeder Schuß war ein neuer Hieb, ein Keulenschlag, gegen diesen stürzenden Körper.

Und Kaltenbach stürzt . . . stürzt . . . stürzt.

Er stürzte langsam, fast schwebend, wie ein sterbender Adler, in den staubfeinen, rötlichen Sand, der den Boden dieser ehrwürdigen Palastruine bedeckte, angeweht aus der Unendlichkeit der Wüste, die diesen Ort umgab.

Der Sand stäubte auf und verhüllte Kaltenbachs Gesicht.